나는
나를
안다

나는 너를 안다

우리가 꼭 읽어야 할
김원일의 문학상 수상작

김원일

푸르메

나는 나를 안다

1판 1쇄 인쇄 2007년 11월 23일
1판 1쇄 발행 2007년 11월 30일

지은이 | 김원일
펴낸이 | 김이금
펴낸곳 | 도서출판 푸르메
편집 | 최은하
마케팅 | 이은정
등록 | 2006년 3월 22일(제318-2006-33호)
주소 | 서울시 마포구 서교동 451-45 303호(우 121-841)
전화 | 02-334-4285~6
팩스 | 02-334-4284
전자우편 | prume88@hanmail.net
종이 | 화인페이퍼
인쇄 · 제본 | 한영문화사

ISBN 978-89-92650-07-6 03810

◇

돌아갈 수 없는 그 시절이 왜 안타깝게 떠오르는지 알 수 없다.

누구나 한번은 맞게 되는 죽음처럼, 누구에게나 젊은 한때는 오직 한차례,

조금 전 꿈처럼, 꿈결이듯 짧게 스쳐 가버리기 때문일까.

◇

◈
|
차
례

환멸을 찾아서 ◇

제16회 〈동인문학상〉 수상작

1

방학을 한 주일 앞둔 토요일이었다. 어젯밤 과음 탓으로 오윤기는 오전 수업을 망쳤다. 메스꺼운 증세와 조갈증을 참으며 그는 세 시간째 수업을 가까스로 끝내자 기진맥진해져 교무실로 돌아왔다. 세 시간을 내리 가르쳤기에 한 시간 쉬다 종례를 마치면 오늘 근무는 끝나는 셈이다. 그는 보리차 두 잔을 비우고 자기 자리로 돌아왔다.

"오 선생, 아버님이 오셨군요." 옆자리 박 선생이 창밖 운동장을 내다보며 말했다. "밖에서 한참을 떨고 계신데요."

윤기가 창에 눈을 주었다. 앙상한 가지가 바람에 떠는 버즘나무 아래 귀가리개 달린 개털모자를 쓴 작달막한 오 영감이 교무실 안을 기웃거렸다. 오 영감은 군용 파카에 누비 방한복을 입었고 배 탈 때 신는 방한용

장화를 신고 있었다. 바깥은 눈이 내릴 듯 낮게 내려앉은 잿빛 하늘이라 오 영감 외양이 오늘 따라 더 초라했다.

"밖에서 노인이 얼쩡거리기에 누군가 해서 보니 오 선생 아버님입디다. 제가 나가서, 오 선생이 수업중이니 교무실에서 기다리시라고 말했더니 한사코 사양해서 포기했습니다."

"늘 그러신 분이라……" 윤기가 멋쩍게 우물거렸다.

"어젯밤도 엔간히 마신 모양이죠? 얼굴에 아직 취기가 남은 걸 보니." 가사 선생이 건넌자리에서 말했다.

어제 오후, 속초 친구 둘이 느닷없이 집으로 들이닥쳐 그는 그들과 두 차례 술자리를 옮기며 자정까지 소주를 마셨다. 둘은 시인 지망생으로 윤기가 회원인 문학 서클 '맥(脈)' 동인이었다.

"그렇게 마시고 어떻게 수업하세요. 건강도 생각하셔야죠." 가사 선생은 오윤기와 함께 지난 3월 신학기에 부임했는데, 참견 잘하는 노처녀였다.

"한동안 뜸하시더니, 집에 급한 일이 있는 모양이지요?" 박 선생은 동료 교사 중 윤기와 가깝게 지내 그의 아버지를 잘 알았다.

윤기에게 아버지의 학교 방문은 곤혹감부터 일으켰다. 계면쩍은 얼굴로 교무실 안을 살피던 오 영감이 아들과 눈이 마주치자 나오라는 손짓을 했다. 오랫동안 언 땅에 붙박고 있어 발이 시린지 양발을 도두 떼며 흔드는 손짓이, 다른 사람이 본다면 집안에 무슨 변고라도 생긴 듯한 태도였다. 세 식구 살림에 병자가 있지 않고 평소에도 엄살이 심한 편인 아버지 성격으로 미룰 때, 그는 집안에 별다른 일이 있으리라 생각되지 않았다. 윤기는 교무실을 나섰다.

윤기가 자신의 고향이기도 한 강원도 북단 이 면청 소재지의 유일한 중·고등 병합 학교로 첫 발령을 받고 부임한 신학기 이후, 한동안 오 영감에게 그런 버릇이 있었다. 그러나 오 영감이 아들을 만나겠다고 교무실 안을 기웃거리지는 않았다. 아니, 아들을 만나러 오 영감이 학교를 찾지는 않았다. 기껏해야 창을 통해 이 교실 저 교실을 넘보다 아들이 수업을 맡는 교실을 발견하면, 학생들이 낌새라도 챌까봐 뒤꼍에 숨어 한동안 아들의 수업 광경을 살피다 돌아가곤 했다. 그 작태가 선생의 수업을 감시하는 교장 짓거리 같았다. 입까지 벌린 채 넋 놓고 바라보는 더없이 행복한, 어쩌면 좀 모자라는 표정이 교장의 근엄한 얼굴과 다를 뿐이었다. 숨어 엿보는 당신 모습을 발견하면 윤기는 수업을 망칠 수밖에 없었다. 신경이 자꾸 당신 쪽으로 쓰이는 데다 교사 생활이 일천하다보니 말을 더듬게 마련이었다. 그렇다고 자꾸 당신과 눈을 맞추거나, 수업을 잠시 중단하고 교실 밖으로 나가 이렇게 찾아오시면 안 된다며 돌려보낼 수도 없었다. 학생들이 눈치챌까봐 전전긍긍하며, 기를 쓰고 그쪽을 무시하는 방법밖에 다른 묘책이 없었다. 그러다 후딱 그쪽에 눈을 주면 어느새 당신 모습이 보이지 않았다. 그쯤에서 오 영감은 학교를 떠난 것이다. 윤기는 퇴근해서 집으로 돌아와 아버지에게, "별 용무 없이 왜 학교로 나오셔서 교실 안을 기웃거리세요" 하고 언짢은 말을 하곤 했다. 그러면 오 영감은, 그게 뭐 어떠냐는 당당한 얼굴로 아들 말을 받았다. "내 말은, 내 아들이 얼매나 장하냐 이거이다. 네가 이 고장 중학교에 터억 하니 부임하야 선생님이 됐다는 게 말이다. 난 배우지르 못한 한에 네가 아이 적부터 제발 교육자 같은 그런 인품이 돼줬음 하구 늘 바래왔거던. 그런데 효자 노릇하느라 네가 아바이 꿈으 이루어준 거야. 더욱 아바이

사는 여게서 말이다. 난 우리 장한 아들이 어떻게 생도르 가르치나 그게 궁금해 죽겠단 말임메" 하며, 함남 지방 말투로 넉살을 떨었다. "그렇다고 불시에 자꾸 학교로 오시면 어떡해요. 아버진 괜찮으실지 모르지만 저로선 학생들 보기가 뭣하잖아요" 하는 정도로 윤기는 말끝을 접었다. "무시 어떠러다구 그래? 네가 가르치는 영어라는 꼬부랑 글자르 까막눈이라 잘은 모르지만서두, 내가 머 너 가르치는 거 훼방 놓은 적 없잖은가? 이 아바이으 맘으 이해 못하니 답답하구면" 하고 아버지는 혀를 찼다. 언젠가 윤화가 부자의 대화에 참견한 적 있었다. "아버진 할 일 없으시면 새마을회관에라도 나가시지, 오빠 학교엔 뭣 하러 가세요. 오빠가 애들 가르치는 게 보고 싶다면 한 번에 족할 일이지, 두세 번씩이나 가서 오빠 입장만 난처하게 만들다니……." 그 말에 오 영감은 삿대질까지 하며 딸을 나무랐다. "어물전으 꼴뚜기라더니, 생각하는 게 며르치 대가리만두 못한 계집아아가 무슨 참견인가. 네가 이 담에 시집가서 자식으 낳아두 아바이으 맘은 이해 못해. 남자란 여자 종자하구 달라. 남자면 다 남자던가. 기구한 팔자으 이 아바이으 맘은 여자로서느 모르다 말다……." 오 영감이 목청 돋우던 기세와 달리 말을 맺곤 한숨을 내쉬었다. 집안 공기를 흐트렸던 그런 대화가 두 차례 있고도 여름방학을 맞기까지 오 영감은 짬짬이 학교로 나왔다. 아들 의견을 참작해서 다시는 학교로 찾아가지 않으려 마음을 접어도 발길이 자꾸 그쪽으로 돌아서는 데는 자신도 어쩔 수 없다고 했다. 그쯤 되니 윤기도 당신의 도타운 부정을 더 만류할 수 없었다. 날수가 지나면 시들해지겠거니, 하고 마음 느긋하게 먹으면서도 차마, 오시는 거야 상관없지만 옷차림이 그게 뭐예요 하는 타박만은 입에 담지 않았다. 배를 탈 적이나 집에 있을 때면 아버지

옷차림이 늘 그랬다. 지난 봄, 첫 봉급을 탄 기념으로 아버지께 양복 한 벌을 맞춰드렸으나 이웃집 혼사와 아야진에서 있은 홍원군민회 행사에 한 차례씩 입고 나들이했을 뿐 늘 벽에 걸어두었다. 이웃 사람이 놀러 오면 벽에 걸린 그 양복을 가리키며, 아들이 첫 봉급을 타서 맞췄다고 자랑했다. "통일이 돼서 고향에라두 가게 되며느 버젯이 차래입구 가겠음메. 그러나 이젠 내 생전에 힘들어. 암, 바라지르 말아야제." 이런 말을 한숨과 곁들여 하는 게 고작이었다. 어쨌든, 오 영감이 아들 학교로 더러 걸음하는 그 짓거리는 어느새 선생들과 학생 사이에 소문이 돌았고, 면면 얼굴을 죄 아는 손바닥만 한 면내다보니 그 말이 학부형 입을 통해 오 영감 귀에까지 들어갔다. 그러자 가을 들고부터 오 영감도 학교 쪽과는 발길을 끊었다.

버즘나무 아래 웅크린 채 서 있던 오 영감은 아들을 보자, "날씨 한번 지독두 하메" 하며 허연 입김을 뿜었다. 12월 중순을 넘기자 갑자기 기온이 떨어지더니 향로봉에는 눈이 내리기도 여러 차례였고 진부령 넘는 체인 감은 차들이 빙판에 곡예를 한다는 소문이 자주 들렸다.

"집에 무슨 일이 있나요?" 윤기가 물었다.

"조반두 아니 먹구 출근하더이, 어째 견딜 만한가? 무슨 원수졌다구 술으 그렇게 퍼마셔. 뼈가 녹잖는 게 다행이라. 아무리 젊기루서니 건강두 생각해야제. 간 때문에 그 고생 치르구서느 아직두 정신 못 채려. 니 꼴 보니 꼭 복어 뱃가죽 같으다. 혈색두 없구 팅팅 부은 게……."

"그 말씀하시려 추운 날 학교까지 오시진 않았을 테고, 정말 무슨 일이 있나요?"

"집에야 무신 다른 일 있으라구" 하더니, 오 영감이 조심스레 말했다.

"오늘은 참말루 무신 일이 있어서 급한 김에 너르 찾아왔어. 반공일이라 일찍이 들어오려이 했지만서두, 퇴근시간까지 기다리래니 어디 마음이 잽혀야제. 혹 또 술 퍼먹구 늦게 돌아올란지 모르구."

오 영감은 주머니에서 뽑은 손을 입김으로 녹였다. 마디 굵은 거친 손이 고목 뿌리 같아 추위를 탈 것 같지 않은데 1킬로 길을 걸어오느라 한기가 심한 모양이었다. 윤기는 잠시 문미의 주근깨 많은 얼굴이 떠올랐다. 표정이 없는 그녀라 떠오르는 갸름한 얼굴은 늘 눈길을 내리깐 모습이었다. 그는 오후 한 시 반에 속초에서 그녀와 만나기로 약속되어 있었다. 학교에서 퇴근하면 집에 들르지 않고 곧장 속초행 버스를 타기로 작정하고 있었다. 닷새 전 그녀가 여기를 다녀갈 때 정했던 약속이었다.

"학교 앞 식당에라도 가십시다. 몸두 녹이실 겸, 점심때가 다 됐으니 식사라도 하고 들어가세요." 바깥 음식은 돈이 아까워 거절하실 테지만 소주 한 잔쯤은 생각이 있을 듯하여 윤기가 권했다. 자신도 해장국으로 곯은 속을 달랠 참이었다.

"아이다. 머 그럴 거까지 있가디. 너는 또 생도들 가르쳐야지 않는가."

"다음 시간엔 수업이 없어요. 나가십시다."

"괜찮대두 그러네. 그냥 한마디 하구 갈 테이까. 너 이리 좀 따라와 봐." 오 영감이 뒷짐지고 화장실 쪽으로 걸었다. 오척 단구의 마른 체격이지만 올해 들고 오 영감은 등이 굽어 더 노인티가 났다.

"대관절 무슨 일인데 그러세요?"

오 영감은 대답이 없었다. 윤기도 마지못해 아버지 뒤를 따랐다. 바람이 드세어지는 꼴이 오후엔 폭풍경보가 내리고 배가 뜨지 못할 것 같았다. 바람막이된 변소 옆까지 오자 오 영감이 걸음을 멈추었다. 그가 주위를 둘러보았으나 둘에게 관심을 두는 사람은 아무도 없었다. 그동안 멋쩍어하던 오 영감 얼굴이 사뭇 심각해졌다.

"윤기야, 오늘 아침에 말이다. 이상스런 물건 하나르 건졌지 안까디. 뱃놈 생활루 칠순으 바라보는 이 마당에 물괴기 아닌 그런 거느 난생 처음임메."

"이상한 거라니요?"

"글쎄 말임메. 그래서 부랴부랴 너르 찾아온 게 아니겠음."

오 영감은 파카 주머니에서 담배를 꺼내어 입에 물었다. 윤기가 얼른 라이터로 담뱃불을 당겨주었다.

"아침 아홉 시쯤일까, 명태 두어 고지쯤 올렸을 때, 저 바다 안쪽에 먼가 허연 게 번득이더마느 이상한 거다 싶어 가까이 가보이 도시락 같은 게 뜨내려가는 게 아니겠음. 건져보이 비니루루 꽁꽁 싼 책 같은 거더만. 그래 배에 싣구 나왔지르."

오 영감은 말을 끊고 아들 표정을 살폈다. 그러나 아들 얼굴은 그 소식을 전하겠다고 한데 바람을 무릅쓰고 온 자기 말에 관심이 없어 보였다. 아들은 변소에서 나오던 학생 쪽에 군눈을 주었다.

"지난 가을에, 도목리 커브길 있잖아요. 거기서 속력 내던 화물차를 피하려다 저도 끼고 있던 책을 떨어뜨렸는데, 그 책이 벼랑 아래로 굴러 잃어버린 적이 있어요."

학교에서 마을로 포장된 해안 국도로 가다보면 교통사고가 빈번한 에스형 경사 지점이 있었다. 한쪽은 20미터 넘는 암벽으로 그 아래는 바닷물이 철썩댔다. 열흘 전에도 어물 상자 예닐곱 개를 포개어 싣고 가던 오토바이 탄 청년이 맞은쪽에서 과속으로 달려오던 버스를 피하려다 낭떠

러지로 떨어져 중상을 입은 사고가 있었다. 다행히 목숨은 건졌지만 어물 상자에 실었던 명태는 바다에 돌려주고 만 셈이었다.

"조심으 해야지. 도목리 카부길으 사고가 얼매나 많다디. 언제나 안쪽으로 바짝 붙어 걸어. 특히 술 먹구느 정말 조심해야 돼" 하더니, 오 영감이 곁길로 나간 말을 바로잡았다. "허허, 내가 바다에서 건진 건 그런 게 아이래두. 그게 무시긴구해서 무심쿠 끌러봤지 않겠음. 그런데 글자르 빼곡하게 쓴 공책이더만. 물에 뜨도록 스티로폼으 붙여 누가 바다에 내던진 게야."

"무슨 문서나 일기장이로군요." 윤기가 비로소 관심을 보였다. "아버지가 공책을 읽어보셨나요?"

"내가 그거르 읽어 무시기 알겠나 싶어 너르 찾아온 게 아님메. 너느 적어두 신문에 글이며 사진이 대문짝만 하게 실린 문사 아인가." 오 영감이 대문니를 보이며 웃었다. "너가 보며느 알겠지마느, 필경 무신 곡절이 담긴 공책이야. 문서 같은 게 아인 거르 보면 말임메."

"그렇다면 일기나 수기겠군요. 그걸 누가 왜 바다에 버렸을까요? 스티로폼까지 붙여 뜨도록 했다면 필경 제삼자가 그걸 읽어달라는 뜻일 텐데요."

윤기로서는 여러 추리가 가능했다. 사춘기 소녀의 실연담, 그런 류의 일기나 편지 묶음, 정신병자 낙서장, 정치범이나 사회 참여에 앞장선 대학생의 선전 테제일 수도 있었다. 무명 문학도가 미지의 독자에게 띄운 창작 노트일는지 모른다는 엉뚱한 생각까지 들었다.

"그런데 말임메, 우째 그 공책이란 게 낯이 선 게야. 저 이북 쪽에서 떠내려온 게 아인지……. 그렇담 낭패났지르?"

"정말 저쪽 것 같더란 말입니까?"

"글쎄, 무시긴구 하이 공책 뒷장에 김일성 어쩌구저쩌구 하는 찬양 문구가 쓰인 게…… 꼭 전쟁 나기 전 홍원에 살 적으 으스스하던 생각이 들지 않겠음. 그들은 어디메나 그렇게 선전 선동으 잘하이까."

"그렇다면……."

"지서나 보안부대 파견대라느 데 신고해야겠제? 진짜루 이북 땅에서 보내온 게 틀림없으이까느 말임메. 그런데 신고하자면 피봉을 죄 뜯어놔 우짜제? 무신 말이라두 안 들을란지 모르겠습메."

"공책을 건질 때 아버지두 어디 그쪽 것인 줄 알았나요. 뜯어보니 알게 된 거니깐 어떨려구요."

"지금이 음력 11월 보름께가 아인메. 물때르 따져보이 그게 또 용케 들어맞어. 내레오느 한류를 이용해 장전이나 고성에서 띄워 보낸다며느 여게까지사 긴 시간 걸리지르 않제. 한나절 남짓이며느 충분할 테이까."

넷째 시간을 알리는 시작 벨이 울렸다. 운동장에서 공을 차며 놀던 학생들이 교사 쪽으로 몰려갔다. 운동장에는 뿌연 먼지가 회오리로 일었다.

"아버지, 그럼 집으로 들어가 계셔요. 종례 마치면 곧 들어갈게요."

다음 시간에 수업이 없었으나 윤기는 벨소리에 습관적으로 개인적인 용무를 서둘러 끝냈다. 그는 집에 들렀다 속초로 나가기로 했다. 2, 30분 정도 늦게 도착되더라도 문미는 다방에서 기다릴 터였다. 언젠가, 약속 시간 한 시간이나 늦게 대지다방에 나간 적이 있었다. 버스가 봉포리를 지나다 고장이 난 데다 속초 버스정류장에서 공교롭게 고등학교 동기생을 만나 길거리에서 또 시간을 버렸던 것이다. 다방에 들어서니 문미는 계단 밑 구석자리에서 책을 읽고 있었다. "심심해시 두 번 읽었어요. 이쪽 소재라 그런지 〈영동행각〉 시편들이 마음에 들어요." 늦은 이유를 묻지 않고 문미가 말했다. 윤기가 먼저 읽고 빌려준 동해안 갯가 출신 젊은 시인의 첫 시집이었다. 한참 늦은 지각이라 무안해할 윤기를 안심시킬 의도인지 문미는 시집을 탁자에 놓고 미소를 띠었다.

"수업 마치며느 다른 데 걸음하지 말구 곧장 집으루 들어와."

그제야 오 영감이 뒷짐지고 걸음을 돌렸다.

"아버지, 그것 말입니다. 제가 집에 갈 때까지 아무에게두 말씀 마세요. 제가 보고 난 후 지서든 어디든 신고할 테니깐요."

"누가 아이라나. 그게 어떠르 건데 감히 누구한테 함부루 보여. 선반에 얹어뒀으이 얼른 집으루 들어오기나 해."

수업이 없는 넷째 시간에 윤기는 겨울 들고 초고로 마련한 시 두 편을 손질하려 했다. 한 편은 해마(海馬)로 상징되는 어부의 삶을 겨울 바다를 배경으로, 한 편은 해금강을 소재로 한 시였다. 두 편 모두 바다를 선택했으나 해마가 나오는 시는 겨울 바다를 생업의 터로 삶을 꾸려가는 늙은 어부의 생명력을, 해금강은 물길 건너 눈에 잡히는 해안이지만 갈 수 없는 고향의 한을 통해 분단 현실을 주제로 삼고 있었다.

윤기는 시 습작 공책을 펼쳤으나 속이 불편한 데다 아버지가 바다에서 건졌다는 공책이 눈앞에 어른거려 도무지 시를 고칠 마음이 내키지 않았다. 초고 시의 낱말들이 독립된 암호로 그의 눈에 박혔을 뿐 그 낱말이 연결하여 만든 어휘가 사물의 변용이나 연상, 상징 매체로 살아 숨쉬지 않았다. 그럴 땐 초고 개작은 소용없는 짓이었다. 초고를 만들 때의 창조적 희열감을 퇴색시키고 한갓 시류에 편승한 상투적 표현이 아니냐란 자괴감만 심어줄 뿐임을 알고 있었다. 윤기는 공책을 덮어버렸다.

2

　윤기가 집으로 돌아오니 아버지는 목침을 베고 컴컴한 안방 아랫목에 누워 있었다. 윤기가 군에 입대할 때만도 아버지는 잠자리에 들기 전에는 좀체 자리에 눕지 않았다. 그만큼 당신은 천성이 부지런하여 손 재워 놓고 앉았거나 낮잠 따위를 청하는 법이 없었다. 그러나 근래에는 낮잠을 짬짬이 잤고 자주 자리에 누워 30분이나 한 시간쯤 멍해져 있곤 했다. 늙으니 아무래도 눕는 게 편하구 눕기 즐기면 죽을 때가 다 됐다는데, 하는 말씀도 자주 했다. 지는 해의 엷어지는 햇살같이 칠순을 앞둔 나이는 어쩔 수 없었다.

　"많케 기다렸어." 오 영감은 눈꼬리를 훔치며 일어나 앉았다.

　또 우셨군요, 하려다 윤기는 참았다. 눕는 버릇이 생기기 전부터 그랬지만, 요즘 들어 오 영감은 자주 눈물을 비쳤다. 북에 두고 온 처자식도 그렇지만, 남한에 내려와 30년이 되도록 소식 모르는 큰아들 때문이었다. 오 영감이 이북에 두고 온 전처 소생 장자 윤구가 남한 어디에 살아 있다면 올해 나이 마흔아홉이었다. 오 영감은 중공군 참전으로 연합군이 후퇴하던 51년 1월에 홀몸으로 피난을 나왔으나 휴전이 되자 북에 두고 온 처자식은 통일이 되기 전에는 만날 수 없다고 체념했다. 휴전이 되고 여섯 해가 지난 뒤였다. 그는 남한에서 재혼했고, 윤기 나이 네 살 때였다. 오 영감은 해산물을 내륙 지방인 춘천과 홍천 등지로 실어 나르는 트럭 운전사를 속초 뱃전에서 만나, 선착장 대폿집에서 소주잔을 나눈 적이 있었다. 트럭 운전수는 고향이 황해도 은율로, 거제도 포로수용소에서 석방된 박만도란 젊은이였다. 술만 들면 오 영감 버릇이 늘 그렇듯, 북에 두고 온 처자식을 두고 신세타령을 늘어놓던 끝에, 고향이 함남 홍원으로 장자가 전쟁 나던 그해 가을에 인민군에 뽑혀 나갔는데 혹시 포로수용소에서 본 적이 없냐고 물었다. 박만도가 고개 갸우뚱하며 옛 기억을 더듬더니, 중하인지 중호인지 거기 출신 소년병과 거제도 수용소 의무대에서 나흘 동안 함께 지내며, 같은 뱃놈 출신이라 고기잡이 얘기를 나눈 적이 있다고 말했다. 오 영감 귀가 번쩍 뜨여 그 사연을 다그쳐 묻자, 아나 다를까 박만도 입에서 소년병 오른쪽 귀 아래 흉터가 있더란 말이 나왔다. 오 영감은 그 소년병이 자식임을 알았다. 전쟁이 났던 해 가을, 윤구는 열일곱 살로 징집되어 함흥에 있던 보충대로 떠났는데, 열두 살 땐가 아버지 따라 배를 탔다가 당신이 잘못 휘두른 낚싯바늘에 오른쪽 귀 아래가 찢겨 흉터가 졌던 것이다. 수용소 안에서 좌익행동대의 난동으로 자기가 당한 부상은 경상이라 사나흘 만에 퇴원했지만, 오 뭐라는 그 소년병은 전쟁터에서 당한 어깨 관통상이라 오른팔을 절단했을 거라고 박만도가 말했다. 그 말을 듣고부터 오 영감은 남한 땅에 혈육이 있음을 굳게 믿어 윤구를 찾기 시작했다. 한동안은 고기잡이 일터조차 팽개치고 백방으로 수소문했으나 30년을 넘긴 지금까지 윤구 소식을 모르고 있었다. 윤구가 출정할 때만도 오 영감을 비롯해 가족이 고향에 눌러 있었으니 포로 교환 때 윤구는 부모 형제가 있는 북을 선택하여 다시 돌아갔겠거니 하고 체념하면서도 오 영감은 기회가 있을 때마다 신문사와 방송국, 함남 도청에 자식을 찾아달라는 편지를 내곤 했다. 오 영감은 한글을 제대로 쓸 줄 몰랐으므로 윤기가 중학교 때부터 그 사연을 대필해주기도 수십 차례였다.

"아버진 요즘 자주 눈물을 보이십니다." 충혈된 아버지 눈을 보며 윤기가 기어코 한마디 했다. "윤구 형님 생각나서 그래요?"

"음, 아이, 아이다." 오 영감은 말머리를 돌렸다. "너 오머느 먹으레구 우리 안죽 점심 안 했음메." 오 영감은 건넌방 딸애가 들으라고 외쳤다. "윤화 있지비? 오래비 왔다. 얼른 밥상 채레라."

건넌방에서 윤화 목소리가 들렸다. 윤기는 학교에서 밥을 먹고 왔다고 말했다. 그는 지금쯤 아이들이 빠져나간 유치원 마당을 나설 문미를 떠올렸다. 그는 문미와 점심을 먹기로 약속했던 것이다. 시간 늦게 나감도 미안한데 밥까지 먹고 나갈 수는 없었다. 윤기는 손목시계를 보았다. 시간이 오후 한 시를 넘어서고 있었다. 지금 출발해도 20분은 지각이었다.

"전 속초에 약속이 있어요."

"그 여선생 만나메?"

"늘 만나는 글 친구들 모임도 있구요." 윤기가 선반에 눈을 주었다.

"그렇게 만나기만 할 게 아이라, 남자 쪽이 먼첨 칼을 뽑아야디. 백번 찍어 안 넘어가는 낭구가 없다잖쿠."

윤기는 살아생전 어머니 말씀이 생각났다. 내가 오갈 데 없는 사고무친 저 홀아비한테 어떻게 시집왔는지 아냐. 기를 쓰구 쫓아다니며 엄마한테까지 졸라대는 통에 내가 그만 넘어가 하는 수 없어 청혼을 받아들였지. 아버지가 배를 타다 물귀신이 되셔서 나는 정말 배꾼한테는 시집 안 가려 했는데 말이다.

"결혼은 아무래두 좀 기다려야 할 것 같아요."

"기다리기느 멀 기다려. 내년 봄에 식으 올려야 않까디. 색시가 얌전한 거이 내 눈에느 아주 참하더마. 들구 보니까느 서루 집안 처지두 비슷하구……. 몸이 즘 약해 보이는 거이 탈일까, 그만한 색시 구하기두 힘들제. 암, 힘들구 말구. 그러이 물 좋은 괴기는 눈요기만 하며 오래 두며느 못써. 내 나이 칠순이 내일모레 아님메. 예전 같으며느 증손두 봤으게다."

오 영감 눈꼬리가 물기에 젖었다. 그는 또 이북에 두고 온 가족과 큰아들 윤구를 생각했다. 자그마한 키의 홍안이 눈앞에 어른거렸다. 그는 도무지 윤구 모습이 나이 50을 바라보는 중늙은이로 떠오르지 않았다. 포로 교환 때 고향 찾아 북한으로 갔다면 외팔이지만 결혼을 해서 훤칠한 아들도 뒀으리라. 둘째, 셋째 역시 모두 성례 치른 지 오래전일 터였다.

"직장 잡자마자 결혼부터 앞세우긴 뭣하잖아요. 저쪽두……."

"왜, 어더래서? 나이돼 내 장가가는데 나므 눈치느 와 봐. 내 나이두 그렇지마 윤화 나이 벌써 스물넷 아님메. 면청 서기 있잖는가. 니두 알지르, 동명이라구. 그 사나아가 목을 매는 눈치던데, 그렇다구 우째 윤화부터 먼첨 시집 보내겠어. 식구래야 셋인데, 남정네 둘만 남기두구 시집가 버리며느 갸 맘이 어데 팬켔어? 우리 밥은 누가 해주구 옷가지느 또 누가 빨아줘. 그러이 너 먼첨 식으 올려야제. 너느 장가르 들어야 술두 덜 먹구 집발두 붙어 일찍이 들어올 게야. 윤화두 그렇지르. 날마다 덕장에 나가 오징어 배 따주구 그물이나 붙들구 앉아 깁구 있으 수는 없잖인가. 갸가 어데 많이 배워 학력이 튼튼하냐, 그렇다구 집안이 덩실한가. 꽃두 한철이라구 목매는 사나아 있을 때 얼른 가야디."

"무슨 일이든 어디 뜻대로만 되나요. 저쪽도 홀어머니 모시고 있는 데다 오라버니 되는 분 나이가 서른둘인데 아직 결혼을 안 했잖아요." 윤기가 시퉁하게 대답했다. 그는 문미 오빠가 조금 실성기가 있으며 직업 없이 논다는 말은 할 수 없었다.

"허기사 그쪽두 사정이사 없으라구. 그래두 무작정 기다릴 수야 없잖는가?"

윤기는 대답을 않고 멸치 포대와 와이셔츠 상자가 얹힌 선반에서 공책을 내렸다.

"이게 바로 그겁니까?"

"그래, 그거이다."

공책은 스무 장 정도로 얄팍했고, 겉면이 눅눅했다. 공책을 보는 윤기의 눈이 호기심을 띠었다면, 오 영감 눈은 마치 시한폭탄이라도 보듯 겁을 먹고 있었다.

"다른 건 없고 이것 한 권만 들어 있었나요?"

"다른 건 없더만. 그 공책으 쌌던 비니루 피봉하구 스티로폼두 거게 얹혀 있제?" 오 영감이 뒤미처 생각난 듯 말했다. "참, 공책 들추다보이 낡은 사진이 붙었음메."

선반에는 공책 쌌던 물기 든는 비닐 포장물과 스티로폼이 얹혀 있었다. 윤기는 그것까지 내릴 필요가 없어 공책만 들고 햇살이 거처간 창 앞에 앉았다. 습기에 차 물렁해진 공책 표지는 귀가 닳아 오그라져 있었다. 공책 안면도 거친 갱지라 우리 쪽 문방구에 내놓는다면 하급품 취급을 받아 마땅했다. 공책 질이야 어쨌든, 북한제라는 사실 하나만으로도 윤기 마음이 설레었다. 그 설렘은 내용의 궁금증보다 금기의 어떤 부적을 만지는 긴장감과 불안감이었다.

공책 표지에는 내용을 쓰기 전 제목부터 먼저 정해 썼다, 내용을 완성한 뒤 제목이 마땅찮아 고친 듯, 여러 글자가 지워져 있었다. 처음은 볼펜으로 큼지막하게 '회고록(回顧錄)'이라고 썼다가, 록(錄)자를 긋고 담(談)자로 고치곤 다시 넉 자를 모두 긋고, '비망록(備忘錄)'이라고 옆에 써두었다. 아래에는 작은 글씨로 경상북도 영덕군 병곡인 박중렬(慶尙北道 盈德郡 柄谷人 朴仲烈)이라 적혀 있었다. 북한은 한문 이름을 쓰지 않는다는 글을 어느 잡지에선가 읽은 터라, 비망록은 남한 출신인 박중렬이란 자가 남한에 사는 누구인가를 겨냥해 기록했음이 틀림없다고 윤기는 생각했다. 박중렬이란 자가 경북 영덕 병곡 출신이라면, 병곡이라는 곳이 동해안 따라 내려가면 경북 울진·평해를 지나 영덕군에 속해 있는 면소재지임을 그는 알고 있었다. 대학 2학년 여름방학 때 그는 급우 셋과 동해안 일주 여행을 하며 그곳 대진 해수욕장에서 일박한 적이 있었기 때문이었다. 또 한 가지 유추 해석할 수 있는 점은, 제목을 비망록이라 이름했기에 북한의 정치·경제·군사면의 극비 사항을 남한 당국에 은밀하게 제공하려는 목적으로 바다에 띄워 보낸 공책은 아닐 터였다. 그런 극비 문서를 수신처나 수신자 이름을 표지에 쓰지 않고 아무나 주워 볼 수 있는 현명치 못한 방법으로 남한에 우송했을 리 없었다. 막연하게 바다에 띄워 보낼 때 분실 우려도 있고, 아무리 물때를 잘 이용한다지만 북한 어부 손에 건져질 수도 있었다. 그러므로 공책 내용은 다분히 박중렬이란 한 개인의, 문자 그대로 비망록임을 미루어 짐작할 수 있었다. 설령 개인 비망록일지라도 남한에 밀송한다는 자체는 이적 행위로 간주되어 중벌을 받게 될 텐데 그가 왜 그런 모험을 자청했을까란 의문이 들었다.

윤기는 공책 겉장을 넘겼다. 첫 쪽은 자잘한 글자로 채웠는데, 수신자 이름을 줄줄이 적어두고 있었다. 볼펜 글씨의 흘림체 달필이라 박중렬이란 자의 교육 수준을 대충 가늠할 수 있었다.

　—이 공책은 경상북도 영덕군 병곡면 거무역동 영해 박씨 문중, 나의 세 자식이나, 그 손자들, 아직 살아 있을지 모를 아내에게 전달되기를 바란다. 세월의 부침 속에 고향에 있는지 흩어졌는지 모르지만, 자식은 위로 올해 마흔네 살 되는 여식 종희(種熙), 아래 두 아들은 마흔두 살 종우(種祐), 서른일곱 살 종근(種根)이다. 아내 본은 경주이고 원적은 영덕군 강구면 소원동으로, 올해 예순여덟 살이다. 마을에서는 '종택 새댁'으로 불렸다.

　이렇게 써놓고 보니 이 하찮은 기록이 그들 손에 닿지 않고 유실된다 해도 나로서는 달리 불만이 없다. 나는 살아생전 그들에겐 죄인이기 때문이다. 일찍이 자식 노릇, 지아비 노릇에 부실했던, 명색이 볼셰비키 청년 혁명가로 자처한 내가 이제 와서 무슨 면목으로 그들을 대하리오. 혈연을 끊었다 함이 오히려 마땅한 것이다. 그러나 그 점이 내 불찰일 수 있겠으나, 사상이 대립하여 여지껏 나누어진 상태로 각각의 땅에서 다른 사회를 이루어 살고 있는 조국의 분단에도 그 책임이 있다. 만약 어떤 방법으로든, 어느 쪽 리념을 선택하든, 50년 그해 남조선 해방전쟁이 휴전으로 끝나지 않고 통일이 되었다면, 혈육이 떨어져 사는 불행은 없었으리라. 그러나 가설이 무슨 소용 있으며, 책임을 력사에 전가한들 어찌 정당한 변호가 되리오. 그들과 헤어진 지 어언 서른한 해 세월이 흘렀다. 그들이 새삼 내 소식을 접한다면 한동안 자실할 것이요, 리성을 되찾으면 맺힌 한으로 이 공책을 찢어 팽개칠는지 모른다. 그 또한 어쩔 수 없으니, 그 모든 사무친 원한은 내 책임으로 돌릴 수밖에 없다. 그러나 이 기록은 그들에게 속죄하는 마음으로 쓰는 참회록이 아니요, 꼭 무엇을 남겨 보이겠다는 사명감으로 쓰지도 않겠다. 이쯤에서 끝막지 않을 수 없는 인생의 벼랑 앞에서 살아온 예순일곱 해를 회고해보건대, 그 떠오르는 옛 얼굴이 생시와 꿈을 넘나들며 자주 내 심사를 헤집어, 가까이 두고 지나온 이야기라도 들려주는 마음으로 늘어놓는 넋두리에 지나지 않음을 미안하게 생각한다. 아울러 나는 이 기록에서 계급투쟁의 리념관을 펼칠 뜻이 없고, 정치적 목적에 의미가 있지도 않다. 다분히 개인사로 한 생애를 정리하자는 데 뜻이 있지만, 그렇다고 편지 형식으로 쓰지 않겠다. 새삼스레 남조선 옛 가족 이름을 들먹이며 기록함은 우선 그들이 거부감을 느낄지 모르고, 나 역시 이 기록을 감정적으로 이끌 것 같아 피하고 싶은 심정이다. 한편, 남겨줄 유품이나 당부할 말도 없는데 무슨 유언장 같은 비장한 느낌을 그쪽에서 가진다는 게 역시 부담스러우므로, 그런 여러 점을 두루 리해하기 바란다.

남조선에서 살았던 내 전반기 생애를 되짚어볼 때, 지금에 와서 떠오르는 얼굴이 어디 그들 네 명뿐이리오. 가족만 하더라도 이제 타계하셨을 부모님께도 불효한 장자의 뉘우침이 따르고, 한솥밥 먹으며 자란 형제 셋에게도 장자로서 못 다한 책임이 가슴을 저민다.

이제 이 땅에 살아 숨쉬며 내 눈으로 직접 보기에는 절망적이지만, 휴전선이 허물어지고 헤어져 사는 남북조선 이산가족이 다시 만나서 함께 살 통일의 그날은 언제쯤이리오!

첫 쪽은 서문 형식으로 여기서 끝나 있었다. 윤기가 첫 쪽을 읽은 소감은, 박씨의 비망록을 지서에 신고할 필요가 있을까란 자문이었다. 박씨가 분명히 밝혔듯 개인사적 기록이라면 수사기관에 정보 가치로서는 전혀 도움을 줄 것 같지 않았다. 그러나 그 점은 개인적인 판단이므로 반공법, 국가보안법이 엄연히 존재하는 남한 현실이고 보면 어차피 신고 절차를 거쳐야만 후환이 없을 터였다.

윤기는 시계를 보았다. 벌써 한 시 15분이었다. 속초까지 나가자면 버스 안에서 4, 50분은 걸릴 텐데, 너무 심한 지각이라 문미에게 미안한 생각이 들었다. 그러나 그는 여기에서 읽기를 멈추고 곧장 지서로 가기에는 박씨의 비망록에 호기심이 더 켕겼다. 그는 공책 다음 쪽을 넘기려다 문득, 사진이 붙어 있더라는 아버지 말이 떠올랐다. 공책을 대충 훑어보니 작은 글씨로 빽빽이 채워나가다 뒤에 대여섯 장을 백지로 비워두었는데, 마지막 '끝' 자로 비망록을 끝낸 다음 쪽에 낡은 사진 한 장이 붙어 있었다. 누렇게 퇴색되고 쭈그러진, 보푸라기 핀 명함 크기의 박씨 가족 사진이었다. 짧게 깎은 머리칼, 해방 전후에 흔히 입던 국민복 윗도리, 깡마른 얼굴에 눈매 날카로운 중년 사내가 박중렬 장본인임을 윤기는 쉽게 짐작했다. 뒤에 서있는 박씨 앞에 쪽 찐 아낙네가 갓난아기를 안고 의자에 앉아 있었다. 흰 저고리에 검정 치마 차림이었다. 반듯한 이목구비가 사대부 집안의 정숙한 여인티가 났다. 그 옆에는 빡빡머리에 대여섯 살쯤 된 사내아이와 열 살 정도의 단발머리 여자아이가 나란히 서있었다. 사내아이는 갸름한 얼굴에 큰 눈이 제 아버지를 닮았고, 단발머리 여자아이는 명찰을 달고 있어 초등학교에 다니는 듯했는데 똘똘해 보였다. 사진 아랫단에는 '4280. 3. 10. 종근 백일을 기념하여'라 새겨 넣었다.

단기 4280년을 서기로 환산하면 1947년으로, 해방 이태 뒤였다. 박씨는 사진을 공책에 붙여놓고 그 아래에 자필로 설명을 달았다. '하루도 잊어본 적이 없는 나의 혈육들. 51년 이후 유일하게 간직해온 이 사진을 이제 그들에게 돌려보낸다.'

방문이 열렸다. 윤화가 밥상을 들고 들어왔다.

"아버지 식사하세요."

"윤기는 밥 먹었다이 우리마 먹두룩 해." 윤기 어깨너머로 눈주름을 잡고 공책을 들여다보던 오 영감이 아랫목으로 옮겨 앉았다.

"오빠, 그럼 우리만 먹어요."

윤기는 박씨의 공책에 홀려 대답이 없었다.

"눈두 어두븐데 깨알 같은 글씨라 무시기로 썼는지 도무지 모르겠습메" 하던 오 영감이 혼잣소리를 했다. "그래두 사진은 박아둬 늘 간직했구면. 사진 한 장 같이 박은 적 없느 우리 같은 무지랭이 뱃놈이사……, 사람은 모름지기 배워야 돼."

오 영감은 공책 사진을 보고 비망록 내용을 대충 짐작하는 눈치였다. 윤기는 다시 시계를 보았다. 잠시 사이 5분이 지났다. 마음이 더 바빴으나 그는 그쯤에서 공책을 덮을 수 없었다. 문미를 좀더 기다리게 하더라도 그는 몇 쪽쯤 더 읽고 일어서기로 작정했다. 그를 붙들어 매는 요인은 저들의 상투적인 혁명투쟁론을 개설한 내용이 아니라, 한 자연인의 고백이란 점이 문학을 공부하는 그의 마음을 끌었던 것이다.

"아버지, 저게 뭔데 남이 볼세라 돌아앉아 읽어요?" 윤화가 숟가락을 들다 윤기를 보았다.

"니가 알 일 아이다. 어서 밥 먹어" 하곤, 오 영감이 아들을 보았다.

"아니, 그거 읽어 무시기를 어떡하겠다구 늑장 부려. 어서 나가 지서에 후딱 넘기지 않구."

윤기는 대답 없이 공책 다음 쪽을 넘겼다. 다른 날 쓴 듯 이번은 만년 필로 쓴 글씨였다.

—내가 전선을 뚫고 남조선으로 내려가 고향 거무역에 마지막 들러 가족 얼굴을 보기가 51년, 전쟁이 소강상태로 접어들어 일진일퇴를 거듭하던 9 월 하순이니, 햇수로 벌써 서른한 해가 지났다. 그동안 내가 북조선에서 살 아온 반평생을 낱낱이 기록하자면 기억의 한계가 있겠으나, 설령 그런 과 거지사를 애써 회상하여 기록한들 그것이 누구를 위해, 무슨 소용에 닿겠 는가. 대충 기억에 남는 대로 적을 따름이다. 그러나 여기서 한마디로 말한 다면, 남조선에서 보낸 전반기 반생이 청년기 특유의 열정과 실천의 가시 밭길이었다면, 북조선에서 보낸 후반기는 두 차례 숙청에 따른 재교육을 거치며 사상의 회의와 실의, 복권, 은둔으로 점철된 내 인생의 몰락기로 보 아야 할 것이다. 그러니 일생 동안 자기 뜻대로 살다 죽는 경우가 도대체 얼마나 되리오. 뜻대로 산다 함은 또 무엇인가. 자족과 안락, 속세적 행복 에 있는가. 신념에 불타는 실천에 있는가. 각자 생각이 다를 것이다. 그러 한데 지금에 와서 살아온 지난날을 후회한들 무슨 소용이 있겠는가. 지나 간 시간은 흘러가버린 강물과 같다.

나는 일찍이 청년기에, 조선이 주권 국가로서 진정한 독립과, 그 독립을 실현하려면 인민이 배워 깨치고 단결해야 한다는 데 소기의 목적을 두었 다. 그러나 해방 후, 나는 계급 없는 평등사회의 실현도 중요하지만 먼저 삼팔선을 허물고 북남의 통일 달성이란 선결 문제의 해결에 앞장서 인민유격대 전사로 투신했다. 남조선 해방전쟁은 결과적으로 수포로 돌아갔다. 휴전이 되고 북조선에 정착한 후, 햇수가 흐를수록 내 신념의 실현은 현실 앞에 한갓 신기루가 되고 말았다. 나 자신과 가족의 안존을 저버리고 험난한 가시밭길을 걸어왔던 과거가 뼈아픈 회한을 불러왔다. 그러나 내 뜻이 소기의 목적을 성취하지 못했고 국제정치 여건과 내국 사정이 그 뜻을 실현시키는 데 배반했다 해서 나를 실패한 일생이라 단정짓고 싶지는 않다. 돌이켜보건대, 조선 현대사의 격동기를 거치며 이상의 실천에 투쟁하다 뜻을 이루지 못한 자가 어디 내 한 사람뿐이리오. 서구 렬강 제국주의와 군국주의 일본 세력이 조선 땅을 넘보며 침탈을 시작한 후, 풍전등화의 조국을 구하겠다고 의연하게 일어섰다 순국한 의병과 우국 렬사가 그 얼마며, 일본이 조선 땅을 강제 점탈한 36년 동안 국내외에서 항일 투쟁에 신명을 바친 전사 또한 그 수를 헤아릴 수 없으리라. 45년 해방 전후, 나와 같이 민족주의 운동에 나서서 형극의 길을 걷다 들짐승같이 이름 모를 산야나 감옥소에서 통분하며 죽어간 애국 혁명동지들 얼굴도 먼 들녘 끝 불빛같이 아른하게 떠오른다. 사실 나 역시 그 동지들과 한 배를 탔으니 일찍 죽어야 했음이 옳았다. 이제 땅속 촉루만 남았을 옛 동지들에 비해 내 후반기 인생은 한갓 초목같이 명만 이어온 꼴이니, 천명을 누림이 무슨 자랑이리오. 더욱이 이런 쓰잘것없는 기록까지 남기려 주책을 떨고 있어 가소로운 느낌마저 든다.

　이제 끝났다. 늘마에 병이 깊어 통증이 살과 뼈를 마모시키고 정신 또한 어지럽다. 한 시절 젊은 피는 썩고 열정과 랭철함, 결단력도 없어진 지 오래이다. 복받치는 감정을 억제하여 자제력을 가지려 하나 죽음을 눈앞에 둔 탓인지 이 기록의 서에서 밝힌 대로, 한 늙은이의 넋두리임을 리해하기 바란다.

"무시기 곡절 깊은 글이냐. 속이 타서 밥두 편케 안 넘어가누만." 오 영감이 밥을 숭늉에 말며 말했다. 아들의 대답이 없자 오 영감이 역정을 냈다. "허허, 이거 정말루 집안에 난리 날 꼴으 보겠구먼. 그게 어떠런 건데 손때 묻게스리 그렇게 붙잡구만 있습메. 내 그냥 불 싸질러버리든지 지서에 후딱 신고해버릴 거르 괜히 학교까지 쫓아가 분답 떨었어."

"내용을 보니 신고할 필요가 없겠네요. 그저 신상 넋두리야요."

"넋두리든 잔소리든, 국민으 도리로 지서나 군부대에 갖다 바쳐야 않까디. 발 뻗구 잠 잘라믄 나라 법대루 살며느 돼."

"오빠 학교에 무슨 일 있었나요?" 윤화가 아버지에게 물었다.

"하여간 요상스런 공책으 내가 바다서 줏었지 않까디. 그걸 보며 저르는 거 아인메."

"바다에서 공책을 줍다니요? 어떤 공책인데요?"

"누가 아이라나. 가재미 낚다 신발짝 건졌다느 이바구 들었어두 망망대해에서 공책 건진 거느 처음임메."

"그만 일어서겠어요."

윤기는 공책을 덮었다. 그는 마음 같아선 그리 길지 않은 비망록을 독파하고 싶었다. 아버지 성화도 대단했지만 아무래도 문미와의 약속을 포기할 수 없어, 그쯤에서 읽기를 그치기로 했다. 지서에 신고 접수부터 하고 어떻게 뒤를 읽어볼 방법을 강구함이 좋을 것 같았다. 그는 공책을 들고 일어섰다.

"아니, 그거르 그냥 들구 바깥으루 나돌아댕길라 그래?" 방을 나서려는 아들을 보고 오 영감이 질겁을 했다.

"아뇨, 봉투에 넣어야죠."

"저것도 가져가야지 않겠음?" 오 영감이 비닐 포장지와 스티로폼을 가리켰다.

"그래야 되겠군요."

오 영감이 선반에 얹힌 물건을 내렸다. 윤기는 그것을 들고 부엌 옆방으로 들어갔다. 그가 서재로 쓰는 방이었다. 봉창이 해안 쪽으로 나 있고 앉은뱅이책상과 책으로 가득 차 두 사람 눕기가 빠듯했다. 그가 군에 있을 동안에는 허드레 물건과 어망 따위를 넣어둔 헛간방이었는데, 제대한 뒤 쓴 20여 편 시가 그 골방에서 마무리되었으니 시인의 산실 구실을 톡톡히 한 셈이었다.

봉투에 넣기가 무엇하여 윤기는 공책 쌌던 부속물을 가방에 담아 들고 마당으로 나섰다. 오 영감과 윤화가 대문 앞에 서있었다. 밥상을 치운 윤화는 덕장으로 나가려 방울 달린 빵모자를 썼고 고무장갑을 들고 있었다.

"윤기야, 그 공책 쓴 사람이 이남 출신으로 이남 사는 가족 찾는 게 맞지러?" 윤기가 대문을 나서자 오 영감이 물었다.

"돋보기 안 쓰시면 신문두 못 보시는데 어떻게 아셨어요?"

"거게 붙은 사진 보이까느 그런 생각이 들드만." 오 영감은 희뿌연한 흐린 하늘에 눈을 주었다. "너들이 커니까느 저쪽 생각 안 하구 살래두 나이 탓인지 더 간절해지누만……."

"아버지가 불온 삐라 같은 걸 바다에서 건졌나봐. 그렇지, 오빠?"

"지서에 신고하려구."

윤기는 북쪽 하늘을 망연히 바라보는 아버지를 보았다. 아버지도 더러 북한 가족에게 편지를 띄웠으면 싶을 때가 있지요, 하고 묻고 싶었으나 참았다. 이번 경우가 아니더라도 이복형제 얘기가 궁금했지만 아버지의 심중에 칼질하듯 느껴져 그는 조심이 앞섰다. 어머니가 살아 계실 적엔 아버지는 이북 가족 얘기를 좀체 입에 담지 않았다. 그 말을 입에 담으면 금방 어머니의 지청구가 떨어졌다. 그렇게 오매불망 그쪽 식구를 못 잊는담 이남에서 새장가 들지 말구 홀아비로 살며 고향 갈 날이나 손꼽아 기다리지. 나는 어디 허깨비한데 홀려 시집왔나. 어머니 힐책을 들으면 아버지는 묵묵부답이었다. 윤기가 철들고 그런 문제로 두 분이 말다툼하면 늘 아버지 편이었다.

"그럼 지서에 접수시키고 저는 바로 속초로 나갈래요."

"오늘 데이트 한번 늘어지게 하겠구먼." 윤화가 오빠를 보고 눈을 흘겼다.

함지박 엎은 듯 스웨터 위에 솟은 누이 젖가슴에 윤기 눈이 머물렀다. 자궁암으로 3년 신고하다 별세한 어머니를 닮아 윤화는 젖이 컸다. 젖만 아니라 넓고 둥근 어깨에 엉덩이가 펑퍼짐했다. 마을 사람은 윤화를 보면, 심상 넉넉함이나 부지런한 천성이 복을 타고나 시집가면 잘살 거라고 말했다. 윤화는 어머니가 앓아 눕게 되자 중학교를 졸업한 뒤 진학을 포기하고 집안 살림을 도맡았다. 나이 들자 벌이 길에 나서 어판장에서 오징어와 명태 배 따는 일을 쉬지 않았다. 해가 향로봉 넘어 기울 때까지 부지런을 떨면 하루벌이가 4천 원은 되었다.

"아무래도 늦겠어요." 윤기가 아버지에게 말했다.

윤기는 속초로 나가면 늘 술에 만취되어 자정 무렵에 돌아왔다. 문미를 만나기도 했지만, '맥' 동인들과 어울리는 탓이었다. 속초를 중심으로 인근 읍면 소재지 문학 지망생들로 구성된 문학 서클 맥은 계간으로 60쪽 안팎의 동인지를 발간하는 외 한 해에 두 차례 봄가을로 '동인 작품 낭독회'도 열었다. 창립 당시는 주로 대학생 중심이었으니 7년째를 맞는 동안 나이가 들어 이제 대부분이 직장인들이었다. 그동안 중도 탈락자가 있었고 군에 입대하면 새 동인을 맞기도 했는데, 인원수는 열 명에서 열 댓 명 안팎을 유지했다. 수확이라면 7년 동안 두 명의 동인이 중앙 문단에 등단하는 기쁨을 누린 정도였다. 그중 윤기가 끼어 있었다.

"오빠, 정 선생 집에 한번 더 데려와. 찌개를 아주 잘 만들던데. 며느리 후보께서 찌개 만드셨다니깐 아버진 눈치두 없이, 그 참 시원타며 다른 반찬 제쳐두구 찌개만 자셨잖아."

오 영감은 며느릿감 얘기만 나오면 합죽한 입꼬리를 치켜 흐뭇하게 웃었다. 보름 전, 윤기는 문미를 집으로 데려와 아버지와 누이에게 처음 인사를 시켰다. 별러 이루어진 일이 아니어서 그날도 문미는 유치원에서 퇴근한 복장 그대로 낡은 검정 오버에 청바지 차림이었다. 사귄 지 3년 반, 단순한 친구 사이가 아님을 집에서도 눈치채고 있으니 아버님께 인사나 드리자며 함께 왔던 것이다. 마침 윤화가 부엌에서 저녁 밥상을 준비하던 참이라 방안에 우두커니 앉았기가 무엇했던지 문미는 부엌일을 돕겠다며 밖으로 나갔다. 남자 쪽 집에 처음 걸음이었지만 문미는 처녀 특유의 새침데기와 달리 수더분한 애였다. 그 점은 아버지를 어려서 잃고 어머니가 식당 일에 매달리다보니 외롭게 자란 환경 탓이었다.

윤기는 더 지체해선 안 되겠다며 대문을 나섰다. 윤기가 빠른 걸음으로 골목길을 빠져나가자 윤화가 뒤질세라 쫓아왔다.

"오빠, 서울로 전근 간다는 게 사실이야?"

"누가 그러던?"

신춘문예 본심 심사를 맡았던 윤 선생을 시상식 때 만난 뒤, 그는 새로 쓴 시를 선보이며 안부 편지를 세 차례 띄웠는데, 마침 서울 어느 사립 중학교에 영어 선생 자리가 났다는 편지가 왔던 게 지난달이었다.

"명희한데 들었어."

명희는 윤기 옆자리 박 선생 누이로, 윤화와 중학 동기였다.

"전근할 수도 있었으나 관두기로 했어. 아무래두⋯⋯."

"아버지 때문에?"

윤기는 말하지 않았다. 부임한 지 일년을 못 채워 학교를 떠난다는 게 마음에 결렸지만, 사실 아버지를 두고 떠날 수가 없었다. 만약 윤화가 시집가면 아버지는 외톨이가 되는 셈이었다. 그렇다고 바다를 버리고 자식 따라 서울로 나설 아버지가 아니었다. 고향으로 못 갈 바에야 죽어도 여기서 뼈를 묻겠다는 말은 아버지의 평소 입버릇이었다.

"글 쓰는 사람은 서울서 자리 잡아야 활동하기 쉽다던데? 촌구석에 처박혀 있음 작품 발표가 힘들다며?" 윤화가 누구한테 들었는지 아는 체 물었다.

"그 말은 누가 하던?"

"정 선생이. 그때 우린 부엌에서 많은 얘기를 했거든."

"정양두 내가 서울 가는 건 말리는 쪽이야. 여기서두 좋은 시 쓰지 못하란 법 없으니깐." 다음 말에서 윤기 목소리가 그늘졌다. "말은 그렇지만, 현실은 어쩔 수 없지. 아무래두 여기 눌러앉았다간 자극이 없으니 그 세계에선 낙오되기가 쉽지. 중앙지에 발표 지면 얻기두 힘들구."

골목 맞은편에서 동네 반장 문 영감이 걸어왔다. 남매는 문 영감에게 인사를 했다. 문 영감 역시 오 영감과 처지가 비슷한 삼팔따라지로, 함남 단천 출신이었다. 그는 1·4후퇴 때 홀몸으로 피란을 나왔다. 그의 가족은 피란길 북새통에 신창에서 헤어졌다고 했다. 문 영감은 여덟 해 전 한국일보사에서 베푼 이산가족 찾기에 이름을 낸 게 인연이 되어 서울 동대문시장에서 포목상을 하는 아우를 만나 실향민 설움을 실컷 푼 장본인이었다. 그러나 형님네 가족은 식구 중에 병자가 생겨 뒤처지는 통에 월남 못했을 거라는 아우의 뒤늦은 소식에 남한에서의 가족 찾기는 희망을 잃어, 또 한번 실향민의 설움을 톡톡히 맛본 희비를 겪기도 했다. 문 영감 부친은 일제 초엽 단천군 황곡면 만탑산에 아연 광산을 개발하여 집안 살림이 넉넉했다. 해방 후 북한 전역이 공산화되자 광산은 당에 몰수되고 문 영감 부친은 그 화병으로 48년에 죽었는데, 부친 제삿날인 8월 초하루는 여름 피서를 겸해 해마다 아우네 가족이 형이 있는 이곳까지 달려오는 형제 우애를 보였다.

"아바이 집에 계시지?" 문 영감이 윤화에게 물었다.

윤화가 집에 계신다며 좁은 골목길을 내주며 대답했다.

"여기 내려와 산 지 30년이 넘는데 아버지나 문씨는 툭하면, 아바이가 뭐야. 함경도 사람 표 내나? 아버지란 말을 모르지두 않으면서." 윤화가 쫑알거렸다.

"고향을 잊지 않으려고 새겨서 쓰는 말일 테지."

윤기는 잠시 잊고 있었던 박씨를 생각했다. 의식적으로 이쪽을 염두에 두고 했는지 모르지만 그의 기록에는 생경한 북한 특유의 낱말이나 어투를 쓰지 않았다.

"잊지 않아봐야 뭘 하겠어. 전쟁이 터졌다면 이쪽저쪽 다 죽을 텐데, 고향이 무슨 소용이야. 그렇다구 평화 통일두 힘들잖아. 그냥 따로따로 사는 게 편하지. 연세 봐서라두 아버지 생전에는 고향 땅을 못 밟아. 아버지두 이젠 포기하신 것 같구."

"한구 아저씨 봐. 그분은 어릴 때 이남으로 넘어왔으니 쉽게 이쪽에 동화되어 어디 우리말과 구별할 수 있냐. 북에 처자식 두고 온 나이든 층 일수록 고향 애착은 더 강한 법이야."

"그래도 그렇지, 억양은 못 고친다지만 있습메니, 있까디니, 아바이니 하는 말은 듣기가 오죽 거북해?"

"그것두 듣는 쪽 사람 나름이야. 자기네끼리 이야기할 때 들어봐. 얼마나 사투리를 즐겁게 쓰는지. 우리가 알아들을 수 없는 말두 많잖아. 그들에겐 고향 말이 그렇게 정다울 수 없으니 혹 고향 말 잊을까 하구, 볼일이 없어두 저렇게 왔다갔다 찾아다니며 기를 쓰구 고향 말을 더 쓰려는 게야."

"좁은 땅덩어리에서 네 말, 내 말이 어딨어. 그냥 자기 사는 데 따라 거기 말을 쓰면 그만이지."

오 영감네가 사는 이 일대 70여 가구는 휴전이 된 뒤 주로 함경남도에서 피란 나온 난민들이 정착한 판자촌 마을이었다. 좁은 골목은 반듯하게 뚫린 길이 없어 미로 같았고, 가옥 구조도 대개 서른 평이 채 못 되는 대지에 방만 서너 개씩 얽어, 훤한 마당 가진 집이 없었다. 휴전 당시 모두는 곧 고향 땅이 수복되면 쉬 돌아갈 수 있으리라 믿고, 고향 바다가 저 멀리 보이는 휴전선 턱 밑에 임시 거처 삼아 적당히 판자로 벽을 치고 루핑 지붕을 얹었던 것이다. 그러나 한 해 두 해가 덧없이 흘러가면서 휴전선 장벽은 더욱 튼튼해져만 갔다. 60년대 중반에 들자 전국적으로 일기 시작한 새마을사업 열기를 타고 이곳도 소방도로를 낸다 어쩐다 했으나 그것도 흐지부지 매듭을 못 지은 채, 지붕과 담장만 시멘트로 개조하는 데 그치고 말았다. 30년이 흐르는 사이 주민 성분도 많이 바뀌어 함경도 출신이 7할, 나머지는 외지에서 들어온 사람이 3할 정도였다.

강원도 북한 해안 지방인 거진·간성은 함경도 출신 피란민이 집단 마을을 이룬 동네가 있었는데, 특히 아야진과 속초 청호동 일대는 8할 이상이 그쪽 출신으로, 그들은 30년이 지난 지금까지 그쪽 사투리를 잊지 않은 채 고향이 수복될 날을 기다리며 살고 있었다.

큰길까지 나오자 윤기와 윤화는 헤어졌다. 윤화는 한길 건너 어판장으로, 윤기는 한길을 따라 지서 쪽으로 걸었다.

오후로 들며 하늘은 구름이 더 낮게 내려앉았고 바람이 세찼다. 윤기는 코트 깃을 세우고 가방을 팔에 걸어 두 손을 주머니에 쑤셔 넣었다. 이제 속이 울렁거린다거나 구토 증세는 가셨으나 허기가 빈 뱃속을 긁었다. 윤기는 시계를 보았다. 한 시 28분이었다. 문미는 벌써 다방에 도착했을 텐데 자기는 아직 23킬로 북쪽에서 속초행 버스를 타기는커녕 엉뚱한 일로 지서를 찾아간다는 게 무슨 쓰잘데없는 짓거리냐 싶어 은근히 부아가 끓었다. 박씨 비망록에 간첩 접선 장소와 시간을 명시해놓았거나, 그쪽 군사 기밀을 밝혀놓았다면 신고부터 해야겠지만 내용이 그렇지 않았다. 윤기가 미처 다 읽지 못했으나 서두로 미뤄볼 때, 북한 사람이 쓴 공책이란 점 이외 특기할 만한 게 없는 평범한 개인 기록이었다.

윤기는 속초의 대지다방에 도착할 때까지 시간을 점검해보았다. 버스 정류장을 한 마장 더 지나가야 하니 지서까지 7분, 신고 접수를 하자면 아무래도 습득자와 신고자의 주소·성명·직업·주민등록번호를 대고, 습득 경위와 시간 따위를 꼬치꼬치 묻고 기록할 터였다. 그러자면 지서에서 20분이나 어쩜 30분 넘게 걸릴는지 몰랐다. 자기를 만나 특별히 치를 급한 용건도 없는데 문미가 점심까지 굶어가며 두 시간이나 기다려줄 것 같지 않았다. 그러자면 어차피 그녀 집까지 찾아가 문미 어머니를 뵈어야 하고, 넋 나간 문미 이부(異父) 오빠를 만나야 할 것이다. 그때, 그가 걷는 한길 저쪽에서 강릉행 속초여객 소속 버스가 오고 있었다. 저걸 타버리자고 그는 순간적으로 결정했다. 그래야만 시간을 단축해 버스나 다방에서 박씨 비망록을 완독할 수 있었다. 윤기는 차도를 내려서서 버스를 향해 손을 들었다. 정류장이 아니었으나 장거리 완행이라 버스가 멈춰주었다. 그는 버스에 오르자, 여기 면소재지 지서에는 정보과가 없으니 속초시 경찰서 정보과에 직접 신고하자는 타협안이 떠올랐다.

토요일 오후라 버스 안이 붐볐다. 연말연시를 고향에서 보내려 특별 휴가를 받았는지 휴가병이 많았다. 그들의 강건한 구릿빛 얼굴을 보자, 그는 자신의 군대 시절이 떠올랐다. 불과 일년 전이었다. 양구 팔랑리, 그 첩첩산골에서 보낸 이태 반은 한마디로 지겹던 나날이었다. 훈련 과정을 끝내고 103보충대를 거쳐 이등병으로 그곳에 떨어진 뒤, 병장으로 제대할 때까지 그는 날마다 침상에서 아침 눈을 뜨면 군복 벗을 날짜만 헤아렸다. 젊음을 제복의 획일성과 타율의 명령에만 좇아 시간을 낭비한다는 초조감이 끊임없이 그를 조바심 나게 했다. 초년병 생활은 거의 말을 잃은 고문관으로 보냈고, 상등병 때는 연대 인사과를 떠나 수색 중대로 자원한 뒤, 잠복 보초 근무가 없을 때는 시간이 남아 책을 읽었으나 머리에 잘 들어오지 않았다. 끊임없이 틀어대는 저쪽의 대남 방송에도 만성이 되고, 디엠젯 초소에서 한가롭게 시집 책장이나 넘기던 병장 시절에는 잠복근무만 끝내면 주보나 민통선 안 농가에서 술로 시간을 죽였다. 제대가 가까워져 제대일자 카운트다운에 실감을 느낄 즈음, 수십 번 뜯어고친 시 두 편을 겨우 완성할 수 있었다. 휴전 무렵, 아군과 인민군이 한 달 남짓 사이 실함과 탈환을 열다섯 차례나 되풀이하여 속칭 '펀치볼'로 불리는 해안분지는 그의 수색 중대가 주둔한 요충지이기도 했지만, 동족상잔의 상처가 시의 주제가 되었다. 그는 〈해안분지(亥安盆地)〉를 신춘문예 모집에 투고했으나 '압축미가 없고 직정적이다'란 이유로 최종심에서 낙방했고, 별 자신 없이 다른 신문사에 보낸 평범한 서정시 〈화진포(花津浦)의 일출(日出)〉은, '무리 없는 발상에 비유와 상징이 적절한 수준작'이란 찬사와 함께 당선의 영예를 안았다. 그 신문 1월 1일자에는 화진포 일출을 찍은 컬러 사진이 크게 실렸고, 그 아래 시와 자기 얼굴 사진이 곁들었다. 제대를 한 달 앞둔 때였다. 일주일간 특별 휴가를 얻어 그는 문미를 구슬러 시상식에 참석하러 상경했다. 종로2가 뒷골목, 별로 깨끗하지 않은 경동여관에서의 첫날밤을 그는 잊을 수 없었다. 문미의 고통스런 비명과 하혈을 떠올리면 그는 지금도 얼굴이 화끈 달아올랐다. 그날 밤, 문미는 벽 쪽으로 돌아누워 뜬눈으로 밤을 새우며 소리 죽여 울었다. 동해 파도와 엄마의 수초 같은 삶이 자꾸 떠올라 눈물을 참을 수 없다고 했다. 잠시도 떨어지지 않았던 서울에서의 이틀 동안, 첫날밤의 결합 탓인지 둘은 오히려 서먹서먹하게 보냈다. 경복궁 박물관, 창경원의 동물 구경도 했지만 죽은 도시의 겨울만 보았을 뿐, 둘은 대화를 잃었다. 돌아오던 길에 대관령 휴게소에서 보았던, 회오리치며 하강하던 안개를 뚫고 날아오르던 이름 모를 한 마리 새를 보며 그는 비로소 3년 동안의 조바심과 막막한 분노를 씻어낼 수 있었다. 시의 명예와 한 여자를 동시에 소유했던 이틀간의 서울, 그는 안개를 뚫고 솟구치던 새를 보며 그 두 가지를 영원히 놓치지 않겠다고 다짐했다.

윤기는 승객들을 비집고 버스 뒤로 들어갔다. 창가에는 40대의 중년 사내가 앉았고 통로 쪽은 예의 휴가병이었다. 윤기는 창밖에 눈을 주었다. 버스가 해안도로를 내달아, 밝은 트인 바다였다. 구름 낀 하늘아래 바다는 수평선 윤곽마저 지워진 채 잿빛으로 출렁거렸다. 해안의 바위에 부딪쳐 파열하는 포말 물보라가 도로 가장자리까지 튀어 올랐다. 그는 난바다를 보며, 바다를 위험한 짐승이라고 표현했던 어느 시구가 적절한 비유라고 수긍했다.

윤기는 문미를 만나기 전까지 비망록을 읽는다는 게 무리라고 생각했다.

"이리 주시지요." 휴가병이 윤기 가방을 당기며 말했다.

"괜찮아요."

가방은 속이 비었기에 무겁지 않았다. 그 점보다 비망록이 든 가방을 군인에게 잠시나마 보관시킨다는 게 그는 왠지 찜찜했다. 젊은 놈이 편안히 앉아 가기가 미안해서 그렇다며 휴가병이 빼앗다시피 윤기가 든 가방을 낚아챘다. 선의의 청을 더 거절하기 무엇해 윤기는 휴가병에게 가방을 넘겨주었다. 그 가방은 그가 발령 받고 학교에 첫 출근하기 전 일요일, 속초에서 문미를 만났던 날 그녀가 선물한 가죽가방이었다. 학생들이 오랫동안 소중히 기억할 좋은 선생이 되세요, 하고 문미가 말했다. 그는 한동안 도시락과 부교재를 가방에 넣어 다녔다. 요즘은 시 습작 노트와 쉬는 시간 읽을거리를 넣어 다녔다. 요즘 읽는 책은 벤야민의《현대

사회와 예술》 번역판이었다.

버스가 15분쯤 달려 가진리를 지났을 때였다. 휴가병 옆 창가에 앉았던 중년 사내가 발밑에 놓아둔 연장 가방을 들고 내릴 채비를 했다.

"내리십니까?" 휴가병이 그에게 물었다.

"공현진에서 내려요."

"비가 올 것 같은데요?"

"화진포에서 일감이 끝난 참에, 전에 같이 일한 도목수가 공현진 수협 창고 일을 맡았다기에 거기로 가는 참이오" 하며 사내가 의자에서 일어났다.

안녕히 가시라며 휴가병이 사내에게 인사를 하곤 윤기에게 빈자리에 앉으시라고 말했다. 윤기는 휴가병에게 맡긴 가방을 넘겨받았다.

"학교 선생이시죠?" 휴가병이 물었다.

"어떻게 아셨어요?"

"입대 전 밑바닥 일거리를 좇아 떠돌다보니 사람 보는 눈은 밝죠. 서울 쌍문동 학교 앞 공사판에서 일할 때, 밥집에 들르던 손님 중 선생은 표가 납디다. 들어와 설렁탕을 시킬 때 어쩐지 백묵 냄새가 나요."

"부대가 화진포 부근인 모양이지요?"

"몽구밉니다. 동방사 소속으로 해안 초소 경비만 2년째요."

"흔적선 만들어 지키는?"

"그래요. 제대가 3개월쯤 남았습니다. 밤 보초가 지겨워요."

"어때요, 요즘 조용합니까?"

"심심하지요. 2년 동안 우리 관할 초소에 적이 넘어오는 사건은 없었어요." 휴가병이 무엇을 생각했던지 말을 이었다. "사고가 한 건 있긴 있었어요. 작년 겨울, 나도 분초 보초를 섰는데, 내가 겪은 일은 아니고 다른 초소에서 수상한 자 한 명을 사살했지요."

"수상한 자라니요?"

"새벽 한 시쯤 됐을까요. 무슨 물체가 제삼초소 쪽에서 꾸물거려 곽 병장이 수하를 하며 암호를 외쳤던 모양입니다. 그런데도 저쪽에서 아무 대답이 없자 곽 병장이 엠식스틴에 격발 장치를 하고 포복으로 접근했던 모양이라요. 그러자 저쪽에서 갑자기 해안 숲으로 냅다 도망치는 거예요. 곽 병장이 뒤쫓으며 그냥 갈겼지요. 총소리에 분초 경비하던 모두가 뛰어갔지요. 플래시를 비춰보니 남루한 차림의 젊은 사내였어요. 그때 우린 정말 간첩 한 놈을 잡은 줄만 알았습니다."

"죽었나요?"

"복부 관통상으로 즉사했지요. 날이 새고 신원을 수소문해보니 저 산 복리 산골에 사는 정신병자였어요."

"그런 자가 어떻게 밤중에 통행금지 구역까지……."

윤기는 문미 오빠 병섭 형을 떠올렸다.

"그런 자다 보니 겁없이 한밤중에 해안을 배회한 거지요."

대화가 끊겼다. 휴가병은 등받이에 머리를 기대더니 눈을 감았다. 윤기는 무릎에 놓인 가방 지퍼를 열었다. 주위를 둘러보았으나 이쪽으로 눈을 주는 사람은 없었다. 그는 박씨 비망록을 가방에서 꺼냈다.

—내가 있는 장소는 원산서 동남방 12킬로, 소동정 호수가 내려다보이는 홍남비료련합기업소 휴양지 부근이다. 호수 건너 동해 쪽빛 바다의 파도 소리가 밤낮으로 귓전을 때린다. 이곳 이름은 '서광사 료양소'로 난치병 환

자가 대부분이다. 병동 여섯에 3백 명 내외를 수용하는 이 료양소에서 내가 주거하는 제2병동은 대부분 예순 살이 넘은 말기 암환자들로 하루 몇 구의 시체가 병동 뒤 화장터로 실려 나가고, 또 그만한 수의 환자가 새로 입소해 죽음을 대기한다. 그들은 모두 자신이 싸우는 병이 곧 사망에 이르게 됨을 알고 있다. 그렇게 시한부 인생을 살므로, 환자들은 대충 세 가지 유형으로 분류된다. 통증에 따른 끊임없는 발악과 헐떡거림, 그래도 그들은 그 통증만 가시면 생명을 한동안 유지할 거라 믿고 있다. 두번째, 아무나 붙잡고 자기가 지금 죽기는 너무 억울하다고 호소하던 환자가 끝내 삶을 체념하면 내세의 존재를 믿고 하느님이나 부처님에 매달린다. 그들은 30여 년 잊고 지낸 종교심을 죽음을 앞두고 회복하는 것이다. 마지막으로, 통증을 견디다 못해 바보가 되어버린 몽유병자 부류이다.

지난 겨울을 넘길 무렵, 나는 한동안 소화불량이 계속되더니 입맛을 잃었다. 체중이 감소될 때, 나는 그저 위염이나 장염 정도로 여겨 보건소에서 약을 타다 먹었다. 경과의 진행은 나쁜 쪽으로 발전되었다. 구역질이 자주 받치고 소량의 음식마저 토하게 되면서 내 건강이 심상치 않음을 깨달았다. 하루 여덟 시간 행정직 근무에도 기진맥진이 되어 합숙소로 돌아오면 밥상을 대하기보다 자리에 눕고 싶은 피곤으로 까부라졌다. 그때까지도 나는 이제 육신을 쉬어야 할 때에 당도했구나 하며 나이 탓으로 돌렸다. 내 나이 예순일곱이니 모든 일에서 은퇴할 시기였다. 머리칼이 일찍 세어 마흔을 넘기고부터 로인 동무 소리를 들어왔으므로 지금은 성성하던 백발도 다 빠져, 같이 있는 동무들은 나를 칠순으로 보기도 한다. 그러나 나는 오늘에 이르기까지 내 육신의 안락을 도모하려 애쓴 적이나 건강에 신경 쓸 겨를 없이 살아왔다.

내 병이 의학의 심판을 받기는 4월, 영흥 협동농장 정기 검진 결과이다. 나는 위가 계속 불편하다고 보건소원에게 말해 다시 정밀 검진을 받았다. 보건소에서 회신해온 검진보고서를 놓고 관리위원회 회의 결과, 나를 행정 로동마저 불가능한 일급 환자로 판정했다. 담당 의사는 그 사실을 숨겼으나, 나는 내 위장의 제반 조짐에서 이미 수술 시기를 놓친 암환자임을 어렴풋이 깨달았다. 세상을 하직할 때 특별히 준비할 건 없었지만, 그때부터 나는 죽음을 예비하지 않으면 안 됨을 알았다. 내가 과거를 돌이켜보게 되기도 바로 그 즈음부터이다.

남조선 해방전쟁 과정에 나는 누구보다 앞장섰고, 해방전쟁 완전 실패에 따른 비판회를 거쳐 남로당 종파사건의 대숙청이 남로당 출신 월북자에까지 파급된 53년 8월에 나는 로동당 연락부 교양원에서 당직을 박탈당했다. 나는 남로당 출신 동지들과 함께 속전론(續戰論)에 찬동했기에 반동으로 락인 찍혔다. 소련과 미국의 사주에 의한 휴전조약 체결이란 조국 통일을 막는 사대주의적 발상이고, 남조선 출신인 나로서는 남조선에서의 정치적 기반을 상실하는 결과이므로 어떤 희생을 치르더라도 완전한 종전(終戰)으로 매듭지어져야 함이 내 소신이었다. 국가에 대한 반역죄로 남로당 창당 핵심 요원들이 처형당할 때, 나는 지도원급이 아니었으므로 극형을 면해 중앙당 분교에 수용되어 류개월 동안 사상 검토를 받고, 평남 신창 탄광 로동자로 숙청되었다. 1936년과 38년에 스탈린이 행한 숙청극의 망령을 보며 나는 비로소 리상과 현실의 괴리를 체득했다. 그러나 그때까지도 내 젊음은 그렇게 매장될 수 없다고 확신했다. 열 시간 갱내 생활을 하며 나는 당에 충성을 맹세했고 자아비판에 누구보다 열성을 다했다. 결과, 3년 만에 나는 복권되었다. 평남 용강에서 인민학교 부서기로 복무한 4년 동안, 나는 결혼했다. 평탄한 시기였고, 열성 당원으로 두 번이나 공훈 표장에 추천되기도 했다. 그 결과에선지 60년, 로동자 상대 공장대학이 전국 규모 공장마다 개설되자 나는 진남포 제련공장 공장대학 교양강사로 추천되었다. 그로부터 2년 후, 남조선 출신자들의 재교육 실시가 있었는데, 어느 사석에서 내가 유일사상 혁명 노선을 비판했다는 밀고가 들어가 나는 교조주의(敎條主義)로 문책 받아 평관리원으로 격하되었다. 그러나 3년 만에 당이 나의 남조선 해방전쟁 전후 투쟁정신을 평가했던지 돌연 소환되어 제2태백 정치학원 제4구 요원으로 복무하게 되었다. 3년간을 나는 소백산맥 지구에 남파될 대남 적화 대원에게 도보정찰학을 가르쳤다. 물론 3년 동안 가족과 떨어져 불철주야 대원들과 함께 지냈다. 그동안 남조선 신문 열람이 허락되기도 했다. 그 3년간 나의 갈등이 심화되었다. 내 전력이 민족보다 사상에 맹신하지 않았느냐란 자아비판 탓이었다. 45년 조선 해방은 민족 자력으로 성취하지 못했고, 53년 휴전으로 통일은 좌절되었다. 내가 투쟁해온 길은 그 어느 쪽에도 도움을 주지 못했다. 휴전 이후 동족은 서로의 심장에 총부리를 겨누며 계속적인 군사력 증강으로 인민의 희생만 강요했다. 평등사회의 복지락원은 리상이었다. 당은 실권자의 권력 강화를 위해 분단을 고착화시키고, 분단의 위기감을 권력 유지에 리용했다. 따라서 과거 남조선에서의 내 유격 활동도 스스로 비판해보지 않을 수 없었다. 67년 김칠득 동무 사건에 책임을 물어 나는 다시 소환되었고, 이듬해 남조선 울진·삼척지구 무장 특공대 남파에 따른 실패 책임을 물어 다수 공작 지도부 요원을 파면할 때, 나는 함남 선천 용양광산 노동자로 숙청되었다. 내 나이 쉰을 넘어선 후였다. 그 숙청 때는 처음 숙청 때와 달리 나는 마음의 평안을 느꼈다. 내 령륙(霛肉)이야말로 나이로 보아 이제 대남사업 요원 일을 감당하기에 무리였다.

그후부터 오늘에 이르기까지 내가 당의 부름에 련련하지 않았던 만큼, 당 또한 내게 관심이 없었다. 70년대로 들어서서 대남 공작 로선은 새로운 전환점을 맞았던 것이다. 휴전 이후, 스무 해 가까운 세월이 경과되다보니 남조선 출신을 대남 공작요원으로 차출하기에는 적령기를 넘긴 나이도 문제지만, 남반부 활동에 여러 장애 요인이 문제시되었다. 남조선 출신 대남 공작요원 강사로서의 내 가치도 끝났다.

나는 한 일꾼으로 여러 직종을 전전하며 맡겨진 직분만 수행했다. 그 즈음에서야 나는 인생적 체험에서 달관되었다고 할까, 무념의 일상에 자족하는 지혜를 터득했다. 나는 내 청년기의 소망이었던 로동의 땀을 인민과 함께 나누며, 로동하는 데 소박한 위안을 찾았다.

회상해보면 약관부터 오늘에 이르기까지 나는 참으로 다난한 인생을 살아왔다. 그동안 무쇠 같은 체력을 유지할 수 있었던 게 고맙게 생각된다. 예순을 넘겨서도 땀 흘려 일할 수 있기는 유아적 조모님과 어머님의 극진한 보살핌 덕분이라 회상하니, 늙마의 마음이 동심과 같다는 이치를 깨닫는다. 집안 장손이라 어릴 적부터 먹기 싫은 한약 사발을 들고 고샅까지 뒤쫓아와 "중렬아, 약사발 쏟겠다. 그만 섰거라 보자. 아부지한테 시껍 묵을라꼬 그카나" 하고 외치던 그 목소리가 지금은 지하에 묻혔을 테고, 내 그분들 뒤따라 갈 림종을 맞고 있으니…….

서둘러 쓴 기록을 여기까지 읽다, 윤기는 공책을 덮었다. 눈물 흔적인지 공책에는 여러 군데 잉크 자국이 번져 있었다. 그는 공책을 가방에 넣고 창밖으로 눈을 주었다. 구름이 켜켜로 낀 어두운 하늘에 박씨의 젊은 시절 사진이 떠올랐다. 자기 시대의 고난을 온몸으로 감당하려 했던 사진 속 젊은이는 이제 죽음을 앞두고 핏줄을 목메어 찾고 있었다. 그는 창으로부터 눈길을 거두고, 박씨 비망록을 다시 읽었다.

　—내 과거가 다사다난했던 만큼 나는 여지껏 많은 죽음을 보아왔다. 49년 전후, 험산 준령을 타던 유격대 시절에 나는 다섯 명의 동지를 내 손으로 묻었고 전쟁 와중에는 이동하는 전선과 함께 살며 총탄과 포탄의 생지옥을 뚫고 남북으로 오르내리기도 여러 차례였다. 나는 두 번이나 남반부군과 경찰에 체포되기도 했다. 한번은 수색조 불심검문에 걸려 즉결 처형명령에 따라 뒷산 골짜기 형장으로 끌려갔으나 필사의 탈출로 목숨을 건졌다. 고향에 마지막 들렀던 밤은, 집을 나서다 누군가의 밀고로 경찰에 체포되었으나, 한 경찰관이 내 탈출을 묵인해주었다. 그는 우리 집안 소작인 자제로 야학당에서 내게 공부를 배웠던 적이 있었는데, 평소 인간적인 면에서 나를 동정했던 모양이었다. 그 시절, 사실 나는 죽음의 두려움을 몰랐다. '목숨 걸고 뛰어들면 죽음이 오히려 나를 피해가고, 목숨의 안존을 도모하려는 자는 죽음이 목을 쥔다'는 어느 혁명 전사의 고백과 같이, 그 험한 세월을 넘기며 나는 용케 손가락 하나 불구가 되지 않았다. 그후로 내가 대남 적화사업에 종사하며, 남파될 동무 얼굴에서 죽음의 그늘을 보았지만, 나 자신의 죽음에는 늘 담백한 논리를 적용시켰다. 비겁하지 않게 살다 나이에 구애됨 없이, 죽을 때가 되면 죽을 것이다. 그러면서도 나는 쉽게 죽지 않으리란 자만심을 가졌고, 그 자만심이 신념으로 나를 부추겼다.

　인간은 누구나 죽는다란 평범한 진리를 나 자신을 포함하여 깨우치기는 75년 용량 광산 도피 사고 때였다. 그때 나는 열다섯 광부와 함께 무너진

갱 지하 4백 미터에서 일주일을 갇혀 있었다. 닷새째, 고열과 설사로 탈진하여 광부 넷이 숨을 거뒀을 때, 나 역시 그 운명을 맞을 립장에서 어둠 속에서 시체를 만져보았다. 그러면서 나는 반드시 살아 태양이 쬐는 지상으로 나가리라 확신했으나, 설령 살아 나가도 언젠가는 필경 죽을 것임을 비로소 체험적으로 깨달았다. 그때 나는 가물가물 잦아드는 의식으로, 지금이 아닌 언젠가 죽게 될 내 죽음의 여러 경우를 련상해보았다. 그러나 내가 암으로 죽으리라고는 그때 예측하지 못했다.

정말 검사를 받고 나서 나는 행정 일을 보지 않아도 되었다. 오랜만에 자유를 얻었으나, 침소를 청소하고 마당의 풀을 뽑는 가벼운 일을 자청했다. 일선에서 물러나 일을 놓자 내 건강은 빠르게 악화되었다. 토사물에 혈액이 섞여 나오고 때로는 칡 색깔이 보일 때, 나는 그 증상이 위암의 진행 과정에서 나타나는 현상임을 알았다. 그때부터 음식을 섭취하면 구토가 심하고 위가 비어 있을 때도 통증이 왔다. 불면증까지 겹쳐 잠을 이루지 못해 날마다 보건소로 나가 약을 타다 먹었다. 함흥 의대를 갓 나온 젊은 의사 동무가 그때서야 내 병명을 귀띔해주었다. 길어야 3개월을 넘기기 힘들다고 그는 단언했다. 이어, 나는 제반 증명서를 발급받아 여기로 후송되었다. 젊은 의사 동무의 언질에 따르자면, 이제 내 생명은 한 달을 채 못 남긴 셈이다.

지난주 일요일, 뜻밖에도 혁구가 면회를 왔다. 이태 반 만에 보는 자식 얼굴이었다. 김책공업대학을 나온 후 평양에 있다는 소식을 들었는데, 최근 과학원 함흥분원에 연구원으로 복무한다며, 곧 결혼을 하게 된다고 혁구가 말했다. 나로서는 그에게 마지막이 될 작별의 말을 했다. 달리 할 말이 없는 만큼 내 마음은 젊은 혁구보다 담담했다. 혁구는 지난 여름 어머니와 상의하여 내 복권 탄원서를 당에 다시 제출했다고 말했다. 나는 대답하지 않았다. 이제 사후의 영예조차 사양하고 싶은 마음이었다. 혁구는 어머니께 련락하여 다시 면회를 오겠다고 말했으나, 그 점 역시 거절했다. 나보다 열두 살 연하라 아직 진남포 방직공장에서 작업분장으로 일하는 아내에게는 내가 여기로 후송되어 왔다는 편지를 했고, 한 번 답신이 왔다. 나는 특수 료양소 성격이나 내 병명을 편지에 밝히지 않았다. 나는 이 세상을 떠나며 아내에게 남길 말이 없었다. 남조선에서나 북조선에서나 나는 두 가족에게 가장으로서 내 역할을 못했다. 남조선에서는 자의로 가족을 버린 셈이었고, 북조선에서는 초기의 몇 년을 제외하고는 내게 정상적인 가정생활이 허락되지 않았다.

혁구가 돌아간 후, 나는 가정이란 소집단에 대해 생각했다. 개인이 모여 조를 결성하고, 조끼리 뭉쳐 부를 만들고, 부와 부가 결속하여 조합을 만들어 공동체의 협동적인 삶으로 결속시킨다면, 가정이란 또 다른 소집단은 무엇인가. 가정과 가정이 모여 이웃을 이루고, 이웃끼리 합쳐 지역사회를 만들고, 지역사회끼리 공동의 문제로 뭉쳐……. 이렇게 변증법적 규명을 한다면 결과적으로 국가란 전체에 두 줄기가 합일되지만, 인간 생활양식 면에서는 양면성을 지닌 셈이다. 개인은 그 양면성에 평등한 질서를 부여하여 생활을 영위하며, 어느 한쪽이 다른 한쪽에 기울어질 때 닥치는 불행을 감수하지 않으면 안 된다. 아니, 세속적 삶에는 파탄이 오기도 하지만 초월적 삶에는 어느 한쪽을 포기함으로써 희생 위에 더 큰 혁명적 뜻을 성취하기도 한다. 나는 가정적 삶을 버리고 사회적 삶을 선택했다. 그렇다면 내 생애는 박달과 권오직 동무 같은 경우일까. 아니면, 구추백이나 트로츠키에 해당될까. 아니다. 나는 그들보다 훨씬 오래 살았으나 내 이름은 당사료 어디에도 그 족적을 남기지 못하리라. 이름을 남김이 또한 무엇이냐. 영예란 갑옷과 같이 벗고 나면 홀가분할 때가 있음이다. 그러나 한 인간이 죽음 앞에 섰을 때, 누구나 회한과 번뇌를 완전히 끊지는 못한다. 마지막 내 생을 총체적으로 정리해보고 싶다고 느끼게 됨도 나 역시 하찮은 범인이기 때문이다.

다행히 이 기록이 물살에 실려 남조선에 전해졌을 때, 나는 이미 이 땅에 살아 있지 않을 것이다.

윤기는 공책을 덮어 가방에 넣었다. 지퍼를 채우고 창밖에 눈을 주었다. 청둥오리 예닐곱 마리가 내륙 쪽으로 바쁜 날갯짓을 하고 있었다. 윤기가 비망록을 읽은 데까지는, 박씨 자신이 월북한 뒤 결코 행복하지 못했던 31년간의 북한 생활을 요약하여 기술한 셈이었다. 젊은 볼셰비키로 자처한 박씨의 조락 과정을 읽는 동안 윤기는 기대 탓인지 별다른 충격을 받지 못했다. 전체주의 사회에서 이용 가치가 소멸될 때 어차피 제거될 수밖에 없는 한 좌경 민족주의자의 좌절을 담담하게 읽었다는 느낌이었다. 러시아 혁명사, 가까이 중국 현대사를 읽어도 혁명의 진행 과정에서 박씨 정도의 인물은 도처에 산재해 있었다.

"비가 올 것 같지요?" 옆자리 휴가병이 불쑥 물었다.

"예." 윤기는 비망록 환상에서 깨어나 엉겁결에 대답했다.

버스 안은 윤기가 승차했을 때보다 더 붐볐다. 토요일 오후 강릉행 버스는 늘 그랬다. 버스는 어느새 교암리를 지나, 마치 파도에 꼬리라도 잡힐세라 쏜살같이 내달았다.

3

윤기가 가방을 들고 허겁지겁 다방 안으로 들어선 시간은 오후 두 시 35분이었다. 문미와 약속 시간을 한 시간 남짓 지각한 셈이었다. 다방 안은 젊은이로 붐볐고, 80석 되는 넓은 실내 좌석은 자리가 거의 찼다. 성탄절을 며칠 앞두어 스피커에서는 크리스마스 캐럴이 흥겹게 쏟아졌다. 캐럴이 아니더라도 다방 분위기는 연말의 젊은이들 감정을 잘 표현하듯 활기에 넘쳤다. 캐럴을 낮게 따라 부르는 장발이 있는가 하면, 여자 귀에 입을 대고 노닥거리거나 킬킬대는 치도 있었다. 파란 많은 생을 산 한 늙은 혁명가가 지금쯤 요양소 병동에서 죽었거나 죽어가고 있을 때, 거기에서부터 일백 킬로 아래쪽 어느 다방은 청춘의 열기로 넘친다는 상반된 현상에 그는 양쪽 사회 체제의 한 단면을 보는 듯했다.

윤기는 다방 안을 돌며 문미를 찾지 않아도 되었다. 그녀와 대지다방에 들를 때 약속을 정하면 먼저 온 쪽이 늘 계단 밑 구석 자리를 택함이 은연중 약속처럼 되어 있었다. 윤기는 천장이 비탈진 구석 자리에 앉아 있는 문미를 쉽게 발견했다. 까만 오버를 입은 그녀는 고개를 숙인 채 수첩을 들여다보고 있었다. 검은 색깔 옷을 즐겨 입는 그녀라 다방 안의 떠들썩한 분위기와 어울리지 않아 자태가 외롭게 보였다. 그녀가 보는 수첩은 유치원 원아들의 시시콜콜한 신상명세가 기록된 증명사진이 붙은 교원용 수첩이었다. 책도 머리에 들어오지 않고 무료할 때면 원아들 사진을 들여다보지요. 하나하나 얼굴을 오래 보고 있으면 그 아이 버릇과 재롱이 소롯이 살아나요. 봄날에 꽃밭을 나는 나비 같은 평화가 아이들 눈망울 속에 있어요. 이 수첩은 요술책이라고나 할까요. 개들의 재잘거림도 들리고, 노랫소리도 들리고, 고사리손을 흔드는 무용도 보여준답니다. 언젠가 이 다방에서 했던 문미 말이 생각났다. 그때도 윤기는 지각을 했다. 문미 옆자리는 비어 있었으나 맞은편 자리에는 설악산 신혼여행을 온 듯 차림이 말쑥한 젊은 남녀가 귀엣말을 나누고 있었다. 여자의 머리 맵시가 화려했다. 좌석이 없다보니 문미에게 양해를 구해 합석한 모양이었다.

"너무 기다리게 했어."

"정말이에요. 이렇게 늦게 나오시긴 첨이에요."

수첩을 접는 문미 표정이 시들했다. 그녀의 주근깨 많은 얼굴에 그 주근깨만큼 지겨움과 속상한 마음이 깔려 있었다. 그녀는 몇 가닥 이마로 흘러내린 생머리칼을 걷어올리며 윤기를 보았다. 윤기는 그녀를 보자 비로소 허리가 접혔다. 빈 위장이라 허기가 식욕과는 무관한 채 위를 쓰리게 했다.

"이유는 조금 있다 말할게. 우선 나가지." 윤기는 우선 뭘 먹어야 했고 다방에서 비망록을 읽어낼 수 없을 것 같았다.

"오늘 따라 웬 학생들이 이렇게도 많은지. 너무 시끄러워 머리가 다 아파요." 문미는 손가방에 수첩을 넣고 일어섰다. 대지다방은 속초에서 젊은이를 위한 음악다방으로 알려진 만남의 장소였다. "이젠 이곳을 약속 장소로 정하지 말아요. 윤기씨 지각도 잦구, 우리는 여기 출입하는 애들보다 늙어버렸다는 느낌이 들어요."

둘은 바람 센 거리로 나섰다. 동서가구 속초대리점 앞을 지나 중심부 쪽으로 걸었다. 문미는 서너 걸음을 처져 자기 운동화 코를 내려다보며 윤기를 따라왔다. 학부모들한테 너무 많이 들켜 나란히 걷기가 거북해요. 이 말은 지난 정월, 문미가 윤기와 함께 서울 나들이를 가기 전에 했다. 그 뒤부터 속초에서는 둘이 나란히 걷지 않고 문미가 늘 걸음을 늦추었기에 네거리를 건널 때는 윤기가 따라오는 문미를 놓칠까 뒤돌아보곤 했다.

"우선 뭐든 먹기로 하지. 정양도 꽤나 시장할 텐데."

윤기가 걸음을 멈추었다. 금강산도 식후경이라고, 어차피 속초 경찰서에 비망록을 신고할 바에야 문미한테도 늦은 이유의 물적 증거를 보이며 허기부터 때울 심산이었다.

문미는 대답이 없었다. 속마음을 잘 내보이지 않는 성격인데 오늘은 아직 화가 덜 풀렸다고 짐작하며, 윤기는 문미와 나란히 걸었다. 문미가 걸음을 늦추면 윤기도 따라 보폭을 좁혔다. 한참을 걸을 동안 윤기는 가방 속 비망록이 예상외의 부담감으로 한쪽 팔을 묵직하게 함을 알았다. 가방은 가벼웠으나 자질구레한 일감으로 동사무소를 찾을 때처럼 경찰서 신고 절차가 귀찮게 여겨졌다. 언뜻 정호가 생각났다. 속초에서 발이 넓은 그는 경찰서에 알 만한 사람이 있을는지 몰랐다. 윤기는 정호를 불러내어 그와 함께 경찰서로 가서 박중렬씨의 비망록을 신고하기로 마음먹었다. 문미가 걸음을 멈추었다.

"전 그만 들어가볼래요. 바쁜 일이 있어서……."

"왜, 늦었다구 화났어?"

"아니에요."

"그럼 왜 그래? 늦기야 했지만 허겁지겁 달려온 난 뭐가 돼."

"두 시 30분 정각까지 기다리곤 다방에서 나가려 했어요."

"어쨌든 내가 왔잖아." 윤기가 문미 한 팔을 낚아챘다. "내게두 사정이 있었으니 늦은 게 아냐. 이유두 알기 전에 왜 이래?"

"윤기씨가 늦게 나왔기 때문이 아니라 제 사정이 그렇다니간요." 목소리가 높아진 윤기와 달리 문미의 말은 가라앉아, 어떻게 들으면 울먹이는 콧소리 같았다.

"유치원이나 집에 무슨 일 있어?"

문미는 오른손 엄지손톱을 깨물며 잠자코 있었다.

"할 말이 있으니 돌아갈 테면 점심이나 먹구 가."

윤기는 문미 팔을 놓고 천천히 걸었다. 마지못한 듯 문미가 따라왔다.

"정호한데 전화 안 왔던?"

"어제 왔어요. 오늘 나오시냐구."

"만나서 상의할 일이 있는데."

"다섯 시에 상구씨와 바다식당에서 만나기로 했다더군요."

"너무 늦은걸. 빨리 만났으면 좋겠는데."

윤기는 문미에게 지각 이유를 꺼내려 했으나 무슨 말로 서두를 떼야 할지 몰라 뜸을 들였다. 어디든 자리를 정해야지 길거리에서 말을 꺼내기엔 무엇했다.

"약방으로 연락해보시지요." 문미는 정호를 빨리 만날 일에 관해 윤기에게 묻지 않았다. 그런 점에서 문미는 늘 냉정했고, 사실 윤기는 그녀의 그런 무관심을 으깨려 매달리다보니, 둘 사이가 가까워진 동기가 되었다. 제까짓 게 뭔데 하고 윤기가 다음 만날 약속 시간과 장소를 정하지 않고 헤어진 적도 있었지만, 윤기가 전화를 하거나 편지를 띄우기 전에 문미는 결코 먼저 연락을 취하지 않았다. 그녀는 윤기의 속셈을 읽듯 끈기 있게 기다렸던 것이다.

"아무래두 전화를 해야겠어." 윤기가 혼잣말을 했다.

안정호는 은행 대리로 '맥' 동인이다. 문미를 윤기에게 소개시켜준 장본인도 정호의 처가 된 채희였다. 정호는 상업고등학교 재학 시절부터 시인을 지망했으나 아직도 그의 시는 문단으로부터 공식적인 인정은 받지 못하고 있었다. 그러나 그는 시인으로 자처했고 관문의 통과 여부를 떠나 열심히 시를 썼다. 그는 비록 지방지지만 일곱 해 전 군 입대를 앞두고 신춘문예에 입선한 경력이 있기도 했다. '어부의 노래' 란 제목과는 달리 어업 현장을 담은 생활시랄까 노동시로, 주요한의 '불놀이'나 박두진의 '해' 처럼 호흡이 길고 구두점이 많은 산문시였다. 제대를 하자 그는 은행원이 되었다. 대학을 중도에 스스로 포기했기에 부모 입장에서는 자식이 엇길로 나간다 싶어 한동안 걱정깨나 했으나, 그는 의외로 모범사원으로 착실히 근무하더니 입사 동기 중 먼저 대리로 승진되었다. 서글서글한 성품과 훤한 외모로 그는 총각 시절에 동료 여은행원의 구애를 꽤 받았으나, 약학대학을 졸업한 채희와 다섯 해 연애 끝에 작년 가을에 결혼했다.

윤기가 군대 생활 10개월 만에 첫 휴가를 나왔을 때였다. 청초호에 갯배놀이가 한창이었던 4월 하순이었다. 일요일 오후 두 시에 정호와 약속 장소인 대지다방으로 나가니, 그가 채희와 함께 있었다. 조금 있으면 너와 좋은 짝이 될 아가씨가 나오기로 돼 있어. 나두 한번 봤는데 분위기가 있는 애야. 졸병 생활 따분할 때 편지질이나 하며 연애 한번 해보시지 그래. 심심풀이 대용품으론 오해 말구. 정호가 말했다. 윤기는 그때까지 여자를 제대로 사귀어본 적 없었다. 정문미라고, 전문대학 보육과 2학년이에요. 우리는 고등학교 때부터 청호동 감리교회에서 같이 주일학교 반사를 맡았지요. 성격이 차분하구 착한 애랍니다. 채희 말이었다. 15분쯤 기다렸을까, 문미가 다방으로 들어왔다. 사전에 남자를 소개시켜주겠다는 귀띔이 없었던지 군복 차림의 윤기를 보자 문미가 당황해했다. 내가 언젠가 말하지 않든, 시 쓰는 오윤기씨야. 채희가 문미에게 윤기를 소개했다. 윤기는 흰 블라우스에 검정 스커트를 입은 문미의 첫인상을 지금도 선명하게 기억하고 있었다. 몸이 가늘고 얼굴이 가무잡잡해 남의 눈에 쉬 띄지 않았으나 윤기는 내내 눈을 내리깔고 있던 문미의 속눈썹 짙은 눈과 여윈 뺨에서, 지용이나 소월 시를 읽었을 때의 맑은 슬픔을 느꼈다. 군대 사병 생활이란 게 누구에게나 따분하게 마련이지만, 특히 윤기의 시적 안목으로 문미의 얼굴에 가라앉은 그 그늘이 매력으로 비쳤다. 그날 오후 두 쌍은 청초호로, 바닷가 횟골목으로 밤늦게까지 싸돌았다. 윤기가 밤 예배에 빠져선 안 된다는 문미를 억지로 붙잡았을 때는 술에 엔간히 취해 있었다. 취기가 그의 용기를 부추겼고 말문을 자유롭게 틔웠다. 윤기가 외롭다는 넋두리를 늘어놓으며, 군에서 편지하면 꼭 답장을 달라고 떼를 쓰기도 했다. 정양, 이 군발이 친구 신원은 내가 보장할 테니 잘 사귀어봐요. 서로 닮은 면이 많을 겁니다. 정호 말대로 문미가 시를 좋아하는 점을 빼고라도, 나중에 안 일이지만 둘은 가정적으로 비슷한 점이 많았다. 윤기가 홀아버지 아래 누이와 세 식구인 데 비해, 문미쪽은 홀어머니 아래 오빠와 남동생과 함께 살고 있었다. 둘 다 결손가정이었다. 그 외에도 속초에는 사람 모이는 곳 어디에 가나 강원도 토박이만큼 이북 출신을 만날 수 있는데 둘 역시 아버지가 함경도 출신이었다. 다른 점이 있다면 윤기 아버지는 몸 성한 어부였고, 문미의 별세한 아버지는 장교 출신의 한쪽 다리를 잃은 상이용사였다. 그런데 묘한 인연은,

윤기 아버지와 문미 어머니는 그들을 낳기 전 이미 결혼했던 전력이 있다는 점이었다. 전쟁 와중에 흔한 일로, 윤기 아버지가 이북에 처자식을 두고 홀로 남하했다면, 문미 어머니는 전쟁 미망인이었다. 문미는 오라버니 병섭과 이부형제였다. 6·25전쟁 직전 진부리에서 월정사 절 밑 마을 구곡리로 시집갔던 문미 어머니는 전쟁이 나자 남편이 입대했다. 9·28수복 뒤 북진길에 들렀다며 전투복 차림으로 남편이 몇 시간 머물고 간 얼마 뒤 전사통지서가 날아왔다. 스물한 살로 청상이 된 문미 어머니는 폭격으로 자취도 없어진 시가를 떠나 생후 두 달 된 아들을 업고 친정 진부로 돌아왔다. 그 뒤 평산군 일대가 국군과 인민군의 뺏고 빼앗기는 접전을 겪을 동안 친정 부모가 죽고, 그네는 어린 자식과 함께 뒷산 토굴에서 일년을 넘게 숨어 견디다 휴전 직전에 무작정 강릉으로 나왔다. 용케 일자리를 얻은 곳이 야전병원 청소부였다. 문미 어머니가 문미 아버지를 만난 것도 그 병원에서였다. 두 사람은 각각 불구의 인생길을 걷던 시절이라 쉽게 가까워져 군 병원 식당에서 조촐한 예식을 올렸다. 문미 아버지가 오랜 투병 끝에 대위로 의병 제대하자, 그 퇴직금으로 문미 어머니는 속초 청호동에 조그만 식당을 열었다. 그곳에 문미 아버지의 먼 친척붙이가 피란을 나와 있어 혈연을 그리워하던 그의 뜻에 따라 그곳으로 옮겼던 것이다. 전쟁 뒤끝이라 먹는 장사는 그런대로 잘되었고, 문미에 이어 문호가 태어났다. 문미 아버지는 비록 불구의 몸이었으나 구제 중학까지 나온 배운 사람으로, 6·25전쟁 때 인민군 소대장으로 참전했다 곧 국군에 귀순하여 계급장을 바꾸어 붙이고 전선을 누벼 세 차례나 병원 신세를 진, 성격이 온순하고 다감한 사람이었다. 식당 현금 출납은 아버지가, 부엌일은 어머니가 맡아 했다. 병섭도 의붓아버지 성을 좇아 김씨에서 정씨로 바뀌었으나 문미 아버지가 친자식에게는 '문' 자 항렬을 고집했으므로, 병섭은 북진길에 잠시 구곡리에 들렀을 때 친아버지가 지어준 이름을 그대로 쓰게 되었다. 그런데 병섭은 갓난아기 때 포탄 소리에 몇 차례 까무러친 데다 오랜 영양실조로 자랄수록 몸이 성치 못하고 하는 짓이 아둔했다. 문미가 초등학교 3학년 되던 해, 의족에 의지하던 아버지는 그 다리 때문이 아니라 갑작스런 심부전 증세로 병원에 입원했다. 평소에도 가슴이 답답하다 했고 혈색이 좋지 않던 아버지였던지라 그 증세가 심상치 않았다. 엑스레이 결과 심장 부위에서 이물질이 발견되었다. 속초 도립병원에서는 심장수술의 제반 여건이 불비하여 급거 서울대학병원으로 옮겼으나, 문미 아버지는 수술 도중 숨을 거두었다. 문미 형제 셋은 속초에서 초등학교를 다녔기에 그 임종을 지킬 수 없었다. 문미 어머니는 원호처 주선으로 서울에서 남편 시신을 화장하고 뼈가 담긴 상자와 이상한 쇳조각 하나를 손수건에 싸서 속초로 돌아왔다. 쇳조각이란 부러진 성냥개비보다 작고 핀보다 굵은 작은 파편 한 조각이었다. 문미 아버지 뼈는 공동묘지에 묻혔고, 평소 그의 소원대로 통일이 되는 날 함흥 가족이 찾을 수 있도록 비석 뒷면에 고향과 부모 형제들 이름을 새겼다. 남편을 묻고 내려온 날, 문미 어머니가 설운 울음 끝에 어린 세 자식에게 말했다. 글쎄, 의사 선생도 이 쇳조각을 13년 동안이나 심장에 박고 살았다니, 이건 의학적으로 풀 수 없는 기적이라잖아…….

　윤기와 문미는 말없이 걸었다. 윤기는 박중렬씨 비망록 건을 털어놓기 전까지 문미에게 달리 할 말이 없었다. 쓰고 있는 시 두 편의 마무리도 안 된 상태였고, 지금은 시 이야기를 꺼낼 분위기가 아니었다. 다만, 돌아가려던 문미가 고분고분 따라와줌만도 대견할 따름이었다. 오늘만이 아니라 요즘 둘의 만남이란 마음과 몸을 알 만큼 알아버려 대화가 궁한 편이었다. 속초에서 만나면 둘만의 오붓한 시간을 갖기보다 술집에서 '맥' 동인들과 어울리는 시간이 더 많다보니 문미는 그 자리에 끼어 남자들 대화를 듣는 정도의 입장밖에 되지 못했다. 그렇다고 윤기가 문미에게 싫증을 내거나 다른 여자에게 한눈을 팔지는 않았다. 사랑을 더 다습게 회복하자면 날마다 만나거나 여행이라도 함께 다니며 얘깃거리를 끊임없이 만들어내든지, 아니면 군복무 시절처럼 오래 만나지 못할 처지로 떨어져 있는 편이 좋을 듯하나, 그 일이 쉽지 않았다. 이럴 때에 바로 결혼해서 가정을 가지는 길이 비방일 텐데, 그 점 역시 현실적으로 아직 여건이 성숙되지 않았다는 판단을 양쪽 모두 갖고 있었다.

"뭘 먹고 싶어?" 마땅히 물어야 될 말이 아니었으나 분위기라도 바꾸어볼 심사로 윤기가 돌아보았다.

한 발 뒤처져 걷는 문미는 대답이 없었다. 늦게 나온 이유부터 말하기 전까지 침묵하겠다는 속셈인지, 그녀는 손가방을 어깨에 메고 두 손을 외투 주머니에 꽂곤 또박또박 걸었다. 윤기는 문미 옆모습을 힐끗거렸다. 문미의 다문 입술이 오늘따라 더 파리했다. 언제나 그런 느낌이지만, 문미의 모습은 바람에 쫓겨 날갯짓 바쁜 한 마리 새 같았다. 허기가 욕정을 불러오는지 그는 갑자기 그녀를 껴안고 싶었다.

"어젯밤 늦게 광훈이하고 태호가 한잔씩 걸치고 집에 왔더군. 갑자기 내가 보고 싶어졌다나. 시장에서 자정 넘게 마셨어. 둘 다 직장이 있으니 새벽에 내려갔어."

문미는 역시 말이 없었다. 서울약방 앞 네거리까지 오자 윤기는 걸음을 멈추었다. 그는 음식점 간판을 두리번거리다 중국음식점을 선택했다.

이층으로 오르는 나무 계단을 밟자 뒤따라 올라와야 할 문미 발소리가 들리지 않았다. 윤기가 돌아보니 문미는 입구에서 계단 위를 치켜다보고 있었다. 상의 없이 음식점을 독단으로 선택한 데 따른 무언의 항의는 아니었다. 다방이든, 음식점이든, 심지어 차나 식사 주문까지 윤기는 그녀 의견을 타진하지 않고 커피 두 잔, 또는 비빔밥 둘 하고 불쑥 말해버리곤 했다.

이 점은 상대방을 무시해서가 아닌, 그의 좋지 못한 습관이었다. 문미가 걸음을 멈춘 이유는 3년 넘게 그와 만나오며 중국음식점에서 식사를 했던 경우가 거의 없었기 때문이었다. 데이트 비용은 평균 잡아 윤기 3, 문미 1 꼴로 썼는데, 식사값, 술값, 영화구경값, 여관비를 주로 윤기가 썼다면 제과점의 빵값, 찻값은 문미 쪽이 부담했다. 식사래야 한식집, 양식집에도 더러 들렀으나 분식집 이용 횟수가 더 잦았다.

"왜 그렇게 섰냐, 올라오잖구."

제풀에 윤기가 짜증을 냈다. 그는 싫다면 가버리라는 투로 계단을 올라가 음식점 문을 밀고 안으로 들어갔다. 그는 카운터 옆 벽걸이 공중전화 앞에 섰다. 동전을 넣고 정호 살림집 겸 약국에 전화를 걸었다. 정호 처 채희가 전화를 받았다. 연말 정산 때라 토요일도 늦게까지 근무하니 은행으로 연락해보라고 채희가 말했다. 윤기는 전화를 끊고, 은행에 전화를 걸었다. 정호가 자리에 있었다. 일이 밀려 바쁘다는 친구에게 그는 이유를 설명하지 않고 무조건 빨리 나오라고 명령조로 말했다. 은행과 중국음식점과는 5분만 걸으면 족한 거리였다. 다섯 시에 바다식당으로 나오면 될 걸 성질도 급하다며, 정호가 전화를 끊었다. 윤기가 공중전화 상자에서 돌아서자, 문미가 출입구 앞에 서있었다. 그녀는 윤기 가방을 보고 있었다. 그가 가방을 들고 속초로 나오는 경우가 거의 없었기 때문이었다. 윤기는 어느 국산 영화 제목처럼 종업원에게, 조용한 방을 부탁했다. 둘은 구석방으로 안내되어 빈 음식상을 가운데 두고 마주 앉았다. 윤기는 문미 앞에서 늦게 나온 시위라도 하듯 수선을 부리는 자기 꼬락서니를 생각하자 웃음이 나왔다. 그러나 웃을 수 없었고, 웃을 일이 아니었다. 문미는 윤기 가방을 보고 급한 여행이라도 가게 됐나 보다고 짐작하는 눈치였다.

"오늘 아침에 아버지가 말야, 고기잡이 나갔다 공책 한 권을 건져왔거든." 윤기가 가방 지퍼를 열고 공책을 꺼냈다. "그런데 이게 이북에서 떠내려온 거야. 솔제니친이 자기 작품을 서구로 밀반출하듯, 저쪽에서 남한으로 밀송한 셈이지."

윤기는 공책을 문미에게 넘겨주었다. 문미는 스카프를 풀고 공책을 집어 겉장을 보았다.

"무슨 극비 문서는 아닌 것 같구 개인 사생활을 기록한, 말 그대로 비망록이야." 문미가 공책 겉장을 넘기자, 윤기가 말했다. "뒤쪽을 봐. 6·25 전쟁 전에 적은 박중렬이란 사람의 낡은 가족사진이 있어."

방문에 손기척이 났다. 문미가 공책을 덮자 종업원이 엽차를 날랐다.

"간짜장 두 그릇에……, 정호가 올 테니 소주 한 병 할까. 안주로 잡채 두 줘요."

"간도 좋지 않으면서 웬 술은 그렇게 드세요. 어제도 많이 드셨다면서." 종업원이 방문을 닫으려 하자 그녀는, 저는 우동으로 주세요 하고 윤기 말을 고쳤다.

윤기는 군에 입대하기 전 대학 2학년 때 B형 간염을 앓은 적이 있었다. 1개월 통원 치료를 했고 한참 마시던 술을 6개월이나 끊었다.

"아무래도 경찰서나 군기관에 신고해야했기에, 마을 지서보다 여기 경찰서에 신고하는 게 나을 것 같애. 정호하고 경찰서에 같이 가려 불러 냈어."

"내용은 읽어보셨나요?"

"처음 서너 쪽만 읽었지. 장본인이 6·25 때 월북한 좌익이야."

문미는 공책 뒤쪽에 붙은 박중렬씨 가족사진을 보고 있었다. 윤기는 담배를 꺼내 입술에 물었다. 방은 연탄 온돌이었으나 코트를 벗을 만큼 따뜻하지 않았다.

"어쨌든 내용이나 다 읽어보고 넘겨줬으면 싶은데 시간이 없을 것 같군. 물건이 물건인 만큼 오늘 안으로 접수시켜야 하니깐."

"현실적으로 실감이 안 닿네요." 문미가 신기하다는 듯 공책을 만졌다.

"비망록 읽을 때 느낌이 어땠어요?"

"가슴이 두근거렸구, 그만큼 호기심두 동했지."

"정치 얘기나 기밀이 될 만한 내용은 없구요?"

"모르겠어. 다 읽지 않았으니깐. 서두는 개인 신상 기록이야. 뭐랄까, 솔직한 자기 고백이라 절실한 데가 있더군. 완독하구 싶었지만 정양과 약속 시간에 너무 늦을 것 같애서……."

"어쩜 요즘 쓰는 시에 도움이 되겠네요."

"글쎄. 그 점보다 우리는 이산가족 제2세대가 아닌가. 그런 뜻에서 착잡한 느낌이 들더군. 아버지는 월북한 사람이 남한 처자식에게 보내는 편지임을 알자 북한 가족 생각에 눈물을 비추셨지만 말야."

"저도 지금 그 생각했어요. 돌아가신 아버지 말이에요. 어릴 때 저를 앞에 앉히구 고향 함흥 얘기를 자주 들려줬어요. 고향 가족에게, 너들 낳구 내가 이렇게 살고 있다는 안부를 전할 길 없을까 하는 말씀두 하시면서."

"가족이 서로 떨어져 살며 30년이 넘도록 소식조차 알 수 없다니……, 세계사에 유래가 없는 비극이지."

음식을 나르는 종업원과 정호가 동시에 나타났다. 그동안 문미는 박씨 비망록 첫 쪽을 읽고 다음 쪽 몇 줄을 읽다, 발자국 소리에 공책을 음식상 아래에 놓았다. 그녀는 낮게 한숨을 쉬었다.

"안녕하세요." 문미가 방으로 들어서는 정호에게 목례를 했다.

"엇쭈. 중국집 골방에 청춘 남녀가 마주 앉았다? 울리 샬람 장샤 모해, 짜장민 뚜 끄륵 시끼놓고 한 시깐도 쪼아, 두 시깐도 쪼아. 이거 애들 말로 사건인데?" 정호가 방으로 들어오며 싱겁을 떨었다.

정호가 코트를 벗어 말코지에 걸곤 방문 앞에 앉았다. 밤색 양복에 자주색 넥타이가 잘 어울렸다. 외모만으로 그는 정치성 강한 서클에 곁다리 꼈던 과거 전력이 거짓말 같았고, 아직 시인의 꿈을 키우며 열심히 시를 쓴다는 사실이 어울리지 않았다.

"점심 먹었니?" 윤기가 물었다.

"지금이 몇 신데 아직 점심 타령인가. 벌써 세 시가 지났어. 그동안 끼니도 제때 못 찾아 먹고 뭘 했어? 극장에 앉아 더듬다 오는 길인가?"

"그럴 일이 있어서 그래."

"미스 정, 둘이 마주 보고 앉은 폼이 맞선 보는 것 같은데요. 몸 꼬고 앉아 있기 거북하니 양념이나 쳐달라구 저를 불러냈군요."

"맞선 장소 치곤 초라하다는 말씀이군요."

문미가 배시시 웃었다. 윤기가 박씨 방명록을 넘겨준 뒤가 아니라 정호가 나타나고부터 그녀 얼굴에 우울이 그쳤다. 그녀는 제삼자 앞에서는 짐짓 밝은 표정을 짓곤 했다.

"장소두 장소 나름이지. 이거 안 할 소린지 모르지만, 저 음흉한 친구가 맞선 장소에서 바로 패널티킥을 차겠다는 속셈이 엿보여서."

"신소리 집어치우구 넌 술이나 들어. 우린 허기부터 꺼야 하니깐. 난 사실 아침두 못 먹구 물만 서너 되쯤 퍼마셨을 거야." 윤기가 정호 앞에 놓인 잔에 술을 따랐다.

"아직 근무중인데 대낮부터 독주 퍼먹으려 그래. 비몽사몽간에 도장 함부로 찍게 하고선 누굴 배임 혐의로 몰 셈인가."

"두어 잔만 마셔. 나머지는 내가 해장할 테니."

"참, 어젯밤에 광훈이하고 태호가 너네 집까지 쳐들어갔다며? 왜들 그렇게 철이 안 드는지 몰라. 시절이 어느 땐데 아직 소싯적 낭만에 젖어 사는지 원. 서른 살이면 어디 나이나 적나."

"마누라 없으니 눈치 볼 게 뭐 있겠냐. 그들에 비하면 너두 속물이 돼버렸어."

"요즘 세상에 속물 아닌 국산 어딨냐. 두 놈이 새벽같이 약국 문을 두드리더니, 드링크에 알약을 제멋대로 한 주먹씩 털어 넣곤 삼새기탕으로 해장한다며 또 어디로 꺼지더구먼."

"그럼 실례하겠어요." 문미가 나무젓가락을 들며 정호에게 말했다.

"민방위날도 아닌데 호들갑스레 불러낸 이유가 뭐야? 예식장 잡아달라는 거냐, 아님 결혼식 사회를 너까지 부탁하려는 거냐?"

"시경에 같이 가줬으면 싶어서 그래."

"왜, 무슨 일로?" 싱겁 떨던 정호의 얼굴이 굳어졌다.

"그럴 일이 생겼어."

"이거 몇 년 만에 그 으스스한 데로 하필 나하구 동행하자는 거냐?"

"전과가 있다보니 너를 선택한 것 아닌가."

"대관절 무슨 일인데?"

"거기 아는 사람 있어?"

"대출 관계로 더러."

"정보과에는?"

"전혀." 정호가 소주잔을 단숨에 비우곤 잡채를 먹었다.

"정양, 그 공책 이리 줘." 윤기가 문미에게 말했다.

"그게 뭔데?"

"아버지가 바다에서 건졌어." 윤기가 비망록을 정호에게 넘겼다.

"우리가 먹을 동안 내용이나 대충 훑어봐."

윤기는 간짜장에 고춧가루를 듬뿍 쳤다. 장난기 서렸던 정호 얼굴이 비망록 첫 쪽을 읽어갈 동안 차츰 심각해졌다.

"어때, 서울에서 서클 하던 시절 생각나지?" 윤기 말에 정호는 대답이 없었다.

건어물 도매상으로 살기가 엔간했던 정호 부친은 아들을 서울의 대학에 유학을 보냈다. 상과대학에 입학했던 8년 전, 정호는 '향토 방언 연구회'란 서클에 가입했다. 동해안 어민의 어부요(漁夫謠)를 들으면 그 구성진 가락에 녹아 있는 토속어가 그의 시어가 되던 때라, 그는 문학 서클보다 방언 연구회에 마음이 끌렸던 것이다. 그러나 그 서클은 학교 당국의 까다로운 서클 등록 요건을 피하려는 눈가림으로 붙여진 이름이지 실제는 통일 문제 전반을, 특히 민족주의적 관점에서 분단 상황을 점검하는 정치성 강한 서클이었다. 당시는 유신체제 아래 서슬 푸른 긴급조치법이 발동되던 때라 가입 회원들은 모임에서 가명을 썼다. 지방 방언 조사차 오지를 찾아 현장으로 나가면 방언 조사도 했지만, 저녁 시간에는 텐트에 모여 정해진 주제 발표자의 보고를 듣고 난상 토론 시간을 가졌다. 대여섯 차례 그런 모임 동안, '광복 직후 여운형과 건국 동맹' '한국 분단의 고착화와 일본의 대한 정책' '김구 사상과 남북 협상' 등을 주제로 토론회를 가지기도 했다. 정호는 전공 공부는 뒷전이고 사회과학 서적을 열심히 탐독했고, 그의 시에도 현실과 역사의식이 문맥 속에 노정되기 시작했다. 정호가 2학년에 올라갔을 때, 평소 노동 운동에 관심을 갖던 선배가 구로공단 어느 섬유 회사의 노동쟁의에 배후 인물로 지목되어 긴급조치법에 저촉되었고, 그 결과 서클 성격이 외부에 드러났다. 서클 회원은 관할 경찰서로 연행되어 조사를 받았으나 외부 세력과 접선한 물증이 없어 순수 연구 서클로 판명이 났으므로 모두 쉽게 풀려날 수 있었다. 학교 당국은 불법 단체 조직 및 회합이 교칙에 위반되었다 하여 회원 열둘 전원에게 정학 처분을 내렸다. 정호도 40일 정학을 당해 유급이 불가피한 형편이었지만 숫제 등록을 포기하고 낙향하더니, 군에 입대할 동안 직설적인 현실 고발을 시 습작에 담아냈다. 술만 퍼마시며 자학으로 7개월을 보낼 때 결성된 동인이 '맥'이었다. 당시 윤기는 정호보다 한 학년 아래라 강릉 관동대학 영문학과 1학년이었다. 정호는 군에 입대하고부터 윤기한테 보낸 편지에 새로 쓴 시를 소개하곤 했는데, 그의 시가 예전의 서정성을 차츰 회복하고 있었다. 그는 정치·경제·사회의 전 분야를 불평등 개념으로 파악하는 참여론적 관심으로부터 멀어지기 시작했다. 정호는 제대를 하자, 상업고등학교를 나온 자격만으로 은행 입사 시험에 합격했다. 역시 그는 성격적으로 투사형이 아니었고 낙천적 기질대로 사회생활에 이를 잘 조화시켰다. 정호는 3년 째 무슨 고집처럼 〈관동 사설(關東辭說)〉의 연작시만 30여 편 써오는 참인데, 그의 시 속에는 관동 지방 방언과 습속이 잘 살아 있었다.

정호가 박씨 비망록 서두를 읽곤, 뒷장을 대충 훑어보았다.

"이걸 경찰서에 습득 신고하겠다는 거지?"

"비망록이 안보상 특별한 내용을 담지 않았으니, 신고하는 게 의무 아니겠어. 어차피 포장을 뜯어놨으니 내용이 공개된 이상 나두 일차 완독하구 넘겨줬으면 싶은데……." 식사를 마친 윤기가 정호 의견을 물었다.

"비망록을 아버지가 언제 건졌어? 네 손에는 언제 넘어오고?"

"아침에. 퇴근해서 집에 가서야 처음 봤어."

비망록 뒤쪽 박중렬씨의 가족사진에 눈을 주며 생각에 잠겼던 정호가, 복사해서 사본 한 벌을 만들어두고 경찰서에 넘기면 어떨까 하고 제안했다.

"복사해서 어디다 쓰게. 친구끼리 돌려가며 읽다 경칠 일 만나게?"

"우리 동인지에, 남북 분단 삼십몇 년 만에 최초로 입수된 어느 월북자의 참회록이라 공개해버리지 뭘."

"너 바른 정신으로 하는 소린가?"

"그건 농담이구……." 정호가 굳은 표정을 풀며 웃었다. "대충 보니 박중렬이란 사람의 기구한 반생기 같은데, 반공 교재가 따로 있나, 이런 게 진짜 반공 교재감이잖아. 이거 한 벌 복사한다 해서 누가 뭐라겠어."

정호가 다니는 은행에는 재작년에 구입한 신도리코 복사기가 있었다. 근간에 발행한 '맥' 동인지는 청타(靑打)로 한 벌만 만들고 나머지는 정호 은행 복사기를 이용하여 150부를 복사해냈다. 백 부는 속초 인근 지방 서점과 동인들이 소화하고, 나머지는 중앙 문단의 알 만한 시인과 비평가에게 증정본으로 우송했다.

"그렇게 간단히 생각할 일이 아닌 것 같은데?" 윤기가 의견을 묻듯 문미를 건너다보았다. 식사를 마치고 손수건으로 입술을 닦던 문미는 이렇다 할 반응이 없었다.

"넌 뒤가 꺼림칙한 모양인데, 복사한다구 표가 나는 건 아니니깐. 복사 건은 우리 세 사람만 비밀에 부치면 되잖아."

"틀린 말은 아닌데……."

윤기는 복사를 할까 어쩔까에 신중하지 않을 수 없었다. 정호가 복사 얘기를 꺼냈을 때, 그는 집에서 비망록 첫 쪽을 펼쳤던 느낌처럼 다시 가슴이 뛰었다. 국가보안법·반공법 따위의, 듣기에 따라 강력한 법률 용어가 심장으로 돌진해오는 느낌이었다.

"만약 이 비망록이 미국에서 네 손에 있다구 가정해봐. 넌 벼락부자가 될 거야. 뉴욕타임스나 워싱턴 포스트에 귀띔이라두 한다면 이걸 먼저 입수해 전재하려 고가로 협상을 제의해올걸."

"여긴 미국이 아니잖아. 현실을 똑바로 인식해야지. 그래, 좋다. 복사한다구 치자. 그 사본으로 어쩌겠다는 거냐? 내용을 통째 외우기라두 하겠다는 투로군."

"넌 어찌 그래 소심하냐. 시인이라면 호왈 시대의 예언자란 말두 있잖아. 도대체 생의 모험 없이 어떻게 좋은 시를 쓰겠다는 거냐. 스스로 미지의 불가사의한 세계를 찾아나서기두 하는 판에, 굴러들어온 어떤 모험주의자의 고백록을 자취두 남기지 않구 관에 이관해버리겠다니."

"지식인이란 대저 변설은 그럴듯하지, 언행일치가 돼야지."

"이 비망록으로 말하자면 신안 해저 유물같이 환금성은 없을지 모르지만, 한 시대가 지나면 골동적 가치는 있을 게야. 너나 나한테는 시가 시시하다구 생각될 때, 이거라두 되풀이해 읽으면 분단 시대를 산다는 의미와 시를 써야 한다는 자각쯤 심을 수 있겠구. 너 우리 집에 있는 155밀리 고사포 탄피 봤지? 거기에 들국화 몇 송이를 꽂아놓자 네가 뭐랬니. 청춘을 속절없이 앗아간 어느 산자락의 6·25가 정서로 피어났다구 읊조리지 않았나. 이 비망록은 그 탄피보다 호소력이 직접적이야. 인간적인 숨결이 느껴지니깐."

정호는 금화에서 군대 생활을 할 때, 6·25 유물인 녹슨 고사포 탄피를 복무 기념으로 집에 가져왔다. 탄피 녹을 제거했더니 누른 구리색으로 윤기가 났다. 그는 그 탄피를 책상에 놓고 꽃병으로 사용하고 있었다.

윤기와 정호가 박중렬씨 비망록 복사 문제를 두고 설왕설래하자, 그때까지 잠자코 있던 문미가 화제에 끼어들었다.

"그 비망록을 경찰서에 신고한다면, 거기서 박씨 가족을 찾아 비망록 내용을 알려줄까요?"

"그거야 모를 일이지." 윤기가 술잔을 비우며 머리를 갸우뚱했다. 목구멍을 쏘고 내려가는 화끈한 내음이 역해 구역질이 치받쳤다.

"남한에 있는 가족이 박씨 소식을 듣는다면, 설령 그분이 요양소에서 돌아가셨더래두 이제 안심하구 제사는 모실 수 있을 텐데요." 문미가 말했다.

"다 읽지 않았으나 자기 죽은 날까지 기록하지는 못했을걸" 하며, 윤기는 아버지를 생각했다. 구순을 훨씬 넘겼으니 돌아가셨을 할아버지지만, 아버지는 북한의 당신 부친 별세 소식을 모르다보니, 제사상 한번 떳떳이 못 차려드리고 내가 죽게 되었다고 자주 한숨을 내쉬었다. 기제사는 못 지낼망정 다른 명절 때보다 추석날 아침이면 차례상 앞에 앉은 제주로서의 태도가 성심에 넘쳐, 윤기는 어릴 적부터 추석 아침의 아버지 모습에서 학교 선생보다 더 근엄한 또 다른 당신 면모를 보곤 했다. 밤을 쳐놓은 솜씨나 마른 오징어로 봉황 꼬리를 오려놓은 솜씨 또한 어느 제상에서도 쉬 볼 수 없게 정성을 들였다.

"어떡할래? 어차피 오늘 신고하자면 돌려 읽을 시간두 없어. 다섯 시에 상기와 광훈이 만나기로 했으니깐. 내 후딱 들어가 한 벌만 복사해서 나오지. 그러구 경찰서로 같이 가." 정호가 공책을 들고 일어섰다.

윤기가 제지할 틈 없이 정호는 공책을 코트 주머니에 꽂곤 서둘러 방을 나섰다. 께름칙한 느낌도 들었으나 윤기는 반대 의견을 찾지 못했다. 문미 역시 정호를 지켜볼 뿐 말이 없었다. 기밀 내용이 아닌 이상 별문제는 없을 듯했고, 분단 문제를 시로 소화하자면 정호 말같이 자료로써 비망록 사본쯤은 갖고 있음도 괜찮을 듯싶었다.

둘만 남게 되자 윤기와 문미는 말을 잃었다. 윤기는 묵묵히 술잔만 기울였다. 첫 잔은 구역질이 받쳤으나 두 잔째부터 별 탈 없이 술이 잘 넘어갔고, 쓰리던 위장이 얼게 풀렸다. 박씨 비망록만 아니라면 문미와 함께 주문진 정도 버스로 떠나는 짧은 여행을, 그는 며칠 동안 상상으로 즐겼다. 속초만 떠나면 바닷가 방갈로나 여관방에 들 수 있었다. 속초만은 어떤 일이 있어도 여관 따위에 들 수 없다는 문미 고집이 엔간하여 그는 번번이 실패했다. 남녀의 만남이란 신체 접촉을 통한 사랑 행위 이외에는 할 짓이 없는지, 그는 문미와 둘만 있을 때면 늘 그 생각이 머릿속을 가득 채웠다. 정호가 올 때까지 무료한 시간을 술로 죽여낼 수밖에 없다고 윤기가 건짜증을 내고 있을 때, 문미가 뜻밖의 말을 꺼냈다.

"오빠가 또 집을 나갔어요."

"언제?" 윤기는 술잔을 들다 말고 문미를 보았다. 버스에서 만난 휴가병의 정신병자 죽음이 생각났다.

"그저께요."

"세번째가?" 윤기는 문미를 사귄 이후만도 병섭 형 가출 말을 듣기가 그쯤 된다 싶었다.

"셀 수 없어요. 열다섯 살 때부터였으니. 집에 있기보다 나가 있을 때가 더 많았으니깐요."

문미가 얼굴을 들었다. 그녀의 눈동자가 물기로 찼다. 문미의 갑작스런 변화에 윤기는 무슨 말을 해야 할지 몰랐다. 지각은 했지만 다방에 들어갔을 때 문미의 시들해 있던 표정과 서둘러 돌아가려던 이유에 수긍이 갔다.

"알 만한 데 수소문해봤어?"

"가출했을 적마다 우리 식구가 오빠를 찾아낸 적은 한번도 없었어요. 날짜가 지나면 자기 스스로 들어왔지요. 어머닌 어제 가게 문 닫구 장사까지 쉬셨어요."

문미네 집은 청호동 해수욕장 입구에 있었다. 식당과 주거를 겸한 집이었다. 윤기는 병섭 형을 여러 차례 만났고, 지난달에는 해수욕장 포장집에서 술을 함께 마시기도 했다. 병섭 형은 왜 결혼 안 하십니까 하고 윤기가 물었다. 병기가 있어 보이는 핼쑥한 얼굴의 병섭 형은 예의 묘한 비웃음만 흘릴 뿐 대답이 없었다. 병섭은 말수가 적었다. 문미 아버지가 살았을 적 문미와 문호가 학교에서 시험 답안지나 성적표를 받아오면 만 점을 받았더라도 문미 아버지는 집안에서 그 자랑을 금했다. 병섭은 늘 백지 답안지를 들고 왔던 것이다. 문미 아버지가 죽었을 때 유일하게 울지 않은 자는 식구 중 병섭이었다. 문미 아버지가 의붓아버지로서 병섭을 냉대하지 않았으나 그는 늘 의붓아버지를 못마땅하여 동네 아이들에게, 문호 아버지는 다리병신이라고 철없이 지껄이곤 했다. 병섭은 또래 집단 학습을 따라가지 못해 두 차례나 유급하다 결국 지진아로 판명되어 중학교에 들어가지 못했다. 초등학교를 졸업할 때까지 구구셈을 외지 못했고 한글 읽기도 서툴렀다. 쓰기에는 자기 이름과 간단한 단어 정도가 고작이었다. 느낀 바 표현 또한 어눌해 짧은 의사소통밖에 하지 못했다. 병섭은 중학교에 들어가지 못하자, 어머니를 도와 식당 청소나 손님 심부름에 나섰다. 그의 첫 가출은 열다섯 살 때로 그 행선지가 전사한 친아버지 고향인 월정사 아랫마을 구곡리였다. 어떻게 거기로 찾아갈 궁리를 냈고, 찾아갔는지 모르지만 그는 그곳에서 그때까지 생존해 있던 친할머니를 만났고, 나흘 뒤 삼촌을 따라 속초 집으로 돌아왔다. 그 뒤부터 그는 서른 살이 넘을 동안 식당 주변을 싸돌다 홀연히 집을 떠나곤 했다. 생겨나자마자 몇 차례 죽을 고비를 넘겨 머리통이 제대로 여물지 못한 데다, 식당 일에 바빠 자상한 어미 노릇을 못해줘 애가 저 꼴이 되었다며 문미 어머니는 자주 한탄하곤 했다. 식당 금고나 장롱을 뒤져 돈을 챙겨 집을 떠나는 외 병섭은 성품이 온순했다. 빠르면 한두 달, 늦으면 서너 달 뒤 버쩍 마른 몸에 어깨 늘어뜨려 집으로 돌아올 때면 그의 꼴은 완연한 거지였다. 그동안 어디로 돌아다녔는지 그가 함구했기에 식구조차 알 수가 없었다.

"전 그만 가볼래요." 문미가 스카프를 머리에 둘렀다.

"어디로, 집?"

"유치원으로 가야 해요. 크리스마스 이브에 원아들 재롱잔치가 있어 바빠요. 유치원으로서는 크리스마스 이브가 제일 큰 행사거든요. 무대 장치와 소품도 만들어야 하구, 저녁엔 연극 지도를 해야 해요."

"그럼 나중에 바다식당으로 못 나온다는 건가?"

"어렵겠어요. 오늘두 겨우 짬을 낸걸요." 문미가 손가방을 들고 일어섰다. "그러잖아두 만나뵙구 곧 들어가려던 참이었어요."

"그럼 저녁때 내가 유치원이나 집으로 전화를 걸지."

문미가 가버리고 한참 뒤에야 정호가 돌아왔다.

"미스 정은 보냈군?"

"유치원 크리스마스 행사로 바쁘대."

"복사본은 내 책상서랍에 넣구 열쇠로 단단히 채워뒀어." 정호가 박중 렬씨 비망록을 윤기에게 돌려주었다.

"너 정말 한 벌만 복사했니?"

"그건 왜 물어?"

"남발하면 큰일이야."

"한 벌했든 두 벌했든, 지금 그걸 따질 땐가. 설령 한 벌 했더래두 내일 아침 그 사본으로 내가 또 여벌 복사를 할 수 있는데."

둘은 소주 한 잔씩을 마시곤 음식점을 나섰다. 경찰서까지 5백 미터 남짓한 거리를 둘은 걷기로 했다. 몇 발짝 못 가 빈 택시가 오자, 정호가 차를 세웠다.

"시경으로 갑시다." 먼저 탄 정호가 기사에게 말했다. 차가 움직이자, 그가 윤기에게 농을 했다. "너 그것 신고하면 반공정신 투철하다구 표창장 받겠어."

윤기는 웃고 말았다. 차창 밖은 세찬 바람이 흙먼지를 몰아갔다. 가로 간판이 바람에 덜렁댔고, 어깨 움츠린 행인들 걸음이 바빴다. 겨울 해가 짧았으나 어두워지기에는 아직 이른 시간인데 바깥 풍운이 침침해지고 있었다. 그는 아무래도 정호를 불러내길 잘했다 싶었다. 아무런 잘못이 없었으나 경찰서 출입에는 친구라도 옆에 있는 게 한결 마음 든든하게 여겨졌다.

시경 정문에 입초 선 전경대원에게 정호가 경무과 계장 이름을 대며 급한 용무로 왔다고 말했다. 전경대원은 둘을 경비실로 보냈고, 거기에서 정호가 구내전화로 계장과 통화를 했다. 계장이 마침 자리에 있어 둘은 서 본관 건물로 들어갔다. 정호가 계장에게, 박중렬씨 비망록을 바다에서 건진 경위를 대충 설명했다.

"정 대리 친구가 신기한 걸 주웠구먼." 계장이 공책을 받으며 말했다.

"내용은 별것 없었지만, 그래도 신고를 해야겠기에 친구가 가져왔죠."

계장은 둘을 정보과 3계로 인계했다. 담당 계장은 퇴근해버렸고, 젊은 형사가 둘을 맞았다. 그는 한가하게 신문을 읽고 있었다.

"한 형사, 두 분이 바다로 띄워보낸 북괴 쪽 공책을 건졌다누만. 얘기나 한번 들어봐." 계장이 형사에게 말했다.

"북괴에서 보낸 공책이라니요? 그럼 선전 삐랍니까?" 형사가 느슨한 자세를 바로해 정호와 윤기를 보았다.

"그게 아니고. 6·25 때 월북했던 자가 죽음을 앞두고 남한 옛 가족에게 보낸 편지 같은 겁니다." 윤기가 말했다.

"앉읍시다." 형사가 옆자리 빈 의자를 권했다.

윤기는 비망록을 형사에게 넘겨준 뒤, 어부인 아버지가 공책을 바다에서 건진 경위를 설명했다.

"가만있어요. 경위서를 만들어야겠소."

윤기는 아버지의 본적·현주소·생년월일을 말했으나 주민등록번호는 알 수 없었다.

"아무래도 부친께서 한번 출두해야겠군요." 형사가 볼펜을 놓고, 박씨 비망록을 펼쳤다.

"지서에 신고하려다 여기 정보과에 직접 신고하는 게 나을 것 같아 나왔습니다."

"형씨 직업이 뭡니까?"

"중학교 선생입니다."

"내용을 읽어봤나요?"

"아뇨. 그럴 시간도 없었고……. 서너 쪽만 읽어봤지요."

"중요한 기밀은 없었고요?"

"제가 보기엔."

"한잔들 했군요. 술내가 나는 걸 보니." 신고가 늦었다는 뜻인지 형사가 말했다.

그는 윤기와 정호를 앉혀두고 비망록 첫 장을 읽기 시작했다.

"이것도 두고 가야 되겠지요?" 윤기가 가방에서 스티로폼과 물기 드는 포장지를 꺼냈다.

"그건 뭐요?"

"공책을 썼던 겁니다."

"두고 가십시오."

"그럼 가도 될까요?"

"잠시 기다려요."

형사는 박씨 비망록 10월 25일자 기록을 다 읽자, 공책을 들고 자리를 떴다. 윤기와 정호가 10분을 넘게 기다리자, 형사가 비망록을 어디에 맡겼는지 빈손으로 돌아왔다. 그는 의자에 앉더니 윤기에게 질문을 해가며 보고서 뒷부분을 작성했다. 경위서는 그럭저럭 앞뒤로 석 장을 채워서야 끝났다.

'이 진술은 사실과 상위 없음'을 끝으로 형사는 쓰기를 마치자, 인주를 내밀었다. 윤기가 서명을 하고 손도장을 찍었다. 각 장이 다음 장과 연결되는 부분에도 손도장을 눌렀다.

"월요일 아침 열 시까지 부친과 함께 한번 더 서로 나와주십시오." 한 형사가 의자에서 일어섰다.

"전 학교 수업이 있어 안 되겠습니다. 달리 제가 더 드릴 말씀도 없구요. 저는 이걸 여기에 전달하려 왔을 뿐이니깐요." 윤기는 의자에서 일어났다. 더 물을 게 있다면 자기네가 방문하면 될 일을 생업에 바쁜 사람을 두 차례나 불러낸다는 게 그는 쉬 납득되지 않았다. 물론 인력이 모자라는 탓도 있겠지만 관이 민 위에 군림하는 태도에는 조건반사로 불쾌감부터 앞섰다.

"그래요?" 희떱다는 투로 형사가 윤기를 보았다. "그럼 부친을 보내주십시오."

"아버님 연세가 내일모레면 칠순입니다. 차를 타시면 멀미를 하시구 해서 여기까지 나오시기가 힘들어요."

"그럼 협조를 못하시겠다는 겁니까? 바다낚시를 할 수 있다면 아직 건강엔 이상이 없을 텐데요."

그 말에 윤기는 달리 대꾸할 말이 없었다.

"물론 귀찮기야 하겠지만 오늘날 우리 최대 과제가 안보에 있잖습니까. 그러니 국민이 협조를 하셔야지요. 공책을 건진 해상 위치도 정확히 알아야겠고, 또 부친 진술두 필요하니깐, 내일 보내주십시오."

윤기와 정호가 경찰서를 나선 시간은 다섯 시가 가까웠다. 정호가 상구와 만나기로 약속한 바다식당은 횟골목에 있었다. 바다식당은 '맥' 동인이 만나는 장소로, 저녁 시간에 따로 약속이 없어도 그곳에 가면 동인 중에 한둘쯤, 아니면 얼굴 익은 문학 지망생이나 시내 미술 선생 한둘은 만날 수 있었다. 40대의 수더분한 여주인은 장사꾼 티를 내지 않았고 소주 서너 잔쯤 마셨다 하면 50년대 대중가요를 구성지게 잘 뽑는 아낙이었다. 횟골목은 경찰서에서 그러 멀지 않은 거리여서 둘은 가로를 걸었다.

"날씨 한번 대단한걸." 어깨를 움츠린 윤기가 말했다.

"도둑이 제 발 저린다더니. 복사는 내가 했는데 떨긴 네가 떠는구나."

"떨 것까진 없지만 기분이 찜찜하군."

"경찰서나 법원은 좋은 일로도 출입을 삼간다잖아."

"하긴 그래."

"이거, 불알까지 얼겠군. 빨리 가자." 코트 주머니에 손을 찌른 정호가 걸음을 재촉했다.

둘이 바다식당에 도착하니 상구와 광훈이 창가 쪽에 자리잡아 벌써부터 소주잔을 기울이고 있었다.

"출근들 하시는구면요." 카운터에 앉아 주방 선반에 얹힌 텔레비전을 보던 주인 아주머니가 알은체했다.

"쟤들 앞에서 비망록 얘긴 꺼내지 마. 말이 길어질 테니깐." 윤기가 후끈한 연탄난로 옆에 붙어 서며 정호에게 말했다.

"아무렴. 잡음이 없을 때까지." 정호가 난롯불에 손을 쬐며 술판 벌인 친구 쪽에 눈을 주었다. "해도 빠지지 않았는데 엔간히들 퍼마셔. 광훈이 넌 어제 술이 아직 깨지두 않았을 텐데?"

"시간 약속은 제법 지키누만. 윤기 넌 문미 왜 안 달구 왔나?" 한참 토론을 벌이던 상구가 말했다.

"오늘은 딱지 맞았어."

"그런 젓가락 몸두 멘스 하나?"

"새끼. 입에 부스럼 나겠다. 불편하면 마누랄 얻어. 아래위루 헛거품 게우지 말구." 정호가 말을 받았다.

엔간히 몸을 녹이자 윤기와 정호는 친구들과 합석했다. 창밖 바다는 어둠이 자욱하게 깔려왔다. 파도가 집채만큼 물결을 뒤집으며 밀려와 방파제를 치는 소리가 홀 안까지 들렸다. 윤기는 문미에게 전화를 걸까 하다 그만두기로 했다. 불러내도 나올 것 같지 않았고, 병섭 형의 혼 나간 멍한 얼굴이 눈앞을 가렸다. 갑자기 일상(日常)이 기다림 없는 희망과 피곤의 되풀이란 생각이 들었다. 그는 또 술에 절은 채 냉동된 버스에 떨며 60리 밖 집으로 돌아갈 일이 아득하게 느껴졌다. 성난 바다는 잠자리에 들 때까지 줄곧 따라올 테고 불안한 잠 속에도 파도 소리는 멎지 않을 것이다.

"그렇게 쓰는 건 시인의 자유요 특권이지만, 그런 시를 좋은 시라는 데 난 동의할 수 없어." 왜소한 광훈이 상구에게 열 올려 말했다.

"어느 시를 두고 또 입싸움질이니? 수정 같은 감수성의 눈물을 읊은 병든 시인가, 아니면 노동자에게 쌀부대 엥기겠다고 손가락 끝으로 유식 떤 민중이신가." 정호는 여자 종업원이 가져온 새 잔에 술을 따르며 토론에 끼어들었다.

"그저께 너하고두 얘기했잖나. 〈어떤 싸움의 기록〉 말야." 광훈이 말했다.

"그 시가 어때서 그래?" 정호가 물었다.

"참신하고 현실 진단이 날카롭잖아. 고통을 미화하지 않고 진실을 그대로 뱉어내는 함축성도 좋구. 첫 시집에서 자기 목소리를 들고 나온다는 게 어디 쉬워. 우리 체험론을 통해 보아두 말야." 상구 말에는 여유가 있었다.

"네가 그 시집 해설을 쓰지 그래."

광훈이 봉투에서 시집 한 권을 꺼냈다. 화제가 되고 있는 젊은 시인의 시집이었다. 그는 시집 55쪽을 펼치더니 문제의 시를 읽었다.

그는 아버지의 다리를 잡고 개새끼 건방진 자식 하며 비틀거리더니 아버지의 셔츠를 찢어발기고 아버지는 주먹을 휘둘러 그의 얼굴을 내리쳤지만 나는 보고만 있었다. 그는 또 눈알을 부라리며 이 씨팔놈아 비겁한 놈아 하며 아버지의 팔을 꺾었고, 아버지는 겨우 그의 모가지를 문밖으로 밀쳐냈다. 나는 보고만 있었다······.

"이래서야 시의 미래가 어떻게 되겠어. 설자리가 없잖아. 비시어를 남발하면 장땡이냐? 그렇다구 내가 뭐 서정성이나 정통성만 따지자는 게 아냐. 시가 이쯤 되면 갈 데까지 가버린 게야." 광훈이 낭독을 멈추고 말했다.

"진보란 말을 예술에서두 사용할 수 있다면, 자유로운 상상력과 독자적인 개성에 있지 않겠어? 모든 시가 일정한 기본 틀에 매여야 한다면 그건 벌써 권위나 제도에 묶여버리는 결과지. 모든 예술은 형식 파괴랄까, 형식의 독창적인 해석을 통해 창조의 힘을 불어넣는 거야. 그런 의미에서 너는 너대루, 나는 나대루, 한 사물을 보는 관점과 연상 작용이 다다른 법이야. 내가 그 시를 옹호하지만, 그 시 자체가 한국시의 침체를 뚫는 맥으로 보진 않아. 다만 시인의 개성적인 목소리가 타인에게 공감을 줄 수 있을 땐 이미 보편성을 획득했다구 봐야지. 그런 뜻에서 시인은 시대와 자연과 모든 인위적인 관계를 냉철히 파악해야 하고, 그 만남과 상호연계에 행복을 저해하는 모든 적과 싸워야 한다고 봐. 그러기 위해선 우선 자신의 삶조차 부정할 수 있는 결단력이 있어야 해." 상구가 비평서 한 구절이라도 읽듯 주절거렸다. 그는 소주잔을 비우곤 식은 삼새기 매운탕 국물을 떠먹었다.

"그 시에서 폭행을 가하는 '그'와, 가정을 지키려는 '아버지'와, 방관자인 '나'를 분석해봐야겠지. 이유가 제시되지 않는 싸움의 진행을 통해 시인이 암시하려는 세계는, 정의와 도덕과 윤리가 매장된 현실을 카오스로 보구, 폭력의 공포를 통해서……."

정호가 붙이는 주석을 광훈이 꺾었다.

"다 좋다 이거야. 해석은 자유니깐. 정신병자의 횡설수설에두 해석을 붙이자면 얼마든지 현실의 불가사의한 여러 요소를 끄집어낼 수 있어. 내가 단언컨대 그는 앞으로 그런 시를 계속 쓸 수는 없을 거야. 한계가 보여."

"행갈이가 없다 이거냐, 아니면 개새끼니 씨팔놈이란 말이 거슬리나?" 정호가 물었다.

윤기는 동인들의 토론을 들으며 묵묵히 술잔만 비워냈다. 속초가 아닌 또 다른 어느 지방 술집에서도 시인 지망생들은 해결점 없는 이런 따위의 말의 성찬을 벌이고 있을 것이다. 시는 어떤 효용성 때문에 역사 이래로 존재해왔는가. 인류에 회자되는 좋은 시는 어떤 시인가. 좋은 시는 어떤 과정을 거쳐 탄생되는가. 윤기가 이런 부질없는 질문을 머릿속으로 엮자, 오 선생 전화 받으세요 하고 주인 아주머니가 송수화기를 들고 말했다.

"저예요. 경찰서는 다녀오셨죠?" 문미였다. 원아들의 왁자지껄한 소음 때문에 그녀의 목소리가 윤기에게는 더 멀게 들렸다. "별일 없었구요?"

"그냥 신고만 했지."

"여기 일이 끝나려면 아직 두 시간은 더 걸리겠네요. 아무래도 못 나갈 것 같아요. 어머니가 상심해 계셔 집으로 들어가봐야겠고……."

"그럼 이브 날 저녁에 나올게."

"그날은 안 되는 줄 아시면서. 여기에 행사가 있다구 했잖아요."

"끝나구 만나지 뭘."

"약속에 신경 쓰다보면 여기 일두 잘 안 돼요. 그날은 절 그냥 두세요."

"25일에 나올까. 대지다방이 싫다면 명전사 옆에 이층 다방 있지? 거기서 열두 시에 만나."

"25일은 주일이에요. 청호동 교회로 나오세요. 예배두 같이 보면 좋잖아요."

"교회는 싫어. 그럼 점심 먹고 두 시쯤 만나."

"알았어요. 너무 취하지 마시구 조심해서 돌아가세요."

윤기가 자리로 돌아오니 화제는 이제 동인지 봄호 발간 건으로 옮겨가 있었다. 작품 제출 마감은 겨울방학이 끝나는 1월 말로 대충 결정을 보았고, 1월 3일 저녁 신년하례를 겸해서 동인 총회를 갖기로 합의를 보았다.

윤기와 정호가 합석하고 소주 두 병, 가자미회 한 접시, 감자부침 안주도 바닥이 났을 때는 모두 얼럴하게 취해 있었다. 그중 광훈이 더 취해서 했던 말을 되풀이하는데도 그 발음이 또록하지 못했다.

"여기는 어차피 긋구 맥주 입가심은 내가 사지." 정호가 의자에서 일어나며 말했다.

바다식당에서 동인이 어울려 마시는 술은 대부분 외상 장부에 마신 사람 이름과 금액을 기입해놓았고, 월말이면 주인 아주머니가 각자 앞으로 공평하게 분배하여 수금을 했다.

윤기가 오줌을 누려고 먼저 식당에서 나오니 겨울비가 강풍에 찢기며 흩날리고 있었다. 추운 날씨에 비까지 뿌려 횟골목은 통행인 없이 썰렁했다. 그는 옆집 주점과 공용인 변소를 사용하지 않고 처마 밑에 서서 제방둑에 대고 오줌을 누었다. 한길에서 고함소리가 들렸다.

"씨팔, 촌구석에 처박혀 시 나부랭일 쓰면 뭘 해. 도대체 누가 알아줘.

촌놈들 어수룩한 동인지를 중앙지 월평에 누가 언급해주는 것 봤냐. 끼리끼리 해처먹는 거지. 매일 모여 술이나 퍼지르며 중앙문단 새끼들 뭐 같은 시나 흠모하는 우리 꼬락서니두 웃겨. 아니 울고 싶어. 죽어라 써봐야 아는 몇 놈끼리 돌려 읽구, 휴지가 되어 코나 풀구……." 혀 꼬부라진 광훈의 목소리였다.

"자학 마. 어디 우리가 누구보고 잘 봐달라고 시 쓰냐. 문자로 어느 구석에 남겨놓으면 50년이나 백 년 후쯤 알아주는 후배두 생길 테지. 멀리 봐야지. 요즘 같은 지구촌에서 지방 서울이 어딨냐. 지난번에 동인지 서울로 우송했더니 광훈이 너 시 좋다는 서울 모 시인의 엽서두 왔었잖냐. 그러니 그냥 쓰는 거야. 자기와 싸우며. 안 그래 훈아?" 정호였다.

"윤기새끼, 어딨니?" 상구가 외쳤다.

"씨팔놈아. 실컷 갈겨. 뺄 것 못 빼면 오줌이라두 빼야지." 광훈이 변소 쪽을 향해 악을 썼다.

윤기는 오들오들 떨며 도무지 거리를 가늠할 수 없는 깜깜한 바다에 눈을 주었다. 아무리 깜깜하다지만 시야가 막막하게 트였다는 느낌은 늘 눈에 익은 타성일 뿐, 막막한 공간에는 파도 소리와 바람 소리만 차 있었다. 윤기는 찬비를 맞으며 성난 바다를 보고 있었다. 취기 탓인지 분명 빗물은 아닌데, 눈이 물기로 어렸다. 아버지와 누이, 문미와 병섭 형, 친구들, 그 얼굴들이 파도에 휩쓸려 부서졌다. 들끓는 이 바다의 어둠을 보고 있을 시간에 2백 킬로 북쪽의 박중렬씨도 병상에서 몸을 뒤척이며 이 동해 바다의 파도 소리를 듣고 있을까. 아니, 그는 비망록에서만 살아 있지 이미 한 줌 재가 되어 바다에 뿌려졌을 것이다. 그 대신 저 남쪽 바닷가 영덕 땅에서 그의 가족 중 누군가 이 파도 소리에 잠 못 이뤄하며 서른한 해 전에 월북해버린 한 모습을 떠올리고 있을는지도 몰랐다. 윤기가 날리는 머리칼을 쓸어 붙이자, 결코 잊을 수 없는 옛 기억 한 가닥이 불현듯 뇌리에 스쳤다.

윤기가 초등학교 4학년 적 늦여름이었다. 아버지가 1톤급 자기 조각배를 마련하기가 6년 전이니, 그때만 해도 아버지는 남의 배를 탔다. 30톤급 오징어배를 타고 울릉도 쪽으로 출어하면 이틀이나 사흘 만에 귀향하곤 했다. 해안 경비대에 출어 신고를 마치고 세 척 오징어배가 떠났던 아침까지는 화창하던 날씨가 정오부터 구름이 모이더니 저녁에 이르자 강풍을 동반한 해일이 크게 일었다. 급작스런 기상 변화에 태풍 경보가 내려지고 모든 배는 발이 묶였다. 출어한 배들도 무전 연락을 통해 급거 귀향명령이 떨어졌다. 오징어배 세 척에 탑승한 어부는 오 영감을 포함해서 모두 스물한 명이었다. 라디오에 귀 기울이던 탑승원 가족이 저녁 무렵부터 하나 둘 어판장 앞 선착장으로 모여들어 출항한 배가 돌아오기를 초조하게 기다렸다. 저녁때부터 빗발이 듣기 시작하더니 소나기가 퍼부었다. 5미터 넘는 파도가 방파제를 치며 허옇게 물보라를 일으켜 세웠다. 수십 명 가족이 선착장에 모여 눈에 잡히지도 않는 먼 난바다를 보며 발을 굴렀지만 떠난 배는 눈에 띄지 않았다. 윤기도 어머니와 함께 우산을 받쳐 쓰고 선착장에 쪼그려 앉아 있었다. 비에 젖어 닭살이 되었다. 날이 어두워져 천지가 깜깜한 가운데 파도 소리만 드높았으나 가족은 선착장을 떠나지 않고 어둠 저쪽에 불빛이 나타나기만 기다렸다. 조난당했음이 틀림없다고 한 아낙네가 말하자 그 말은 빠른 전파력으로 전염되어 가족 중에 홀쩍거리는 소리가 들렸다. 그때까지 아무 말 없이 칠흑의 바다만 뚫어지게 바라보던 윤기 어머니가 윤기에게 말했다. "배가 뒤집혔다면 네 아버지는 죽었을 거구, 용케 풍랑을 피했다면 울릉도쯤 갔겠지. 그도 저도 아니라면 파도에 쓸려 이북으로 넘어갔을지두 몰라.""이북으로 가다니요?" 윤기가 놀라 물었다. "작년에도 이북에 끌려갔던 영광호 선원들이 석 달 반 만에 돌아오지 않았냐. 열하나 중 둘은 끝내 못 돌아오구 아홉만 말이다.""만약 아버지 탄 배가 그렇게 됐다면 아버지는 어떻게 되나요?""글쎄…….. 내가 지금 그걸 생각중이다. 만약 네 아버지 배가 이북으로 갔다면 아마 틀림없이……." 윤기 어머니가 말을 끊었다. "어머니, 왜 그러세요?" 갑자기 숨길이 거칠어지는 어머니에게 윤기가 물었다. "네 아버진 절대 여기로 돌아오지 않을 거야.""돌아오지 않다니요? 우리 식구가 있는데두요?""아니다. 저쪽에두 가족이 있으니 눌러앉고 말 거야. 네 아버진 우리 가족보다 그쪽 가족이 더 소중할 테니깐." "설마 그럴 리 있을라구요.""아니라니깐. 내 말이 맞아. 작년에 영광호가 풍랑에 떠돌다 이북 경비정에 납치당했을 때 네 아버지 보구 내가 은근히 물어봤지. 당신이 만약 영광호를 탔다면 어쨌겠냐구, 하구 말이다. 그랬더니 처음엔 아무 말두 안 하더라. 똑 떨어지게 대답을 해보라고 내가 다그치니깐, 그때서야 면회라두 시켜준다면 가족 형제들 얼굴 한번 상면하구 돌아왔으면 좋겠구먼 하더구나. 처자식은 안 보구싶구요, 하구 내가 또 물었지. 그러니깐 아무 말도 않구 그만 벽 쪽으로 슬그머니 돌아앉고 말아." 윤기 어머니는 코를 훌쩍거리며 손으로 얼굴을 훔쳤다. "내가 아무래두 네 아버지와는 명대로 살 팔자가 아니었나부다." 기어코 윤기 어머니는 속울음을 삼켰다. 울릉도에서 조난을 피한 배 세 척은 나흘 뒤 오징어 조업까지 끝내고 잔잔한 수면을 가르며 무사히 귀향했다. 윤기 어머니의 기우는 기우로 끝난 셈이었다. 그 뒤로도 윤기 어머니는 남편에 대한 그런 기우를 씻지 못했다. 윤기 어머니는 남북통일이 될까봐 불안해했고, 남편이 배를 탈 때 그 배가 북한 경비정에 납치당하지 않을까 걱정했다. 어쩌면 윤기 어머니의 병도 그런 심적인 불안이 암이 되어 밑거름 구실을 했을지 몰랐다.

　요즘 만약 아버지 탄 배가 풍랑에 제 길을 잃고 이북 땅으로 흘러 들어간다면, 어머니가 죽고 없는 마당에 아버지가 이남으로 돌아오는지 어떨는지에 대해서 윤기로서도 딱 부러진 결론을 내릴 수 없었다. 아버지가 "나는 이북 공산당 치하에서느 절대 몬살메. 꼭 내레올 테니까 쓸데없느 걱정일랑 말아" 하고 장담한다 하더라도, 막상 그런 상황에 처하면 심경에 어떤 변화를 일으키는지 알 수 없었다. 그만큼 아버지는 함남 홍원에 두고 온 가족 안부를 늘 궁금해했다. 그런 아버지만큼이나 박중렬씨 역시 경북 영덕 거무역동에 살고 있다는 처자식이 못내 그리워 죽음을 앞두고 비망록을 쓰게 되었을 것이다. 또한 홍원에 사는 아버지 가족이 이남에 있는 아버지를 애타게 그리는 만큼 거무역동 가족도 박씨 그분 소식에 애간장을 태우리란 데 생각이 미치자, 윤기는 바로 자신이 거무역동 박중렬씨 가족에게 북으로 간 뒤 행방불명된 그분 소식을 전해주어야 하지 않을까 싶었다. 그 생각이 벗을 수 없는 책임감으로 그의 마음을 무겁게 눌렀다. 물론 속초 경찰서에서 그곳 경찰서로 비망록 요지를 이첩하여 그쪽 가족에게 소식을 전해줄는지 어떨는지는 몰랐으나, 그런 사무적 처리를 관에서 할 일이라면, 자연인 입장에서 박씨가 비망록을 남긴만큼 자기 또한 자연인 입장에서 그 가족의 응어리진 한에 어떤 결론을 내려주어야 함을 한 시인의 자각으로 깨달았다. 만약 신이 존재한다면 그 일을 시키기 위해 시인 아버지를 통해 그 비망록을 바다에서 건지게 하지 않았을까, 그래서 그 비망록이 자기 손에까지 넘어오는 결과를 빚지 않았을까 하고 추리하자, 윤기는 그 어떤 사명감에 한 차례 몸을 떨었다.

4

겨울방학이 시작되자, 윤기는 자질구레한 학교 일의 잔무를 끝내면 연말을 기해 박중렬씨 고향 거무역동을 다녀오기로 마음먹었다. 그래서 25일 문미를 만난 날, 29일 목요일에 영덕으로 연말 여행 삼아 함께 가자고 말했다. 유치원도 방학이 시작되어 원아들은 등교하지 않지만 교직원은 연말까지 출근해야 된다고 문미가 말했다. 문미와 헤어져 박중렬씨 비망록 사본을 인계받을 겸 정호를 만나 윤기가 그 말을 꺼내자, 그는 기다렸다는 듯 자기가 동행하겠다고 선뜻 나섰다.

"그런데 날짜를 좀 연기하는 게 어때? 나두 연말까진 밤샘도 불사해야될 처지거든. 은행은 오줌 눌 짬도 없이 죽어날 때가 연말 아니니. 정초연휴가 좋겠어. 새해 맞아 동해안을 따라 여행한다는 게 얼마나 신나냐. 한 해 설계두 세울 겸해서 말이다. 미스 정이 동행한다면 나두 집 식구를 데리고 나서지." 정호가 말했다.

"주객이 전도됐잖아. 우리가 어디 온천장 놀이라두 가니?"

"온천장 소리 한번 잘했다. 영덕이라면 유명한 백암온천이 부근에 있어. 유황질 온천으로는 전국에서 최고야."

"정말 팔자 좋은 유람을 떠나겠다는 작태로군."

"새해 물맞이로는 거기가 왔다야. 나야 이미 씨를 받아뒀지만 너두 거기서 씨받이나 하지 그래? 배란기 타이밍이야 너희 사정이겠지만."

"넌 무슨 육담이 그렇게 드세냐?"

"육담이라니. 내가 어디 틀린 말 하나. 이것저것 현실적이루 계산해서 때를 맞추려면 흰 머리칼 나구두 어디 장가가겠어? 만약 미스 정 배가 다달이 불러온다구 쳐봐. 애 떼지 않는 다음에야 어쩔 수 없잖아. 냄비 하나 살 처지밖에 안 되더라두 면사포부터 쓰고 봐야지. 그러니 점잔 차릴 필요 없이 일은 일단 저질러놓고 봐야 해. 물론 예행연습이야 충분히 해뒀겠지만 말야. 속초까지 장거리 버스비 써가며 나와서 길거리서 만나구 헤어진대두 그게 어디 공짠가. 판공비두 없는 선생 박봉에 그런 데 쓸 돈 있으면 길바닥에 뿌리지 말구 내 은행에 상호부금이나 한 구좌 들어 둬. 나두 데이튼가 뭔가 그것 안 하니 호주머니에 술값깨나 재이더구나. 마누라 집에 앉혀두니 누가 채갈까 다칠까 염려할 필요두 없구."

"말 같잖은 소리 주절대지 마. 어쨌든 난 그런 여행길은 찬성 못해. 어차피 영덕까지 내려갈 바에야 한 가지 목적에만 집중해야지. 그러니 너와 길동무는 틀렸다. 목요일에 혼자 다녀오는 수밖에." 정호와 함께 가기로 마음 결정을 했으나 윤기가 퉁겼다.

윤기 말에 정호가 언뜻 짚이는 게 있었던지 꽤나 설득력 있는 이유를 제시하며 정초 방문을 고집했다.

"정초에 내려가는 게 타당해. 고집만 부릴 게 아니라 너두 돌대가리가 아닌 다음에야 생각 좀 해봐. 박중렬씨가 51년에 월북한 뒤 그 집안은 보나마나 풍비박산되었을 텐데 가족이 아직까지 거무역동에 눌러 살고 있을 거란 보장은 없잖아. 50년 농지개혁으로 남한 지주층 대부분이 몰락의 길을 걸은 마당에 지금두 박중렬씨 부인이 박씨 집안 종부로 농토를 건사하며 집안 두량하기는 절대 불가능해. 부인 역시 칠순이 내일모레라 이미 타계했을지두 모르구. 6, 70년대에 버스표나 기차표 끊을 줄 아는 촌사람은 너나없이 도회지루 몰려 나오구 지금은 땅 파먹는 재주밖에 없는 순박한 농투성이나 시골을 지키는데, 그래도 있던 집안의 박씨 자식들이 농사짓구 살 거란 보장은 없어. 농사두 짓던 사람이나 짓는 게야. 그러니 좌익 집안이라 냉대당하기 싫어 일찍 타지로 떴을 가능성이 많아. 그런데 정초라면 문벌 찾는 집안은 꼭 제사를 모시고 선영을 찾잖니. 그러니 어떻게 선영이나 다녀올까 하구 고향을 찾아 모여들 수두 있잖은 가. 자식들 중 어느 하나라두⋯⋯."

정호의 말에 일리가 있어 둘은 1월 초이튿날 함께 경북 영덕군 병곡면 거무역동으로 출발하기에 합의를 보았다.

어업에 종사하는 집은 대체로 물때를 음력에 맞추었기에 차례 또한 음력설을 쇠기가 보통이었다. 윤기 집도 그러했기에 새해 첫날을 골방에 틀어박혀 쓰던 시를 손보거나 독서로 보냈다. 서너 차례나 읽은 박중렬씨 비망록도 다시 펼쳐 뒤적여 그 내용을 외다시피 했다.

"내일 강릉에 볼일이 있어요. 하룻밤 묵구 들어오게 되는지 모르니깐 기다리지 마세요." 초하룻날 저녁, 세 식구가 밥상 앞에 앉았을 때 윤기가 아버지께 말했다.

"설마 박씨란 사람 공책 때문이 아니겠지비?" 오 영감이 수저를 들며 물었다. 구랍 20일 속초 경찰서에 출두하여 두 시간 넘게 진땀을 빼고 돌아왔으므로 오 영감은 아무 잘못도 없으면서 아직 박중렬씨의 망령에 사로잡힌 꼴로 있었다. 윤화가 정 선생과 동행하냐고 윤기에게 꼬투리를 잡았다.

"넌 왜 늘 그런 쪽에만 신경을 쓰니. 문미는 안 가지만 동행이야 있지. 정호하고 같이 간다 왜. 너도 따라 나설래?"

"그저 농담으로 해본 소린데 오빤 괜히 화를 내."

"윤기야, 어젯밤에 아바이가 용꿈으 꿨어. 니가 돼지르 타는 꿈으 안 꾸었나." 오 영감이 말했다. "꿈 자랑 안 할라캤는데 그만 입싸게 해버렸 구마."

"오빠 올해 결혼할 꿈인가봐요."

"그래. 올해는 무슨 일이 있어두 놓치지르 말아야제."

"내일 아침밥 늦게 하지 마, 평소 출근대로 맞춰줘." 윤기가 누이에게 말했다.

이튿날, 아침부터 구름 한 점 없이 날씨가 화창했고 겨울답잖게 포근 했다. 윤기는 박중렬씨 비망록 사본과 칫솔을 반코트 주머니에 꽂고 집 을 나섰다. 거리에는 가게문을 닫은 집이 많았고 설빔으로 치레한 어른 과 아이들도 더러 보였다.

윤기가 시외버스를 타고 속초로 나가 정호와 약속한 다방에 도착하니, 아홉 시경이었다. 이른 시간이라 손님이 없는 썰렁한 다방 의자에 엉덩 이를 붙이기가 무엇하여 난로 옆에 서 있자, 정호가 점퍼 차림으로 문을 밀고 들어왔다. 둘은 커피를 마시곤 다방을 나왔다.

"비망록을 보면 거무역동이 백 호 정도 되는 마을인데 아무래두 완행 을 타야 할걸." 시외버스 정류장으로 걸으며 윤기가 말했다.

"여기서 영덕까지라면 서울 가기보다 먼 거린데 완행을 타다니? 그냥 직행을 타고 봐. 거무역 다 되어갈 때 차장에게 껌이라두 건네며 슬쩍 세

위달라면 돼."

"안 세워주면 어떡하구?"

"안 세워주는 것 좋아하네. 내가 이태 전만 하더라도 담보물건 확인차 주문진부터 동해시 사이에 널린 면소재지로 사흘들이 출장을 다니잖았 냐. 그런데 직행 타서 한번도 나 내릴 곳에 버스를 못 세워본 적 없었 어."

"미남이라구 차장이 봐줬나?"

"아무 데서나 손들고 버스 세우긴 힘들어두 내리긴 쉬운 게 직행이 야."

둘이 시외버스 정류장에 도착해서 버스를 기다릴 동안, 그들 또래 젊 은이가 선물용 양주 박스를 들고 가는 걸 정호가 눈여겨보았다. 그는 정 초부터 빈손으로 남의 집을 찾아갈 수 있냐며 사과 상자를 길바닥까지 늘어놓은 연쇄점으로 들어갔다. 정호 말이 옳은 데다 시골에는 반반한 가게가 있을 것 같지 않아 윤기도 따라 들어갔다. 둘은 정종 한 병과 귤 박스를 샀다.

속초에서 포항까지 250킬로 넘게 뛰는 장거리 직행버스는 유동인구가 많은 연말 대목을 넘긴 데다 신정 연휴의 어중간한 아침이라, 좌석은 3 할도 못 채우고 출발했다. 버스 안은 스팀이 들어와 따뜻했다. 둘은 운전 수 뒷좌석의, 윤기는 창가 쪽, 정호는 통로 쪽에 나란히 앉았다.

한적한 국도를 버스는 거침없이 내달았다. 동해안을 남북으로 관통하 는 7번 국도는 휴전선 아래에서 출발하여 속초·강릉·울진·영덕·포 항·경주·울산을 거쳐 남쪽 바다 부산에 이어지는 간선국도였다. 거진 에서 포항까지는 동해 바다를 낀 해안도로가 대부분이라 바깥 경관이 좋았다. 70년대 후반에 포장을 마쳐 고속화도로가 됨으로써 여름 한철 동해안 곳곳에 널린 해수욕장에는 피서객으로 장사진을 쳤다.

수면 잔잔한 바다는 옥색 비단을 펼쳐놓은 듯했다. 허리 휜 해송 사이로 내려다보이는 바다는 한 폭 풍경화였다. 윤기는 눈이 신 드넓은 수평선을 보며, 태어난 나라의 아름다움과 자란 고향에 대한 사랑이 마음에서 살아남을 느꼈다. 국토 사랑이란 국토에 뿌리박고 사는 기층민들의 생활을 통해 느낄 수 있지만, 있는 그대로 자연 경관만으로도 충분히 마음에 닿았다. 자연이란 있는 그대로 모습이지만 인적미답의 자연이 아닌 다음에야 삶의 희로애락이 자연과 함께 숨쉬게 마련이었다. 그는 바다에 검은 점으로 눈에 띄는 갯배들을 보며 잠시 아버지 삶을 떠올렸다. 어제는 하루를 쉬셨지만 지금쯤 아버지도 바다에 배를 띄워 명태잡이를 하고 있을 터였다. 함경도 지방 민요 〈애원성〉을 흥얼거리며 노를 젓고 있을 아버지 모습이 눈에 어렸다.

낙산 해수욕장, 하조대 해수욕장 옆으로 버스가 거쳐가자, 흰 물결이 밀려오는 백사장에는 의외로 산책 나온 사람이 많았다. 연곡 해수욕장 모래펄에는 초등학생들이 축구하는 모습도 눈에 띄었다. 주문진을 넘어서자 버스 안도 차츰 승객이 늘어 자리를 거의 메웠다. 윤기나 정호처럼 장거리 여행객은 별로 없었고, 한두 정류장 나들이꾼들이 대부분이었다. 버스가 군청 소재지에 정차할 때마다 우르르 몰려 탔다간 몇 정류장을 못 가 몰려 내렸다.

한 시간을 넘게 버스가 달릴 동안 윤기는 바다만 내다보고 있었고, 정호는 입이 심심했던지 여차장과 잡담을 나누었다. 정호는 평해까지 소요 시간을 알아냈고, 출발 전 지도를 통해 대충 파악한 대로 거무역동 위치가 평해를 지나 대진 해수욕장이 있는 대진동 부근임도 확인했다.

"물론 거기에 버스가 안 서겠지만 우릴 좀 내려줘요. 정초부터 중요한 일로 출장을 가는 길이니깐요."

정호 말에 여차장이 쉽게 승낙했지만 여운을 달았다.

"거무역동 위치는 잘 모르겠어요. 그런 마을이 국도변에 있는 것 같진 않으니깐요. 병곡면이라면 일단 병곡동에 하차해서 택시편으로 들어가시는 게 좋을 거예요."

"당일치기로는 속초는 못 올라올 테구 아무래두 어디서 하룻밤 자야 할 텐데, 그런 곳에 여관이 있겠어요?"

"해수욕장으로 나가보시죠. 겨울이긴 하지만 여름 피서객을 받던 여인숙이나 민박은 가능할걸요."

버스가 동해시에 도착하자, 이미 낮 한 시가 가까웠다. 버스가 5분 간 정차한다기에 둘은 하차하여 식품 가게로 들어갔다. 김밥 장수들이 버스 창변에 매달려 자기 김밥을 사달라고 외쳐댔다.

"정초부터 김밥 씹긴 그렇구, 빵이나 먹자."

정호 말에 둘은 빵과 우유로 점심을 때웠다. 버스 안에서 먹을 간식거리도 이것저것 샀다. 소주와 오징어, 삶은 달걀도 끼웠다. 출발 클랙슨이 울려 둘이 버스에 오르려 했을 때, 정류장 뒤쪽 시장으로 군고구마를 먹으며 걷는 사내 옆모습이 정호 눈에 띄었다.

"윤기야, 저 사람이 병섭씨 아냐?" 정호가 말했다.

"뭐라고, 병섭 형?" 버스 계단을 밟다 윤기가 뒤돌아보았다.

염색한 군용 외투를 걸친 사내 뒷모습이 잠시 사이 시장 골목 안으로 사라졌다. 여차장이 빨리 타라고 채근을 놓았다.

"잠시만 기다려요." 윤기가 간식용 비닐봉지를 정호에게 넘기곤 정류장 공터를 가로질러 시장통으로 뛰었다. "병섭 형!"

사내가 멈칫거리며 돌아보았다. 행색은 거지처럼 초라했지만 틀림없는 병섭 형이었다. 검댕 묻은 얼굴로 그는 윤기를 보더니 한쪽 입꼬리가 말려 올라가는 묘한 미소를 지었다.

"병섭 형, 나 좀 봐요!"

윤기가 뛰어가자, 병섭이 수사관에게 들킨 지명 수배자처럼 시장 안으로 달아났다. 윤기가 얼마를 따라갔지만 그를 놓치고 말았다. 정류장으로 돌아오며 윤기는, 병섭 형이 왜 도망을 갔을까가 궁금했다. 잡아채어 경찰에게라도 넘길까봐 겁을 먹었을까? 아니면 아직은 집으로 돌아가기 싫어 피해버린 것일까? 알 수 없는 일이었다. 운전기사와 여차장에게 잔소리를 들으며 윤기가 버스에 오르자, 시동을 걸고 있던 차는 곧 출발했다. 정호는 버스를 지연시켜 미안했던지 우유통과 과자봉지를 운전기사와 여차장에게 주었다.

"병섭씨가 또 가출했군." 정호가 사들고 온 봉투에서 오징어포와 소주병을 꺼냈다.

"병섭 형 거동이 아무래도 이상해."

"병섭씨야 평소에도 정상적은 아니었잖아."

"분명 실성기가 있어."

"술이나 한잔 하자구. 아직 두 시간 반 넘게 차에서 배겨내야 할 테니깐."

정호가 종이컵에 소주를 따랐다. 둘이 오징어포를 안주로 소주 한 병을 비웠다. 얼얼한 취기와 병섭 형과의 돌연한 해후에 기분이 우울해진 윤기는 잠시 눈을 붙였다.

"여기부터 경상북도야." 정호가 말했다.

윤기는 덜 깬 잠을 털며 좌우 차창을 둘러보았다. 서쪽은 산세가 험해 숲이 짙었고 동쪽은 벼랑 아래 짙푸른 바다였다.

"교통 사정이 나빴던 예전엔 여긴 오지 중의 오지였겠군." 태백산맥 줄기가 하늘을 찌를 듯 솟은 서쪽 첩첩준령을 보며 윤기가 말했다.

"산쪽 사람은 숯 굽구 화전 일구구, 동쪽 갯가 사람은 고기 잡았겠지. 아마 십수 년 전만 하더라두 기차 구경 못하구 죽은 사람들이 태반일 걸."

서쪽 차창으로 소나무숲이 스쳐갔다. 영하의 기온과 찬바람을 아랑곳 않는 저 늘푸른나무는 겨울에 더욱 청청했다. 윤기는 박씨 비망록의 기록이 생각났다.

—나는 울울한 전나무숲을 보며 자유의 개념을 생각해본다. 먼저 시간적으로 볼 때 저 나무는 인간보다 오래 산다. 그러므로 풍수해나 인간이 베어내지 않는다면 긴 생명의 자유를 누리는 셈이다. 들풀은 따뜻한 한철을 살다 죽기도 한다. 겨울 철새나 곤충, 동물의 자연 수명은 어떠한가. 하루살이 같은 곤충이 있는가 하면 거북같이 몇백 년을 사는 동물도 있다. 그러나 모든 생명체는 언젠가 죽게 마련이다. 시간적 자유란 나무나 새나 물고기나 짐승이나, 거기에 인간까지 포함하여 일정한 한계를 지니고 있음이다. 우주론적 시간으로 볼 때, 살아 있는 모든 생명은 아침 안개처럼 짧은 한순간을 살다 이 땅을 떠나 비존재가 되기는 마찬가지이다. 모든 것이 유한한 존재이며 그 시간성에 지배를 받기는 생명을 가진 모든 것에 해당된다. 공

간적으로 볼 때, 저 전나무가 자라 줄기와 가지를 뻗어 차지할 수 있는 공간을 자유의 향유 면적이라고 한다면 그 면적은 작다. 만약 한 포기 해당화에 비유한다면 그 공간적 면적이 더욱 좁아진다. 한 마리 철새를 생각해본다. 새들이란 무한대의 공간을 비상하므로 공간적 확보 면적은 식물과 개념이 다르다. 그러나 철새가 무한대의 공간을 건너 장소를 옮긴다 해서 공간적 자유를 무한대로 확보했다거나, 한 그루 나무가 태어난 자리에서 죽는다 해서 자유스럽지 못한 구속 상태라 말하지는 않는다.

자유란 개념 자체가 물리적인 공간과 시간적 공간만으로 해석할 수 없기 때문이다. 인간만이 의식의 공간을 따로 창조함으로써 자유나 평등, 나아가 유물론 사관이나 자본주의 경제학 등 모든 정신적 사고에 그 독특한 의미를 부여한다. 그러므로 자유의 개념 또한 객관적 론증에 의거하기보다 그 해석의 자유로움에 비중을 둠이 마땅하다 하겠다. 인간은 젊어 죽어도 영원한 시간 속에 살아 있을 수 있고, 평생을 갇혀 있어도 이 지구를 몇 바퀴 돌아다닌 사람보다 더 자유롭게 살았다고 말해질 수 있다. 나아가 확대 해석을 하자면, 생리적 측면에서 평생을 호의호식했던 인간과 가난으로 주리고 헐벗으며 살았던 인간을 대비할 때, 의식주를 통해 누린 자유는 물론 앞 례가 만족하다는 동의를 얻어낼 수 있다. 그러나 금욕적인, 또는 종교적인 립장에서 해석할 때는 그 답이 풍요와 빈곤으로써만 결정지어질 수 없을 것이다. 여러 작업을 자의로 자유롭게 선택해서 살며 쉬고 싶을 때 몇 해를 여행으로 소일하는 사람과, 한 직업에서 적은 임금에 매여 하루 열 시간 로동으로 평생을 보낸 사람과의 대비 역시 앞 례와 상응하다 하겠다. 이렇게 모든 현상은 생각하는 의식 공간에서 다른 답을 얻어낼 수 있기에 력사 이래 불평등은 집단의 생활에 늘 존재해왔지만, 그것이 오늘날까지 완

벽하게 해소되지 않고 있음이다. 어쩜 영원히 해소될 수 없는 삶의 조건이자 모순이기도 하다.

내가 이런 생각을 갖게 된 것도 두번째 숙청 이후이다……

패자의 변명으로 합당한 자유에 대한 그의 해석은 유물론적 논리에 동의와 비판 사이를 오락가락하는 애매성을 내포하고 있었지만, 윤기는 박중렬씨가 그런 해석에 동의함으로써 그의 50대 이후 조락한 인생에 그런 대로 이론적 근거를 마련했다고 여겨졌다. 그의 논조에 따르면 인간마다 의식 속에 각자 다른 시간적 공간적 해석권을 갖고 있음으로써, 자기 생각 역시 정당화될 수 있다는 투였다.

윤기가 산을 쳐다보며 박씨의 이력을 더듬고 있을 때, 정호는 바다를 보며 어부의 삶을 엮고 있었다. 그가 채집한 삼척 지방 〈어부요〉에는 이런 내용이 있었다.

배 띄우자/죽어서 아니 와도 배 띄우자 배 띄워/우리 부모 수장한 바다에, 배 띄우자 배 띄워/울어도 소용없어 어허라 한평생/한번 죽어 한평생, 배 띄우자 배 띄워/구름은 오락가락 바람은 건들건들/날씨 한번 험하구나, 배 띄우자 배 띄워……

정호는 이 〈어부요〉의 비장미랄까, 절망을 통한 일어섬, 어민의 숙명을 되새기고 있었다.

"고속화도로가 닦여지기 전까지 여긴 유배지와 진배없었겠어." 윤기가 말했다.

"저 위쪽 삼척이나 아래쪽 영일은 그래두 낫지. 원덕·울진·영덕이야 말로 소외 지역이야. 내륙 지방 사람은 갯가 쌍놈들이라 상대를 안 해줬구, 그저 죽으나 사나 바다에 명줄을 달다보니 조선시대 이후 큰 인물이 없었어."

"그런 점이야 서남 해안 도서 지방도 마찬가지잖아."

"그쪽은 그래두 수난이나 덜 당했지. 6·25 전 좌익이 한창 극성을 부릴 때, 지리산 지구에나 빨치산이 남아 있었을까, 서남 해안 지방은 괜찮았지. 그러나 여긴 북쪽 무장 유격대 남파 루트였으니깐 전쟁이 시작될 때까지 계속 유격전이 그치지 않았지. 이곳 사람은 낮에는 태극기 흔들고 밤에는 인공기 흔들어야 목숨 부지했으니깐. 더러 마을 전체가 철저히 작살나기두 했구."

"비망록에두 있잖아. 빨치산 유격대가 병곡 지서를 불지르자 우익 청년단은 그 보복으로 박중렬씨 본채를 불질렀구……"

"동족 살육전에 대해 박중렬씨 견해는 설득력이 있더군. 우선적으로 이데올로기의 선택이요, 통일은 그 이데올로기에 무력으로 꽂는 깃발이란 그런 사상을 가진 자에 의해 조국은 분단될 숙명을 내포했다는 대목 말야."

"그 시절에야 미래를 내다보는 넓은 시야로 올바른 판단력을 가진 자가 몇이나 되었어. 광풍노도 시대란 표현이 적당하지" 하다, 윤기는 첩첩한 태백산맥 준령을 보며 중얼거렸다. "엄동에도 배 주리며 저 험한 산을 평지 다니듯 누비구 다녔다니, 사상이 뭔지……"

"산세가 험하니 당시 빈약한 군수장비로선 토벌도 힘이 들 수밖에. 비망록에서도 언급했지만 43년 여름, 제주도 무장폭동 주모자로 월북했던 김달삼이 영양 일출산에 출몰한 것두 다 태백산 줄기를 타구 북에서 남하한 것 아닌가. 소규모 각개전투를 벌이던 지방 남로당 입산자를 재규합하여 동해군단이라 칭하며 대대적인 유격전을 벌였으니, 경북 동북부 산악 지방 두메 마을들은 당시 쑥대밭이 됐을 거야. 이듬해 해동되구두 국지전 활동을 계속했으니 이 지방이야 전쟁 전에 이미 전시 상태였겠지."

"박중렬씨두 그때 상황을 고난의 악전고투의 연속이라 썼잖아. 동족의 피를 부르는 그 유격전에 희생되기는 오지 마을 백성밖에 더 있었겠어."

"박씨가 어디라고 썼지? 맞어, 장륙사 아래 있는 마라보기란 마을의 우익 국민학교 교사를 처형할 때 느낀 인간적 갈등은 대충 짐작할 만해. 그 교사가 한마디라두 공산주의를 인정했더라면 살아날 수 있었는데. 끝까지 굴복할 수 없다 해서 처형했다잖아. 동족을 죽이구 동족 마을을 불질러가며 누구를 위해 남조선 해방전선에 투쟁했는지, 지금으로선 가슴 아프다고 술회한 점은 솔직한 자기 고백이야. 죽을 임시까지 계급 평등 사회 실현에 신념을 포기 않은 점은 자존심의 마지막 보루였다구나 할까."

"68년 11월, 삼척·울진 지구에 120명 무장공비를 남파시킨 것두 다 이쪽 산악 지방 지형을 이용하자는 속셈이었지."

박중렬씨는 전쟁 전 빨치산 생활을 회고하는 데만 두 쪽에 걸쳐 꼼꼼하게 기록했는데, 그 서두는 이랬다.

— 48년 2월, 유엔 조선위원단의 남조선 입국을 반대하여 '2·7구국투

쟁'을 전개할 때, 나는 남조선 로동당 경북지구당 지도부 지시에 따라 동지들을 이끌고 칠보산으로 입산했다. 집안 농지를 부쳐먹던 소작농 청년들이 포섭되었고 집안 머슴들도 나를 따라, 내 협력자만도 스물한 명이어서 우리는 영덕 지방 게릴라 부대의 한 소대로 편입되었다. 그로부터 50년 3월, 동해군단이 섬멸 위기에 놓이자 우리를 지원하러 태백산맥을 타고 북조선에서 남파된 김상호부대가 도착할 때까지, 아니 그 부대 역시 패퇴를 거듭한 끝에 잔여 인원이 월북 길을 도모할 때까지, 나는 2년여에 걸쳐 풍찬노숙하는 유격대 생활을 겪었다. 그동안 야음을 틈타 하산하여 가족을 만나기도 서너 차례였다. 하산했을 때 한번은 내 체포에 실패한 남조선 경찰에게 얼마나 맞았든지 온몸이 상처와 멍투성이인 장자 종우의 잠자는 모습을 보고 오기도 했다. 그들은 나를 잡으려 어린 자식을 고문했던 것이다. 50년 4월, 월북에 성공했을 때 스물한 명 동지 중 살아남은 동무는 그동안 내 한 팔이 되었던 김칠득과 나뿐이었다. 절반은 입산자 토벌군과의 전투에서 죽고, 생사의 고비를 넘기는 산악 생활에 견디다 못해 나머지는 전향하여 하산해버렸기 때문이다……

윤기는 심란한 마음을 담배 연기로 삭였다. 그러며, 그동안 께름칙했던 문제를 지금 정호한테 털어놔야겠다고 마음먹었다.

"막상 거무역에 도착한 뒷일을 생각해보니 걱정거리가 적잖아." 윤기가 목소리를 낮추었다. "박중렬씨 본채가 불타 없어진 마당에 그 가족을 찾겠다고 이 집 저 집 수소문할 동안 우리를 마을사람들이 어떻게 볼 거냐 이거야. 예비군이니 민방위가 조직돼 있구, 설령 지서야 없더라두 전화 연락망은 있을 텐데, 마을에 수상한 자가 출현했다구 지서나 군부대에 신고부터 한다 해봐. 결국 우린 연행당하구, 결과 박중렬씨 얘기가 나오게 마련이구, 비망록 사본도 내놔야 하잖아. 그렇게 되면 문제가 꽤나 시끄러울걸."

"설마 그럴 리야 있을라구. 그러나 만약 그 지경이 됐다면 우리가 숨길 게 뭐 있냐. 이실직고해버리는 거지."

"한편 박중렬씨 직계 가족이나 고향에 사는 친척을 만났다 치자. 그들에게 박씨 비망록 얘기를 꺼내면 사실대로 믿어줄까 하는 게 문제야. 그렇다구 비망록 사본부터 덜렁 제시할 수두 없구."

"북에서 내려온 자로 오해받을까봐?"

"너 은행원 신분증 가져왔지? 나두 교사 신분증은 있지만, 떨떠름하군. 또한 우리가 떠난 뒤 그 말이 한두 사람 입을 통해 퍼지면 관할 지서에두 알려질 게 아닌가?"

"결국 우리 신상에두 불이익이 온다 이 말이지?"

"물론." 윤기는 잠시 생각에 잠겼다 말을 이었다. "남북이 총칼로 맞서구 있는 분단 현실을 무시하고 우리가 지나치게 감상적 인정론이랄까, 인도주의에 들떠 있는 게 아닐까?"

"생각에 따라선 그렇게 해석할 수두 있겠지. 그러나 우리가 박중렬씨 가족에게 전달할 내용은, 그 자신이 남한으로 내려올 거라거나, 아닌 말로 누구와 접선하라는 따위는 아니잖아. 박중렬씨가 암으로 죽기 직전 마지막으로, 가족을 저버린 데 용서를 빌며 이 세상을 하직한다는 사망 소식이 아니냐 말야. 가족에겐 달가운 소식이 아닐지 모르지만, 묵은 상처를 치료해준다는 뜻에서 우리가 이 먼 길을 나선 게 아니겠어. 여러분이 그토록 소식에 애태우던 한 인간이 저세상으로 떠났으니 이제 얽힌 모든 원망과 회한을 풀구 날 잡아 제사라도 모셔주라. 이게 뭐가 어떻다는 거냐?"

"그런 건 적십자사가 할 일이지."

"국민이 스스로 출장비 써가며 적십자 요원 노릇해주면 안 되나? 그런 마음가짐이라면 통일도 쉬울 거야. 사회주의 국가인 중공 땅이나 소련 땅에 사는 동포와 편지두 교환하는 마당에."

"하여간 돌다리도 두드리며 건넌다구, 우선 거무역동 이장부터 만나 사전에 상의해보는 게 좋겠어. 그 사람이 영해 박씨 문중이라면 더할 나위 없겠구."

"어쨌든 현지에 도착해서 형편 따라 대처하도록 하지. 정 곤란하면 예비군 중대장을 직접 찾아가 자초지종 털어놓구 협조를 구하든지."

버스가 울진을 거쳐 평해를 넘어서자, 정호가 평해에서 탄 승객에게 거무역동 위치를 물었다.

"거무역요? 병곡 지나 원황리 앞에서 내리모 길 건너지 말구, 저만치 산 아래 보이는 마실이 거무역 아니껴." 두루마기에 중절모 쓴 중늙은이가 일러주었다.

면청이 있는 병곡동에서 내리막 굽은 길을 돌자, 대진 해수욕장 관문인 마당 널찍한 휴게소가 나섰다. 포장된 넓은 주차장과 단층 매점은 휴게실을 갖추고 있었다. 겨울이라 휴게소는 사람이 없었다. 오른쪽으로 활형의 해수욕장을 끼고 버스가 내리막길을 내려가자, 동해안에서는 드물게 넓은 들판이 나섰다. 버스가 들녘 가운데로 1킬로쯤 질러갔다. 여차장이 멈춤벨을 눌렀다.

"어서 내리세요. 여기가 원황동 앞이에요." 여차장이 정호에게 말했다.

"고마워요. 내일 속초 가는 버스에서두 운 좋게 아가씨를 만났으면 좋겠어요."

어디가 원황동인지, 들판 가운데다 윤기와 정호를 내려놓은 버스는 곧장 뚫린 국도를 질러 멀어졌다. 윤기는 시계를 보니 오후 세 시 40분이었다. 해는 서산 쪽으로 기울고 있었다.

"이상한 인연으로 멀리두 왔군."

정호가 바람에 날리는 머리칼을 쓸어 넘겼다. 들판을 가로지른 도로 동쪽으로 1킬로 남짓 무논이 즈즐펀히 널렸고, 멀리 바람막이 해송이 푸른 머리를 맞대고 늘어서 있었다. 그 뒤로 갈매기 몇 마리가 한가히 나는 옥색 바다가 비낀 햇살 아래 번득였다. 동북쪽으로 돌출한 언덕 아래는 그들이 거쳐온 해수욕장이었고, 해송이 긴 띠를 이루다 그친 동남쪽은 삼각형 산이 외따로 솟았다. 그 앞으로 울긋불긋한 집들이 대촌을 이루어 도로변까지 뻗어 있었다. 원황동이었다. 해가 설핏 기운 서쪽은 멀리로 태백산맥의 회청색 능선이 행용(行龍)을 이루며 굽이쳤다. 장년 산지가 거미발로 하강하다 평지를 이룬 앞쪽으로 남을 향해 엇비스듬히 돌아앉은 백여 호 마을이 보였다. 마을은 얕은 산줄기를 등에 지고 있었다.

"저기 샛길이 난 데 구멍가게가 있군. 거기서 물어보도록 하지." 정호가 말했다.

"묻긴 뭘 물어. 저 마을이 거무역 틀림없어." 윤기가 산 아래 마을을 손가락질했다.

윤기 말대로 가게에 묻기 전, 새마을사업으로 반듯하게 뚫린 농로 입구 돌팻말에 '거무역'이란 마을 이름이 새겨져 있었다. 도로에서 마을까지는 무논을 질러 6백 미터 남짓한 거리였다. 농로는 실개천을 끼고 있었다. 개울은 물이 말라 자갈밭이 드러났지만 여름에는 송사리떼도 놀음직했다.

"저기가 거무역이라……." 윤기가 아버지 고향 함남 홍원군 중호리에라도 도착한 듯 의미심장하게 읊었다.

"60년대 새마을사업으로 뜯어고친 농촌 가옥은 아무리 잘 봐줄래두 실패야. 서양식 별장같이 외양은 번드르르하지만 어디 저게 우리 농촌이야? 개조해두 전통성을 살려야지, 이건 시멘트로 회칠을 한 꼴이니." 농로를 들어서며 정호가 말했다.

"거무역은 무식한 내 눈에두 일찍이 풍수설에 의거하여 마을 터를 잘 잡은 거 같군. 배산임수(背山臨水)하니 지세지상(地勢地相)이 터를 갖추어."

"풍수지리설로 따지면 거무역이 앞으로 궁기를 못 면하겠군. 마을 앞 넓은 들을 고속화도로가 동강을 내놨으니."

"풍수지리설이 아니더라도 해변에서 너무 들어앉았다보니 여름 피서객 주머니완 상관이 없잖아. 아무래두 해수욕장 쪽이 경제 수준도 나을 테지." 정초에 선물을 한 가지씩 사들고 텅 빈 농로로 걸어 들어가는 둘의 모습이 마치 오래 떠나 있던 고향을 방문하는 행색이었다.

박씨 비망록 중간쯤을 보면 며칠 날짜엔가, 그가 자란 고향 거무역의 내력과 선조 이야기가 소상하게 나오는 부분이 있었다. 북한에는 계급 평등 사회의 구현이란 목적 아래 문벌 족벌을 없애려 일찍 호적을 폐기하고 공민증 하나로 신분을 증명하는 사회이고 보면, 박중렬씨가 고향 내력과 선조 이야기를 자세하게 피력한 연유가 따로 있었을 터이다. 그가 북한 사회의 가정제도를 언급한 대목은 없었으나, 나이 들어 노경에 이르자 우리 고유의 전통적인 가족 제도에 향수를 느낄 만했다. 아니면 그가 시조 박제상(朴堤上)과 그의 아들 박문량(朴文良)을 흠모한 나머지 그 기록이 장황해졌는지 몰랐다. 어쨌든 북한 생활에 젖었던 자로서 문벌을 기록한 점은 이례적이었다.

　—거무역을 한자로 '居無役'이라 쓰는데, 부역 없이 사는 곳이란 뜻이다. 이곳은 고려 명문 세족이었던 영해 박씨가 살던 마을로 삼대에 걸쳐 조선조 정승에 해당되는 시중(侍中)을 낳았기 때문에 고려조 고종 이후 부역을 면제받는 특혜를 입었다. 마을 이름으로서는 자랑거리가 못 되니, 이 점은 공평해야 할 인민의 의무조차 계급의 상하를 구분지어 파악하던 옛 봉건 시절의 일이다.

　내가 어린 시절만 하더라도 거무역 앞 넓은 들 절반이 집안 땅으로, 곡간 세 개에는 사철 나락 가마가 가득했고 집안에는 어른 아이 합쳐 십수 명의 행랑식구를 두고 있었다. 나는 어릴 적부터 조부와 가친, 특별히 모셔온 훈장 선생에게 문벌 높은 집안의 종손으로서 지켜야 할 체통과 법도를 익혔다. 또는 조상의 언행과 그 학문을 귀에 못이 박히도록 들었다. 여름 한철 들에 나가 허리 한번 굽힌 적 없고 평생 손에 흙 묻히지 않는 집안 어른들의 허장성세와, 말문을 열었다 하면 실천이 따르지 못해 유교적 격식만 따지는 데 나는 은근히 부아를 끓이며 자랐다. 훗날 내가 철이 들고부터 가렴 주구에 시달리며 마소처럼 일하는 소작인과, 노예와 다를 바 없는 집안 가노들 편에 서서 그들에게 인간으로서의 평등 개념을 심어주려 동분서주하게 된 것도 다 우연이 아니라 하겠다.

그러나 어린 시절을 회고할 때, 특히 잊지 못할 추억은 조부로부터 들은 영해 박씨 시조 되는 박제상과 그의 아드님 박문량에 대한 일화이다(선조의 존함을 함부로 칭하는 결례를 용서하기 바란다). 조부께서는 한가할 적이면 나를 사랑으로 불러 앉히고 신라 충신으로 그 충절이 역사에 기록된 시조 박제상의 언행을 가훈으로 삼아 훈계했는데, 수십 번을 들어서인지 그 전설 같은 사연은 지금도 내 귀에 쟁쟁하다.

시조인 박제상은 신라 첫 임금 박혁거세 9세손으로 내물왕 7년에, 지금 양산군 북상면에 해당되는 삼양주 수두리에서 태어났다. 그분이 40세 때 내물왕이 죽자, 왕의 사촌인 실성왕이 즉위했다. 그분은 이 점이 옳지 않은 왕위 계승임을 주장하고 10년 동안 투쟁을 벌여 내물왕의 장자 눌지왕이 즉위토록 했다. 눌지왕은 즉위하자 당시 고구려와 일본에 인질로 잡혀가 있던 형제 복호와 미사흔을 구출코자 했다. 왕의 소원을 풀어주려 그분은 고구려로 들어가 복호를 데려오고 귀국 즉시 집에 들르지 않고 일본으로 건너가 미사흔을 무사히 귀국케 했으나, 자신은 미사흔을 탈출시킨 죄로 그곳에서 순절했다. 부인 김씨는 일본에 건너간 남편이 돌아오지 않자 울산 땅 치술령에 올라가 동해를 바라보며 단식하던 끝에 두 딸과 함께 죽었다. 부인은 죽어 돌이 되었으니 이를 후대 사람들은 '망부석(望夫石)'이라 불렀다.

이 내용 중 조부께서는 박제상 할아버지가 일본 왕 앞에서 "나는 신라로 돌아가 벌을 받을망정 일본의 벼슬은 받지 않겠다"는 대목에 이르면, 그 목소리에 기개가 섰고 두 눈이 형형하게 빛났다. 이 이야기는 시조 할아버지의 우국충절과 망부석의 슬픈 전설과 함께 어린 내게 감동적이었다. 나도 이다음에 어른이 되면 박제상 할아버지처럼 나라를 위해 싸우다 의롭게 죽겠다는 결심을 했음이 지금도 기억에 남는다.

시조 박제상에게는 50대에 낳은 아들이 있었으니, 그분이 백결(百結) 선생으로 알려진 박문량이다. 그분 나이 불과 다섯 살 때에 어머니가 두 누님과 함께 치술령에서 죽자, 둘째누님 아영에게서 컸다. 아영이 일본서 돌아온 왕의 아우 미사흔과 혼인을 하게 되자, 그분은 궁중에서 자랐다. 성장해서는 자신이 태어난 삼양주로 돌아가 평생을 청백하게 살았다. 명절날 이웃에서 떡방아 찧는 소리를 들은 부인이 집에 양식이 없어 방아를 못 찧음을 한탄하자 거문고로 방아 찧는 곡을 켜 부인을 위로했다고 한다. 그분은 옷을 수없이 기워 입어 백결 선생으로 불렸지만 가난함을 부끄러워하지 않고 욕심 없이 평생을 살았다.

이 일화는 그분의 무능을 탓하기 전에 인간 생활의 절제와 지조를 깨우쳐주는 교훈이 담겨 있어, 나 역시 언제였던가 장녀 종희에게 할아버지에게 들었던 이야기를 되풀이해 들려준 기억이 난다. 왕족이면서도 옷을 백 군데나 기워 입고 거문고를 벗삼아 사신 먼 조상의 생활관을 통해, 나도 어른이 되면 재산과 부귀를 탐하지 않고 청백하게 살리라, 막연하게 생각하기도 했다. 8·15해방 후 북조선에 토지개혁이 실시되고 남조선에도 토지개혁이 실시될 거라는 소문이 파다했을 때, 아버지 반대를 무릅쓰고 가노들과 소작인들에게 집안 땅을 무상으로 분배해주자고 주장하여 이를 실천하기도 내가 신봉한 사상의 가르침에 근거하기도 하지만, 어린 시절 먼 조상의 이야기에 감복당한 바 적지 않았기 때문이다.

어쨌든, 두 선조의 일생은 내가 청년으로 성장해갈 때 정신의 한 중심으로 지배했으니, 어떠한 고난에 처하더라도 문득 떠오르는 것이 그분들의 삶이었고, 그 피가 내 혈관에도 흐른다는 데 자부심을 가졌다. 왕족이든 상민이든 당시 신분보다 그분들의 주체적인 생사관을 지금도 내가 흠모함에는 변함이 없다.

나의 선조가 본관을 영해로 쓰기 시작하기는 시조 26대 손인 박명천(朴命天)이 예원군에 봉해진 이후이다. 들은 바로 그분은 왕족이 아닌 자로, 최고 영예인 삼중대광벽상공신(三重大匡壁上攻臣)에 올라 자금어(紫金魚)를 나라로부터 하사받고, 거무역에 처음 터를 잡아 입향시조가 되셨다. 시조 박제상과 부인, 그리고 아들 박문량의 충·효·열(忠孝烈), 세 가지 의로움을 가훈으로 삼아 후손에게 전수한 분이기도 하다.

거무역의 원래 이름은 소사리였는데 거무역으로 된 것은 고려 고종 때이다. 여러 관직을 거쳐 조선조 영의정 격인 문하시중에까지 오른 시조 34대 세손 박세통(朴世通)의 위업을 기려, 나라에서 그분의 향리에 사는 후손과 주민에게 부역과 병역을 면제해주면서부터이다. 그후 박세통 아들과 손자가 다 시중 자리에 올라 영해 박씨 문중은 삼대 시중을 낳은 명문이 되었다. 그러나 고려조가 망하고 조선조가 들어서자 사로에 오른 자가 없었다. 고려조에 충절을 지키려 후손들에게 벼슬길에 나서지 말고 산림에 은거하기를 유서했기 때문이다. 그러므로 영해 박씨 후손도 안동·봉화, 강원도 금화의 은둔지로 그 자손이 흩어지게 되었다. 그러나 조선조 5백 년 동안 초야에 은사로 묻혀 학문 탐구에만 전념하여 인근의 후진을 강학한 유현은 많았다.

내가 내 출생을 회고하던 끝에 이렇게 적고 보니 마치 선대의 관작과 영화를 자랑하기 위함인 듯하나 마음은 전혀 그런 뜻이 없다. 피는 속일 수 없으므로 들은 대로 가계를 적었고, 다시 갈 수 없는 저 남쪽 동해변의 고향 땅 어귀를 서성이는 마음의 간절함만이 불귀객의 눈시울을 적실 뿐이다.

둘은 농로를 걸으며, 일단 마을 행정 책임자 이장 집부터 찾아, 거무역을 방문하게 된 자초지종을 털어놓고 협조를 얻기로 합의했다. 아무나 잡고 30여 년 전 본체가 불타버린 박중렬씨 집 위치를 묻는다는 쑥스러움도 그렇지만, 여기에 사는지 살고 있지 않을는지 모르는 그의 부인이나 자식 이름을 들먹여 말꼬리 늘일 필요가 없었던 것이다.

마을 어귀로 들어서자 '삼대시중공신도비(三代侍中公神道碑)'란 예서체 비문이 새겨진 신도비가 버티고 있었다. 검은 비신이 여섯 척은 될 듯 장엄했다. 비석 아래 능대에는 태극기를 새겨 넣은 품이 비를 세운 지 오래되지 않았음을 알 수 있었다. 윤기가 비를 세운 연도를 보니 불과 다섯 해 전이었다.

"영해 박씨가 고려조에 삼대 정승을 배출했다는, 바로 그 신도비로군." 정호가 비 앞에 섰다.

"그렇다면 거무역에 아직 영해 박씨가 많이 산다는 뜻 아냐?"

"신도비란 문중에서 세우는 거니깐 반드시 그렇지도 않아. 이 정도 비를 세우려면 천만 원은 넘게 들 텐데, 시골 기부금만으로는 어림없지."

윤기가 머리를 주억거리며 신도비 건립 실기(實記)에 눈을 주었다.

동해(東海)에 떠오르는 아침 햇살은 소사리(所士里)에 그 빛을 멈추고 해변에 울창한 솔밭 사이로 부는 산들바람은 어진 이의 가슴을 시원스럽게 그 옷깃을 스쳐 지나가니 어찌 이곳에 명현달사(明賢達士)가 나지 않으리오. 북(北)에서 힘차게 동남(東南)으로 뻗친 보문산(寶門山, 七寶山) 꼬리는 용미(龍尾)처럼 동해(東海)에 넘실거리니 그 위용에 억눌린 해왕(海王) 고래는 멀리 남(南)으로 피해서 경산(鯨山)으로 화(化)하고 봉화산(烽火

山) 불꽃은 이 성지(聖地)를 지켜주는 수문장(守門將)이리! 이 명지(名地)에 연유한 지 백년 전 사부(私部)의 중신(重臣)으로 동해(東海) 최대의 법촌(法村)인 예주(禮州, 寧海)에 자리잡은 예원부(禮原部)……

"그만 가지. 이렇게 꾸물거리다 거무역에서 밤중에 탈출하겠다. 밤바람이 살을 엘 텐데, 정초에 해변에서 얼어죽는 꼴 나겠어." 정호가 찬바람에 어깨를 떨었다.

신도비를 지나자 간이식당과 연탄가게와 생필품을 파는 잡화점이 나섰다. 잡화점은 담배포를 겸해, 정호가 담배를 사러 잡화점 안으로 들어갔다. 윤기는 이장 집 위치를 잡화점에서 묻기로 했다. 사내아이 둘이 플라스틱 이티 장난감을 들고 주인 여자로 보임직한 중년 아낙에게 값을 묻고 있었다. 누가 세뱃돈이라도 준 모양이었다.

"담배라도 전할 사람이 생길지 모르니 서너 갑 사두지." 윤기가 말했다.

"아주머니, 이장댁이 어딥니까?" 담배 네 갑을 건네주는 중년 아낙에게 정호가 물었다.

"먼 데서 온 손님이니껴?"

"그렇습니다. 세배나 드리구 갈까 해서요."

아낙은 밖까지 나와 골목 안쪽 푸른 기와집을 가리켰다.

"내 말대로 정초에 내려오길 잘했어. 우리가 세배꾼으로 보이잖아." 정호가 골목길을 걸어가며 말했다.

지나가던 마을 남자 둘이 길을 비켜주며, 누구 자식일까 하듯 낯선 둘을 바라보았다.

"여기만 해두 신정을 쇠는 것 같지 않군. 정초 기분이 안 나잖아."

"비망록에 나오는 칠득이란 사람 말야. 그 사람을 한번 만났으면 싶군. 박중렬씨 가족이야 여기 살는지 어떨지 장담 못하겠지만, 칠득이란 그 사람이야말로 여기를 떠나 살 수 없을 거야."

"직계 가족이 아니면 공연히 만나 의심 살 이유가 있을까?"

"만약 우리가 취재 기자라면 초점이 될 만한 인물은 역시 김칠득 그 사람이지. 그는 박씨와 달리 전형적인 프롤레타리아 출신이었으니깐."

박씨 비망록에 나오는 김칠득씨는 박중렬씨보다 서너 살 수하로, 예전에 박씨 집안의 머슴이었다. 비망록에 의하면, 그는 48년 박중렬씨가 입산 공비생활을 할 때부터 그를 따라 행동을 같이한 끝에 박중렬씨 따라 동반 월북한 인물이었다. 그런데 김칠득은 박중렬씨가 소속했던 제2태백정치학원에서 6개월간 밀봉 교육을 받고 66년에 간첩으로 남파되었다. 박중렬씨는 비망록에서, "김 동무가 남조선 수사기관에 투항했다는 소식이 여기 정보망에 탐지됨으로써 내 신상에도 결정적 영향을 미쳤다. 나는 열흘 동안 특수보안대에 감금당해 자아비판을 받았고, 이듬해 숙청당할 때 내 죄목 중 하나인, 부르주아적 사상에 동조한 반동분자란 락인도 김 동무 배반에 따른 책임에서 비롯된 것이다"고 적었다.

이장 집은 안이 들여다보이는 낮은 블록 담장에 마당 넓은 기역자 기와집이었다. 대문에는 문패가 없어 이장 성씨를 알 수 없었다. 둘은 사람이 얼씬 않는 빈 마당으로 들어섰다. 헛간 앞에는 경운기와 자전거가 있었다. 한눈에 보아도 착실한 중농 가세였다. 윤기는 지금부터 시작이란 느낌으로 가슴이 울렁거렸다.

"이장 어르신 계십니까?" 정호가 마당 가운데서 사람을 찾았다.

안방 문이 열리고 처녀가 얼굴을 내밀었다.

"누구시니껴?" 스웨터에 스커트 차림의 처녀가 마루로 나섰다.

"이장 어르신 뵈올까 하고요." 정호가 말했다.

"어무이 아부지 다 마실 갔니더."

"멀리 가셨나요?"

"아니예. 요 앞 작은삼촌네 집에요."

"그럼 아버님만 좀 찾아주시겠어요."

"니가 쎄기 갔다 오래이." 열어놓은 방안을 돌아보며 처녀가 말했다. 방에서 나온 남자 중학생이 아버지를 데리러 신발을 꿰고 나갔다.

"올라오셔서 기다리시지예."

처녀는 윤기와 정호를 건넌방으로 안내했다. 둘이 마루로 올라서니 안방과 건넌방 사이 벽에는 어느 시골집에서나 쉽게 볼 수 있는 가족사진 유리 액자가 걸려 있었고, 시속의 변화를 보여주는 크고 작은 사진들이 사진틀 안에 촘촘히 들어앉아 있었다. 액자 옆에는 66년도 엄민영 내무부장관으로부터 받은 표창장이 걸려 있었다. 윤기가 표창장에 눈을 주었다. 수상자 이름은 김한동이었다. 이장 이름이리라 짐작이 갔다. 수상 내용은, 지역 사회 개발에 앞장선 모범 지도자로서, 특히 반공정신이 투철하여 표창한다고 적혀 있었다. 반공정신이 투철하다는 표현이 섬뜩하여 윤기는 각별히 말조심해야겠다고 느꼈다.

건넌방은 중학생 공부방인 듯 책상과 의자가 있었고, 한켠에 쌓아놓은 쌀부대에는 메주를 띄우는지 쿰쿰한 냄새가 났다. 아랫목에 이불이 깔려 있었으나 둘은 찬 김을 면한 윗목에 나란히 앉았다. 북창으로는 해가 기우는지 반쯤 그늘이 졌고 대숲이 바람에 서걱이는 소리가 뒤란에서 들렸다.

"아무래도 귤 박스는 이장 댁에 놓구 가야 되겠어. 박중렬씨 가족 이외 비망록 사실을 털어놓을 자리는 여기밖에 없을 테니깐." 윤기가 말했다.

"그러지 뭘. 그런데 이장한데 비망록 사본까지 보일 필요는 없을 것 같애."

"물론이지. 우리 말을 믿어준다면 가족에게두 보일 필요가 없겠지."

"이장한테는, 부산에 친구를 만나러 가는 길에 박씨 가족에게 소식이나 전해주는 게 도리일 것 같아 잠시 들렀다구 둘러대자."

둘이 무료히 앉아 한참을 기다리자 바깥에서 기침소리가 나더니, 타지에서 온 사람이라모, 누군가 하는 말이 들렸다. 정호가 방문을 열고, 둘은 엉거주춤 마루로 나섰다. 허리 굽은 늙은이일 거라는 둘의 통념을 깰 만큼, 이장은 중년 나이였다. 훤칠한 키에 40대 중반으로 보이는 그가 마당을 질러오며 마루에 선 둘을 쳐다보았다.

"뉘씨드라?" 댓돌에 서며 이장이 머리를 갸우뚱했다.

"말씀드려도 잘 모르실 겝니다. 차차 얘기 올리지요." 정호가 말했다.

전형적인 농사꾼 티가 나는 이장이, 추븐데 어서 들어가십시더. 하며 둘을 몰아 건넌방으로 들어왔다. 이장은 아랫목 이불을 걷고 손님에게 자리를 권했다. 둘이 사양했으나 이장의 말에 못 이겨 아랫목으로 옮겨 앉았다. 시골이라 방석도 없어 체면이 아니더, 하며 이장은 문께에 앉았다. 반공정신이 투철하다는 데 긴장해 있던 윤기는 이장을 만나자, 그가 친절하고 순박하다는 인상을 받았다. 둘은 절부터 받으시라며 세배를 했다. 나이도 얼마 안 되었는데 세배는 무슨 세배냐며, 셋은 나란히 맞절을 했다. 초대면이라 둘이 이름을 밝히자, 이장은 예상대로 표창장을 수상한 장본인이었다.

"우리는 속초에서 왔습니다." 윤기가 서두를 꺼냈다. "사실은 이장님께 볼일이 있어 찾아뵌 게 아니구, 아무래두 마을을 대표하는 분이라 뭘 좀 여쭙자고 들렀습니다" 하곤, 윤기는 자신은 중학교 선생이고, 같이 온 친구는 은행원이라고 소개부터 했다.

"이장님은 이 마을에 사신 지 오래 됐습니까?" 정호가 물었다.

"저야말로 여게가 배태고향 아니껴. 전쟁통에 영천까지 두어 달 피란 내리갔던 것 뗴모 거무역을 떠나본 적이 없으니까에. 그런데 무슨 일로 이 먼 길을 왔니껴?" 이장이 눈을 껌벅이며 둘을 갈마보았다. 그는 낯선 두 젊은이 방문이 무슨 목적 때문인지 감을 잡을 수 없다는 표정이었다.

"거무역이 예전에는 영해 박씨네 마을로 알구 있는데, 아직 영해 박씨가 더러 삽니까?" 정호가 물었다.

"영해 박씨예? 예전에도 집안이 넓지 않았지만, 해방 때만도 근동을 울리던 문벌 아니껴. 그러나 이제 씨가 마른 형편이 됐니더. 여게가 일백여 호 되는 대촌이지만 타성바지 마실이 되고 말았니더."

"우리가 찾아온 목적은 다름이 아니라 6·25 때 월북한 박중렬이란 사람 때문입니다." 윤기가 본론을 꺼냈다.

이장은 박중렬이란 이름에 긴장하며 허리를 곧추세웠다. 윤기는 어부인 아버지가 바다에서 박씨 공책을 건진 데서부터 그 공책을 속초 경찰서에 신고했다는 이야기를 대충 들려주었다.

"역시 박중렬 그 사람은 아직까지 살아 있었구면. 원래 명줄이 질긴 사람이었으니까……." 이장이 머리를 주억거렸다. 그는 잠시 방바닥을 내려다보다 얼굴을 들고 다급하게 물었다. "그런데 그 공책에 뭐라고 썼디껴?"

"무슨 기밀 같은 건 밝히지 않았구, 다만 자기가 암으로 죽게 되었다며, 죽는 마당에 이르구 보니 남한 가족이 그리워 몇 자 적는다는 내용이었어요."

"음. 이제사 그 사람도 죽긴 죽는구먼. 사람은 다 한번은 죽게 마련이니깐. 보자. 그 사람 나이가 올해 60하고도 7, 8세는 되었을걸." 뻣뻣하게 굳었던 이장의 안면 근육이 그제야 풀어졌다. 그는 다시 숙부드러운 표정으로 돌아가 허탈하게 웃었다. 그는 놀라운 소식이 실감이 나지 않는 듯 헛기침 끝에 말했다. "허허. 이거 증말로 오래 살지도 않은 나이인데 희한한 소문을 다 듣네."

"그분 소식을 빨리 전해주구 싶다는 마음에서……. 물론 반가운 소식은 아니겠지요. 그러나 그분 소식에 여지껏 애태웠을 가족 입장에서 볼 때, 아무래도 모른 체하구 있기가 뭣해서 정초 연휴를 기해 찾아뵙게 된 거지요." 윤기가 말했다.

"증말 그게 사실이 맞니껴? 그 사람 이바구라모 도무지 믿어지지 않아서 그러니더. 그래, 그 사람이 이북에서 이제사 죽었다는 게 맞는 말이요?" 김 이장이 여지껏 다른 데 정신이 홀려 있었던지 같은 말을 되풀이 물었다.

"거짓말이 아닙니다. 공책에 그렇게 쓰여 있는 걸 저나 친구 눈으로 직접 확인했으니깐요. 그러니 우리두 사실로 믿을 수밖에 없잖습니까."

겁먹은 이장 얼굴이 아버지가 학교로 찾아와 변소 옆으로 자기를 데리고 갔을 때의 표정과 흡사하다고 윤기는 생각했다. 그 점이 6·25를 체험한 세대와 자기 세대와의 차이일까 싶었으나, 이장 경우는 좀 심한 편이란 느낌이었다.

"이장님도 박중렬씨와는 잘 아시는 사이였겠군요? 물론 나이 차이야 있겠지만, 한 마을에 사셨으니깐 말입니다." 정호가 물었다.

"물론이지예. 마실 어느 누구보담도 가깝게 지냈니더. 중렬이 그분이 왜정 말기에 대구 감옥소에 있을 때 사식 차입하려 그 집 어르신을 따라 두 번인가 대구까지 다녀왔니더." 이장이 무심결에 박씨를 두고 그분이란 존칭을 썼다. "올해 내가 마흔여덟이니 내 나이 열다섯이었나, 열여섯이었나. 그쯤 돼서 휴전 앞두고 징집에 뽑힐라카다 용케 면했니더."

"박중렬씨가 왜정 말기에 옥살이를 했다니요. 그건 처음 듣는 말인데요?" 윤기가 물었다.

"마실에서 적색 농민운동인가 먼가, 그걸 하다 사상범으로 몰리서 3년 간 옥살이를 했니더. 해방 덕분에 나왔지예."

"이장님이 보시기에 박중렬씨는 어떤 사람이었습니까. 6·25 전에 말입니다." 정호가 물었다.

"일본까지 가서 대학 댕겼으니 학식이 풍부했고……. 머랄까. 한마디로 대단한 사람이었지예. 영해 바닥서는 알아주던 좌익 고수였응께에. 못사는 사람 편익 너무 들다 눈밖에 났지만, 지금도 늙은이들은 더러 그 사람 이바구를 쑥덕거리지예. 너무 똑똑하다보니 지 손가락으로 지 눈 찔렀다고 말입더. 아매 전쟁 전이지예. 한분은 마실 사람이 무슨 급한 볼일로 저 아래 신기리로 나갔다 밤길에 돌아오다 공비를 만낸 기 아니겠니껴. 산으로 끌려가 꼽다시 죽을 목숨이 됐지예. 그래서 얼른 짚이는 대로 거무역 박중렬 그분 집안이라고 거짓말을 하이까, 그냥 고히 돌려보내줬다는 애기도 있니더" 하더니, 이장은 무슨 실언이라도 했다는 듯 둘의 눈치를 보곤 황급히 말문을 닫았다. 불안한 눈동자와 안절부절못해 하는 자세로 보아 방안에 들어왔을 때의 의젓한 태도가 차츰 허물어지고 있었다. 그는 머리를 갸웃거리더니 혼잣말로 중얼거렸다. "그 참 이상하구면. 지난 그믐날 지서 순경이 내려와서 작은삼촌 신상을 두루 파악해 갔는데, 그기 다 무슨 곡절이 있었구면."

"작은삼촌이시라면 그분 성함이 김칠득씨 아닙니까?" 정호가 금세 연상 작용을 발동하여 마치 유도신문하듯 이장 혼잣말을 다잡았다. "박중렬씨와 함께 6·25 때 월북했다 간첩으로 내려와 자수한 분, 맞죠?"

"허허, 이거 증말로 내가 도깨비한데 홀린 기분이 드네에. 중렬이 그분 공책에 작은삼촌 이름자도 등재돼 있었니껴?"

"그렇습니다." 윤기가 잘라 말했다. 아마 속초 경찰서에서 이곳 지서에 김칠득의 근황을 조회해달라는 협조 요청이 있은 모양이라고 그는 추측했다.

"이거 난리났구면. 성치 몬한 몸에 또 무신 날벼락을 맞지나 않을는지." 무릎에 놓인 이장 손이 경기 들린 듯 떨리더니, 기어코 그는 장탄식을 늘어놓았다. "박중렬 그 사람이 자기 집안 망치묵더니 이제 혼백만 남았어도 가만 있질 몬하구면. 작은삼촌을 공비로 맹글고 또 그만큼 이용했으모 됐지 무신 철천지 대원수졌다고 또 그 이름을 들먹거려쌓는지……." 이장이 물코를 들이켜곤 젖은 눈으로 윤기를 보았다. 그 눈이 불안에 떨고 있었다. "또 다른 사람은 언급 없었니껴?"

"가족 얘기말곤 칠득씨 그분 이름만 유일하게 거론되었습니다." 이장이 지나치게 흥분을 하고 있어 윤기가 오히려 머쓱했다. "난 또 6·25 때 그 케케묵은 이바구를 몽땅 털어놨나 하고……." 이장 얼굴이 펴져 조금은 안심이 된다는 눈치였다. 윤기는 이장의 과민 반응에서 과거 박중렬씨와 당사자 간에 어떤 관계가 있은 듯한 느낌을 받았다. 칠득씨가 예전 박중렬씨 집안 머슴이었다면, 이장 역시 그 집안 머슴 정도였거나 아니면 박씨 문중 작인의 아들쯤이었음을 그의 말투로 짐작할 수 있었다.

"칠득씨 그분은 요즘 생활이 어떻습니까?"

"그저 농사나 짓고 묻혀 사니더. 그런데 갑재기 지서 순경이 찾아와 이것저것 묻고 가자, 억시기 놀랬던지 몸살로 몸져 누볐길래 내가 쪼매 전에 잠시 문안 다녀오는 길이니더."

"그분, 정착금은 꽤나 받았을 텐데요?" 정호가 물었다.

"그랬겠지예. 저 마실 뒷산에 숨어 이틀 밤낮 고향 마실을 내려다보며 궁리하다가, 한밤중 마실로 살째기 내려왔는 기라예. 그래서 우리집부텀 들렀습니더. 십수 년 만에 삼촌을 보는 순간, 나는 대번에 삼촌이 북에서 내리온 줄 짐작했지예. 사흘을 광에 숨가놓고 내가 자수해야 살길이 생긴다고 설득을 안 했니껴. 감옥소에서 썩거나 죽지 않고 여게서 펜하게 사는 질이 있다고 말임더, 그런데 삼촌이 그 말을 어데 믿어주니껴. 자꾸 그래 말하모 가족을 몰살하겠다느니, 극약을 묵고 죽겠다느니…… 거게다 어처구니읈게 나를 꼬아 지하망을 구축하겠다고 나서이 내가 어데 저놈들 하는 짓을 모르니껴. 다 사탕발린 소리지예" 하더니, 이장이 긴 숨을 내쉬었다. "이바구하자모 깁니더. 어쨌든 내가 지서에 있는 집안 종제한테 대강 귀띔해놓고 자수를 시킬라고 갖은 소리를 다한 끝에, 일주일 만엔가 내캉 지서로 나가서 자수했습니더. 두 달쯤 뒤지예. 삼촌이 자유 몸이 돼서 고향에 돌아왔는데, 보복이 두럽다미 한사코 여게서는 안 살겠다고 타지로 나갔니더. 서너 해 소식이 읈더마는 숙모를 얻어 애꺼

정 데불고 다시 고향 찾아왔지예. 그동안 대구서 가게를 차리고 살았는데, 여게저게 돈을 띠이자 집칸 정리해서 환고향한 셈인 기라예. 저 앞들 논을 열 마지기쯤 사서 그저 그냥 십멫 년 벨 탈 없이 두더쥐맨쿠로 땅에 묻혀 살잖니껴." 엇길로 번진 긴 이야기를 마치자, 이장이 의혹 서린 눈길로 윤기를 보았다. 그는 갑자기 얼굴을 붉히며 더듬는 목소리로 물었다. "실례지만 혹시 속초 거게, 이거 머 의심나서 하는 말이 아이라, 수사기관 같은 데서 나온 기 아니껴?"

"아닙니다. 그건 오햅니다. 아까 말씀드린 대로 우린 그저 박중렬씨 공책 소식이나 전해주러 왔을 따름입니다. 이장님이나 마을 어느 누구에게 아무런 누를 끼치지 않을 테니 안심하십시오."

"박중렬씨 직계 가족으로 거무역에는 지금 누가 살고 있습니까? 2남1녀를 뒀다고 썼던데요?" 말이 변죽만 돌아 정호가 방문 목적 중심으로 화제를 다잡았다.

"박씨 그분 안사람하고 큰아들네가 여게 사니더. 신정이라고 작은아들 식구도 그저게 내리오고예."

정호와 윤기의 눈길이 약속이나 한 듯 마주쳤다. 둘의 얼굴이 상기되었다.

"그 가족이 6·25 후 계속 여기에 살았단 말입니까?" 정호가 물었다.

"휴전되고 집안이 폭삭 망하자 남은 가족이 여게서 고생깨나 했니더. 그라다가 중렬씨 그분 딸이 서울로 시집가서 자리를 잡자, 죄 솔가했지예. 그때가 아매 19년 전인가, 20년 전인가, 박정희씨가 대통령에 처음 당선됐을 때니더, 그러더니 이태 전에 큰아들이 부인과 함께 내려와가꼬 퇴락한 사랑채를 대충 개수해서 살고 있니더. 중렬씨 큰아들이 몸에 병을 얻어 뱀이나 잡아 묵으며 일년쯤 휴양하겠다고 내려오더니, 그냥 당분간 눌러앉을 눈친기라예."

"종우씨라고, 나이 마흔두 살인가, 그럴 텐데요?"

이제야 윤기가 박씨 가족을 찾았다는 안도의 숨을 쉬었다. 마치 이북 흥원에 살고 있을 이복형제라도 만난 듯한 기쁨이었다. 그는 빨리 박중 렬씨 가족을 만나 그들에게 북으로 간 당신 소식을 전할 때의 반응이 보고 싶었다.

"종우 맞더. 방학 때라 서울서 공부하는 자식들도 내려와 있습니다. 서울서 잘사는 성제간들이 돈을 부쳐주니까 여게 사는 기사 마실서 제일 낫지예. 그런데 중렬이 안부인께서 성치 못한 몸으로 올 여름에 내리오 더니 같이 살고 있습니다."

"이장님 죄송합니다만 우리를 그 집으로 안내 좀 해주십시오."

정호는 더 자리에 앉아 있을 수 없다는 듯 일어섰다. 안내만은 별 달가운 청이 아니라는 듯 이장이 정호를 보더니 주머니에서 담배를 꺼냈다. 윤기가 라이터로 이장의 담배에 불을 당겨주었다.

"우리가 그 집으로 직접 가 뵐 수 있습니다만 아무래도 이장님이 동행해주셨으면 합니다. 증인이라기엔 뭣하지만, 이장님이 그 자리에 계시는 게 좋겠군요."

윤기도 자리에서 일어섰다. 이장이 자기들에게 품는 의혹을 더는 기회가 될 뿐더러, 현장에 있다면 자기들이 이곳을 방문한 목적의 순수성도 알게 될 터였다. 그래야만 이곳을 떠난 뒤 혹시 모를 구구한 추측을 입막음할 수 있다고 여겨졌다.

"작은아들이 와 있으니 어떤는지 모르지만, 종우 그 사람 성질내미가 워낙 괴팍해놔서……." 이장이 마지못해 일어섰다.

"괴팍하다니요?" 정호가 물었다.

"그 사람 술만 묵으모 자기 부친 욕을 얼매나 해대는지. 그런 마당에 북에 간 아부지가 죽었다카는 청천벽력 같은 소식을 전하모 모친이며, 종우 그 사람이 그 충격을 우예 감당할란지 모르겠습니다."

"그렇기두 하겠군요. 그러나 어쨌든 한번은 알게 될 사실이 아닙니까." 윤기는 귤 상자를 이장 앞으로 밀어놓았다. "빈손으로 들르기 뭣해서 그저 싼 걸로 준비했습니다."

"허허, 멀 이런 것까지. 이거, 귀한 손인데 음력 제사를 모시다보이까 정초라도 무신 대접할 것도 읎고……. 사이다라도 두어 병 사로 보내겠습니다." 이장이 겸양조로 말했다.

"괜찮습니다. 곧 저녁때가 될 텐데, 우리도 갈 길이 바쁘니깐요." 정호가 말했다.

윤기와 정호가 마루로 나서자, 이장도 마지못한 동작으로 뒤따라 나섰다. 정종병은 윤기가 들었다. 마당에는 벌써 그늘이 내리고 멀리 바다 쪽에만 햇살이 부챗살로 퍼지고 있었다. 윤기와 정호가 거무역 농로로 걸어 들어올 때보다 바람이 한결 드세었다. 바람은 소백산맥 줄기가 층을 이루며 올라간 북쪽 칠보산 쪽에서 내리닫이 불었다.

집을 벗어나 고샅길로 나서자 이장이 앞장섰다. 그는 뒷짐을 지고 마을 뒤 야산 쪽으로 휘청휘청 걸었다. 윤기가 앞쪽을 살폈으나 한 시절 대갓집이 터를 잡을 만한 번듯한 자리가 보이지 않았다. 마을 뒤 산자락은 대밭이 병풍을 치고 있었다. 대숲에서 이는 바람 소리가 파도 소리를 냈다. 윤기는 성미가 괴팍하다는 종우씨를 만난다는 게 왠지 찜찜하게 여겨졌다. 마치 저주가 붙은 탕자 유골을 안고 유골 본가를 찾아가는 기분이었다.

"종우 그 사람 모친 있잖니껴." 이장이 걸음을 늦추며 말을 꺼냈다.

"예전엔 종택 새댁이라 불렀죠." 정호가 알은체 말했다.

"맞니더. 그런데 그 모친은 증말 대단한 분이니더."

"대단하다니요?" 윤기가 물었다.

"서울 작은아들네 집에 죽 살다 이젠 죽을 터 찾아간다고 올 여름에 아주 내리오신 모양인데, 오래 살지 못할 것 같니더."

"무슨 병인데요?"

"고혈압으로 반신불수니더. 말도 제대로 몬 하지예. 서너 해 전만 해도 그 모친이 한식과 추석이모 누구든 데리고 서울서 여게까지 꼭 내리와 저 담운산 골짜기 영해 박씨 유적인 추원제 아래 있는 시댁 선산에 성묘를 하고 갔니더. 영해 박씨 거무역 집안 종부로 참말 일편단심 시댁 섬기는 정성이 대단하지예. 그래서 모두 신라 시절 박제상 부인을 그대로 빼다 박았다고 말 안 하니껴. 비록 반신불수가 됐지만 그 안주인은 바로 살아 있는 망부석이니더."

"그럼 아직두 부군이 살아 돌아오기를 기다린단 말입니까?" 정호가 이장 말에 감복한 듯 두어 발 바삐 걸어 그와 어깨를 나란히 했다.

"삼촌한테 중렬씨 그분이 북에서 살아 있다는 소식 듣고는 더욱 철저하게 믿고 있니더. 그래서 내가 명색이 이장이라고, 큰아들이 여게 내리오기 전 서울 사실 때는 노부인이 해마다 두어 번씩 한지에 붓글씨 곱게 편지를 써 보냈지예. 거무역 안부를 두루 묻고 서울 주소를 또박또박 적어, 만약 종우 아버지가 고향에 들리모 여게로 연락하라고 말임니더."

"칠득씨 편에 남편 소식을 들었다면 박중렬씨가 거기서 결혼해 처자식 두고 있다는 사실두 아실 텐데요?" 윤기가 물었다.

"다 알지예. 그러나 그 일편단심은 변함이 읎습니다. 그러니 망부석이라 부르지예. 근래 들어 자식들이, 이제 아버지는 북에서 별세했을 끼라며 집 마지막 떠난 날을 잡아 제사 지내자지만, 자기 눈감기 전에는 어림읎다 안 카니껴. 작년 한식 때는 반신불수 몸으로 작은아들 등에 업히서 기어코 선산에 성묘를 댕겨왔니더."

"그럼 여기엔 종우씨와 모친 외 친척은 아무도 살지 않습니까?" 정호가 물었다.

"아무도 읎니더. 중렬씨 그분 큰제씨는 피란길에 폭격으로 죽고, 작은 제씨는 장교로 군에 나가 전사하고……."

"부모님은요?"

"두 분이 다 화병으로 휴전 전후에 돌아가셨니더. 중렬씨 그분이 좌익질로 나서고부터 한마디로 액운이 집안을 망친기라예. 그걸 다 종우 모친이 장부 못지않게 감당해냈으니……. 휴전 후로는 일꾼 하나 둘 형편도 몬 됐지마는 손수 들에 나가 농사를 지어서 자식들 공부를 다 시켰니더."

어느새 셋은 야산 자락 개울 앞에 당도했다. 이장 말을 듣는 동안 마을을 빠져나와 야산 배향이 둔덕을 이룬 지점까지 와 있었던 것이다. 개울 옆 빈터에는 검정색 자가용 한 대가 주차해 있었다. 서울 번호판이 달려 있었다. 이장이, 중렬씨 작은아들 종근이가 몰고 내려온 차라고 말했다.

"서울 무슨 종합병원 의사라니더. 종우 그 사람만 술로 폐인이 됐을까. 딸네는 서울 큰 건설회사 전무 부인이 됐고, 둘째는 의학박사가 됐으니 중렬씨 그분이 저쪽 땅에서 죽었어도 원은 읎을 끼니더. 인물은 역시 당대에 안 난다 카더니, 좋은 집안이라 자식들은 잘됐니더."

골이 깊게 파인 개울둑 고샅길로 잠시 내려가자 개울을 가로질러 돌다리가 걸려 있었다. 장방형 화강암을 깐 돌다리는 난간까지 세워 격식을 갖췄는데 아래에는 선단석을 둥글게 붙여 고풍한 운치를 내고 있었다. 장중한 돌다리만 보아도 한 시절 영해 박씨의 영화를 짐작할 만했다. 다리를 건너 예닐곱 개 돌계단 위에는 골기와에 푸른 이끼 낀 낡은 솟을대문이 한쪽으로 조금 기운 채 의연하게 서있었다. 솟을대문의 묵은 문짝만 하더라도 서울로 옮겨 광을 낸다면 회고 취향을 좋아하는 호화 주택 정원의 야외 식탁감은 될 만했다. 대문 양쪽 행랑채는 사람이 기거치 않는지 창문이 모두 떨어져나가 컴컴했고, 기와 얹은 토담도 여기저기 허물어진 데다 개구멍까지 나 있었다.

"몰락한 종갓집이 한눈에 완연하군." 정호가 윤기에게 귀엣말을 했다.

윤기는 이장을 뒤따라 솟을대문 안으로 들어서며, 이 집안 사람들에게 박씨 비망록을 입수하게 된 경위를 다시 설명할 일에 난감함을 느꼈다.

"큰아들보다 우선 작은아들을 만나 대충 귀띔이라도 해두고 다른 식구를 뵈오는 게 좋을 것 같니더." 이장이 윤기에게 말했다. 그는 처마귀가 내려앉아 통발이로 괴어놓은 행랑채 앞으로 걸어 들어가며, "계시니껴?" 하고 사람을 찾았다.

"이장님이시군예."

행랑채 부엌에서 머릿수건 쓴 아낙이 나오며 이장을 맞았다. 뒤따라 아낙보다 나이 젊은 여인이 얼굴을 내밀었다. 수건 쓴 아낙은 수수한 옷매무시에서 시골티가 났으나, 젊은 여인은 허리띠 맨 고운 한복으로 치레했고 얼굴이 깨끗했다. 박씨 두 아들 처로 동서끼리 저녁밥을 준비하던 참이었다.

"손님이 찾아와서 제가 안내를 나섰니더" 하며 이장이 뒤에 선 둘을 둘러보곤, "보자, 이거 박 박사님이라 불러야 되나 어째야 되나, 종근이 있지예?" 하고 물었다.

"사랑에 계시니더." 수건 쓴 아낙이 말하곤, 뒤에 선 손아래 동서에게, "동서가 들어가보게" 했다. 젊은 여인은 물 묻은 손을 털며 부엌에서 나와 사랑채 쪽으로 돌아갔다. 셋은 젊은 여인을 따라 시든 잡초가 어수선하게 쓰러진 앞마당으로 접어들었다. 넓은 마당 저쪽에 고등학생임직한 남학생이 유치원 또래 두 사내아이와 함께 공차기를 하고 있었다.

정호는 유서 깊은 고찰을 둘러보듯 피폐한 넓은 집안을 살폈다. 사람이 다니는 발줌한 외길을 빼곤 넓은 마당이 시든 풀더미로 덮였다. 사랑채는 연못 옆에 있었는데 흙더미에 묻힌 두 벌 지대 위에는 주춧돌이 널려 불에 탄 본채 흔적을 남기고 있었다. 토담 옆으로 향나무·은행나무·감나무·목련·진백을 심고, 바위를 붙여 연못을 만들고, 그 주위로 회양목이며 주목·철쭉을 심어 한 시절은 정원의 운치를 살렸겠으나, 이제 제대로 가꾸지 않아 썩은 풀과 더불어 사대부집 흔적만 보여주고 있었다. 사랑채는 앞뒤가 트여 통풍 잘된 마루를 가운데 두고 양쪽으로 방이 있었다. 마루난간은 퇴락해 간살이 떨어져나간 곳이 많았다.

젊은 여인이 사랑채 마루로 올라가 안방 문을 열고 서방에게 손님이 찾아왔다고 알리자, 한복에 조끼를 걸친 서른 중반의 남자가 마당으로 내려섰다. 박씨 작은아들 종근이로 투실한 체격이 호인다운 인상이었다.

"이장님이시군요. 방으로 들어가십시다."

"자네, 내 좀 보세." 이장이 종근이를 연못 쪽으로 이끌었다. 그가 낮은 목소리로 말을 꺼냈다. "이거 자네가 증말로 믿을란지 모르고 사실 나도 안죽 긴가민가 하네만, 사실 같기도 하고……. 그래도 자네가 덜 놀랠 것 같아서 먼첨 불러냈네."

"저 청년들은 누굽니까?" 종근이 윤기와 정호 쪽을 보았다.

"글쎄. 저 청년들이 북쪽으 자네 춘부장 소식을 가주고 왔다네."

"뭐라고요?" 종근이 질겁하며 안경 콧등을 눌렀다.

"수사기관 사람은 아니라 하지만 그것도 알 수 읎고 이북에 있는 자네 춘부장 소식을 가주고 왔능기라. 내가 이장이라고 내부텀 찾아왔더만."

"그래서요?"

"자네 춘부장이 이북서 별세했다더구먼."

"도대체 이장님이 지금 무슨 말씀을 하고 계십니까?"

"허허. 이 사람 보게. 내 말을 증 못 믿겠거던 직접 물어보게. 내 어제 마님께 정초 문안 왔을 때 말 안 하던가. 작은삼촌 집에 순경이 다녀갔다고. 그기 다 자네 춘부장과 연관이 있었던 거 같애." 종근이 윤기와 정호 쪽으로 걷자, 이장이 그의 팔을 낚아챘다. "집안 시끄럽구로 떠벌릴 기 아이라 저 청년들 이바구부텀 차근차근 들어보게." 이장이 저만큼 서있는 윤기와 정호를 보고 손짓을 했다. "속초 청년들, 이리로 좀 와보이소."

"드디어 일이 터질 순간이로군. 너나 가봐. 난 소변 볼 겸 집 구경이나 할 테니깐. 한 곳에 서있었더니 발이 시리군." 정호가 윤기에게 말했다.

윤기가 정종병을 들고 연못 쪽으로 걸어갔다.

"아버님 소식을 형씨가 어떻게 알게 됐나요? 정말 아버님이 별세를 하

신 게 사실인가요? 아니, 형씬 무얼 하는 사람이오?" 종근이 윤기에게
흥분된 목소리로 물었다.

"오윤깁니다." 윤기가 종근에게 인사를 했다.

"저는 박종근이라 합니다."

"제 부친은 강원도 북단에서 어업에 종사하지요. 작년 연말, 고기잡이
나갔다 연안 바다에서 이상한 공책 한 권을 건졌어요……."

윤기는 여러 사람에게 같은 말을 되풀이했기에 막힘없이 박중렬씨 비
망록 입수 경위, 경찰서에 신고 과정, 비망록 내용을 간추려 설명했다.
종근은 윤기 말을 들으며 한동안은 어깨숨을 내쉬었다.

"이럴 게 아니라 방으로 들어가십시다. 방에서 자세한 애기를 듣도록
합시다." 종근이 사랑채로 걷다 안방 댓돌 앞에 영문을 모른 채 우두망
찰 서있는 아내에게 말했다. "여보, 얼른 술상 봐 내오시오" 하곤, 주위
를 둘러보았다. "손님 한 분이 더 계셨는데 어디 갔어요?"

"정호야." 윤기가 정호를 찾았다.

대숲 쪽 채전을 어슬렁거리던 정호가 이쪽으로 왔다.

"이장님도 들어가십시다. 형님을 건넌방으로 부를게요. 병환중인 어
머니는 충격이 크실 테니 천천히 알리도록 해야겠어요." 종근이 들뜬 목
소리로 말했다.

윤기는, 변변치 못한 선물이라며 술병을 박씨 둘째아들에게 넘겼다.
종근은 정종병도 눈에 들어오지 않는지 고맙다는 빈말조차 없었다. 정호
까지 건넌방으로 들어가자, 종근이 안방문을 열었다.

박중렬씨 부인은 이불을 덮고 아랫목에 누워 있었다. 백발에 입술이
한쪽으로 돌아간 그네는 얕은 잠에 들어 눈을 감고 있었다. 그네 큰아들

종우는 발치 요 아래 발을 넣고 비스듬히 누워 텔레비전을 보고 있었다.

"형님, 건넌방으로 좀 오세요." 어머니가 깰세라 종근이 조용히 말했다.

"누가 왔어?"

큰아들 종우가 몸을 일으켰다. 그 역시 신정이라 한복을 입고 있었다. 마른 얼굴에 검누른 안색이 병기가 있어 보였다.

"형님, 빨리 건너오세요. 중요한 손님이 찾아왔으니깐요."

"누구냐니깐? 한 서방 말이 들리더니, 또 누가 왔어?"

고의춤을 추스르며 종우가 자리에서 일어섰다. 그는 아우와 달리 마른 체격이었다. 종근은 마루를 거쳐 건넌방으로 들어와 형광등을 켰다. 뒤따라 건너온 종우가 이장을 보자 눈살을 찌푸렸다.

"자넨 날마다 뭣 하러 찾아와?" 시비조였다. 나이 네댓 연장인데 그는 이장에게 낮춤말을 썼다.

"이 사람아, 내가 어데 몬 올 데를 왔는가. 섰지 말고 앉기나 하게." 이장이 멋쩍게 웃었다.

"안면이 없는데?" 종우가 낯선 객을 보고 앉으며 아우에게 물었다.

"형님, 이분들은 속초에 사는데 아버님 소식을 알아왔어요. 원산 부근 요양소에서 작년 말에 돌아가셨다는……." 말을 맺지 못하고 종근이 안경을 벗더니 눈꼬리를 훔쳤다.

"뭐라구, 영감 소식을?" 종우 목소리가 쇳소리로 튀었다.

"정말입니다. 박중렬 선생이 남쪽 가족에게 손수 쓰신 비망록을 직접 봤으니깐요." 윤기가 말했다.

"아니, 보자 하니 새파란 청년들인데, 당신네들이 어떻게 그런 걸 알고 있소?" 종우는 부친 별세 소식은 믿지 않겠다는 듯 윤기와 정호를 쏘아보았다. 그는 방문객을 심문이라도 할 태도였다.

"어디 허튼 소식 전하겠다구 우리가 여기까지 찾아왔겠어요?" 종우 태도에 기분이 상한 정호가 볼멘소리로 말했다.

"오형, 형이 직접 자세한 얘기를 들려주세요." 종근이 윤기를 보았다.

윤기는 자기네 신분을 밝히고 종근에게 들려준 말을 다시 되풀이했다. 큰아들 성격이 괴팍함은 몇 마디 말로 알아버린 만큼 윤기는 그의 오해를 사지 않으려 성실하게 박중렬씨 비망록 내용을 설명했다. 윤기가 설명할 동안 종우는 굳은 표정을 풀지 않았고, 동요하는 내색을 보이지 않았다. 그의 검누른 얼굴은 돌덩이같이 굳어 있었다.

"…… 별세한 날짜는 알 수 없지요. 돌아가시기 전에 쓴 비망록이니깐요. 내용은 조금 전에두 말했듯 참회록에 가까울 정도로 이북에서 겪은 어려움을 적었구, 스스로 반성하는 내용이었습니다."

"영감이 죽었다는 게 영 믿기지 않아. 아무리 긴 사설을 달아도 당신 말부터 믿을 수가 없소." 종우가 허탈하게 중얼거렸다. 맥풀린 멍한 눈길이던 그는 윤기를 다시 쏘아보았다. "지금 세상이 어떤 세상인데, 정초부터 도깨비한데 홀린 말을 듣는지 알 수 없소. 휴전선이 철판으로 꽉 막힌 판국에……. 도대체 어디까지가 참말이오?"

"선생님 뵈오니 우리가 공연히 헛걸음한 생각이 드는군요. 여러 가지 내키지 않는 점두 있었지만, 좋은 일 한다구 찾아왔는데……." 정호가 말했다.

"사실은 사실인 것 같애. 거무역에 첫걸음 하는 분들이 집안 내력을 어떻게 그토록 소상하게 알 수 있겠는가. 점쟁이라케도 그렇제, 우예 그래 집안 내력을 잘 알겠노 말이다." 말없이 앉았던 이장이 참견했다.

"허허, 이거 정말 미치고 팔짝 뛰겠구면." 종우가 갑자기 자기 가슴을 쳤다. "그 비망록인가 나발인가를 경찰서에 넘겨줘버렸다니 더 따질 말도 없지만, 도무지 말 같잖은 소리라서……. 내가 지금 내 정신이 아니네." 종우가 몸을 조금 틀어 앉았다. 그의 눈은 다락 문짝에 벽지로 붙인 색 바랜 사군자 묵화를 바라보며 무슨 생각인가 골똘히 간추리는 듯했다.

"술상 준비해 왔어요."

밖에서 종근 아내 목소리가 들렸다. 문께에 앉았던 종근이 방문을 열고 통영반을 받았다. 차례를 지내 먹을거리가 푸짐했다. 갈비찜도 올라 있었다. 종근이 통영반을 방 가운데 놓고 종지잔마다 술을 따랐다. 따끈한 정종이었다.

"한 잔씩 드십시다. 한겨울에 여기까지 오시느라 수고 많았겠습니다. 이장님도 가까이 오세요." 종근이 말했다.

종우를 제외하고 모두 엉덩이를 당겨 상 앞에 앉았다.

"증말이니더. 그 소식 전하겠다고 천릿길을 이래 찾아주이 아매도 일편단심 바깥어른 소식 기다린 마님 영험이 하늘에 닿은 모양이니더." 이장이 너스레를 떨었다. 그는 술잔을 들며 윤기와 정호가 잔 들기를 재촉했다. "두 분은 언 속이나 녹이시구려."

종우가 잔을 들더니 술잔을 단숨에 비웠다. 기분을 잡쳐 시무룩해져 있던 정호도 술잔을 비웠다. 윤기가 술잔을 들자, 종우는 자기 잔에 두번째 술을 치고 있었다. 그는 안주에 젓가락을 대지 않았다.

"속초 경찰서 정보과에 그 비망록이 있겠군요. 그걸 무슨 수를 써서라도 입수해야겠어요." 종근이 잔을 비우며 말했다. 그는 형과는 달리 두 번째 부친 소식을 새겨들은 참이라 사뭇 들뜬 표정이었다.

"그걸 입수하자면 경찰서에서 우리 얘길 해야 할 텐데, 우리가 여기까지 찾아왔다면 구설수에 안 오를는지 모르겠습니다. 비망록에 별다른 정보거리는 없었지만, 그런 저런 이유로 말입니다." 윤기가 종근에게 말했다.

"제가 궁리해보죠. 형씨들 누 안 끼치고도 무슨 수가 있겠지요. 서울엔 그 계통에 제가 알 만한 사람도 있으니 털어놓고 상의해본다면……." 종근은 부친 별세 소식을 기정사실로 받아들이고 있었다. 아버지의 생사 여부보다 그 소식을 들었다는 사실만도 꿈만 같은지 만면이 홍조를 띠고 있었다. "그건 그런데, 이 소식을 어머님께 어떻게 전해야 할는지, 새 걱정거리가 생겼구만요. 아무래도 누님을 불러야겠어."

"나는 안죽 이 청년들 말이 진짜로 안 들려" 하며 이장은 갈비찜을 열심히 뜯었다.

"비망록을 입수만 한다면 우리 집안 가보가 되겠습니다." 종근이 윤기에게 말했다.

"가보? 흥, 가보 좋아하네. 그 영감 때문에 우리 집안이 어떻게 됐어? 내가 이 꼴이 된 게 다 누구 때문이야? 미친놈의 영감태기. 살아 내려온다면 멱살 쥐고 경찰서로 끌고 가려 했는데!" 몇 잔째 자작으로 거푸 술잔을 비우던 종우가 내뱉었다. 그는 매운 눈길로 아우를 보았다. "철없을 때 당한 네가 뭘 안다고 지껄여. 그 영감 얼굴도 기억 못하면서 말야. 난 내 눈으로 집안 망해가는 꼴을 똑똑히 봤고, 철저히 당하며 살아왔어. 사상문제, 그 방면만은 이 세상이 얼마나 냉혹한지 넌 아직 몰라!"

"형님, 그건 지난 시절 얘기 아닙니까. 지금 와서 새삼 곱씹어야 뭘 어쩌겠다는 겁니까. 어차피 이젠 별세하셨는데, 형님이 아버님을 그렇게 매도한다고 우리 집안에 이로울 게 뭐 있나요? 시절을 잘못 만나 엇길로 가신 분을 언제까지 그렇게 욕질만 하실 겁니까? 어머니 보세요. 형님 그 주정으로 관격에 걸리셨고 그 길로 저렇게 되시지 않았습니까." 종근이 제 형에게 목소리를 높였다.

"영감 친필을 봤다니 말이지만, 자기가 개자식이란 말은 안 썼소? 인간 구실 못하고 살다 죽는다구." 종우가 아우 말을 무시하고 윤기에게 물었다.

"형님 왜 이러서요? 이분들이 뭘 어쨌다고 자꾸 시비줍니까."

"그런 말은 없었습니다. 가족에게 두루 면목 없다는 말씀은 있었어두." 윤기가 말했다.

윤기는 큰아들 얼굴에 타오르는 그 어떤 적의(敵意)를 보며, 구랍 바다식당에서 친구들 토론에 붙여졌던 시 '어떤 싸움의 기록'을 연상했다. 분명 이 분위기 속에도 가해자와 피해자의 싸움과, 그 싸움에 아무 역할도 하지 못하는 방관자가 있으리라 여겨졌다. 아니면 가해자는 이데올로기란 거대한 환영이고, 시에 나타난 '아버지'가 박중렬씨 두 자식이라면 '나'는 방관자로 묘사된 자신일는지 몰랐다.

"나 이거. 당신네들 불러다 점을 치는지 뭘 하는지 알 수가 없군." 종우가 공허한 웃음을 웃어젖혔다. 그의 검누른 얼굴이 술기로 붉어졌다.

"선생은 아직두 우릴 못 믿으시는군요?" 묵묵히 술만 마시던 정호가 종우에게 대들듯 말했다.

"못 믿을 수밖에. 통일됐으면 모를까. 지금 어느 세월인데 당신네들 그 말이 귀에 바로 박히겠소."

"그럼 제가 증거를 보일까요?"

갑자기 방안에 긴장기가 서렸다. 윤기는 정호를 보며, 이 친구가 무슨 꿍꿍이속으로 이러나 싶었다. 정호와 동행하고부터 마음 한구석이 찜찜했는데, 그 느낌이 섬뜩하게 가슴을 쳤다. 다혈질 친구가 드디어 일을 낸다 싶었다.

"제가 그럼 확실한 증거를 보이리다. 박중렬씨가 남긴 비망록 중에 딱 한 쪽만을 복사해 왔으니깐요." 정호가 점퍼 지퍼를 열더니 안주머니에서 지갑을 꺼냈다. 그는 지갑에서 꼬깃꼬깃 접은 종이를 빼냈다. 박중렬씨 가족사진 복사지였다. 그는 그 사진을 큰아들 얼굴 앞에 들이밀었다. "자, 이래도 못 믿겠어요?"

복사 사진을 빼앗듯 낚아채어 들여다보던 종우 얼굴이 일그러졌다. 손이 풍기를 맞은 듯 후들거리자 복사지까지 떨렸다. 종근과 이장이 목을 빼고 복사된 사진을 들여다보았다.

"아니, 이게 어머님이 그렇게 아쉬워하던 바로 그 사진 아닙니까." 종근의 목소리가 떨렸다.

"증말일세. 바로 중렬씨, 그분 얼굴이 맞구먼." 이장이 탄복했다. 그는 사진 속 박중렬씨 처를 가리키며 종근을 보았다. "마님이 안고 있는 이 아아가 바로 자네 아닌가베."

"전쟁통에 사진첩이 몽땅 불타버려, 제 백일 때 찍은 사진만이라도 한 장 남았으면 하고 어머님이 늘 애타했지요."

종우는 사진만 뚫어지게 바라볼 뿐 말이 없었다. 정호와 윤기는 종근이나 이장보다 복사 사진을 노려보는 일그러진 얼굴의 종우를 지켜보고 있었다. 한참 뒤, 종우는 복사지를 힘없이 떨어뜨렸다.

"맞소. 이제 당신네 말을 믿을 수밖에. 영감 죽음까지도……." 종우 목소리가 허탈했다. 그는 탈진한 사람같이 술상에서 물러앉더니 벽에 등을 기대었다. 그의 얼굴이 핼쑥해졌고 온몸을 떨어댔다. 그가 헛소리처럼 중얼거렸다. "죽었어. 그래 맞아. 악령도 지상에서 사라졌어……. 이제야 철저하게 영감 시대가 막을 내렸어……."

"형님, 진정제나 청심환 가져올까요?"

"관둬. 됐어. 그저 마음이 후련해서 그렇다."

종우가 벌떡 일어섰다. 그는 방문을 열어젖히고 마루로 나섰다. 방안의 심상찮은 대화를 축담에서 귀 기울이던 두 동서가 갑자기 열린 방문에 화들짝 놀라, 종우에게 길을 내주었다. 그는 땅거미 내리는 마당을 비틀걸음으로 질러갔다.

"죽었어! 정말 영감이 이제야 죽었다는구나!" 종우가 하늘에 대고 미친 사람처럼 외쳤다.

"형님, 어디 가십니까?" 복사 사진을 주머니에 넣은 종근이 마루로 나섰다. 종우는 돌아보지 않고 행랑채 모퉁이를 돌아 사라졌다.

"형수님, 따라가보세요." 충격으로 형이 무슨 일인가 저지를 듯싶어 종근이 말했다.

"진짓상 올릴까요?" 종근의 처가 남편에게 물었다.

"그러지. 손님 먼 길에 시장하실 거야."

"괜찮습니다. 벌써 어두워졌군요. 우린 그만 떠나겠습니다." 정호가 말했다.

"나서다니요. 날씨가 아주 추워집니다그려."

"갈 길이 멀어 우선 거무역을 벗어나야겠습니다." 윤기가 말했다.

뒤란 대숲에서 이는 바람 소리가 세찼다. 그는 하룻밤 쉴 잠자리 찾을 일이 아득했으나 이제 임무를 끝냈으니 박씨 댁을 떠나야 할 것 같았다.

젊은 시인이 쓴 〈영동행각(嶺東行脚)〉의 시에는 이런 구절이 있었다.

명절날 같은 밤에는 집집마다의 제상에 모여/조상들조차 함께 웃고 떠들거나 낯선 사람같이/키 낮은 처마 밑을 기웃거리는데/아주 잊혀진 이름은 하나도 아니면서/좀처럼 말꼬리에 얹혀지지 않는 사람들……

그러나 오늘 오후, 좀처럼 말꼬리에 얹혀지기에는 차마 두려워하던 사람의 이야기를 이만큼 언급했다면 더 들려줄 말이 없다고 윤기는 생각했다.

"그 무슨 섭섭한 말씀을 하세요. 아무리 가세가 기운 집이기로서니, 손님을 이렇게 대접하는 법이 우리 집안 법도에는 없었다고 들었습니다. 형님 때문에 기분이 상했더라도 진지 드시고 잠자리가 불편하더라도 주무시고 아침에 떠나십시오." 종근이 황급히 윤기 팔을 잡았다.

"그러니더. 오늘은 여게서 주무셔야 하니더. 귀한 손인데 선걸음에 나서서야 어데 되겠니껴." 이장도 말렸다.

"성의는 고맙습니다만 우릴 그냥 놔두십시오. 또 기회가 있으면 뵙게 되겠지요." 윤기가 정색하여 말했다.

"여기 제 명함 있습니다. 설악산도 들를 겸 속초로 오시는 걸음 있으면 한번 들러주십시오." 정호가 종근에게 자기 명함을 건넸다.

"갑자기 왜들 이러십니까. 우린 아버지와 형님 세대와 다르잖아요.

6·25전쟁을 모르는 세대 아닙니까. 술이나 들며 얘기나 나누십시다." 정호 명함을 받은 종근이 말했다.

"폐를 끼치고 싶지 않아 그러니깐 달리 생각 마십시오. 버스 타고 우선 울진까지라도 올라가야겠습니다. 거기에 만날 친구가 있어요." 윤기가 거짓말로 발뺌했다.

그동안 준비해둔 듯 종근이 처와 고등학생이 교자상을 맞잡아 들고 마당을 질러왔다. 윤기와 정호는 어쩔 수 없이 다시 자리에 주저앉고 말았다. 넷이 식사를 마칠 동안도 종우와 그의 처는 돌아오지 않았다.

"정 저의 집에 주무시기 불편하시다면 제 차로 백암온천까지 모셔다드리겠습니다. 거기 호텔에서 하루 쉬시다 가시지요." 숭늉으로 입을 헹군 종근이 말했다.

"자꾸 권하시니 뭐합니다만, 그러시다면 우리를 울진까지만 태워주십시오. 아마 한 시간쯤 걸리겠죠?" 정호가 말했다.

"울진이 아니라 속초까지라도 밤새워 모셔다드리겠습니다. 그런 걱정 마십시오." 종근이 하는 수 없다는 듯 양보하고 말았다.

식사를 마치자 윤기와 정호는 방을 나섰다. 마루로 나오니 바깥이 어둑했고, 멀리 바다 쪽 하늘에만 비늘구름에 스러지는 노을이 실려 있었다. 윤기는 박중렬씨 부인 모습이라도 보고 떠났으면 싶었으나 차마 그 말이 입 밖에 떨어지지 않았다. 반신불수라니 앉을 수도 없으리란 생각이 들었다. 종근이 안방으로 건너가더니 두루마기에 목도리를 두르고 나왔다.

일행은 종근이 처와 집안 아이들 배웅을 받으며 솟을대문을 나섰다. 밤바람이 차가웠다.

정호와 이장이 앞서 걸으며 칠득씨에 대한 말을 나누고 있었다. 한번 뵙고 갔으면 좋겠다는 정호 말에, 공연히 생사람 심사를 발칵 뒤집어놓을 그 말을 왜 또 꺼내려 하냐며 이장이 말렸다.

"종우 그 사람 봤지예? 똑똑하던 사람이 와 저래 삐뚤게 됐는지 말이니더. 지 삼촌도 마찬가지니더. 신문에서 간첩 잽혔다 카는 기사만 봐도 그날은 밥도 제대로 몬 묵어예. 들일도 안 나가니더. 나도 6·25 전후로 하도 빨갱이한테 들뽁히서 그 이바구라 카모 다리 뻗고 잠도 제대로 몬 자니더. 그기 다 머겠니껴. 자라 보고 놀란 늠 솥뚜껑 보고 놀란다고, 그 시절, 얼매나 언슨시럽게 당해놨으모 우리 같은 촌사람이 아직도 떨고 살겠니껴."

"앞으로는 그런 세월이 또 와서야 되겠습니까" 하며, 정호는 박중럴씨 비망록 끝부분에 있는 한 구절을 떠올렸다.

─내가 대남사업에 종사하며 남조선에서 발행되는 신문을 보았을 때, 남과 북의 현실이 정치·경제는 물론 사회의 구조적인 형태에서부터 가정생활까지, 심지어 사용하는 언어도 엄청나게 달라지고 있음을 알았다. 우리 민족이 48년까지만 해도 한솥밥 먹으며 한 핏줄이었다는 동질감이 20년 사이 그렇게 변해버릴 줄 상상도 못할 일이었다. 그로부터 또 흘러온 10년, 앞으로의 분단이 장기화될 때 나는 그 훗날을 상상할 수 없다. 강대국을 등에 업고 그들의 정치적 경제적 속국이 되어 총칼과 증오로 인민의 적개심을 충동질하는 자가 그 누구냐. 그렇게 인민을 속이며 총칼로 방패막을 세워 생활과 풍습의 변화를 그대로 방치해둔다면 겨레의 만남은 그만큼 더 거리를 두게 될 것이다. 우리가 지금이라도 찾아야 할 길은 73년 남북조선

공동성명이 리념이나 정권 차원에서 리용되지 않는, 민족 순수의 만남을 통해 공동 체험의 자리를 넓히는 길일 텐데, 이 굳어진 벽을 지금 누가 어떻게 허물겠느뇨. 우리 세대가 남의 장단에 춤을 춘 어릿광대로서 총칼로 피를 불렀다면, 이제 내 자식과 손자 세대에서는 그 일이 백두산을 허물어 평지를 만드는 로력만큼 어려운 일일지라도 한 핏줄로서 사랑을 회복해야 함이리라……

종근이 자가용 서치라이트를 켜고 시동을 걸었다.

"이장님, 공연히 폐만 끼치고 갑니다. 우리가 여기 와서 실수했거나 잘못한 점은 없었나요?" 윤기가 두 손을 내밀어 이장에게 악수를 청했다.

"잘못되다니예. 먼지 모르지마는 묵었던 한 가지 일이 이제사 겨우 끝난 것 같습니다. 종우 그 사람 말맨쿠로 후련하게 말이니더."

"이쪽으로 지나치는 걸음이 있으면 또 한번 들르겠습니다." 정호가 말하곤, 사양하는 이장에게 사 온 담배가 남았다며 담배 두 갑을 건네주었다.

윤기가 조수석에 정호는 뒷자리에 올랐다. 종근이 히터를 넣었다. 이장이 떠나는 차를 보고 손을 흔들었다. 차는 천천히 골목길을 빠져나갔다. 멀어지는 차 꽁무니를 따라 이장이 느린 걸음을 옮겼다. 그는 그제야 편안한 숨을 내쉬었다. 박중렬 그 사람이 드디어 사망했다는 소식은 묵은 체증이 내려가듯 그의 마음을 후련하게 했다. 그가 박씨댁 머슴 살던 시절이었던 전쟁 터진 이듬해, 박중렬씨가 마지막으로 집에 들렀던 그날 밤, 그는 10리 밖 영해지서로 달려가 자기 신분을 숨기고 입산 공비 고수 박중렬의 출현을 밀고했던 것이다. 그는 거무역에서 아무도 모르는 그 비밀을 여지껏 마음 한 귀퉁이에 간직한 채 살아왔다. 미성년자라고 자기에게만은 한 마지기 농토도 떼어주지 않던 앙갚음으로 주인을 밀고한 걸 지나온 세월 동안 그는 두고두고 후회했다. 박중렬씨가 간첩으로 내려와 반드시 복수할 것이란 불안으로 다리 뻗고 잠자지 못하는 긴 세월을 그는 살아왔다. 그 기억이 터지지 않은 지뢰로 가슴에 묻혀 있었는데, 박중렬씨가 이제야 유명을 달리했다는 소식을 접했던 것이다.

차가 마을 입구로 빠져나가자, 창밖을 내다보던 윤기 눈에 간이식당 안 풍경이 들어왔다. 환한 유리창을 통해 박중렬씨 큰아들 종우와 그의 아내가 술상을 마주하여 앉아 있었다. 종우는 소리를 지르며 주먹으로 술상을 내리치고 있었고, 그의 아내가 서방을 달래는 참이었다. 운전을 하던 종근도 힐끗 식당을 보았다.

"저는 저런 형님을 이해합니다. 자랄 땐 명민한 분이셨는데 한창 감수성이 예민하던 열서너 살 전후 경찰서로 끌려다니며 너무 가혹한 시련을 겪었지요. 그 결과 정신이상 징후를 보이더니 성인이 된 후 알코올 중독자가 되고 말았지요. 족보가 밥 먹여주는 세상이 아닌데도 형님은 이 거무역에서 어느 누구한테도 존댓말을 안 씁니다. 예전에는 이 마을 사람 대부분이 우리 집안 논을 부쳐먹었거나 등 기대고 살았으니깐요. 이젠 다 지나간 옛 애기지요."

차가 널찍한 농로로 나서자 속력을 내기 시작했다. 윤기는 속주머니에 넣고 온 박씨 비망록 사본을 그의 둘째아들에게 넘기고 떠날까 어쩔까 망설였다.

"사실 이번 하향길에 어머님 모시고 올라가려 했더랬습니다. 입원 치료를 시켜보려고요. 두 분을 만나뵈니 이번은 그냥 올라가야겠군요. 누님과 상의해서 함께 다시 고향으로 내려와야겠습니다. 누님도 아버지 얘기만 꺼내면 얼굴이 하얘져 쉬쉬하는 분이지요. 상경길에 누님과 함께 속초에 들러 우선 두 분께 인사를 차리도록 하겠습니다.”

윤기는 종근의 말에, 당분간 비망록은 보관해두어도 되리라 생각했다. 충격이란 시간을 두고 조금씩 나누어 받는 편이 부담을 줄일 터였다. 그는 어둠 속 겨울바람이 매서운 저문 들녘에 눈을 주었다. 바다 쪽 하늘에는 노을빛도 스러져 붉은 여운이 긴 띠를 이루고 있었다. 밤바람을 타고 동해 바다는 이제 물결을 더 일으켜 세우리라. ‘영동행각’이란 제목으로 일곱 편의 젊은 시를 썼던 울진 출신의 젊은 시인은 전쟁을 기억하지 못하는 세대였으나, 시대의 앞뒤를 두루 살펴 그 불가해한 상처의 뿌리를 노래했다. 그는 〈다시 영동에서〉란 시의 마지막 연을 이렇게 썼다.

한 생애가 눈물 가득 찬 물결로도 출렁이고
서러울수록 그 위에 엎어져 함께 흐느껴 가면
어둠 속 더욱 넓어지는 소리의 한없는 두런거림
여기서 자라 이 물결에 마음붙인
사람들의 오랜 고향을 나는 안다.

손풍금

제2회 〈황순원문학상〉 수상작

1

　내가 손풍금을 배우기로 마음먹기는 악기를 다루는 데 소질이 있다거나 그럴싸한 취미 한 가지쯤 익혀두려는 한가로운 생각에서 출발한 건 아니다. 좋게 말해 할아버지의 환심을 사기 위해서였다. 의도적으로 말한다면, 과거의 기억 중 어느 부분만은 철저히 입을 봉해버린 할아버지 회상을 내 손풍금 연주를 통해 재생시켜보려는 데서부터 시작되었다. 석사 논문으로 정한 「인민 박광수 연구」를 완성하자면 할아버지의 보다 구체적인 회고담이 필요하기 때문이다. 박광수란 분은 역사에 이름을 남긴 인물이거나 기록상 묻혀버렸으나 발굴이 필요할 만큼 현대사의 한 가닥에 중요한 행적을 남긴 인물이 아니다. 박광수는 나의 작은할아버지로, 집안의 셋째인 내가 태어나기 전인 60년대 초 우리 집안에 평지풍파를 일으킨 장본인이기도 하다. 작은할아버지는 내가 초등학교에 입학했던 해 여름에 타계했기에 나로서는 그분에 대한 기억이 흐릿할 수밖에 없다. 두 번인가, 세 번쯤 그분을 뵌 적은 있었으나 당시의 인상이 선명하게 잡히지 않는다. 내가 태어난 직후 부모님이 남대문시장 뒷거리에 식당을 차려 분가했으므로, 명절이나 제사 때 부모님 손에 끌려 강남 저 아래쪽, 지금은 시가 됐지만 당시는 용인군이었던 수지면 중손골 할아버지 댁으로 가서 한나절쯤 머물다 온 게 고작이었으니 그럴 만도 했다. 명절이나 제사 때 할아버지 댁으로 가면 폐지를 꽉꽉 채운 마대자루나 궤짝꼴로 각지게 묶어 집채만큼씩 쌓아둔 폐지 더미 속에 함석으로 지붕 덮은 니은자형의 판잣집에 작은할아버지가 계셨던가 하는 의문이 들 때도 있다. 왜냐하면 작은할아버지는 오랜 감옥 생활을 거쳐 할아버지 댁에 얹혀 지낸 게 일년이 채 못 되었고 나날이 몸이 쇠약해져 가족 앞에 모습을 보이지 않은 채 일꾼들이 숙소로 썼던 골방에 자리보전했을 수도 있었다.

작은할아버지는 생전의 모습을 사진으로 남기지 않았다. 가족 사진 어디에도 당신 모습은 끼여 있지 않았다. 장본인도 자기 얼굴을 사진으로 남기고 싶지 않았을 테고, 할아버지 역시 아우의 온전치 못한 모습을 무슨 증거 삼아 남겨두고 싶지는 않았을 것이다. 그러나 내가 소년기를 보낼 동안 집안 어른들은 은밀한 자리에서 낮은 목소리로 혀를 차며 그분 생전의 일화를 소곤거렸기에 나는 우리 집안에 그런 무서운 분이 계셨다는 정도의 궁금증으로, 꿈에라도 나타날까봐 두려움에 떨었던 기억은 남아 있다. 작은할아버지는 화상으로 얼굴이며 손등이 멍게처럼 요철을 이룬 데다 살색이 얼룩덜룩했다. 집안 어른들 말로는 화상 입을 때 성대를 상해 목소리마저 쉬어 말을 할 때면 쉬쉬 하는 바람소리가 났다 했다. 내 소년 시절에 어른들로부터 들은 작은할아버지의 얼굴과 목소리를 떠올리면 그분이 한 평 채 안 되는 독거 감방에서 꼬박 스물한 해를 보내셨다는 게 믿어지지 않았고 만화나 판타지 영화에서 볼 수 있는 유령인간, 또는 악령의 모습부터 연상되었다. 세월이 흘러 내가 대학에 입학해 사회과학도의 안목으로 우리 현대사를 인식하자, 그분 생애가 현실감 있게 내 의식을 침투해왔다. 마치 죽은 자가 부활하듯 작은할아버지는 흐릿한 기억으로 남은 으스스한 예전 모습으로 나타나 꺽쉰 목소리로, 이젠 너도 성인이 되었잖아, 민족 분단으로 찢긴 내 생애에 관심 가질 만한 나이가 됐어 하며 소곤소곤 말을 걸어오기 시작했다. 대학 재학중 군 복무를 마치고, 졸업하던 해 신문사와 방송국에 이력서를 냈으나 낙방하자 나는 '업자'란 주위의 눈총이나 면하려 장래에 대한 별 기대 없이 대학원에 진학했다. "삼팔따라지 집안이라 먹고 사는 데만 급급해 우리 대와 밑대는 대체로 장사치가 됐는데 네가 유일하게 대학원에 입학했구나." 아버지가 대견해하며 했던 말이 내게는 쑥스러웠다. 아버지는 자식 대에서 대학교수 하나쯤은 기대하는 눈치였으나 나는 여전히 신문사와 방송국 취업을 목표로 했기에 낮시간은 강의실과 도서관에서 배겨냈고, 영화관과 록카페를 들락거리며 사랑앓이도 겪었다. 온라인 게임 1세대라 게임 중독에 빠져 밤을 밝히기도 했고, 인터넷과 이메일로 시간을 까먹으며 어영부영 이태를 보내자, 슬며시 떠오른 얼굴이 박광수 그분, 작은할아버지였다.

작은할아버지의 생애와 그분이 살았던 시대를 두고 석사 논문을 쓰겠다는 마음이 애초부터 있었던 건 아니다. 그분이 설령 남이라 해도 분단 현실의 희생양으로서 당신 생애가 관심을 끌 만했는데, 제삼자가 아닌 우리 집안 어른이었다. 논문 부제로 붙인 '분단시대 어느 사회주의자의 생애'에 합당한, 고난으로 점철된 그분 생애는 누구든 정리해볼 만한 값어치가 있었다. '국민의 정부'가 들어서고 남북 화해 물꼬가 햇볕정책이란 이름으로 트이자 북한에 대해 거리낌 없이 말해도 좋을 만큼 시대가 달라졌다. 그러자 작은할아버지는 유령의 가면을 벗고 지하에서 지상의 가족 앞에 그 모습을 드러냈다. 명절이나 집안 길흉사로 가족이 모이는 날이면 그분에 대한 일화가 이제 쉬쉬하지 않고 어른들 입에 자연스럽게 오르내리게 되었다. 작년 할머니 기일 때였다. 큰댁 식구, 고모님네 식구에, 우리 식구가 할아버지 댁에 모이니 어린 조카들까지 합쳐 스물에 이르렀다. 속칭 '1·4후퇴' 때 월남한 조부모님 아래 50년 사이 후손이 그만큼 가지를 쳤던 것이다. 그날도 추모예배 끝에 작은할아버지에 관한 일화가 어른들 입에서 오르내렸다. "할아버지, 이제 새천년 21세기가 시작됐는데 올해부터 우리 집안 쪽에서라도 작은할아버지 기일을 찾아줘야 되잖겠어요? 그날 모여 추모예배를 보면 어때요?" 큰집 준식 형이 말을 꺼냈다. "지금 너 뭐랬니? 대학 때 속깨나 썩이더니 아직도 삐딱한 생각을 청산 못했군. 뭐라구, 작은아버지 제사? 말이나 되는 소리니? 그 양반 제사를 우리가 왜 지내? 그 양반이 집안을 쑥대밭으로 만들었는데. 아버지도 그럴 맘 없겠지만 난 반대야. 무슨 낯짝 있다구 우리 집 제삿밥 얻어먹어? 그 양반 망령인들 기독교식 제삿밥 먹으려 들갔어?" 술이 거나해진 큰아버지가 당신 맏이인 준식 형을 꾸짖었다. 그때도 할아버지는 의자에 꼬부장히 앉은 채 어깨숨으로 헐떡거릴 뿐 그 말을 못 들은 채 손가락으로 코딱지만 후볐다. 주름살투성이로 쭈그러진 할아버지의 손은 크고 험했다. 남한으로 내려온 뒤 칠순이 넘도록 낮 종일 폐지 더미에 묻혀 살아온 할아버지의 마디 굵은 손은 하층 근로자의 생애를 웅변하고 있었다. 평생을 잡동사니 폐지 더미와 함께 먼지 속에 살아온 탓인지 노년에 들어 할아버지는 기관지가 좋지 않았다. 몇 년 전부터 호흡이 훨씬 거칠어졌다. 저러시다 갑자기 털컥 숨이 멎지 않을까 조마조마해 할아버지 댁에서 전화가 올 때마다 아버지는 신경을 곤두세웠으나 그럭저럭 팔순 연세를 바라보게 되었다. 누구나 인정하지만, 할아버지는 정신력·의지력·고집이 남다른 분이셨다. 어느 날 아버지가 내게 말했다. "아버지야말로 우리 집안에 중시조로 추앙받아 마땅한 분이시지. 맨주먹으로 월남해 오늘의 우리 집안을 일으키신 분이잖나. 경식이 넌 넝마주이를 본 적 없지? 60년 중반까진 크다란 바소쿠리를 등에 메고 집게로 휴지 줍던 하층민이 있었어. 남으로 내래와 아버지는 넝마주이로 출발했구, 형님도 어릴 적엔 일요일이면 아버지 따라다니며 그 일을 했지. 나는 막대 끝에 바늘을 박아 거리에 버려진 담배꽁초를 찍고 다녔구. 장초라도 발견하면 웬 떡이냐 싶었지. 허구한 날 쓰레기 더미 속에 묻혀 사는 게 싫어 나이 들자 나는 중손골을 떠나 살 궁리만 했지. 그러나 고졸 출신에 직장 같은 직장이 걸려야. 하는 수 없이 형님과 함께 아버지 일을 도왔어. 결혼하자 아버지께 분가 말을 꺼냈다가, 이남 내래와 막내와 네 어미 먼저 죽구 남은 가족이래야 넷인데 희옥이가 떨어져 나갔으니 너들 형제라도 아비를 지켜야지 분가가 말이나 되는 소리냐며 호통 쳐 결단을 못 내렸어. 내 손으로 너네 자식들 대학 공부까지 다 시킬 테니 내 밑에 눌러 있으라잖아. 네 어민 살림 따로 나자구 자나깨나 바가지를 긁어댔지. 할아버지 고집은 너두 알지? 애가 셋 딸리자 너희들 교육 문제를 내세워 내가 첨으로 생사 결단해, 내 식구 데리고 서울로 나가겠다고 말했어. 네 어민 너를 업고 일주일이 멀다 허구 서울 친정집으로 나다니더니 남대문시장에다 살림방 딸린 가게부터 덜렁 얻었으니, 아버지두 고집을 더 부릴 수 없었지." 지난 시절을 얘기할 적이면 아버지 목소리가 처연했다. "아버지, 작은할아버지가 고향에서 인민학교 교사를 거쳐 군당 선전대에서 손풍금 타던 시절을 자세하게 증언해줄 분이 없을까요" 하고 내가 물었다. "아버지가 그 얘기라면 아주 입을 다무셨으니 난들 별 아는 게 있어야지. 전쟁 나던 해 형님 나이 여덟 살이었으니 개천 시절은 잘 알지도 못할 게구, 너두 큰아버지 성미 알잖니. 그 양반 얘기라면 무조건 말도 꺼내지 말라잖아. 나는 청계천 복개되기 전 개천변에 각목 세워 굴딱지처럼 늘어선 판잣집들이 첫 기억으로 아슴아슴 남았으니 엄마 따라 어떻게 피난 나왔는지, 먼저 이남에 내려온 아버지를 수용소에서 어떻게 만났는지두 들어서 알 뿐 기억이 없어." 아버지는 전쟁 나던 해 네 살이었으니 평남 개천에 대한 기억이 남았을 리 없었다. "개천군 향우회에 그럴 만한 분이 없을까요?" 내가 물었다. "개천 읍내에 살다 피난 나온 두서너 집안과 내왕이 있었으나 우리가 용인으로 내려와 살다보니 그 쪽과도 연이 끊긴 지 오래됐구. 연세가 웬만하니 이젠 다 타계하셨을 게야. 개천읍에서 전쟁 전에 먼저 내려와 서청(서북청년단) 서울 중구지부에서 설쳐 댔던 황점술 씨가 내 중학교 때까지 중손골에 들러 아버지로부터 돈을 뜯어갔으나 5·16 나구 발길을 뚝 끊었어. 악독한 짓 많이 했던 사람이라 제 명껏 살지두 못했을 게야." 황씨가 서청 출신이라는 아버지 말에, 그분에 대해서 아는 대로 말씀해달라고 내가 말했다. "나도 들은 얘기지만 일제 때 헌병대 끄나풀로 개천 지방 민족운동 씨를 말렸다더군. 황씨가 나타나면 개들두 꼬리를 사린다는 말이 있었대. 그러니 해방되자 처자식 버려두구 남한으로 줄행랑쳐 서청에서 장검과 몽둥이 들고 좌익 혐의자들 조지는 데 소매 걷어붙였다잖아. 서청은 지부마다 전쟁 전 일본 관공처를 차지하구 앉았는데, 중손골로 들어온 황씨가 하루는 평상에 앉아 자랑스레 말하더군. 지하 고문실로 좌익들 잡아들여 족치다 피범벅이 된 채 숨길 끊어지면 새벽에 가마니에 말아 끌어내 남산에다 묻었다구. 그러다 전쟁 끝난 후론 정치 깡패가 됐지 뭐. 청계천 6가에 살 때부터 심심하면 아버지를 찾아와 돈을 뜯어갔지. 아버지도 황씨 그 사람 때매 골치를 무척 썩었구. 개라면 잡아먹고 싶다구까지 말했으니깐." 아버지는 그 말에 달아, "작은아버지에 관해서라면 어쨌든 아버지가 입을 열어야지" 하곤 말문을 닫았다. 그러나 할아버지는 작은할아버지에 관해 입을 열 분이 아니었다. "난 몰라. 모른대두. 그 녀석이 쓰레기 속에 묻혀 살던 형을 왜 찾아와 평지풍파를 일으켰는지……." 내가 작은할아버지에 관해 뭘 물었을 때, 할아버지가 숨결도 거칠게 짜증내어 뱉은 말이었다.

　닝마주이에서 시작한 할아버지의 쓰레기 뒤지기는 청계천 6가의 폐지 수집상으로 발전했고, 청계천 복개 공사가 시작된 59년엔 판교 아래 수지면 중손골 뒤쪽 밭을 매입해 집하장으로 늘려 이사했다. 이듬해 4월에 학생혁명이 터졌고, 그 이듬해 5·16 났던 해 2월 작은할아버지가 북에서 남한으로 공작차 넘어와 중손골 할아버지를 찾아왔다. 반공을 국시로 삼았던 자유당 정권이 무너지자 북한은 남한 측에 남북 연방제 촉구와 남북 회담을 제의해왔고, 광화문통과 시청 광장에서는 남으로 오라, 북으로 가자, 휴전선에서 만나 자주적 민족통일 문제를 논의하자는 '민족통일연맹' 측 학생들과 진보·혁신 계열 재야인사들의 데모로 연일 북새통을 떨 때였다. 작년 추석날 중손골에 집안 식구가 모였다. 내가 6·25 전쟁 전후 월남민 남한 정착 과정을 석사 논문으로 쓰겠다며 자료 발굴 애기를 꺼내자, 아버지가 말했다. "온 김에 저기 다락을 뒤져봐. 잡동사니 속에서 뭐가 나오는지 모르니깐. 수원으로 자전거 통학하던 고등학교 때, 하꼬방 사무실을 기웃거리며 주판알 튀기다 일진지 뭔지 그런 걸 쓰던 눈치더만. 조심스러운 분이라 심중의 말을 제대로 기록이야 했겠냐만……" 나는 헛일하는 셈치고 할아버지가 뒷동산 묘터로 산책 나간 사이 전짓불 켜들고 다락으로 올라갔다. 십수 년 전 할아버지와 사돈어른 곽씨가 폐지 야적장 속에 있던 판잣집 생활을 청산하고 언덕 위에 서른 댓 평짜리 블록 벽돌집 두 채를 나란히 지어 나누어 들었는데, 부엌 위 다락이야말로 내려앉을까 위험할 정도로 판자 바닥이 삐걱거렸다. 못 쓰게 된 냉장고에서부터 낡은 선풍기, 찌그러진 철제 사물함, 시간을 멈춘 벽시계, 각종 연장, 헌 책, 놋쇠 주발까지 보관한, 아무짝에도 쓸모없는 온갖 잡동사니 고물로 어수선한 다락을 뒤지다 나는 안쪽 구석에서 라면 박스 두 개를 발견했다. 박스 속에는 언제 쑤셔 넣어두었는지 비상식량 라면 봉지가 수북이 들어 있었고, 그중 하나에는 라면 봉지 아래 사무용 봉투가 여럿이었다. 봉투에는 폐지 집하장을 운영하며 기록했던 여러 권의 출납대장, 금전출납부, 각종 영수증 따위가 들어 있었다. 그중 대봉투 하나에는 1983년이라 적혀 있었는데, 그해가 바로 작은할아버지가 임종한 해였다. 내 눈이 번쩍 뜰 수밖에 없었다. 나는 그 속에서 공책 한 권과 공책 갈피 속에 끼여 있는 명함 크기의 수첩을 찾아냈다. 어렵사리 쥐게 된 불에 타다 만 낡은 공책은 할아버지가 끼적거려놓은 낙서장이었고, 수첩은 작은할아버지 것이었다. 내가 작은할아버지 생애를 논문으로 재구성해보려 마음먹은 직접적인 동기가 두 분 기록장의 발견에서 비롯되었으니, 우연찮게 얻은 소득이었다. 작은할아버지의 수첩을 발견했을 때는 숨을 멈출 정도로 기대가 컸으나 기록 내용은 이에 부응하지 못했다. 수첩은 작은할아버지가 안양교도소에서 스물한 해 감옥 생활을 마감하고 출소한 후 할아버지 댁에 기거할 때 기록해둔 것이니, 마지막으로 남긴 필적인 셈이었다. 연필 글씨는 교사 출신답게 단정했다. 앞쪽에는 자신의 이력과 북에 두고 온 처, 1남 2녀 자녀의 생년월일이 적혀 있었다. 주소록란에는 비전향 장기수로 2, 30년째 옥중 생활중인 남파 간첩들의 간단한 인적사항과 수감된 교도소 명칭을 메모해두었는데 그 수가 쉰 명에 이르렀고, 여성 장기수 이름도 서넛 있었으며 그중 몇은 옥중 사망 연도를 적어두었다. 비전향 장기수로 복역중인 동료의 증언인지 간단한 이런 기록도 몇 가지 있었다.

　─김문창(57세):황해도 은율 출신. '50년 10월 전북도당 지령에 따라 지리산으로 들어가는 길에 남원 부근에서 토벌대와 총격전 끝에 대원 10여 명이 죽고 나는 다리에 총상을 입어 체포되었다. 남원경찰서와 특무대로 옮겨 다니며 고문을 엄청 당했다. 처음 대전교도소에서 복역할 때, 굶어 죽은 동지들도 많았다. 고무신에 밥을 담아주는데 양이 너무 적어 나는 쥐까지 잡아먹었다. 72년부턴가, 전향 공작이 절정에 달해 전향서를 쓰면 사면 석방해주겠다는 회유에도 고통을 많이 당했다. 이를 거부하자 배식이 중단되었고 열흘 넘게 날마다 몽둥이질을 당하기도 했다. 주림과 몰매질, 질병으로 죽은 동지도 내 눈으로 몇 명이나 보았다.'

그 외 복용중인 상비약 이름, 투병중 특별하게 통증이 온 날의 증상을 기록해두었다. 간단하게 정리해둔 그런 객관적인 메모 외, 사적인 기록은 북에 두고 온 자녀들에게 남긴 심중의 말 몇 마디뿐이었다. 유언 삼아 기록해두었는지, 당시로서는 보안 관찰 처분을 받아 마땅할 만큼 그 선언이 단호했다.

─나는 시시각각 닥쳐오는 죽음에 **의연하게** 대치하려 노력한다. 돌이켜보건대 북남조선시대에 평탄치 않은 생애를 살아왔으나 내가 걸어온 길을 두고 **후회하지 않았다.** 감방에서도 하루 몇 차례씩 남조선 해방전쟁 전후 혁명 전사로서 젊었던 한 시절, 무지개 같았던 나날과 **손풍금** 타던 즐거움을 되새겼기에 그 긴 날들을 평상심으로 이겨낼 수 있었다. 너희들은 마르크스─레닌주의자로서 초심에서 흔들림 없었던 아버지로 나를 기억하라.

위 글에서 굵은 글자는 내가 임의로 만들어보았다. 작은할아버지는 마치 안중근 의사의 최후 진술처럼 목전에 둔 죽음을 의연하게 받아들였으며, 스물한 해를 독거 감방에서 보냈으나 무지개 같았던 젊었던 시절의 즐거움을 되새길 수 있었고 양심수로서 일관했기에 살아온 삶을 후회하지 않는다고 썼다. 하고 싶은 말을 아낀 기록을 장본인 심중으로 헤아려 풀어보자면, 자식들에게는 자상한 아비 노릇은 제대로 못했을망정 조국 분단을 깨부수려 견결하게 나섰던 민족 해방 전사로서 영광스럽게 생을 마친 아버지로 당신을 기억해달라는 유언이었다.

모서리가 불에 탄 공책은 할아버지가 80년대 초반에 쓴 낙서장이었다. 낱장이 떨어져나가고, 갈피마다 화기가 스민 낙서 첫 장에는 신약성경 중 로마서 9장 1절부터 4절까지의 말씀을 기록해두었는데, 그리스도를 향한 할아버지의 애절한 기원을 사도 바울의 편지를 통하여 압축하고 있었다.

—내가 그리스도 안에서 참말을 하고 거짓말을 아니 하노라. 내게 큰 근심이 있는 것과 마음에 그치지 않는 고통이 있는 것을 내 양심이 성령 안에서 나로 더불어 증거하노니 나의 형제 곧 골육의 친척을 위하여 내 자신이 저주를 받아 그리스도에게서 끊어질지라도 원하는 바로라.

할아버지의 낙서장은 고단한 근로의 나날, 검소와 검약으로 일관한 생활담, 만난 사람과의 대화, 갈 수 없는 고향 땅을 그리는 소박한 염원을 담고 있었다. 그중 83년 어느 여름날 기록으로 다음과 같은 대목이, 다른 어떤 날의 기록보다 주목을 끌었다.

—**정군**의 눈동자가 한껏 열렸다. 천장 한 점에 고정된 부릅뜬 눈빛이 평소와 달리 날카로워 섬뜩했다. (……) 갑자기 사지가 뻣뻣해지더니 온몸이 경련으로 떨다 축 늘어졌다. 정군은 내 품에서 그렇게 숨을 거두었다. 나보다 더 늙어버린 정군을 안고 나는 오랜만에 통곡했다. 정군을 살려보려고 안 찾아다닌 병원과 한약국이 없고, 민간요법도 시도했건만 (……) 정군의 부릅뜬 눈을 감겨주며, 저 세상에 가서는 네가 **원했던 나라**에서 행복하게 살라는 말 외 내가 해줄 수 있는 말은 (……) 참으려 해도 묵은 슬픔까지 합쳐 설움이 북받치는데, 문득 정군이 마지막 했던 말이 무엇이더라는 데 생각이 미쳤다. **"꿈에도 고향으로 돌아갈 생각은 마세요. 거긴 지옥이에요."**

아니다. 그 말은 어제 저녁, 꺼져가는 쉰 목소리로 뱉은 말이다. "제 손풍금 생각나세요? **지리산** 갈 때도 가지고 갔죠. 갑자기 **폭우**를 만나 계곡 물이 엄청 불어 대원들이 우왕좌왕하자, 밧줄을 연결해 계곡을 건너기로 했어요. 대장이 대원들에게, 비상식량과 피켈만 소지하고 다 버리라기에 나 역시 배낭을 버렸지요. 배낭 속에 손풍금이 들어 있었는데…… 왜 그 생각이 나는지." (……) 정군이 혼수상태에서 깨어나 잠시 평온을 되찾았을 새벽녘에 했던 말이다. 그래, 생각나. 생각나고말구. 정군 자네가 어깻짓하며, 땅바닥에 발을 팍팍 굴리며 신나게 손풍금을 탔지. 우리는 손에 손잡고 둥글게 원을 그리며, 뭐라 했더라? 잊었어. 군무를 추구, (……) 자네 말처럼 난 한시도 젊었던 한때, 한 울타리 아래 우리 가족이 함께 살았던 그 시절을 잊은 적 없어. 그 시절엔 흉터 없던 네 자랑스런 얼굴에 미소가 떠나지 않았지. 그 시절이 있었기에 나는 쓰레기 더미 속에 (……) 주님, 꿈에도 그리던 가족을 상봉 못하고 한 많게 숨을 거둔 불쌍한 우리 정군을 부디 **천당**으로 인도하소서.

낙서장의 (……)는 불기가 스쳐 연필 글씨를 알아볼 수 없는 부분이고, 낙서장의 굵은 글자는 내가 임의로 만들어보았다. 정군이 누군가? 할아버지 품에서 숨을 거둔 당사자는 분명 그해 별세한 작은할아버지였다. 할아버지는 자신이 쓰는 기록장을 누가 볼까 두려워 아우 박광수 이름을 정가로 둔갑시켰고, 정가 성은 남한에 내려온 작은할아버지의 가짜 도민증에 박혀 있던 성씨였다. 할아버지가 박가를 정가로 성을 바꾸었듯, 능청스레 작은할아버지의 입을 빌려 고향은 지옥이니 돌아갈 생각을 말라고 썼다. 숨을 거두기 전 작은할아버지가 정말 그렇게 말했을까? 독거 감방에서 21년을 일관된 신념으로 당국의 집요한 회유 공작에도 전향서를 쓰지 않고 버텼으나 위장암 말기로 판명받자 살날이 얼마 남지 않았다고 판단해 석방 조건을 전향서와 바꾸지 않을 수 없었던 작은할아버지의 심중을, 문민정부 출범 이후 언로의 물꼬가 트이자 소리를 내기 시작한 골수 좌파 장기수들의 옥중 수기, 회고집, 인터뷰 기사를 통해서도 충분히 이해할 수 있었다. 마르크스주의자로 후회 없는 생애를 보냈다고 자부한 그분이 죽음을 앞두고 설마하니 할아버지에게 그런 말을 했을까? 두 분의 글은 모순으로, 어느 한쪽이 거짓말을 하고 있음이 분명했다. 먼저, 작은할아버지가 북의 자식을 그리며 사망 후라도 당당한 아버지로 기억을 심어주고 싶어 죽음 직전 마음에 없는 말로 위장하지 않았느냐란 점에 주목했으나 그럴 가능성은 희박했다. 83년 당시는 광주 민주화 운동을 무력으로 진압한 군사 정권의 서슬 푸른 국가보안법 아래, 지하 학생 서클이나 진보적 재야인사들 사이에는 북한이 요람에서 무덤까지 삶의 한살이를 국가가 책임져주고 세금이 없는 세계 유일의 이상적인 복지사회주의 국가란 속삭임이 환상적 설득력을 얻고 있었고, 동구권과 소련 등 사회주의 국가가 몰락되기 훨씬 전이었다. 당시 북한은 혹심한 식량난을 겪을 때도 아니었고 그쪽 내부 사정이 남한에 전혀 알려지지 않았던 시절이라 작은할아버지 역시 북한 사정에 깜깜했을 텐데 북한을 지옥이라고 말한 점은 설득력이 없었다. 북한의 권력 구조를 두고 보더라도 우리 쪽 신자유주의자나 보수주의자적 입장에서는 부자 세습 체제로 주체주의란 미명 아래 영구 독재 집권을 획책한 북한정치의 폐쇄성이 이 시대에 웬 쇄국 봉건 왕조로의 회귀냐며 코웃음 칠 만도 하다. 그러나 영국이나 일본 등 서구 여러 나라가 아직도 왕실 제도를 유지하는 마당에, 저쪽 인민은 아이 적부터 김일성 부자를 태양 같은 존재로 세뇌시켰기에, 부자 세습이야말로 당연한 귀결로 받아들일 수밖에 없었을 것이다. 한편, 작은할아버지가 61년 2월에 당의 지령에 따라 남한으로 넘어왔지만, 만약 진정 지옥을 탈출했다면 관계 당국에 자수할 일이지, 당신이 부모와 처자식 남겨두고 떠나온 땅을 지옥이라 말했을 리 없었다. 할아버지가 오매불망 고향 땅 한번 밟고 죽는 게 소원인 줄 작은할아버지도 뻔히 알았을 텐데, 그곳이 지옥이니 꿈에도 돌아갈 생각을 말라니 말이 되잖는 발언이었다. 작은할아버지가 하고 싶어했던 말을 짐작해보건대, 할아버지에게 이렇게 전했을는지 모른다. "살아생전 형님이 고향 땅 밟는 날이 오면 제 처자식한테 아비는 죽는 날까지 양심수로 지조 있게 살았으며 휴전선 건너에서나마 너희들을 그리며 사랑했다고 전해주시고 뼛조각이나마 고향 땅에 옮겨주시오……." 할아버지가 작은할아버지를 천당으로 인도해달라는 마지막 대목도 가식으로 봐야 했다. 작은할아버지는 마르크스주의자로 무신론자였기에 죽은 후 네가 원하는 나라에 가서 살라 해놓고선, 마지막엔 주님으로 하여금 천당으로 인도케 해달라니, 그 역시 말의 앞뒤가 맞지 않는 이율배반이 아닐 수 없었다. 그러므로 내 마음은 자연스럽게 할아버지의 낙서를 의심하는 쪽에 혐의를 둘 수밖에 없었다.

할아버지 고향은 평남 개천군 개천읍이었는데, 당신은 살아생전 고향 땅 밟기를 소원한 분이다. 지난 겨울 작은할아버지에 관해 고모님 회고담을 들으려 해방촌 연립주택으로 찾아갔을 때, 고모님이 말했다. "몇 해 전인가, 아버지가 폐지 수집에서 일손 놓은 후 서울 나들이 나와 우리 집에서 하룻밤 묵으실 때, 소주 한 병을 드시며 인천 피난민 수용소에서 엄마와 우리 형제를 찾아낸 얘기 끝에, 너한테만 살짝 귀띔하는데 만약 고향에만 갈 수 있다면 몇 년을 살더라도 거기서 죽고 싶다더라. 이북은 예수도 마음 놓고 믿지 못하게 하는 지옥이라며 남 앞에선 대놓고 욕질 하던 분이라, 무슨 엉뚱한 소린가 싶어 깜짝 놀랐지. 속마음은 저렇게 다른 무서운 분이구나 싶어 아버지를 다시 보게 됐어. 이북에서 살다 온 늙은이들은 저쪽이 공산당 독재하는 줄 뻔히 알면서도 고향 땅이라면 무조건 거기에 뼈를 묻고 싶다니 알다가도 모르겠어." 고모님 말을 유추 해석해보더라도 할아버지는 작은할아버지가 체포된 61년 그해 가을 이후부터 확고부동한 자본주의 체제의 신봉자로 보이려 매사에 조신했으며, 주일 낮 예배를 빠뜨리지 않았다. 그런 의미에서, 만약 어떤 일로 다시 일신상 위기를 당했을 때 낙서장이 증거 자료로 채택된다면 빠져나갈 구멍을 만들기 위해 위장했음이 분명했다. 그렇게 볼 때, 당국에 발각당하면 적잖은 고초를 겪게 될 작은할아버지의 수첩을 할아버지가 왜 없애버리지 않았으며, 소설 같은 거짓말투성이인 낙서를 왜 구태여 썼을까. 철부지 시절이었던 중학교 때, "할아버지는 왜 평안도에서 피난 나오셨어요" 하고 물은 적이 있었다. "남한엔 무엇보다 종교 자유가 있지 않니. 그리스도 영접하러 자유의 땅으루 피난 나왔지" 하고 할아버지가 자랑스럽게 말했음을 미루어볼 때, "아우가 죽음이 임박한 줄 스스로 알자 자식들 앞에 채면 세우려 유언을 그렇게 적어뒀는지 모르지만 죽을 때는 분명 북한 땅을 지옥이라구 내게 말했으며 나는 독실한 기독교인이오" 하고 우기려? '글쎄올시다' 다. 고령이다 보니 이웃에 사는 큰어머니와 옆집 사돈댁에서 날마다 먹거리를 해다 나르고 말벗이 되어준다지만 할아버지가 여든에 이른 연세에도 혼자 살기를 고집하는 만큼, 당신은 아직 강단 있고 치매 증세를 전혀 보이지 않는다. 지금도 6·25전쟁이 났던 해가 몇 년이냐고 내가 물으면 50년 6월 25일, 한창 더위가 쩌올 때라고 말하는데, 18년 전에 착란증이 있었다고 단정 지을 근거는 어디에도 없었다. 당시 할아버지의 심정을 나 역시 정확히 집어낼 수는 없으나, 골수에 맺힌 사연이라 이렇게라도 끼적거리지 않을 수 없다는 억하심정? 할아버지의 심중은 이해할 수 있으나 해석이 이쯤에 이르면 절로 실소가 나올 만하다. 그나마 할아버지의 기록 중 정직한 기술은, 작은할아버지가 손풍금을 무척 아끼며 어디든 가지고 다녔다는 점이다. 한편, 작은할아버지는 젊어서부터 손풍금 연주에 능숙했고, 북한에서 살던 시절, 할아버지가 아우의 그 연주를 무척 대견하게 여겼음이 분명했다.

내가 생각기로 8·15해방과 6·25전쟁 사이, '해방공간'이라 일컬어지는 약 5년간은 작은할아버지의 손풍금 연주와 연관된 즐거운 나날이 있었음이 틀림없었다. 45년 해방 당시 할아버지 연세 스물셋, 작은할아버지가 스무 살이었다. 두 할아버지에게는 그야말로 청춘의 황금기였다. 두 분은 일제 말 태평양전쟁 때 강제 징집을 염려해 일찍 자손이나 보아두자며 할아버지는 열아홉 살, 작은할아버지는 스무 살에 결혼했다. 두 분 아래 자녀들이 생겨 가지를 쳤으니 부모님 합쳐 대식구가 한 울타리 안에 오순도순 살았던 그 시절의 추억은, 갈 수 없기에 볼 수 없는 얼굴들이라 더 그리울 수밖에 없었을 터였다. 할아버지가 이태 반을 옥살이하고 나온 뒤 그 부분에 대해 일절 함구했음에도 불구하고, 손풍금과 연관된 청춘의 한때, 가족 공동체의 체험을 마음 깊숙이 숨긴 채 아름다운 추억으로 간직해왔던 것이다. 그래서 할아버지는 낙서장을 통해 고난 찬 생애를 마치고 저승에 들면, 네가 원했던 손풍금 마음껏 탈 수 있는 그런 세상에서 살라는 연민과 염원을 담았을 것이다. 그런 측면에서 보자면 할아버지의 기독교관은, 말끝마다 들먹이는 '종교의 자유'를 미루어볼 때 남한 토양에 종교로 뿌리내렸다는 안도감에서 출발하여, 나라와 혈육을 위해 고난받는 자를 사랑한 예수 정신에 의지해온 신심이었다. 주일날 큰어머니는 할아버지 모시고 중손교회에 나갔으나 큰아버지는, 내게 종교 같은 건 없다며 교회에 나가지 않았다. 그래서 명절이나 할머니 기일에 조상 전례의 제례를 따르지 않고 기독교식 추모예배로 대신함을 늘 못마땅하게 여겨 당신만이 따로 제상에 삼배 절을 했다. "우리 집안이 언제부터 예수 섬겼어? 평안도가 예수꾼 천지였으나 개천 살 때 우리 집은 이를 믿지 않구 제사를 모셨지. 피난 나와, 그때 영락교회가 평안도 출신이 많으니깐 아버지가 그 덕 좀 보겠다구 껴붙은 게지. 북괴가 종교를 박해하니 전쟁 전 월남민은 교인이 많았으나 전쟁 후에 월남한 비교인은 남한에 내래와 외롭다보니 의지처 삼아 교회에 나가게 된 게지." 내 고등학교 적에 언젠가 큰아버지가 말했다. 내 부모님도 집사 직분을 가진 신자였으나 나 역시 비신자라 내 눈에 그렇게 보이는지 모르지만, 매사에 솔직한 큰아버지 말에도 일리가 있었다.

지난 설날에는 손풍금이 반주된 스페인 플라멩코 춤곡, 러시아 민속곡 시디를 가져와 할아버지에게 들려주며, 나는 할아버지의 표정에 나타나는 반응을 놓치지 않았다. 오디오에서 흘러나오는 곡조를 듣던 할아버지의 구릿빛 얼굴을 온통 덮은 주름살이 순간적으로 긴장을 띠더니 의자 등받이에 머리를 기대고 눈을 감았다. 이윽고 당신 입가에 어설픈 미소가 떠올랐고 눈 가장자리로 눈물이 흘러내렸다. 겹주름진 목울대가 격정으로 들먹거렸다. 나는 그 기회를 잡아 녹음기를 켜고 할아버지께, 작은할아버지가 손풍금 탔던 개천 살 때를 얘기해달라고 말했다. "아무 할, 할 말이 없어. 해방되던 해, 자식을 둘 뒀으나 내 나이 한창때였어. 누구한테나 그 나이는 좋은 시절이지. 젊을 땐 세상 모든 게 좋아 보이잖아? 넌 안 그래? 지금 생각함 눈 깜박할 사이에 지나간 개천 시절, 부모님 모시구 식구가 한 울타리 안에 살던 그때를 생각하면 여름 산천처럼 푸르렀구, 그립구……" 여기서 할아버지는 입을 다물었다. 내가 거푸 물었으나 할아버지는 더이상 입을 열지 않았다. 낡은 응접 의자에 기댄 채 눈을 감고 손풍금이 반주되는 음악만 들었다. 이럴 게 아니라 내가 손풍금을 배워 할아버지 앞에서 직접 연주해보자고 결정하기가 그때였다. 작은할아버지가 손풍금 연주하던 시절이 무지개 같았다니, 내가 쓸 논문 내용과도 직접적인 관련이 있고 거기서부터 작은할아버지의 생애에 어떤 매듭이 풀릴 거라는 판단이 강하게 마음을 움직였던 것이다. 지리산과 폭우를 내가 굵은 글자로 표하기는, 수첩에 정리해둔 자신의 이력을 토대로 짐작건대 작은할아버지는 50년 가을부터 51년 여름까지 머물렀던 지리산 산채에서도 손풍금을 지참해 전사들 앞에서 연주를 했다는 해석이 가능했다. 좀더 직접적으로 해석하자면, 고립된 후방부인 산채에서의 게릴라 활동이 화기 부족, 병참 지원의 동결로 소기의 투쟁 목적을 달성하기 어렵자 지리산 산채를 떠나 대원들과 함께 월북 도중 태백산맥의 소백산이나 설악산쯤에서 폭우가 아닌 국군과 조우하자 필사의 탈출을 위해 부득불 손풍금이 든 배낭을 버리지 않을 수 없었다. 그렇다면 할아버지는 산 이름 역시 태백산맥 중에 있는 어느 산 이름을 작은할아버지로부터 들은 대로 쓰지 않고 지리산으로 위장했거나, 착각했을 수 있었다. 얼토당토않게 등산을 끌어들여 폭우를 만났다는 거짓말로 미루어보건대, 위장이 더 정확할는지 모른다. 좌파·좌익·빨갱이·폭도·괴뢰·오열·불순분자·부역자·공비·간첩·공산주의자·사회주의자·진보적 급진파·인민민주주의자·보도연맹 가입자, 이런 쪽 사람이 악령으로 취급되고 그 용어를 입에 올리기조차 두려웠던 한 시절, 할아버지 역시 그 악몽에 얼마나 가위눌림당했나를 나는 낙서장을 통해 쉬 짐작할 수 있었다. 나는 할아버지의 공책과 작은할아버지의 수첩 입수를 할아버지는 물론 누구에게도 발설하지 않은 채 내가 보관하고 있다.

2

손자녀석이 손풍금 띠를 양 어깨에 걸더니 연주를 시작한다. "할아버지, 이 노래 아시죠? 북한에 계실 때 이런 곡조 들어봤죠?" 아직 귀먹보가 되지는 않았는데 내 귀에는 들어본 곡조 같기도 하고 생판 귀 설은 곡이기도 하다. "이 녀석아, 내 귀에 말뚝 박히지 않았어. 왜 그렇게 고함질이야" 하고 소리치며 나는 머리를 젓는다. "작은할아버지가 이 곡조로 손풍금 연주도 하셨죠? 작은할아버지는 전선 문예선전대 연예대원으로 활동하셨잖아요. 손풍금 연주를 아주 잘하셨고. 이 노랜 원래 스페인 민욘데 우리말 가사를 붙여 일제 때도 많이 불려졌대요. 일제의 착취가 하도 가혹해 권솔 이끌고 만주로, 보국대나 징용에 팔려 일본으로, 그 당시엔 고향 떠난 유랑민이 오죽 많았어요? 농경민족의 민족 대이동과 가족 해체가 일제의 압박 통치에 의해 본격화된 시기였잖아요. 정든 고향 땅 떠나 객지를 떠돌 때, 이 노래가 얼마나 심금을 울렸겠어요." 둘째 애의 셋째 녀석이 분명한데 준식인가, 명식인가, 경식인가, 이름조차 헷갈린다. 손자녀석이 또 그 질문질이다. 중손골로 할아빌 자주 찾아와, 내가 할 말이 없다고 잘라 말했는데도 녀석은 말끝마다 끈질기게 광수를 물고 늘어진다. 황점술, 그 개자식이 하던 짓거리와 똑같다. 4·19 나고 중손골로 돈 뜯으러 왔다 우연히 광수와 맞닥뜨리자 놈은 사냥개 본성을 드러내 나를 협박하기 시작했다. 아우가 나를 뒤따라 월남했으나 서로 생사를 모르다 몇 년 전에 동대문시장에서 극적으로 만났다는 내 말을 그는 믿으려 들지 않았다. 경찰에 신고해 보상금이나 타야겠다며 협박할 때마다 나는 궤짝에 모아둔 돈을 헐어 쥐여주었다. 손자녀석도 황가놈처럼 숫제 몽둥이 안 든 수사관 행세 하러 덤빈다. 할아비가 치매에 걸렸나 안 걸렸나 시험해보자는 속셈일는지도 모른다. 고드러진 풀처럼 육신은 이제 만신창이지만 정신만은 아직 흐리지 않다. 무심코 수저를 냉장고에 넣는다든지, 신발을 짝 안 맞게 신는다는 따위를 노망났다고 우기면 할 말이 없다만. 나는 손풍금을 연주하는 손자녀석을 본다. 마치 망령난 늙은이처럼 멍청한 표정으로. 광수 문제를 시치미 떼자면 차라리 녀석 앞에 멍청이 노릇을 하는 게 낫다. 그래야 녀석도 성가신 질문을 더 안 할 터이다. 녀석이 손풍금 반주에 맞추어 노래를 부른다.

"사랑하는 나의 고향을 한번 떠나온 후에/날이 가고 달이 갈수록 내 맘속에 사무쳐/자나깨나 나의 고향 잊을 수가 없으니……." 나는 눈을 감고 손자녀석의 노래를 듣는다. 녀석의 속셈을 뻔히 알지만 노추한 할아비를 위로하려 부르는 노래라 녀석의 의도야 어쨌든 좋게 생각하기로 한다. 손풍금까지 켜며 재롱을 떨고 있으니, 하는 짓이 기특하긴 하다. 어쨌든 손풍금 소리를 들으니 새삼 지난날이 떠오른다. 까마득한 저쪽 시간인데, 그 시절이 멀지 않은 과거 같다. 어느 때부턴가, 작년, 재작년, 몇 해 전, 이렇게 가까운 과거는 내가 뭘 했는지, 누가 뭘 물으면 까맣게 잊혀져 생각이 나지 않는 대신 먼 과거는 전기 스위치가 한순간에 어둠과 밝음을 바꾸어놓듯 빛같이 빠르게 그 시절로 넘어간다. 입속말로, 고향을 자나깨나 잊을 수 없구나 하고 녀석 노랫말을 읊자, 떠나온 고향 전경이 눈앞에 어린다. 방죽 따라 늘어선 실버들나무 아래 동무들과 씨름하던 모래사장이 있었고 소쿠리로 물고기 잡거나 고둥 줍던 개천 강물은 바닥 곱돌이 비쳐 보일 정도로 맑았다. 겨울철엔 꽁꽁 언 얼음판에 썰매를 탔다. 남북으로는 평양과 삭주로, 동서북으로는 안주와 만포로 가는 십자꼴 열차 정거장은 밤낮으로 기적 소리가 그치지 않았다. 역 앞 신작로에는 광산 경기가 좋았던 일제 때부터 시가지가 정비되고 왜식 기와집이 줄지어 들어섰다. 갖가지 점방이며 여관도 생겼다. 조금 아래쪽에 장터가 있었고 대장간은 개천 강변에 있었다. 봄이면 소풍 갔던 비호산엔 진달래꽃 붉게 피고, 새국가가 건설되자 소년단 단원들은 붉은 기 앞세워 혁명가를 부르며 장군님의 만주 시절 고난에 찬 항일 투쟁을 복습하느라 산행 훈련에 열심이었다. 나와 처는 개천역 저탄장에서 석탄을 무개차에 지게질로 날랐다. 일제 때는 철광산에서 열두 시간, 심지어 열다섯 시간씩 노동했으나 새나라는 여덟 시간 노동제가 철저히 지켜졌고 당 간부든 선생이든, 노동자든 평등한 대우와 균등한 봉급을 받았다. 배급제로 식구 수에 따라 양곡을 받았고, 학교는 학비를 받지 않았고, 아픈자는 진료소나 병원이 무료로 치료해주었고, 도시 근로자·광산 근로자·소작 농민·고용 농민들이 인간다운 대접을 받기가 단군 성조 이래 처음이라고들 말했다.

"언제나 사랑하는 내 고향에 다시 갈까/아, 내 고향 그리워라……."
손자녀석 말이 맞다. 살아생전 나는 다시 고향에 갈 수 없을 것 같다. 고
향에 가본들 부모님 별세하셨고, 내 나이 얼만데, 누가 나를 알아보고 반
갑게 맞아주겠나 싶다. 별세하신 선대 얘기를 자상하게 들려줄 분이 살
아 있을 것 같지 않다. 혼례 올릴 때 나이가 어려 이팔청춘이라 놀림도
받았던 제수씨가 살아 있을는지 모른다. 새댁이라 고왔던 얼굴이 떠오른
다. 그해 겨울, 그 드센 폭격통에 살아남았더라도 그쪽 사정으론 양식이
턱없이 모자라 고생이 많다는데……, 제수씨나 조카애들, 사촌과 육촌
식구라도 만날 수 있다면 거동이 자유로울 때 북쪽 땅을 꼭 한 번만이라
도 밟고 싶다. 고향 산천도 엄청 변했을 것이다. 내가 여기 정착했던 40
년 전엔 밭뙈기만 늘린 층층의 따비밭에 잡목만 무성한 야산이었다. 그
런데 지금은 도로가 훤하게 닦였고 고층 아파트가 촘촘히 들어섰다. 40
년 만에, 아니 십수 년 만에 천지개벽되듯 강산조차 죄 바뀌어버렸다. 햇
수가 얼만데 고향인들 변하지 말라는 법 없다. 그해 초겨울 미군기 폭격
으로 역이며 읍내가 잿더미로 내려앉았는데, 전후 복구사업에 길조차 달
라졌을 터이다. "할아버지, 고향에서 불렀던 노래 한 곡 불러보세요." 손
자녀석이 말한다. 나는 깜짝 놀라 어깨숨을 쉰 뒤 고개를 끄덕인다. 으스
스 한기가 느껴진다. 기침이 터지더니 콧물이 흐른다. 나는 소매로 콧물
을 닦는다. 손자녀석이 할아비를 위해 손풍금까지 들고 왔으니 고향 노
래쯤은 녀석 비위를 맞춰줄 수 있다. "내 개천 살 때, 아버지와 대장간
일하며 이런 노랠 부르곤 했지." 나는 잔기침 끝에 목청을 가다듬고 고
향 쪽 민요를 흥얼거린다.

"영변에 에헤에헤/약산에 동대야/아하아하 아하아하/네 부디 편안히

잘 있거라/나두 명년양춘은 가절이로다/또다시 보자⋯⋯." 숨이 차서 나는 노래를 더 부를 수 없다. 노래에 맞추어 손풍금으로 대충 반주를 넣던 손자녀석이, "할아버지, 작은할아버지 말입니다. 전쟁 전 고향 개천읍에서 인민학교 교사 시절 손풍금 탈 때⋯⋯" 하고 또 그 말을 꺼낸다. **이봐, 광수 그놈 남파 간첩 맞지? 요즘 안 보이는데, 어디다 숨겼어?** 황점술이 능갈맞게 물었다. 자유당 정권 때 명동 바닥에서 정치깡패로 설쳤던 황가놈은 5·16이 나자 몸을 피해 동가식서가숙하던 처지였고, 살길을 찾자면 광수를 방첩대나 경찰에 신고하는 방편밖에 없다고 협박했다. 광수가 황가놈한테 들킨 뒤부터 나는 광수를 폐지 더미 속에 숨겨두고 있었다. 손자녀석을 보고 나는 손사래를 친다. "다 까먹었어. 모른대두. 이놈아, 언제 적 애긴데 그 애 말을 또 꺼내" 하곤, 나는 속으로 다짐한다. 녀석이 아무리 물어도 어림없다. 광수에 대해 숨겨둔 말이야 있지만 남에게 말하고 싶지 않다. 나 혼자 간직했다 죽어, 저세상 가서 부모님이며 광수 만나면 흉금 터놓고 며칠 밤 새워 얘기하고 싶다. 그런데 광수가 전쟁 전에 인민학교 교사 지낸 걸 어린 녀석이 어떻게 알아냈는지 신통하다. 수사관처럼 꼼꼼하게 그 애 뒷조사를 했는지도 모른다. **우리가 뒷조사를 다 해뒀어. 박씨, 우릴 속일 생각 마.** 수사관의 다지름이었다. 광수부터 족쳐 자백을 받아냈겠지만 그들이 휴전선 넘어 천 리 북쪽의 우리 집안을 죄 꿰뚫고 있다는 게 신통했다. 이틀째 잠 못 자고 얼마나 맞으며 추달당했는지 나는 제정신이 아니었다. "나는 예수님 섬기는 기독교 신자요. 1·4후퇴 때 종교의 자유를 찾아 가족 데리구 월남했어요⋯⋯." 나는 그 말만 되풀이했다. 광수의 세뇌 교육에 혹해 고정 간첩이 됐다느니, 광수와 동반 월북해 거기서 간첩 교육받고 재남파를 시도

하지 않았느냐는 저들 말에, 나는 목숨을 담보하고 끝까지 부인했다. 나는 가빠오는 숨길을 느낀다. 그때 적 일은 생각만 해도 가슴이 뛰고 온몸이 경직된다. 나는 석 달에 걸친 취조 과정과 재판을 거쳐 간첩 불고지죄로 이태 반을 징역 산 그 악몽을 잊지 못한다. 교도소에서 나오기 전 처는 서방과 큰애를 감옥에 둔 화병으로 어질머리를 앓다 뇌혈관이 터져 불귀의 객이 되고 말았다. 그때부터 나는 광수 면회는 물론 자식 면회도 가지 않았고, 영치금 따위도 넣지 않았다. 고향과 연결된 모든 과거를 철저히 잊기로 했고, 나 이외는 어느 누구도, 목사나 자식마저도 믿지 않기로 했다. 쉰 나이 후반 한 시절엔 목사 설교를 듣다, 교회만 잘 섬기면 누구나 천당에 갈 수 있다는 목사의 말이 듣기 싫었다. 손톱 밑 까만 때 지워질 날 없는 험한 손 맞잡고 기도하는 나를 두고 예수님은, 나의 아들아, 나는 권세 있는 자보다 가난한 자, 버림받은 자, 멸시당하는 자를 더 사랑했느니라. 고통의 짐 너의 쓰레기를 지고 교회 위에 있는 나를 따르라고 말씀하는 듯해서 중손교회 당회장이 바뀔 서너 해 동안은 교회조차 나가지 않고 집에서 혼자 예배보기도 했다. 고향 땅과 죽은 처가 사무치게 떠오를 때마다 곽가를 불러 주거니 받거니 폭음 끝에 곯아떨어졌다. 큰애 며늘애가 내 건강을 보살피지 않았다면 나는 벌써 황천객이 되었을 것이다. 어디에다 희망을 걸고 살아야 할지도 잊은 채, 어둠 그치면 일어나 어둠 내릴 때까지 마소처럼 폐지 먼지 속에서 일만 해온 나날이었다. 아니다. 넝마주이 시절의 천대받던 눈물을 새기고 새기며 최소한의 생활비로 근검했다. 집안 혼례식 외는 양복 입어본 적 없이 단벌 작업복으로, 그나마 해져 걸레로도 쓸 수 없을 때까지 십수 년씩이나 입었다. 며늘애에게 특별한 날이 아니곤 밥과 국 외 반찬도 세 가지 이상 상에 올리지 못하게 했다. 외식도 하지 않았고 술집에서 술을 먹어본 적도 없었다. 돈이면 처녀 불알도 살 수 있는 남한 땅에 왔으니 악착같이 돈 모아, 언젠가 가게 된다면 고향을 위해 쓰겠다는 희망 하나만을 간직했다. "할아버지, 작은할아버지가 인민학교 교사에서 군당 선전대에 소환된 게 48년 3월 맞지요? 당시는 새학기가 4월이었잖아요. 50년 6월, 전쟁이 발발하자 작은할아버지는 전선 문예선전대 연예대원으로 화선에 투입되었지요? 낙동강 방어선인 경상남도 창녕까지 내려갔다 더이상 발이 묶인 채, 일진일퇴를 되풀이하던 끝에 시체는 언덕을 이루고…… 할아버지, 제 말 맞지요?" 나는 총 들고 전장에 나서지 않았으나 당시 참전했던 이들로부터 들은 바대로, 전쟁이 얼마나 무서운지 모르는 어린 녀석이 그 시절 정황을 잘 집어낸다. 집요하게 캐묻는 게, 수사관이나 황가놈이 따로 없다. 나는 손자녀석의 말고문에 숨길이 더 가빠지더니 기침이 연달아 터진다. 일을 놓고 체력이 떨어진 탓인지 겨우내 감기를 달고 산다. 기침을 진정하자 손자녀석 말에 대꾸할 필요가 없어 나는 눈을 감는다. 그래, 그래서 어쨌단 말인가. 광수는 오산고보를 졸업하고 모교 훈도로 부임해왔다. 대장장이 아들이 훈도가 되어 환고향했다며 장터 사람들이 모두 아버지를 추켰다. 아버지는 대장장이란 천직에서 일거에 사부님이 되셨다. 그게 언제였던가? 해방되기 전해다. 이듬해 8월 중순 어느 낮, 웃통 벗은 맨살 위로 땀이 고랑을 팠다. 아버지와 허씨는 괭이를 만드느라 벌건 시우쇠를 이리저리 돌려가며 연방 맞메질했고 나는 풀무질하다 역전에서 들려온 만세 함성에 놀라 잠방이 걸치고 절름거리며 뛰어갔다. 개천 철광산에서 막장 붕괴 사고로 다리뼈를 분질러 난 왼쪽 다리에 부목을 대고 있을 때였다. 역 광장은 인산인해였다. 거기서 광수를 보았다. 광수는 학동들에 둘러싸여 조선 해방 만세를 부르고 있었다. "형님, 조선이 해방됐어요. 일본이 무조건 항복했답니다." 아우는 뭐가 그렇게도 좋은지 어리둥절해 있는 나를 끌어안고 개구리처럼 뛰었다. 장을 메운 사람들이 뙤약볕 아래 모두 길길이 뛰며…… "할아버지, 드세요. 드시며 그때 적을 떠올려보세요. 할아버진 기억력이 남다르셔 분명 그 시절이 생각날 거예요." 손자녀석이 내게 생크림빵을 권한다. 나는 빵을 받아 한 조각을 입에 넣는다. 단맛이 금방 혀에 녹는다. 맛을 아는 혀만은 예나 지금이나 변함이 없다. 설탕은 달고 소금은 쓰다. 그 맛조차 구별하지 못한다면 저승사자가 찾아올 것이다. 세월이 좋아 이 좋지 않은 노인들 먹기 좋은 희한한 빵을 잘도 만들어낸다. 예전에는 붕어빵도 꿀맛이었다. 곽가가 동대문시장 길거리에서 손수레에 빵틀 놓고 붕어빵 장사를 했다. 곽가가 내 한 팔이 되어주지 않았다면 오늘의 내가 없었을 것이다. 땅 판 돈 절반을 잘라 자식들에게 나누어줄 때 나는 곽가에게도 한몫을 떼어주었다. 사돈이란 점을 떠나서라도 이날까지 선한 인연을 이어왔으니 마땅히 그 공을 갚아야 했다. 내가 대꾸 않고 빵을 먹기만 하자, 손자녀석이 더 묻기를 포기한다. "달포만 지내면 할아버지 생신날 돌아오잖아요. 학원에서 열심히 배우고 있으니 그때쯤이면 손풍금 연주를 훨씬 잘할 수 있어요." 녀석의 말에 나는, "알았어. 너나 해. 어깨에 멘 것 타며 고향 못 가는 노래나 그냥 하라구" 하곤 의자 등받이에 기대어 눈을 감는다.

큰애 며늘애가 현관문을 열고 들어온다. 들고 오는 소쿠리에 쑥이 소복이 담겨 있다. "왜 이렇게 썰렁해. 춥잖니? 경식아, 광에서 나무 좀 날라와. 할아버지 감기 덧나시겠다." 며늘애 말에 손자녀석이 손풍금을 벗어 내려놓고 밖으로 나간다. "어미가 뜯었냐" 하고 묻자, 며늘애가 양지 언덕바지에는 쑥이 많이 자랐다고 말한다. "아버님, 오늘 저녁에는 콩가루 풀어 쑥국 끓일게요. 아파트에 돼지고기도 목살로 사다 놨어요. 수육 만들어올 테니 친정 아버지 불러 약주도 한잔 하시구요." 며늘애가 불씨만 남은 페치카 옆에 앉아 신문지 펴놓고 쑥을 다듬기 시작한다. 쑥에 붙은 검불과 누렇게 탈색된 겉이파리를 뜯어낸다. 큰애는 몇 해 전 페지 야적장에 대단위 아파트가 들어서자 그쪽에 아파트 한 칸과 상가 건물의 편의점 분점을 차려 살림을 났으나 며늘애는 하루 한두 차례씩 언덕길 올라와 시어른과 친정 부모 섬기기는 예전대로 지성이다. "쑥국이라? 쑥국 좋지." 향긋한 쑥 내음이 코끝에 스친다. 어느 해 춘궁기던가, 점심 끼니로 쑥떡만 먹었던 생각이 난다. 처가 살았을 때니 오래전이다. 신문지나 비료부대 종이에 싼 푸석한 쑥떡을 처가 주머니에 찔러 넣어주면 바소쿠리 메고 큰애와 함께 명동 쪽으로 나다니던 시절이었다. 당시엔 휴지나 고물 줍기도 경쟁이 심했으나 그쪽이 그래도 벌이가 나았다. 다리품을 어지간히 팔아 낮참이 되면 허리가 접혔다. 골목 건물 처마 밑 아무 데나 쭈그리고 앉아 큰애와 쑥떡으로 허기를 껐다. 멀건 죽사발에 떨어지는 눈물을 먹어본 사람만이 인생을 안다는 말이 실감나던 시절이었다. 손자녀석이 땔감을 한 아름 안고 들어온다. 몇 해 전 아랫동네 무허가 판자촌 철거 때 나온 판자 쪼가리와 헌 각목들을 땔감에 쓰려 곽가와 함께 손수레로 며칠에 걸쳐 옮겨둔 게 요긴하게 쓰이는 참이다. 손자녀석이 헌 신문지를 구겨 라이터로 불을 댕겨 페치카 안에 넣는다. 그 위에 판자 쪼가리와 각목을 얹는다. 페치카는 재작년에 둘째 애가, 혼자 지내시는데 이렇게 춥게 겨울을 나서야 되겠냐며 조립형 페치카를 사와 설치해주었다. 둘째 애는 겨울 한철만이라도 아버지를 모시겠다며 마포에 있는 자기네 아파트로 가자고 권했고, 큰애 며늘애도 아파트로 내려가 함께 살자 했으나 나는 하루라도 이곳을 떠나고 싶지 않다. 광수는 스물한 해를 혼자 꿋꿋이 감방살이를 해냈다. 아직은 정신 온전하고 수족 놀리기에 별 지장이 없는 나라고 혼자 못 살라는 법 없다. 며늘애가 전기밥솥에 밥해놓고 냉장고에는 반찬 있으니 잘 차려입은 아파트 주민 앞에 불구멍 숭숭한 오리털 점퍼 입은 추레한 늙은이 모습 안 보이고 혼자 사는 게 편하다. "여기에 터를 잡은 지 40년이구, 며늘애와 사돈네가 수발 잘 해주니 늙은이 살기엔 여기가 편해. 아파트엔 숨이 맥혀 어떻게 살아. 공중에 뜬 방구석에 가둬놓구 늙은이를 쥑일 셈인가. 뒤 언덕엔 눈만 주어두 마음이 아리는 처와 광수 묘가 있는데. 난 하루두 여길 떠나 콩나물시루 같은 데선 못 살아." 나는 고집을 꺾지 않았다. 나는 페치카 옆에 앉아 쑥을 다듬는 며늘애 뒷모습을 본다. 이날 이때까지 시아비와 친정 부모 모시고 살아온 큰애 며늘애는 효부 소리를 들어도 마땅하다. 딸애보다 낫다. 며늘애도 환갑 나이가 다 됐다. 손자녀석이 속불꽃을 살려내자 화력이 좋아 금방 불길이 판자를 핥으며 날름댄다. 나는 기세 좋게 살아나는 불꽃을 멀거니 본다. 열기가 얼굴에 닿는다. 활활 타오르는 불만 보면 늘 고향 대장간이 떠오른다. 보통학교를 졸업하자 나는 아버지 조수가 되었다. 열여덟 살이 되기 전까지 아버지는 내게 징과 메를 들지 못하게 했기에 아버지와 맞메질은 허서방이 했고 나는 허구한 날 조개탄으로 불을 지펴 풀무질로 불길을 살리고 집게로 벌건 시우쇠를 화덕에서 집어내어 찬물에 식히는 허드렛일이나 했다. 얼음이라도 박혔던지 판자가 소리내어 터지며 불티가 튄다. **"박씨 봐. 치솟는 저 불티 좀 보라구. 개미조차 살아남지 못하겠는걸."** 옆자리에 앉은 이씨가 소곤거렸다. "오폭으로 이 차가 한 방 먹는다면 우린 뼛가루가 될걸요." 내가 말했다. "어디로 가든 그나마 우린 살아남았으니 다행이야. 남녀노소 가리지 않구 열이든 스물이든 잡아채는 족족 패죽이지 않으면 생매장시키는 꼴 봤잖아." 뒤쪽에서 애꾸 천씨가 속달거렸다. 개천읍에서 노무자로 징발당한 3, 40대 예닐곱이 탄약 상자가 적재된 국방군 군용 트럭 뒷자리에 한껏 몸을 움츠리고 앉아 있었다. 낮참에 임시로 가설된 군용 부교로 대동강을 넘어섰는데, 멀리로 보이는 평양 시내의 비행기 공습은 대단했다. 50년 12월 초순이었다. 제비떼같이 창공에 뜬 폭격기 편대가 몰아치는 눈보라를 뚫고 엄청난 양의 폭탄을 퍼붓고 있었다. 폭탄이 떨어지는 지점마다 불티가 치솟았다. 종전 전 일본 땅에 그랬듯 미제가 원자폭탄을 투하할 거란 소문이 거짓말이 아니란 생각이 들었고, 봄이 와도 저 땅엔 풀인들 싹을 틔우겠나 싶었다. 나는 고향 땅에 남겨둔 부모님과 처자식 걱정이 태산 같았다. 전쟁이 나도 나는 인민군에 소집되지 않았고 일제 때 유경험자라 개천역 저탄장 작업소에서 개천광산 석탄 채굴 근로자로 작업터를 바꾸었다. 열댓 살짜리까지 전선으로 빠지고 40대 장정이 대부분을 차지한 광산 근로자들은 전쟁 와중에도 석탄 채굴에 여념이 없었다. 전황이 기울어 평양을 남방군에 내줬다는 소식이 광산까지 전해지기가 10월 초, 탄광이 폐쇄되어 읍내 집으로 돌아오자, 뒤이어 국방군과 연합군이 읍내를 점령했다. 뒤따라 들어온 치안대, 한청(대한청년단), 청방(청년방위대)이 좌익 분자 색출에 혈안이 되어 꼬투리가 잡혔다 하면 하루를 못넘겨 처형되거나 제 묻힐 구덩이 제가 파서 생매장당했다. 사람 목숨이 파리 목숨처럼 한순간에 사라지던 험한 때라 청년노동자동맹 분소 부부장이었던 나로선 우선 살아남자면 우익 지푸라기라도 붙잡아야 할 처지였다. 중공군 참전 소식이 들리고 마침 개천읍에 주둔해 있던 국방군 부대 병기창이 철수를 서두르며 노무자를 징발하기에 나는 거기에 자원했다. 부대로 찾아온 어머니가 내게, 너들 식구만이라도 남으로 내려가 몸을 피하라 이르겠다 했는데 처와 젖먹이 딸린 자식 넷이 읍내에 남아 있는지 피난길에 나섰는지 알 수 없었다. "너들 식구는 피난 나서더래두, 우리 양주야 살 만큼 산 목숨 아닌가. 그러니 배가 앞산만 한 광수 처와 우린 여기 남을래. 광수가 살아 돌아올 날까지 여길 지켜야지." 어머니의 마지막 말이 줄곧 귓바퀴에서 맴돌았다. 나는 개털모자를 눌러썼는데 트럭이 속력을 내자 몰아치는 눈바람에 안면이 내 살 같지 않았고 무명으로 감싼 발가락이 떨어져 나갈 듯 아렸다. 그해 겨울, 결국 동상으로 발가락 두 개가 떨어져나갔다. 생각만 해도 끔찍한 시절이었다. 늙고 할 일 없으니 자나깨나 그 시절 생각이다. 손자녀석까지 남의 심사를 박박 긁으니 초조함과 불안이 온몸을 옥죄어온다. 나는 의자 등받이에 몸을 붙이고 일렁이는 불꽃을 본다. **여보, 봉창 밖이 왜 저렇게 환해요? 불난 게 아니에요?** 갑자기 죽은 처 목소리가 들린다. 큰애와 한바탕 난리를 치르고 난 뒤 화가 가라앉지 않아 제 집으로 돌아간 곽가 불러 술이나 한잔 하려 처에게 술상을 차리라고 말한 뒤라, 나는 깜짝 놀라 뒷봉창을 보았다. 봉창이 훤했다. 나는 방문을 열고 뛰어나갔다. 변소 뒤 군용 천막으로 덮어둔 폐지 더미에서 불길이 일고 있었다. 덩이덩이 쌓아둔 폐지 더미가 바람을 타고 불길에 휩싸였다. 여보, 어떡해요. 작은서방님이…… 뒤쫓아 나온 처가 외쳤다. 폐지는 다 타버리더라도 광수부터 살려야 했다. 나는 정신없이 불길 속으로 뛰어들었다.

기침이 쏟아지고 갑자기 숨길이 가쁘다. 더 앉아 배겨낼 수가 없다. 나는 의자에서 기우뚱 일어선다. 옷걸이에 걸린 10년 넘게 입어온 점퍼를 걸친다. "할아버지, 어디 가시게요?" 손자녀석이 며늘애와 함께 빵을 먹다 묻는다. 나는 대답 없이 현관으로 가서 테두리에 인조털 달린 검정 고무신을 신는다. 십몇 년 넘게 신어온 겨울용 신발이다. 며늘애가 손자녀석에게 "네가 슬픈 노래를 부르니 아버님 심사가 울적해진 게지" 하고 핀잔을 놓는다. 내가 현관문을 열자 며늘애가 달려와 내 팔을 부축한다. "아버님, 햇볕은 따뜻해도 아직 바람이 찹습니다." 나는 며늘애 손을 뿌리치고 부득부득 바깥으로 나선다. 따라 나온 손자녀석이, 사돈 어르신 댁에 가시느냐고 묻는다. "따라나서지 마. 걸을 힘은 있으니 날 버려둬! 네놈이 기어코 이 할아빌 죽이려 덤벼!" 내가 헉헉대며 소리치자, 녀석도 놀라 멈칫하며 물러난다. 늙은이 성미는 죽 끓듯 하다는 말대로 녀석이 손풍금을 탈 때는 옛 생각에 사무쳤다가 잠시 뒤 제풀에 틀어진 꼴이다. 바깥으로 나서니 입춘을 넘겼으나 바람이 차갑다. "친정 아버지한텐 이쪽으로 저녁 자시러 오라고 제가 전화 낼게요. 마당 의자에서 쉬세요." 며늘애가 현관 앞에서 말한다. 잔디밭 저쪽 느티나무 아래에는 곽가가 판자때기 주워와 만들어놓은 긴 의자가 있다. 마음이 심란해 거기에 앉을 생각이 없고 잔디밭 건너 경계 표시로 쳐둔 개나리나무 울타리 너머에 있는 곽가 집에 놀러 갈 마음도 없다. 나는 광으로 쓰는 천막 건물 뒤로 돌아간다. 대문간에 앉았던 진도가 뛰어와 발 앞에서 꼬리를 흔든다. 진돗개 잡종으로 짖는 소리가 우렁차고 영리해 집을 잘 지킨다. 대문간에 '개조심'이란 팻말을 붙여두었기에 아파트 사는 이들의 새벽 산행도 우리 집은 피해서 간다. "따라가지 않아도 되겠어요?" 손자녀석이 뒤쪽에서 물었으나 나는 대답 않고 천천히 돌계단을 밟는다. 바깥출입하면 자주 찾는 장소다. 진도가 길동무로 힘차게 앞장선다. 폐지 하치장을 문 닫을 때 둘째 애가 가져온 강아지니 5, 6년째 집지킴이 노릇을 하고 있다. 아까시나무 사잇길로 얼마 오르지 않으면 무덤 두 개가 있다. 처무덤과 광수 무덤으로, 조만간 나도 이곳에 묻히게 될 것이다. 무덤의 시든 뗏장 사이사이에 질경이며 쑥이 연약한 잎새를 떨고 있다. 나는 광수 무덤 옆 플라스틱 의자에 앉는다. 아파트 단지로 내려가면 쓸 수 있는 멀쩡한 장롱, 응접 의자, 책상 따위를 폐품으로 내버린다. 그렇게 버려진 의자만도 주워다놓은 게 댓 개는 된다. 나는 집 마당 저 아래쪽 아파트 단지를 내려다본다. 큰길이 있는 아파트 앞쪽에 할인 매장 이마트가 보인다. 봄맞이 세일 애드벌룬을 높이 띄워놓았다. 바람결에 애드벌룬이 창공을 한가롭게 노닌다. 큰애가 사는 아파트와 상가 건물도 보인다. 그 앞쪽 노인들의 쉼터인 정자가 있는 소공원에 눈이 머물자 내 숨길이 갑자기 빨라진다. 나는 소공원에서 얼른 다른 데로 눈길을 돌린다. 2년 반의 옥살이를 나는 불고지죄의 죄인이라고 한번도 생각해본 적은 없고, 설령 황가놈이 벌레 같은 존재였을지라도 한 생명을 빼앗은 죗값을 치른다는 마음으로 살았다.

내가 천2백여 평 임야 낀 밭뙈기를 헐값에 사서 이사 올 당시, 여기야말로 그린벨트란 말도 없었고 그저 평범한 근교 농촌이었다. 그로부터 십몇 년이 지나자 길가로는 무슨무슨 가든들이 큼지막하게 집을 지어 간판을 내달고, 화훼 단지, 물류 창고, 레미콘 공장, 쓰레기 하치장, 폐차장이 들어섰다. 도시 사글세방에서 밀려난 난민이 밀려들어 비닐촌과 판자촌이 형성되었다. 그 즈음부터 도시민 생활수준이 향상되자 헌 신문, 잡지류, 골판지가 주종을 이루는 폐지 장사가 잘되었다. 나는 재혼도 포기하고 넝마주이 시절을 떠올리며 곽가와 함께 죽자사자 일에 묻혀 살았다. 90년대 초, 한창 성업할 땐 폐지 운반용 트럭 세 대가 서울 시내 중간 집하장을 돌며 쉼 없이 폐지를 날랐고, 지게차 두 대, 집게차가 이를 처리했다. 분류와 묶음이 끝난 폐지를 제지 공장으로 나르는 트럭도 두 대 있었다. 일꾼을 열이나 부렸으니, 향우회원들 말처럼 넝마주이 출신치고는 크게 성공한 셈이었다. 70년대 중반부터 나는 버는 대로 나무 궤짝에 돈을 모아두었다. 매년 주위의 땅을 야금야금 사 모았으니, 지금은 아파트촌이 된 땅 일부가 내 소유였다. 청계천 시절부터 버는 대로 나무 궤짝에 쑤셔 넣었잖아. 그 돈 어딨어? 술 취한 큰애가 식칼을 휘두르며 내게 말했다. 다시 심장이 뛰어 나는 눈을 감는다. 내 눈밖에 나기도 한참인 큰애였다. 청계천 6가에 살 때, 큰애는 고등학교에 들어가고부터 오간수 다리를 터 삼은 양아치패와 어울려 사창가 펨프질, 친구들과 작당해 패싸움을 일삼으며 경찰서를 들락거리다 2학년 때 학교에서 퇴학당했다. 내가 용인군 수지면 중손골로 터를 옮겼으나 그 애는 폐지 더미에 묻혀 살지 않겠다며 청계천 바닥에서 양아치 애들과 어울려 지내다 자주 중손골로 찾아와 제 어미한테 용돈을 뜯어갔다. 5·16이 났던 그해, 대대적인 깡패 소탕령이 내려지고 깡패 고수 이정재, 임화수, 신정식이 사형 선고를 받고 처형되었다. 그해 10월 큰애가 술에 취해 중손골로 들어와, 피신할 자금을 내놓으라며 행패를 부렸다. 나는 그런 돈은 1원도 줄 수 없다며 차라리 경찰에 자수하라고 큰애와 맞섰다. 걔가 식칼을 들었으나 나는 겁내지 않았다. 피난 나와 굶기도 많이 굶고 죽을 고비도 여러 차례 넘긴 나라 제깟 놈이 칼을 들었다고 꼬리 사릴 내가 아니었다. 대장간 일과 광산 노동으로 다져진 몸매라 힘자랑이라면 누구에게도 지지 않았다.

"찔러, 아비를 찔러봐! 그래, 자식놈 손에 죽구 말자!" 나는 윗도리를 벗어 팽개쳤다. 달려온 곽가와 처가 나와 큰애 사이를 막아섰다. 녀석이 식칼을 던져버렸다. 나는 방으로 들어왔다. 밖에서 처가 큰애에게 몇 푼 돈을 집어주는 눈치였다. 큰애가 집을 떠난 직후, 폐지 더미에 불이 났다. 큰애 나이 열아홉 살 때였다. 큰애가 집을 떠난 열흘쯤 뒤, 광수 불고지 죄로 수원경찰서에 나와 함께 갇혀 있다 모르쇠로 버틴 끝에 겨우 혐의를 벗고 풀려난 처가 나를 면회 왔다. "종호가 도피 자금을 마련하려 친구들과 작당해 자동차 부속품 점방을 털다 잡혔대요. 엎친 데 덮친다구, 우린 이제 쫄딱 망했어요." 큰애 면회를 먼저 갔다 오는 길이라며 처가 말했다. 그로부터 나는 2년 6개월을 감옥에서 보내고 나왔으나, 큰애는 여섯 해를 감옥살이했다. 교도소가 사람을 아주 버려놓기도 하지만 새사람으로 만들기도 해서, 여섯 해 만에 집으로 돌아온 큰애는 내 앞에 무릎 꿇고 철없던 시절의 행패를 사죄했다. 큰애는 집 떠날 궁리를 않고 홀아비로 일에 묻혀 사는 나를 돕기 시작했다. 청계천 시절부터 함께 일해온 곽가 딸애와 짝을 맺어 자식도 셋을 두었다. 술에 취하면 옛 버릇대로 성정이 거칠어져 일꾼들에게 욕지거리도 했으나 제 자식들 앞에서 기물을 부수는 따위의 행패를 부리지는 않았다. 80년대 중반에 들자 서울 근교 땅값이 뛰기 시작했다. 큰애는, 아버지도 연로하시니 이제 더러운 직업 걷어치우고 땅 판 돈 은행에 넣어두고 살아도 당대는 걱정이 없다며, 서울 둘째 애 아파트 부근으로 이사가자고 졸랐다. 손자 셋은 학교에 다니느라 서울 마포 둘째 애네 집에 맡겨두고 큰애 며늘애가 일주일에 한 번씩 뒤를 봐주러 나다니던 때였다. "아비가 빈몸으로 남한 땅에 내려와 넝마주이 끝에 성취한 보람이 이 땅인데, 이 땅을 팔다니. 여기서 처와 광수가 죽지 않았냐. 내 눈감기 전엔 이 땅 한 평두 절대 안 팔아. 손자놈들까지 먹이구, 재워주구, 공부시켜줬으니 네놈한테 한푼두 물려줄 게 없어. 유산 물려주면 돈 잃구 자식까지 망친다는 말두 못 들었어?" 큰애는 내 말에 불퉁한 얼굴로 물러났으나, 술이 늘었다. 큰애 말을 따르지 않았던 게 다행인지 90년대 중반, 불어닥친 용인 지역 개발붐에 따라 어쩔 수 없이 언덕 위 집터만 남기고 내 땅 6천5백 평이 아파트 부지로 수용당했다. 폐지 하치장은 문을 닫았고, 나는 비로소 일손을 털었다. 내 이미 칠순 중반에 이르렀고, 곽가도 칠순을 넘긴 나이였다. "아버지, 저도 쉰 중반으로 손자까지 본 몸입니다. 허구한 날 폐지 더미에 묻혀 고생할 만큼 했잖습니까. 아버진 낙 볼 연세두 벌써 넘겼구요. 이제야말로 여기 생활 청산하구 우리 땅에 올라서는 아파트로 내려가 삽시다." 큰애가 다시 졸랐다. 이번만은 호락호락 물러설 기세가 아니었다. 제 어미 손에 끌려 피난 나와 고사리손 호호 불어가며 나와 함께 집게로 휴지 줍던 그 어렵던 시절이 암암하게 떠올랐다. "난 아파트에 안 살아. 닭장 속에선 숨이 막혀 못 살아. 난 이 집 지키며 네 장인과 함께 살다 여기서 뼈 묻을 테니 네 식구나 내려가 살아." 그제야 나는 큰애의 원대로 은행돈 헐어 서른다섯 평형 아파트 한 채와 상가 스무 평짜리를 매입해주었더니, 큰애는 목 좋은 상가에 25시 편의점 분점을 개설해 분가해 나갔다.

"그리던 집이여/기쁨에 넘쳐 가슴 설레이며 돌아가누나/벅차게 부푼 가슴을 안고/숲 사이 오솔길 돌아가누나……" 바람결에 손풍금 소리와 함께 노래가 들려온다. 내려다보이는 아래쪽, 손자녀석이 느티나무 아래 긴 의자에 앉아 목청도 높게 노래를 부르고 있다.

3

《일제하 적농(적색농민조합) 연구》란 저서를 최근에 펴낸 바 있는 지도교수에게 내가 석사 논문으로 쓰게 될 「인민 박광수 연구」발췌안을 제출했을 때, 한 교수는 괜찮은 착상이라며 자료 조사와 증언 채록을 충실히 해서 열심히 써보라고 격려했다. 역사의 행간 속에 묻혀버린 민초를 통해 당대 현실의 진실을 추수함이 답이 뻔하게 결론 난 거대 담론보다 알찬 성과를 기대할 수 있다는 것이다. 한 교수는 작년 석사 논문에 통과된, 발로 뛴 증언 채록이 돋보였던 「노근리 양민 학살 사건 연구」를 예로 들었다. 노근리 양민 학살 사건은 6·25전쟁 당시 충북 영동군 황간 지역 경부선 기찻굴에 노인과 어린이 등 노약자 다수가 포함된 피난민 수백 명을 몰아넣고 미 제7기병연대 지휘부처가 발포 명령을 내려 고의적으로 학살한 범죄 행위였다. 나는 우선 석사 논문의 기초 자료로 해방공간의 남북한 사회 현상 조사에 착수했다.

1945년 8월 15일, 연합군의 승리로 얻어 걸린 해방이긴 하지만 우리 민족이 35년간의 일제 압박을 떨친 그날 이후 50년 6·25전쟁이 발발하기까지 해방공간의 남북한 정치·경제·사회 등 각 분야의 기초자료를 나는 인터넷과 서점을 통해 수집했다. 대체로 《한국 현대사》《조선통사》《해방 전후 남북사》《6·25전쟁 기원사》《조선 공산주의 운동사》 등의 이론서를 참고했다. 사회과학도로 익힌 짧은 지식으로도 대충 그러리라 짐작은 했지만, 해방공간의 남북한 문제를 다룬 남한 사회과학서가 남한측은 대체로 비판적으로 수용하고 북조선측은 비교적 비판 없이 객관적으로 다루고 있음에 나는 다시 한번 놀랐다. 인터넷을 통해 살펴본 그 방면의 저서나 시중 대형 서점의 사회과학서 코너에는 진보적 성향, 또는 수정주의 논조에 동조하는 학자들 저서가 다수를 이루고 있었다. 해방 후 미군정의 남한 통치나 남한 단독 정부 수립 후 이승만의 정치 역량을 보수주의적 입장에서 옹호한 책은 찾기 힘들었다. 남한이 수용한 자본주의, 자유주의를 저술한 저서는 반공 교재 성격의 몇 종류뿐이었고 논리적 측면에서도 설득력이 약했다. 신문지상에 이름이 자주 오르내리는 저명 교수는 물론, 진보를 자처하는 학회·단체·출판사가 공저 형태로 출간한 해방공간 기술 또한 한결같이 남측은 비판적 입장에 섰고, 북측은 객관적 시점을 유지했거나 긍정적으로 평가한 흔적을 읽을 수 있었는데, 군사 정권 시절에는 이적 행위로 간주해 국가보안법 저촉 여부를 따질 만했다. 그러나 문민정부가 들어서자 남한 현대사의 자유로운 비판이 묵인되었으니, 자유민주주의의 특권인 언론 자유 신장 등을 톡톡히 본 셈이었다. 남한에 부분적으로 소개된 북조선의 해방공간 기술은 김일성과 김정일 교시에 따르는 단일 창구다보니 일사불란하게 '해방 조국의 위대한 영도자로 등장한 청년 김일성 장군'의 치적 일변도요, 남조선은 미제국주의 식민지로 반동 관료배가 인민을 착취한다는 획일적인 기술이야 당연할 수밖에 없었다. 여러 책을 참고로, 1945년 8월 15일 일본이 무조건 항복하자 소련군은 8월 22일 원산에 상륙, 미군은 9월 8일 인천에 상륙하여 38선을 경계로 점령군 통치 체제로 들어간 후, 50년 6·25전쟁을 맞기까지 남북한 해방공간의 정치·사회 현상을 입수한 자료를 토대로 간추리면 다음과 같다.

남한 통치를 시작한 미군정은 45년 8월 이후 여운형과 뒤를 이어 박헌영이 장악한 남로당(남조선노동당) 조직인 각 지방 인민위원회를 불법화시키고 포고령 55호와 72호를 잇달아 발표하여 해방 당시 남한의 가장 큰 정치 세력이었던 좌파 활동을 중단시켰다. 그 와중에서 우익·중도우파·중도좌파·좌파의 권력 투쟁과 테러가 치열했고 46년 9월, 26만여 명의 노동자와 이에 동조한 학생들이 총파업에 돌입했다. 쌀 공출제 폐지, 토지 개혁 실시, 극우 테러 반대를 걸고 대구 지방에서 시작된 '10월항쟁', 48년 단독 선거와 단독 정부 수립을 반대하여 남로당 지도부가 배후 조종한 '2·7구국투쟁'과 4월의 '제주도 인민항쟁', 8월의 국군 일부 병력의 반란에서 비롯된 '여순 사건' 등으로 많은 인명이 희생되었고, 지리산·태백산 등지에 해방구를 설정한 좌익 게릴라 활동으로 남한 산간 지방은 준전시 상태를 방불케 했다. 극우파의 좌익 테러도 공포의 대상이었지만 극좌파의 우익 테러도 그에 못지않아 민중은 남한 정치 현실에 환멸을 느껴 민심이 극도로 흉흉했다. 48년 5월 10일 국회의원 총선거를 거쳐 국회는 초대 의장에 이승만을 선출, 원내 선거를 통해 이승만이 대통령에 취임했다. 8월 15일 대한민국 정부 수립이 선포되었다. 47년 친일 잔재 청산을 위해 과도 입법의회는 '민족 반역자·부일 협력자·전범·간상배에 대한 특별법'을 제정한 바 있으나 미군정이 친일분자를 동맹 세력으로 인정하고 있었기에 이를 거부했다. 정부 수립 후 제헌국회가 '반민족행위자 처벌법'을 마련하고 49년 1월부터 체포를 시작했으나 6월 이승만은 경찰력을 동원 '반민족행위 특별조사위원회' 사무소를 급습, 이를 강제 해산시키고 정권 안정을 위해 행정·사법·군에 친일 인사를 대거 등용했고, 특히 경찰 고위 간부는 일제 때 민족운동가를 탄압했던 주구들 다수를 요직에 앉힘으로써 건국 초기의 민족 정통성을 상실했다. 48년 3월 7일 신한공사 후신인 중앙토지행정처는 일본인 공유 및 사유 재산 33만여 건 중 광산·제철소·기계 공장은 공영으로, 귀속 재산은 일반 공매를 통해 대부분 일본인 소유자 연고권자나 친일 세력에 헐값으로 공매하여 그들의 사회적 기반을 안정시켜주었다. 남한의 토지 개혁은 기득권자와 지주 세력의 방해로 지지부진하던 끝에 전쟁 났던 해인 50년 4월에야 유상 몰수 유상 분배 형식으로 일단락 지었다. 경제 개발 측면에서도 일본 자본이 물러감에 따라 공장들이 속속 폐업, 공장 43퍼센트와 노동자 60퍼센트가 줄었다. 해외에 강제 징용되었던 노동자의 대거 귀국으로 실업자가 급속히 늘어나 2백만 명 노동자 중 절반이 실업 상태였다. 반봉건 지주소작제가 잔존함으로써 70퍼센트 이상 농민이 기아선상에 헤매게 되었다. 악덕 지주와 상인이 쌀을 매점매석하자 쌀값이 폭등했는데 46년 9월 쌀 다섯 되가 6백 원으로 폭등, 미군정청은 농민의 쌀을 강제로 수탈했고 사과와 채소를 먹으라는 엉뚱한 담화를 발표했다. 배급제를 통해 진정 기미를 보이던 쌀값이 48년 6월 다섯 되에 950원, 49년 7월 가뭄으로 1,280원까지 폭등했다. 50년 1월에 2천 원까지 비등하자 정부미 방출로 윗불을 껐다. 군사력의 강화도 없이 북침 무력 통일을 주장한 이승만은 50년 5월 30일 제2대 국회의원 선거에서 의석 210석 중 지지 세력을 30여 석밖에 얻지 못하는 참패를 당했다.

해방군으로서 북조선에 들어온 소련군은 10월 3일 인민정부를 발족시키고 각 지방 인민위원회를 통해 실질적 행정을 조선인에게 이양했다. 북조선은 45년 10월 13일 김일성 주도로 조선공산당 북조선분국을 설치하고 친일파, 민족 반역자, 반역분자들을 숙청하고 민주건설사업 전개를 시작했다. 12월 17일 제3차 확대집행위원회에서 김일성을 북조선 임시 인민위원회 위원장으로 선출했다. 46년 3월 5일 북조선 토지 개혁 법령을 발표, 전국 토지와 임야를 무상 몰수 무상 분배하며 공출제를 폐지, 수확의 25퍼센트를 현물세로 거두었다. 46년 6월 6일 공산주의 건설의 후비대로 조선소년단 창설, 47년 말에 단원 수가 이미 25만 7천 명을 넘어섰다. 46년 6월 20일 보안간부학교를 창설하여 정규 인민군 창설의 모태가 되었다. 6월 24일에 여덟 시간 노동제로 하는 노동법 제정 실시, 7월 30일 남녀평등권 법령 공포, 11월 3일 도·시·군 인민위원회 선거를 실시했다. 46년 11월 25일 북조선 임시인민위원회 제3차 확대위원회에서는 건국 총동원 운동 제시, 마르크스-레닌주의에 입각한 사회주의 대중 운동을 전개하기 시작했다. 47년 2월 29일 김일성에 의한 인민 경제 발전에 관한 보고서 채택, 48년 2월 8일 인민군 창군, 9월 7일 소련 군대 완전 철수, 9월 9일 조선인민공화국 수립 선포 등, 일사불란하게 새국가 건설에 매진했다. 그 결과 일제 말기인 44년과 비교 46년에 이미 공업 생산력이 20퍼센트 향상, 경제력이 급성장했다. 김일성은 49년 3월 소련과 경제·문화 협정, 중국 공산군과 비밀 협정으로 동맹국 지지 기반을 다지는 한편, 조국통일의 결정적 시기를 대비하여 49년 6월 25일 '혁명의 주력군인 노동 계급과 농민동맹을 중심으로 조국통일 위업을 실현하기 위한 적극 투쟁'을 목표로 거국적인 '조국통일 민주주의 전선'을 결성했다. '남조선 혁명은 미제국주의 침략자들을 반대하는 민족 해방 혁명인 동시에 미제의 앞잡이들인 지주, 매판 자본가, 반동 관료배들과 그들의 파쇼 통치를 반대하는 인민민주주의 혁명이다. 남조선은 정치·경제·군사·문화 등 모든 분야에서 미제에 철저히 예속되어 있는 미제의 완전한 식민지이다'며 도탄에 헤매는 남조선 인민의 구출에는 '반제국민족통일전선'에 망라시켜 민족 해방 투쟁에 인입해야 하며, 가장 빠른 결정적

투쟁 형태는 무력 투쟁이라고 주장했다. 미제 압제 밑에 굶주리며 노예 상태로 신음하는 남조선 동포를 해방시켜야 한다는 당 정치 노선의 선전 선동 아래 북조선 전역은 조국통일 열기가 확산되었고, 50년 6월 25일 새벽 인민군은 38선 전역에서 무력 침공을 감행했다.

6·25전쟁이 민족통일을 달성하지 못한 채 휴전으로 매듭지어진 후 전쟁 실패의 책임을 물어 김일성은 남로당 간부를 대량 숙청하고 연안파와 소련파를 종파분자로 몰아 제거함으로써 1인 독재 체제를 구축하고, 중·소 간의 대립 분쟁에서 살아남기 위한 전략으로 62년부터 마르크스-레닌주의에서 변질된 김일성 주체사상을 새로운 사상 무장으로 들고 나왔다…… 그러나 내가 쓸 논문은 전쟁 후 북한의 1인 장기 집권 체제의 권력 구조나 통제 사회에서의 인민들 실상이 아닌, 해방공간에 인민 박광수가 체험한 청년기 추적에 있었다.

작은할아버지가 남긴 수첩의 이력서를 토대로 내가 임의로 정리한 작은할아버지 이력은 다음과 같다.

박광수(1924~1983). 본적, 평안남도 개천군 개천읍 241. 향읍에서 대장간을 운영하던 박불출의 2남 1녀 중 막내아들로 출생. 개천서보통학교, 오산고등보통학교 졸업. 해방 전 1944년 20세에 향읍 개천서보통학교 교사로 부임. 그해 결혼. 자녀 1남 2녀를 둠. 북조선인민공화국 정권 수립 후 조선노동당 당원 가입, 개천군 세포위원이 됨. 48년 인민학교 교사직에서 개천군당 선전대로 소환되어 복무. 50년 6월 25일 전쟁 발발하자 7월 중순 전선 문예선전대 연예대원에 편입되어 참전. 인민군 6사단 사단 직속 문예선전대 연예대원으로 복무. 9월 경남 창녕 지구 전투에서 패퇴, 대원들과 함께 후방부 덕유산 입산. 지리산으로 이동, 이현상의 남부군단에 편입. 남부군단 유격 투쟁이 소기의 목적을 달성하지 못하자 51년 8월, 녹음기에 부대원 일부와 함께 덕유산 노령산맥, 태백산맥을 거쳐 전선을 뚫고 북으로 귀환. 평남 개천군 철광사업소 사무원으로 복무중 휴전을 맞자, 개천서인민학교 교사로 복직. 60년 4월, 남한에 4·19학생혁명이 발발해 통일 열기가 고조되자 평양 소재 대남사업 지도부에 소환되어 6개월 교육을 필한 후 61년 2월 남파, 충남 서산군 해안에 상륙. 북한의 지령에 따라 경기도 용인군 수지면 중손골에 살던 형 박도수와 접선. 남한 정세 분석, 주한 미군 동향을 탐지하며 3개월간 본격 지하 활동. (접선한 남한의 고정 간첩은 알 수 없음.) 아지트는 형이 운영하던 폐지 집하장을 이용. 61년 5월, 군사 쿠데타 발발. 북의 지령에 따라 지하 활동을 중단하고 중손골 형 집에 잠복. 그해 10월, 실화로 폐지 더미가 소실될 때 3도 화상을 입고 수지면 면사무소 소재 민간 병원에서 응급조치중 도민증 위조로 신원이 밝혀짐. 남파 간첩으로 체포되어 군사혁명재판소에서 선고 20년을 받고 대전교도소에 복역 시작. 불고지죄로 형 박도수 2년 6월 선고받음. 박광수는 81년이 형 만기였으나 사회안전법 적용으로 계속 수감. 안양교도소 수감중 위장암 말기로 판명되어 82년 9월 전향서를 쓰고 출감. 형이 사는 수지면 중손골에서 투병중 83년 8월 사망. 당시 59세.

작은할아버지의 이력 중 내가 논문에서 집중적으로 다룰 부분을 다음과 같이 결정했다. 박광수의 출신 성분 및 가족 관계. 해방공간(45년 8월 ~50년 6월)의 북한 정책 수행 과정 및 북한 사회상. 전쟁 직전 북한 주민의 대남조선관. 박광수의 군당 선전대 복무 이력. 북한의 '남조선 해방

전쟁' 준비 과정과 인민군 전선 문예선전대 소속 연예대 위상. 60년 남한 학생혁명 당시 남한의 통일 열기와 북한의 남한 정세 분석. 군사정권 대두 이후 남한 정부의 대북 정책. 반공법 위반에 따른 장기수들의 옥중 생활 체험. 박광수의 전향 동기와 심정적 배경. 월남한 가족의 박광수에 대한 의견 등이었다. A4 용지 서른댓 장 분량으로써는 얼개 짜기가 복잡했으나 어쨌든 작은할아버지를 축으로 하여 엮어보기로 했다.

그동안 내가 작은할아버지의 일화를 채록하기 위해 증언을 녹음하여 이를 공책에 정리해둔 내용은 다음과 같다.

박종호(59세. 필자 백부. 박광수 장조카) : (큰아버지가 경영하는 편의점 간이 의자에서 면담 내용을 녹음기로 채록.) 네가 통닭 사들고 날 찾아온 이유를 이제야 알겠군. 그 양반이라면 하고 싶은 말이 없어. 아무 실속 없는 평화 통일이니, 남북 협상이니, 북괴군 배나 채워주는 북한 퍼주기니, 그런 것에 혈기 올리는 정치꾼이나 통일운동꾼들은 정나미가 떨어져. 너들은 전쟁을 안 겪어봐서 모를 거야. 사람 때려잡는 예전 서청이니 반청(반공청년단) 하던 짓도 끔찍하지만 좌 쪽에서 날뛰던 놈들, 골수 빨갱이들 말야, 그 놈들도 인간이기를 포기한 개백정이지. 그 양반(박광수) 얘긴 제쳐두고, 내가 일으킨 실화 사건 경위나 들려줄게. 난 그 양반이 간첩으로 내려와 뒷간 뒤 폐지 야적장에 숨어 있는 줄은 감쪽같이 몰랐지. 엄마한테 몇 푼 돈을 얻고선 뒷간 뒤에서 오줌 갈기다 아버지를 욕질하며, 더러운 놈의 집구석 다시 찾아오나 봐라며 짓씹던 담배를 가래 뱉듯 뱉어버리고 중손골로 내려왔지. 중손골에서 면사무소가 10리 정도, 수원 나가는 버스가 떨어졌을 시간이라 거기 여인숙에서 눈 붙이기로 하구 반 마장쯤 걸었을까. 갑자기 뒤쪽이 환해져 돌아보니 불길이 치솟더군. 집에 불이 났음을 알았으나 내가 낸 불인 줄은 까맣게 몰랐고 취중이라, 씨그리 다 태워버리리고 욕질하며 돌아가볼 생각은 않고 내처 걸었지. 당시 나는 사춘기를 막 넘긴 혈기방장한 나이요, 세상에 대한 증오심으로 똘똘 뭉쳐 있었으니깐. 넝마주이에 양아치 출신이라 깡패 길로 풀린 게 어쩜 당연했지. 면소에서 잠자기를 포기하구 내처 수원까지 걸었어. 면소에서 수원이래야 시오리라, 통금 앞둬 시외버스 정류장 부근 숙박업소에서 자구 이튿날 아침 버스편에 서울로 올라왔어. 그후 내가 사고를 쳐 수원교도소에 갇혀 있을 때야 엄마가 면회 와서 실화죄로 아버지가 잡혀 들어갔다 하데. 말이야 바른 말이지, 집에 불이 잘났어. 만약 그 양반이 그때 잡혀가지 않았담 틀림없이 아버지를 대동코 월북했을 거야. 아버지가 저쪽 초대소에서 교육받고 다시 남한에 내려올는지 북한에 붙박아 살았을는지 모르지만, 그렇게 됐담 우리 집안은 아주 망하고 말았을 게 아냐? 따지고 보면 다 팔자 소관이지만, 그때 생각하면 등골이 오싹해. 난 집안에 그런저런 엄청난 사건이 터진 줄도 모른 채 옥살이를 했지. 내가 수원교도소서 수감 생활할 때 엄마가 너덧 번 면회 왔으나 그 양반에 대한 말씀은 없으셨구. 감옥살이를 이태쯤 한 후에 희옥이와 종건이가 면회 와 엄마 별세 소식이며, 아버지가 교도소에 있는데 머잖아 형 만기로 석방될 거라더군. 그때까지만도 실화범에게 2년 넘는 중형을 내렸다는 게 이상하게 여겨져. 수양 실컷 하고 여섯 해 만에 석방되어 중손골로 들어와서야 그 양반이 감옥 생활하는 줄을 알았구, 그동안 이런저런 집안 사정을 알게 됐어. 80 몇 년돈가, 그 양반이 석방됐는데, 집으로 돌아온 몰골이 말이 아니더군. 화상 입은 상판도 그렇지만, 어쨌든 그 양반과 눈만마주쳐도 섬뜩해서 그 양반이 방에라도 들어오면 난 자리를 피했어. 사상이란 게 사람을 미치광이로 만든다는 것쯤 대학원까지 다닌 너도 책에서 읽었을 테지. 겉으로 표나는 광인이 아닌, 정신이 외곬으로 미쳐 있어 자기와 반대쪽은 모두 속임수라며 무조건 돌아앉아버리는 벽창호들 말야. 그 양반 역시 그런 데 미친 사람이라 도무지 정이 안 가. 입을 굳게 다물고, 사람만 보면 실없이 웃는 게 가식 같았거던. 어느 날, 폐지 하치장 사무실에 들어가니 무슨 얘기 끝인가, "저쪽도 집집마다 가정 이뤄 사람이 사는 뎁니다. 여기 부자만큼은 못살겠으나 사는 형편이 모두 평등하구, 이웃이나 사회에 거짓말이 일절 통하지 않으니 정직하구. 따뜻한 가정 이뤄 열심히 살구 있어요. 형님도 아시겠지만 행복의 조건은 물질의 풍요에만 있지는 않습니다……." 저승에서 막 나온 듯 껄쭉 목소리로 대충 이런 말을 하더군. 가져다 붙이면 말 안 되는 말 어딨어? 내가 쏘아줬지. "쓰레기 뒤지며 사는 우리 신세나 피장파장이겠군요. 그러나 자유 없이 매인 몸인 공산 세상이 어디 사람 살 데야요? 작은아버지가 그렇게 말한다면 짐승들도 제 새끼 보듬고 열심히 살지요." 내 말에 그 양반은 대답이 없어. 그 양반 말이 그렇다면 거기 살지 왜 내려왔으며, 떼밀려 내려왔다면 잡히든 말든 혼자 혁명 과업이나 수행할 일이지 왜 우리 집을 찾아왔으며, 그 바람에 엄마 죽고 아버진……(큰아버지는 지긋지긋한 얘긴 더 하기 싫다며 소주 한 잔을 마시곤 내가 사간 버터치킨 다리 살을 뜯더니, 왜 그 양반에 관해 그토록 알고 싶냐고 물었다. 나는 석사 논문 쓰는 데 참고 자료로 필요하다고 말한 뒤, 북한 개천읍에 살던 시절, 보았던 대로 작은할아버지에 대해 말씀해달라고 간청했다.) 전쟁 전 내가 몇 살이었나, 하여간 나이 어렸을 때라 그 시절을 떠올리면 자주 헷갈려. 그 양반 밑으로 서너 살 되는 애 둘에, 전쟁 나던 해 아주머니는 셋째 애를 배고 있었지. 손풍금? 아코디언 말이냐? 맞아. 그 양반이 그 연주를 잘했어. 우리는 위채 건넌방, 그 양반 식구는 아래채에 살았는데 반공일이나 공일이면 코흘리개 애들 마당에 모아놓구 새나라 소년동무들 어쩌고 하며 깍듯이 예 붙여 아코디언 씨루며 항일혁명가며 그런 노래를 가르치곤 했어. 아코디언 솜씨는 읍내에서도 소문이 났으니깐. 그래서 군당 소속 선전댄가 거기에 뽑혀 선생질도 그만뒀지. 전쟁 나기 전 곡예를 하던 예술단, 위문단은 탄광, 집채 농장, 학교, 진료소, 각종 탁아소를 순회하며 공연도 하곤 했으니깐. 기억이 까마득하군. 전쟁 나던 해 내가 인민학교 1학년이었으니······. 하여간 그 양반은 골수 공산분자로 공산당 당원이 됐으니깐. 아버지 말씀으론 세포위원으로 당원 학습에도 열성분자였대. 아코디언만 안 켰어두 김일성대학에 입학했을 거야. 아직까지 살았다면 전향 공작 이겨내고 교도소에서 눌러 있다 작년에 장기수 북송할 때 북으로 갔을 테구. 그쯤 해둬. 더 할 말도 없구. (작은할아버지 일화는 더 말씀 안 하시겠다기에, 50년 12월, 개천에서 피난 나온 과정으로 화제를 돌렸다.) 아버지가 노무자로 먼저 떠나고 사나흘 된가 엄마와 우리 4형제가 피난길에 나섰지. 빠르면 열흘, 늦어도 한 달이면 개천으로 다시 돌아갈 줄 알았어. 하여간 날짜는 정확히 모르지만 엄청 추운 12월 초순이었지. 북쪽에서 내려오는 피난민 무리가 눈보라 가르며 가재도구 이고 지고 남으로 쫓겨가는데, 미군 폭격은 정말 대단하더군. 비행기에서 내려다보면 우리가 인민군이 아니요 여자와 어린애들이 많은 줄 알 텐데두 마구잡이로 폭탄을 퍼붓구 기총소사를 해대더군. 이북 종자는 깡그리 몰살하겠다는 듯 말야. 순천을 거쳐오며 그 폭격통에 많이들 죽었지. 엄마는 개천에 남은 할아버지 할머니 걱정이 태산 같았구. 평양까지 내려오자 대동강 다리가 끊겨 강을 건널 수 없다는 거야. 진남포로 빠지면 배편을 이용할 수 있다 해서 피난민들이 그쪽으로 길을 틀었어. 부두는 피난민들이 개미떼처럼 몰려 있더구먼. 국방군들이 선주들을 위협해 배를 징발했는데, 신분이 확실한 자부터 먼저 태우구 우린 사흘을 대기하다 까다로운 신분 조사와 짐 검사를 거쳐 겨우 배를 탔지. 미곡 실어 나르는 중선이었는데 3, 4백 명이 콩나물처럼 찡겨 앉아 쫄쫄 굶으며 사흘 만에 인천에 도착하자 피난민 수용소에 옮겨졌어. 엄마 젖이 말라버려 막내 종욱이는 그때 이미 영양실조로 피골이 상접했지. 감기가 폐렴이 되어 수용소에서 결국 죽었지만, 그게 영양 결핍에서 온 거야. 피난민 수용소마다 뒤지던 아버지를 만난 게……, 보자, 아마 52년 4월이었지. 당시 인천엔 스무 개 넘는 피난민 수용소가 있었구, 나중에 들은 말이지만 인천 각 피난민 수용소에 수용된 월남 피난민 수만도 20만 명이 넘었다더군. 그 시절 고생이야 말한들 네가 이해나 하겠어? 배 부르구 등 따숩게 자란 너희들은 그때 사정을 몰라. (이어, 큰아버지는 말을 바꾸어 할아버지를 흉보았다. 북한 동포가 굶주린다는 소식이 알려진 뒤, 몇 해 전부터 '북한 동포에게 쌀 보내기' 헌금으로 매월 50만 원, '탈북 어린이 돕기'에 20만 원씩 헌금하는 외, 본인은 천 원 한 장 섣불리 쓰지 않는 꼼쟁이로, 지닌 돈이 적게 잡아도 7, 8억은 될 텐데 그 연세에 불끈 쥐고 있다는 게 이치에 맞느냐며 할아버지를 두고 분개했다. 폐지 집하장이 아파트 단지로 수용되자 보상금으로 받은 돈을 두고 하는 말이었다. 준식 형이 잘나가는 벤처 기업 젊은 이사로 출세했고 큰아버지는 편의점 점장이신데 이제 돈 쓰실 데가 어디 있어요 하고 내가 묻자, 말이 그렇다는 말이지, 하고 꽁무니를 뺀다. 편의점에서 아르바이트하는 학생이 와서 대담이 중단되다.)

박종건(54세. 필자 부친. 박광수 조카):청계천 복개 공사가 시작되어 폐지 집하장이 철거되자 청계천 6가에서 용인군 수지면으로 이사온 지 두 해 넘겨, 4·19 났던 이듬해야. 아마 2월 초순이지. 날씨가 몹시 춥던 초저녁이었어. 어머니가 몸살로 누워 누나가 차려준 저녁밥 먹고 난 건넌방에서 등잔 밝혀놓고 공부하고 있었지. 난 당시 중학교 1학년이었어. 복날 일꾼들 보신용으로 잡으려 집에 개를 여러 마리 길렀는데 개 짖는 소리가 들리더군. 누나가 무섭다며 나보구 바깥에 나가보라 해. 언덕바지에 허술하게 철조망이나 둘렀을까 대문조차 없던 외떨어진 집이라 입구 쪽을 살펴봤지. 당시 우리 집엔 전기가 들어오지 않았으니깐. 어둠 속에 휴지와 지푸라기만 바람에 쓸리는데 사람 기척이 없구 개만 짖잖겠어. 아랫동네(중손골)에 살며 아버지 일을 돕던 일꾼이 몇 있었으나 퇴근한 후였어. 내가 누구냐고 사람을 찾았지. 허름한 외투 입구 개털모자 쓴 웬 어른이 잎 지운 오동나무 뒤에 섰다 모습을 나타내더니, 아버지 계시냐고 묻데. 누구시냐고 내가 되묻자, 평안도서 피난 나왔는데 도수 형님을 잘 안다고 말해. 듣구 보니 억양이 고향 쪽 맞아. 아버지는 판교로 나갔는데 곧 오실 테니 집에서 기다리시라고 말했어. 판교에 폐지 중간 하치장이 있었고, 뒤채에 살던 곽씨 아저씨와 아버지가 거기에 임시로 모아둔 폐지를 하루 몇 차례씩 날라오곤 했으니깐. 운전대에 소형 발동기를 부착하고 뒤에 달구지만 한 철제 적재함을 단, 요즘으로 치자면 경운기야. 철공소에서 조립해 그걸로 폐지를 실어 날랐으니깐. 엄마, 손님 오셨어요 하고 내가 안방 문을 열자, 어머니가 자리에서 부스스 일어나시데. 마당 어둠 속에 선 남자가 개털모자를 벗으며 쭈뼛거리더니, 형수님, 저…… 광숩네다 하고 말해. 그 말에 어머니가 얼마나 놀랐던지, 도련님이라구요 하며 말을 더듬더니 앉은자리에서 쓰러졌어. 그때까지만 해두 나는 그분이 북에서 내려온 작은아버진 줄 몰랐지. 아버지가 귀가한 건 잠시 후였어. 누나와 내가 쓰던 건넌방으로 와서 아버지가 하시는 말씀이, 조금 전에 온 고향 사람에 대해 어느 누구한테도 발설 말라고 단단히 주의를 주더군. 형이 집에 들러두 그 말을 해선 안 된다구 당부하셨어. 당시 형은 청계천 오간수다리 주변에서 양아치들과 쪽방 얻어 합숙하다 심심하면 집에 나타나, 아버진 손톱두 안 들어가는 분이라 어머니를 졸라 용돈을 뜯어가곤 했으니깐. (질문:작은할아버지가 북에서 남파된 간첩인 줄 알았다면 할아버진 관계 당국에 신고할 마음이 없었는지요?) 북에서 온 작은아버지를 보자 왜 아버진들 심적 갈등을 겪잖았겠니. 나라 법에 위배되는 줄은 알지만 말이 쉽지 한 형제를 어떻게 고발해. 작은아버지가 자진해 자수하겠다면 몰라두. 북에 있는 가족이 남한에 피난 온 연줄을 대어 간첩으로 내려온 경우, 이를 경찰에 밀고 또는 고발한 경우는 거의 없었을 게다. 우리 동포는 어느 민족보다 혈연의식, 가족 개념이 유별나잖니. 타의에 의해 사상이 다른 체제에 살게 된 게 죄지, 혈육을 밀고한다는 건 사람 탈을 쓰구 할 짓이 아냐. 비록 국법을 어기는 범죄 행위라 할지라두. 북에서두 그 점을 고려해 연줄 있는 자를 내려보냈을 테구. 작은아버지가 별세해 뒷산에 장례 지낸 날 저녁, 아버진 술에 흠뻑 취해선 울며 하시는 말씀이, 내가 이태 반을 감옥 살았어두 후회하진 않는다. 고향에 부모님 살아 계시구 오매불망 내 가족 돌아오기만 기다린다는 소식 전해준 것만두 어딘데, 차마 내 손으로 걔를 어떻게 수갑 채우겠어 하시데……. (저녁밥 먹은 후, 채록 내용.) 화재 사건은 부엌의 불티가 날아가 옮겨 붙은 실화로 처리됐지만 우리 식구는 누가 실화범인지 알고 있었지. 군사정부가 들어서구 반공법이 공포되자 중앙정보부가 처음 생겨 혁신계 인사와 좌익 성향자 색출이 강화되구 통 · 반장이 가족 수를 파악한다며 우리 집을 들락거리며 일꾼들까지 신원 조회를 하자 작은아버지는 신변에 불안을 느껴 아예 폐지 더미 속에 잠자리를 마련하고 있었지. 그러니 내 생각으론 작은아아버지가 2월 초순에 남파되었고, 5월에 군사 쿠데타가 났으니 북쪽 지령이 어땠는지 모르지만 어디 활동인들 제대로 했겠어? 손발이 묶인 셈이 됐으니…… 제지소로 보내기 전 폐지를 마대자루에 담거나 궤짝 크기의 각진 덩이로 만드는데, 집채만 한 더미 속에 굴을 파듯 판자로 지붕이며 벽을 세워 방을 만들면 그 안이 생각보다 따뜻해. 작은아버진 거길 아지트 삼은 게야. 불길에 뛰어든 아버지가 연기에 질식해 까무러친 작은아버지를 업고 수지면 소재 민간 병원으로 10리 길을 뛰었지. (질문:병원에 입원한다면 작은할아버지 신분이 밝혀질 텐데 거기에 대한 대비책은 있었는지요?) 아버지 생각으론 작은아버지를 우선 살려놓구 봐야겠다는 마음이 더 앞섰겠지. 화급한 마음에 의사가 만약 신원을 대라면 폐지 집하장에서 일하는 일꾼이라고 둘러대려 했거나. 졸도했던 작은아버지는 하루 만에 깨어났으나 숨길만 붙었을 뿐 호스로 음식물을 공급해야 할 만큼 화기로 목구멍이 상했고 얼굴과 손발은 온통 붕대에 감겨 있었으니 병원에서 빼낼 수가 있어야지. 이튿날, 소방관과 경찰이 들이닥쳐 화재 원인을 캐고 인명 피해와 재산 피해를 파악하던 중 일꾼 하나가, 주인어른이 불더미에서 사람을 구해내 업고 갔다는 말을 흘려 작은아버지가 병원에 입원한 사실이 들통난 게지. 그제야 아버지가 아뿔싸 했으나 이미 때가 늦었어. 작은아버지의 위조된 도민증이 드러난 게야. 박 정권이 들어선 초기라 당시 시국이 얼마나 살벌했는지 알아? 전국 깡패 소탕령이 내려져 잡아들이는 족족 국토개발사업장에 보내구, 호구조사가 철저했으니…… 수원경찰서에서 정보부로 옮겨가며 심문받을 동안 아버지두 고문을 혹독히 당하셨나봐. 그런 말씀이야 없었지만, 이날 이때까지 날 궂으면 온몸 뼈마디가 쑤신다며 일도 제대로 못하구 자리에 누우니 그게 다 그때 당한 고문 탓이야. 폐지 대부분과 판잣집마저 불에 타서 이를 복구하는 데 사돈양반 곽씨 아저씨가 아버지 대신 고생깨나 하셨지. 그후에도 작은 화재가 두 번 더 있었어. (사흘 후, 채록 내용.) …… 아버지도 이태 반을 옥살이하구 나온 이후로는 작은아버지 면회를 가지 않구, 작은아버지에 대해선 일언반구 말이 없으셨지. 아버지가 옥에 계실 동안 폐지 집하장은 곽씨 아저씨가 맡아보셨구 너를 낳고 내가 남대문시장으로 분가한 후니, 세월이 한참 흐른 후에야 아버지가 면회 날짜에 맞춰 작은아버지 면회를 다닌다는 말을 곽씨 아저씨한테 들었어. 광주 사건이 있은 후니 82년이던가, 작은아버지가 중병에 걸려 안양교도소에서 석방되어 중손골에 들어왔다는 아버지 전화를 받구, 내가 뵈러 갔지. 스물한 해 만에 작은아버지를 처음 보게 되는 셈이라, 예전 기억이 가물가물할 수밖에. 작은아버지를 보자 난 깜짝 놀랐어. 예전 모습은 간데없었구 얼마나 깡마르셨는지…… 화상으로 얼굴이 뒤틀리구 울긋불긋한 데다 위장병 악화로 해골이 다 되셨더구먼. 나를 보더니 바람 소리 나는 쉰 목소리로. 네가 종건인가 하며 미소만 띠시더군. 그동안 고생 많으셨구 면회도 못 가 죄송하다고 말하자, 그 안에서 마음만은 편안했다며……, 당신이 얼마 못 살 거란 걸 이미 아시는 눈치였어. 그후 종종 중손골로 들어가 뵈면 얼굴은 그렇게 찌그러졌어도 양처럼 순박했던 인상이 지금도 눈에 선해.

박희옥(57세. 필자 고모. 박광수 조카딸):내 나이 여섯 살에 전쟁 났으니 개천 기억은 가물가물해. 학교 입학하기 전이었지. 아코디언? 작은아버지가 아코디언을 잘 탔다는데, 내겐 그런 기억이 희미해. 개천 살 때 집에서도 아코디언을 쿵작쿵작 연주했을 텐데 긴가민가하구나. 참, 징병되어 떠나는 장정동무들 역에서 환송 대회 열던 게 생각나는군. 떠나는 장정들 역

마당에 세워놓구 가족들이 보는 앞에서 악대가 신바람 나게 환송 연주를 해줬어. 전쟁 나던 해 초봄부터지 아마. 새파란 젊은 애들이 많이 징집됐구, 이남에서 쳐들어올 거란 말은 돌았지만 이듬해 전쟁 날 줄은 다들 몰랐다더군. 한 달에 한 번꼴로 환송 대회가 있었는데, 장정들이 기차에 올라 차 떠나기 전 승강장에서도 악대 연주를 해줬구. 그렇고 그런 북쪽 노래 있잖냐. 장정들은 고래고래 혁명가며 군가를 불러제꼈을 테구. 이제야 그런 말 해도 되겠지만, 어린 내 눈엔 참 씩씩해 보였어. 작은아버지두 아코디언 주자로 악단에 섞여 있었겠지. 그런데 기억은 안 나. 그 당시 작은아버지 얼굴두 기억 안 나구. 중손골에서 작은아버지를 처음 뵌 게 열일곱 살 때였어. 그때 봤을 때 개천 살 때 기억이 안 나니 처음 보는 사람일 수밖에. 그 쩍만 해두 작은아버진 남자답게 잘생긴 얼굴이었어. 이듬해 늦가을, 집에 불이 날 때까지 그분 뵌 적이 별로 없어. 그저 아버지 고향 부근 사람인 줄만 알았지 작은아버진 줄은 꿈에도 짐작 못했구. 식사도 식구와 함께 하잖았으니깐 아버지 일과 관계있는 분으로만 알았지. 60년대 초만 해도 많은 사람이 집에 들락거렸으니깐. 대체로 맨몸으로 내려온 이북 출신들이었지. 간혹 생각나, 그분 어디 가셨어요 하고 내가 엄마한테 물으면, 숙소가 일정치 않아 왔다 갔다 하니 엄마두 잘 모른다 하데. 화재 사건으로 그분과 아버지가 경찰서에 잡혀 들어가자 비로소 엄마가 말했어. 그분이 북에서 내려온 작은아버지라구. (질문:고모님도 작은할아버지가 폐지 더미 속에 아지트 만들어 사신 줄 아실 텐데, 왜 불고지죄로 재판받지 않으셨어요?) 애야, 당시 집안이 풍비박산된 것, 말도 마. 엄마는 물론이구, 나까지 수원경찰서로 달려가 이틀 동안 취조받았지. 그런데 우리 아버지라 하는 말이 아니라, 아버진 정말 강단 있는 분이셔. 끝까지 당신이 모든 책임을 뒤집어썼으니깐. 말이 났으니 하는 말인데 그 당시, 나중에 오빠 장인 된 곽씨 아저씨두 작은아버지를 아버지가 폐지 속에 숨겨둔 걸 아셨대. 그러나 아버지는 끝까지 곽씨 아저씨를 끌어들이지 않아 무사했지. (차를 마시고 요즘 집안 애기를 하던 끝에, 작은할아버지 얘기를 계속함.) 63년, 아버지 출감을 다섯 달 남겨두구 엄마가 고혈압으로 쓰러져 열흘 만에 운명하셨으니 난 엄마 대신 집안 살림을 맡았지. 집안 살림만 살아? 나중에 올케가 된 봉자 언니와 내가 여섯이나 되는 일꾼들 점심이며 새참까지 해댔으니깐. 아버지가 출감하자, 폐지 더미 속에 묻혀 사는 게 얼마나 싫었던지 아닌 말로 난 아버지가 예수 착실히 믿는 새엄마라도 빨리 얻길 바랐다. 그렇게 되면 집 떠나 어디 공단이든 안 되면 버스 차장으로라도 취직할 수 있었잖니. 70년대 말까진 버스에 승객 돈 받는 차장을 둬 여자애들은 쉽게 일자리를 얻었어. 그런데 아버지 황소고집은 알아줘야지. 이북서 처자식 두고 내려와 독신으로 사는 친구도 많은데, 빗발치듯 한 포탄 사이 가르고 피난 나와 고생만 하다 죽은 네 엄마가 눈에 밟혀 내가 어찌 새장가 가냐며 나를 부엌데기로만 부려먹었으니…… 아닌 말로 아버지가 폐지 팔아 돈을 제법 모으자, 뺑덕어미 같은 새엄마 만나 춤지 돈 뜯길까봐 그 걱정도 했을 게야. 오빠가 교도소서 개과천선해 집으로 돌아온 게 여섯 해 만이던가 그랬지. 봉자 언니와 혼인해 언니가 전적으로 살림을 맡자 이듬해 안사돈 된 봉자 언니 엄마가 피난 나온 자기 고향 쪽 출신인 설씨 아들과 맞선 보게 해 나도 시집 갔지. 신랑이 서울 이태원에서 구제품 장사를 하고 있었기에 시집가자마자 해방촌에 쪽방 얻어 살림을 났어. 너두 알지? 할아버지 자식 결혼관쯤은. 남으로 내려온 자식 셋 상대가 모두 이북내기야. 오빠는 함남 영흥 출신 곽씨 아저씨와 사돈 맺구, 나는 예수 잘 믿던 설씨 집안에, 네 아버진 황해도

196

장전 출신인 이씨 둘째 딸을 골랐지. 연전에 돌아가신 네 외할아버지 사돈 어른은 우리가 청계천 살 때 이웃에서 장전집이란 국밥집 했어. 네 외가가 지금은 상가 건물을 두 채나 가진 알부자가 됐지만 당시엔 청계천 일대 품 팔이꾼들 단골 식당이었어. 네 아버진 공부만 잘했다면야 당시론 대학 갈 수도 있었는데, 자전거 통학으로 수원서 고등학교 나오자 집에 들어앉았 어. "광수도 그렇구, 전쟁 때 보니 배운 놈 치고 명대로 사는 놈 못 봤다"며 아비 일이나 도우라는 아버지 말에 순해빠진 네 아버진 고분고분 순종했 지. 연애도 할 줄 모르던 맹추라 곽씨 아저씨가 중매를 섰지. 그건 그렇구, 난 해방촌에서 신접살림 하다보니 중손골 친정집과는 뜸해질 수밖에. 줄줄 이 애두 낳구. 그래도 친정집에 무슨 일만 있다 하면 아버지가 끊임없이 불 러대 두 달이 멀다 하고 시외버스 타고 중손골에 들렀어, 너두 알지? 이북 출신들 죽자사자 제 가족 챙기는 거. 아버지가 외롭다보니 예나 지금이나 그렇게 식구 모으길 좋아했어. 내가 집칸 늘릴 때마다 돈도 보태줬으니 친 정 출입 자주 안 할 수도 없었구. 물론 작은아버지가 교도소에서 장기 복역 하고 있는 줄은 알고 있었지. 작은아버지가 출옥하고 명절이나 엄마 제삿 날에 중손골에 들르면, 예배 끝날 동안 늘 뒷전에 허리 접고 무척 피곤한 모습으로 앉아 가까스로 시간 때우는 모습을 봤어. 작은아버진 종교가 없 었으니 찬송가도 따라 부를 줄 몰랐구. 내가 아버지께 말했지. "저쪽 가족 은 작은아버지가 이렇게 된 줄도 모를걸요? 소련 유학쯤 간 줄로만 알겠죠 뭘. 북측은 여기 사정을 다 알면서두 집에는 통기해주지 않았을 테구. 우린 들 무슨 수로 알려줘요. 사실 따지고 보면 북쪽 작은아버지 집에서 여기 소 식을 접했대도 골수에 맺힐 한만 쌓일 테지요." 작은아버지두 그런저런 사 정을 다 아셨겠지만 통 말씀이 없던 분이셨어. 불쌍한 양반이었지. 날 보곤

장성한 애들 다 잘 있냐고 쉰 목소리로 안부도 묻구. 출옥하구 일년을 채
못 사셨으니, 그동안 중손골로 들어가 너댓 번 봤나.

곽성준(75세. 필자 사돈어른. 백부 장인):도수 형님 만난 게 58년인가, 그
쯤 되지. 채소 장사에, 헌옷 장사에, 엿장수에, 이 일 저 일 닥치는 대로 다
해봤으나 실패하고 동대문시장 길모퉁이에 드럼통 놓고 붕어빵 장사 하던
때였어. 하루는 저물녘에 도수 형님이 리어카에 폐지 실어 끌고 가다 점심
도 못 먹었다며 드럼통 앞에 리어카를 세우더만. 마침 손님이 없던 참에 붕
어빵 먹으며 내 말씨를 듣더니, 함경도 아바이 출신이구면 하데. 고향이 영
흥이라 했지. 전쟁 초기엔 그러잖았는데 국군이 밀고 들어올 즈음 사태가
급박해지자 좌든 우든 한쪽에 줄선 자는 마구잡이로 서로가 서로를 쳐죽이
니, 장정들은 살아남기 힘든 상황이라. 국방군이 철수하며 쉰 안쪽 장정들
은 모두 남쪽으로 떠나라 해서 난 일주일이면 다시 고향에 돌아갈 줄 알고
피난길에 나섰는데, 그 길이 입때까지 이남서 살게 될 줄이야. 우리 집은
단속산 아래라 논이 없고 밭농사를 지었는데 먹고 살기에는 별 부족함이
없었어. 옥수수와 감자를 길양식 삼아 한 자루 지구 혼자 덜렁 피난 내려오
다 길에서 만난 장정 예닐곱과 통천까지 왔는데, 치안대에 불심검문을 당
했어. 치안대원이 얼마나 무섭던지 다짜고짜 무지막지하게 패며 전쟁 나기
전 신분을 밝히라고 추궁하더군. 장정 둘이 고향 살 때 행적을 어물거리자,
빨갱이가 맞다며 그 자리서 총을 쏴버려. 셋은 더 조사해야겠다며 본대로
끌어가구. 난 어릴 적 소아마비로 다리 저는 병신이라 인민군에도 나가잖
았고 병신이라 그 살얼음판에서도 살아남았지. 새옹지마란 말대로 병신 덕
에 두 차례나 죽을 고비를 더 넘기구, 강릉까지 내려가서 피난민 수용소에
갇혀 있다, 강릉경찰서로부터 겨우 거주증이란 걸 받아 풀려났어. 전시라

어촌에선 일거리 구하기가 힘든 데다 내가 다리를 저니 그나마도 일이 없어 굶기가 다반사라, 휴전 앞두고 대처가 아무래도 나을 것 같아 무작정 서울로 나왔잖나. 처음은 동대문시장에서 지게질하다 다리를 저니 날쌘 자들한테 일거리를 뺏겨, 지게에 무 배추 싣고 골목길 다니며 채소 장사를 시작했지. 그런저런 기구한 사연을 형님한테 늘어놓자, 장가는 갔냐고 묻더군. 흥남서 미군 철선 타고 피난 나와 남의집살이 하던 여자를 만나 애를 둘 뒀다고 말하자, 미안하지만 내 앞에서 걸어보라 해서 형님 앞에 몇 발 걸었지. 보다시피 심하게 저는 처지는 아니었으니깐. 형님이 나를 찬찬히 보더니만 대뜸, 곽씨, 나와 일 같이 안 해보갔소? 하고 묻더구먼. 청계천 6가에서 폐지 수집소를 열고 있는데 식구 주식 문제는 해결해주겠다는 게야. 내가 병신인 줄 알면서도 말야. 청계천 개천 위 판잣집에 쪽방 한 칸 월세로 살던 처지에 웬 횡재냐 싶어 눈이 확 뜨이더구먼. 부엌이 있나, 변소가 있나, 겨울에도 냉돌 바닥에서 잠자는 처지 아니었나 말이다. 그날 저녁에 전 걷고 형님 따라 폐지 수집소로 가봤지. 언덕처럼 폐지를 잔뜩 쌓아뒀는데, 그 뒤로 루핑 지붕 올린 일자집이 있더구먼. 형님 식구에 뜨내기 일꾼 넷이 합숙 살림을 사는데, 다 평안도 따라지 출신이라. 그날 밤 그들과 어울려 돼지껍질 안주로 소주깨나 마셨지. 나흘 후 보따리 싸서 처자식 데리고 거기로 거처를 옮겼어. 그땐 형님은 넝마주이를 청산한 지 3년째구, 넝마주이들이 저녁이면 떼거리로 몰려와 폐지를 넘기고, 형님은 이를 일일이 저울에 달아선 셈을 쳐주더구먼. 형님 도와 거기서 일년을 함께 일하다 청계천 복개 공사가 시작되자, 나도 형님 따라 수서로 터를 옮겼어. 우린 여태 한 집안으로 이웃해 주일이면 같이 교회에 나가며 내 것 네 것 없이 지내왔잖는가. (질문:개천 출신으로 전쟁 전에 월남해 명동에서 서청 일 보았다던 황점술씨가 5·16 나고까지 중손골에 들러 할아버지한테 돈을 뜯어갔다던데, 그 이유가 뭡니까?) 황가놈? 그 찰거머린 형님보다 너덧 살 위였지. 인간 말짜야. 자유당 시절까진 깡패질하며 잘나갔나봐. 그러나 5·16 나곤 계집과도 헤어져 집도 절도 없는 낭인이 되었지. 그 치가 서청에 있다보니 월남했을 때 도수 형님한테 '서울 거주증'을 만들어줬나봐. 그 공을 내세워 돈을 뜯어갔겠지. 5·16 나곤 국토개발대로 끌려갔는지 후론 중손골에 나타나지 않았어. 진 죄가 많았으니 어디서든 비명횡사 안 당했는가 모르겠어. 그 치가 안 나타나자 형님이 앓는 이가 빠졌다며 시원타 했어. (질문:작은할아버지에 대해, 첫 만남부터 별세할 때까지 아는 대로 말씀해주십시오.) 형님한테 작은사돈을 처음 소개받았을 때, 말 그대로 북에서 피난 나온 사람인 줄 알았지 뭐. 그런데 우리 일 돕는 게 아니라, 형님 집에 기식은 하는 모양인데 처음 한동안은 밖으로만 나도니 얼굴을 볼 수 없어. 내가 이상하게 여겨 어느 날 중손교회 나가는 길에 형님께 물었지. 정씨 저 사람 뭐하는 사람이냐구. 그날 저녁 형님이 나를 따로 부르더니, 자넨 나와 사돈 간이지만 핏줄 같은 형제 사이 아닌가. 그러니 내가 말할 비밀을 무덤에 갈때까지 가져가겠느냐고 먼저 대못부터 박데. 1·4후퇴 때 피난 나와 붕어빵 장사로 입에 풀칠하던 우리 가족을 형님이 살려줬는데 내가 그 의리 못 지킬 게 뭐 있냐구 대들었지. 그러자 형님이 정씨에 대해 이실직고한 거야. 그분은 정씨가 아닌 박씨로, 형님 친동생이라구. 그러곤 말하데. 내가 광수한테 이 점 하나만은 못박았지. 너를 수사기관에 고발하지는 않을 테지만 너도 나를 북쪽 패로 끌어들일 생각은 말라구. 남한땅 내려와 사는 이상 그 짓 했다 들키면 감옥에서 영 나올 수 없구, 딸린 자식이 있으니 나는 북쪽 심부름할 마음이 절대 없으니깐. 만약 곽가 너한테도 광수가 그런 말 비치면 나처럼 아주 잡아떼. 형님 말을 듣자 내가 철저히 비밀을 지키기로 했구, 형님도 만약 무슨 사단이 생기면 절대 나를 끌어넣지 않겠다고 약속했구. 그 말 믿어야지 어쩌겠어. 작은사돈은 나보다 두 살 위였는데 학식이 있어선지 사람이 점잖구 예의가 발라 정이 가더구먼. 그분이 나를 고정 조식이나 세포로 끌어넣겠다는 식의 말을 한 적은 없어. 자기 때문에 남에게 피해를 주지 않겠다는 생각에선지…… 마음 여린 분이셨지. 나는 작은사돈이 어디로 돌아다니며 무슨 일을 하는지 알려고도 안 했구. 일꾼들 퇴근하고 사무실에서 형님과 그분과 함께 자리 같이한 적도 몇 차례 있었으나 우린 피난 나온 얘기나 했을까 일절 사상 얘기나 북쪽은 어떻다느니 하는 말은 하지 않았으니깐. 남한에 내려오고 곧 5·16이 터져 혁명군의 빨갱이 단속이 대단했으니 그분인들 무슨 대남 사업을 제대로 했겠냐. 형님 또한 시국이 좋잖다며 광수가 활동을 아주 중지한 모양이라고 귀띔하데. 황점술이 자주 출몰하고부터 폐지 더미 속에 그분 숨을 데를 마련해줘야겠다기에, 나도 그러는 게 좋겠다 했지. 일꾼들한테는 그런저런 사실을 일체 숨겼구. 변소 뒤쪽 드럼통 쌓아둔 데 있는 묵은 폐지는 출하하지 않았구 미군 천막을 덮어뒀으니 누가 그쪽은 얼쩡거리지도 않았지. 작은사돈이 저 안에서 잠자고 형수가 밥을 날라주겠구나, 난 그 정도로만 생각했어. 그러나 늘 그쪽에 눈이 가면 으스스했지. 화재 사건이 나구 형님이 불더미 속에 뛰어들어 작은사돈을 구해내 들쳐업고 뛰는 장면이야 내복 바람으로 뛰어나온 나도 보았지. 일이 그렇게 되자 아랫말 사람들도 몰려왔어. 큰일났구나 하는 생각이 들었고, 전쟁 때도 살아남았는데 일이 이렇게 터졌다면 이판사판 아닌가 하는 맘도 들더군. (질문:82년 광수 할아버지 출옥 후 일년간을 이웃하여 사셨고, 사돈 간이었으니 보신 대로 들려주십시오.) 매일 만났지 뭐. 준식이 어미가 하루에도 몇 차례씩 양쪽 집을 오갔으니, 사돈네 집안 사정이야 오늘 아침 반찬 뭐냔 것까지 소상하게 알 정도였지. 병이 깊어가자 기력이 쇠하기도 했겠지만, 참 조용한 분이셨어. 스무 해 넘이 독방에서 살았으니 성현군자가 다 됐지 뭐. 말수가 적어 묻는 말에도 그저 희미하게 미소만 지을 뿐 대답이 없었으니, 그분한테 뭘 제대로 들은 말이 없어. 통일될 날까지 사셔서 함께 고향 땅 찾아갑시다, 하고 내가 말하면 그냥 머리만 끄덕이더군. 전쟁 때 인민군으로 참전했다는 소식은 형님한테 설핏 들었구. 그즈음은 세월도 많이 흘러 그분과 전쟁 시절 얘긴 꺼내지도 않았어. 지긋지긋한 그때 얘기가 뭐 재밌다고 화제에 올려. 아코디언? 그러고 보니 이북에 살 땐 초등학교에서 교편을 잡았구 음악을 가르쳤다는 말은 하데. 작은사돈이 아코디언 잘 탔다는 말은 당사자는 물론이고 형님한테도 들은 적 없구…….

박준식(33세, 필자의 사촌형, 온라인 게임 업체 KHN 영업이사): 우리 형제들이 니네 집 아래채에서 자취하며 학교에 다녔으니 작은할아버지는 방학 때나 할아버지 댁에 가서 뵈었지. 그나마 일년을 채 못 사셨으니, 두세 번 봤나? 아버지와 엄마가 말해 작은할아버지가 그렇고 그런 분이란 건 전부터 알고 있었고. 작은할아버지가 교도소에서 나온 해에 내가 중2였을 거라. 여름방학 때였어. 이제 아파트 단지가 됐지만 저 아래 소각장 쪽 오동나무 아래 평상에서 작은할아버지와 수박을 먹은 적이 있어. 엄마가 수박을 퍼내어 대접에다 각자 덜어줬는데 작은할아버지가 수박이 이렇게 맛있는 줄 몰랐다며 달게 자시더군. 바싹 마른 데다 한센 병자처럼 얼굴이 그래서 그런지 무척 가여워 보였어. 목소리까지 쉬어 쇳소리가 났으니깐. 넌 어렸으니 그랬겠지만 난 무섭다거나 그런 생각은 없었고, 스물한 해를 교도소에서 있었다는 점 하나만으로도 내게는 초등학교 때 폐지에 묻혀와 읽어본 몽테크리스토 백작처럼 보였으니깐. 두고 온 북쪽 가족이 무척 보고 싶겠네요 하고 내가 묻자, 일제 말 스무 살에 장가갔으니 손자도 여럿 있을 거라며 수줍게 웃으시데. 당시엔 북한 김일성이 살아 있을 때여서, 지금도 김일성을 존경하세요 하고 내가 무심코 묻자, 그분 표정이 갑자기 성직되더군. 쉰 목소리로, 그분을 이름자만 함부로 부르면 되느냐고 꾸짖고는, 북에선 그분을 두고 경애하는 수령동지, 위대한 수령님, 아버지 원수님이라 부른다는 거야. 남한에서 그런 말을 서슴없이 할 수 있으니 감옥에서 오래 갇혀 있을 수밖에 없었겠지 싶었으나, 어쨌든 작은할아버지 말에 나는 깜짝 놀랐지. 난 쑥스러워져 입을 다물 수밖에. 초등학교나 중학 과정에서 우리가 배우기로는 김일성은 공산당 괴수, 독재자, 6·25전쟁을 일으킨 원흉이 아닌가. 김일성에 충성하느라고 20년을 넘게 옥살이했는데도 작은할아버지가 그 사람을 여전히 존경한다니, 지독한 사람이란 생각이 들더군. 당시로선 기이하게 들리던 그 말이 오래 기억에 남았어. 그 외, 그분에 대해 특별히 생각나는 건 없고. 아코디언? 그걸 타는 건 못 봤지. 아버지가, 고향 살 때 그 양반 손풍금 잘 탔다는 말은 하데. 전시 때 연예대원이었다고. 80년대 우리 대학 시절 운동권 정치 집회 열면 단상에서 분위기 잡던 놀이패 있었잖아. 놀이패 활동도 대중 정치 사업의 일환으로 봐야지. 내가 386세대 막내둥이로 87학번 아닌가. 그해 박종철 선배가 남영동 대공분실에서 고문으로 죽었고, '6·10평화대행진' 끝에 노 정권으로부터 '6·29선언'을 얻어 냈잖나. 내가 그렇게 운동권으로 뛸 때야 별세하신 그분 생각이 간절하더군. 그때까지 살아 계셨담 자주 찾아뵙고 전쟁 당시며 옥중 체험담도 들었을 텐데. 따지고 보면 80년대 군사 정권 타도와 자주적 민족통일 쟁취를 외치며 분신자살한 선배들이나 그분이나, 어떤 면에서는 다 같이 조국 분단을 깨부수러 나섰다 희생당한 순교자들 아니겠어? 대학 때 즐겨 썼던 말, 외세 배격, 자주적 조국통일, 자유와 정의, 민권과 양심에 입각해 사람을 평가한다면 그가 어느 체제에 헌신했건 그분도 그 신념 하나로 평생을 사신 양심범이니깐. 내 생각은 그래. 지금의 나를 두고 아직까지 당신은 진보주의자, 혹은 좌파냐고 묻는다면 대답이 궁색하지만 나도 20대 초반 한 시절엔 지하 인쇄물로 나돈 자본론 1, 2, 3권 읽으며 동지들과 학습 토론에도 열올렸고, 공단 야학에도 쫓아다닌 통에 경찰서 구류도 몇 차례 살았지…… 그런데 말야, 경식이 넌 그런 생각 안 해봤어? 6·25 전후 이북에서 남한에 피난 나온 사람들, 대표적인 사례로 우리 집안을 두고 봐도, 가족 개념이 유별나잖아? 할아버지를 정점으로 북에 두고 온 윗대와 남한에 사는 아랫대의 핏줄 잇기 연결고리 말야. 모든 생명체는 암수의 결합에 의해 종을 번식시키고 대를 잇지. 씨를 지상에 남기고 죽는 과정에서 보이는 애정은 연어의 한살이를 보더라도 가히 결사적이야. 여기에는 고등 동물인 인간도 예외가 아니지. 자기 목숨을 던져 위기에 처한 자식을 구한 모성애도 자주 목격하잖아. 인간 유전자 해독에 성공함으로써 생명의 신비를 풀게 되었다지만, 유전자 해독을 통해 가족에게만 전수되는 특별한 애정, 그 비밀마저 과연 밝혀낼 수 있을까? 유전자 속에 감추어진 종족 보존의 애정을 유전자 조작으로 마음대로 바꿀 정도로 생명공학이 발전한다면? 그건 아마 당분간은 불가능하겠지. 네 형 명식이 같은 별종이야 자꾸 생겨나겠지만. 골치 아픈 얘기는 이쯤에서 그치자……. (마침 퇴근 시간이라 형이 모처럼 술이나 한잔 하자 해 형 사무실에서 나와 부근 식당에서 생등심에 소주 마시며, 분단 체제 극복과 통일 문제에 관해 의견을 나누다. 전망 불투명

한 분단 현실을 두고 화풀이하다 2차로 형 단골 카페로 자리를 옮겨 온라인 게임 사업 전망을 얘기하며 폭탄주에 대취하다.)

4

　4월 중순인데도 요즘 시절은 절기조차 뒤죽박죽됐는지 한동안은 구름 낀 날씨라 낮도 우중충했고 기온이 뚝 떨어져 겨울이 거꾸로 오나 할 정도로 쌀쌀했다. 나는 다시 기침이 도져 한밤에도 거친 숨을 다스리느라 진땀깨나 흘리며 고생했다. 숲을 흔드는 밤바람 소리를 들으며 적막강산에서 나 혼자 숨조차 제대로 못 쉬고 온몸이 경련으로 떨다 털컥 숨이 끊어지는 게 아닌가 하는 두려움에 방 벽에다 크게 써둔 큰애 아파트 전화번호를 보며 전화를 걸까 말까 한 적도 있었다. 따지고 보면 전화를 걸어야 되겠다 마음먹을 정도로 정신 온전하고 수족 움직일 수 있다면 목숨이 경각에 달린 다급한 경우가 아닐 터이다. 예정된 죽음이 내일이라도 닥칠 순간이면 전화 따위를 걸 수도, 누구를 불러야 되겠다는 생각도 못 할 테고, 의식과 몸이 한순간에 고목 등걸로 변할 게다. 전시 당시는 후방이라도 어느 한순간 말 한마디 실수로 허무하게 목숨이 날아갔다. 그해 유난히 춥던 12월 초순, 군용 트럭 적재함에 실려 서울까지 내려온 노무자들은 노역 임무가 끝나자 용산에 있던 임시 난민 대기소로 넘겨졌다. 초등학교는 교실마다 월남 난민으로 들어찼다. 예순 명이 넘는 장정은 별도로 수용되어 치안대 분실로 불려가 개별 성분 조사를 받았다. 밤이면 대여섯 명씩 불려나간 장정은 그날 밤을 넘겨 이튿날도 돌아오지 않았다. 노무자로 다시 징발됐는지, 처형당했는지 알 수 없었다. 오늘도 목숨이 붙어 있으려나 하며 불안한 아침을 맞기 일주일에 이르자, 찍혀 호명당해 나가면 그 길이 죽는 길이란 말이 돌았고 천씨와 김씨는 트럭 타고 내려올 때 탈주하지 않은 걸 후회했다. 둘은 고향에서의 인공 시절, 뒤가 켕기는 구석이 있었고 청년노동자동맹에서 활동한 나 역시 마찬가지였다. "광산 노동자두 빨갱이라구 죽여요?" 내가 묻자 "증거 될 만한 증명서나 증언 서줄 사람이 없는 이북 출신은 언젠가는 결국 빨갱이로 돌아선다며 죽여버린다지 않소" 하고 천씨가 성한 눈을 깜박이며 말했다. 인해전술로 쓸고 내려오는 중공군이 곧 서울까지 덮칠 거라며 치안대도 철수 준비를 서두르던 12월 하순, 수용된 장정은 학교 우물에 처넣고 수류탄을 까넣는다, 새로 만들어진 국민방위대에 넘긴다는 말이 돌았다. 피난민들부터 남으로 도보 이송이 시작되던 어느 날 야밤, 천씨와 나는 죽기로 각오하고 철조망 개구멍으로 탈출했다. 그로부터 나는 굶주림과 추위에 지쳐 정신을 잃은 경우까지 합쳐 세 차례나 죽을 고비를 넘겨야 했다. 그럴 때마다 하늘의 도움인지 살아남았다. 서울 재수복 후 저동에서 천막 치고 다시 문을 연 영락교회는 목사가 동향 출신이라 교회에서 운영하던 난민구호소는 평안도 출신 난민이 둥지 삼기에 적당해서 주일날 그곳에 가면 한 끼를 때울 수 있었고 고향 말투가 귀 설지 않았다. 나는 전쟁 전 개천에 살 때도 개신교 신자였다며 교회에 부지런히 출석했고 가난한 자, 주린 자에게 복을 준다는 그리스도 말씀이 위안이 되었다. 나는 손쉬운 고물 수집으로 우선 일거리를 잡았다. 그 즈음, 명동 바닥에서 우연히 황점술과 맞닥뜨리지 않았다면 불심검문에서 수상한 불온분자로 몰려 어느 손에 개죽음 당했을는지 몰랐다. 일제 때 개천역 헌

병분소 끄나풀로 역전을 터 삼아 기세등등하게 설쳤던 황이 신분 보증을 서주었기에 나는 가까스로 합법적 난민 자격을 얻어 서울 체류 허가증을 손에 쥐었다. 서북청년단 사무실에서 그 증을 쥐니 나는 이제야 살았다 싶었다. 자유로운 통행이 보장되자 틀림없이 남한으로 피난 나왔을 가족을 본격적으로 찾기로 하고 서울에 있던 피난민 수용소부터 뒤지기 시작했다. 일년을 넘겨서야 나는 인천 피난민 수용소에서 가족을 찾아낼 수 있었다. 막내 종욱이 숨진 뒤였다.

봄을 시샘하던 변덕스런 추위가 며칠 기승을 떨다 슬며시 물러나자 봄이 생기를 되찾아 연일 날씨가 화창했다. 집 주위의 딸기나무들은 잠시 움츠렸던 연초록 이파리를 다시 펼쳤고, 집 뒤쪽 동산에는 진달래꽃이 지고 산벚나무와 철쭉이 뒤이어 꽃을 피워 만개했다. 내 생일날 아침은 대학에 다니는 큰애 막내녀석이 데리러 와 아파트로 내려가서 아침밥을 먹었다. 큰애는 아들 둘에 딸을 하나 뒀는데 장남과 딸은 출가해 서울에 살고 막내아들만 거느렸다보니 식구가 단출했다. 며늘애가 차려낸 시아버지 생일상이 걸었다. "아버지 생신 축하는 이번 일요일 낮에 산장에서 하기로 했어요. 종건이도 일요일에나 식당 문 닫고, 설 서방두 둘째 애 점포 봐줘야 한다며 노는 날에나 시간이 난답니다. 젊은 것들도 평일은 직장일이 바쁘니……" 생신 밥 함께 먹으며 큰애가 말했다. 언제부터 그렇게 불려졌는지 곽가와 내가 사는 집이 녹지가 시작되는 언덕 위에 있다 해서 산장으로 둔갑했다. 저녁에는 곽가가 제 맏이를 성남 모란시장에 보내 구해온 황구 목살을 삶아 둘이서 소주를 했다. 늙은이에게는 살이 무른 개고기가 먹기에 좋았다.

소일로 나날을 보내다보니 요일 가는 줄도 모르다가 아침밥 먹고 나서

묘지 뒷산을 산책하고 돌아오니 큰애네 식구가 먹거리 재료를 잔뜩 꾸려 언덕길을 올라온다. "진도 이놈, 오늘은 손님 많이 오는데 얌전히 있어야 해." 큰애 막내가 진도 목에 쇠줄을 걸어 대추나무에 묶어둔다. 녀석은 책가방 같은 컴퓨턴가 뭔가 들고 자주 할아비 집으로 올라와 건넌방에서 밤 깊도록 그 기계 앞에 앉았다 늦잠 자고 가기도 했기에 진도와도 친하다. "오늘 할아버지 생신 잔치 하는 줄 아시죠?" 녀석이 묻는다. 그러고 보니 어제 며늘애가 올라와, 아버님 생신 맞아 내일 집안 식구가 산장으로 죄 소풍 나온다고 말했음이 생각난다. 이렇게 기억이 깜박깜박 나가버리니, 머릿속 한 부분의 풀려버린 나사를 다시 조일 방법이 없다. 은행에 맡겨둔 돈이 걱정된다. 어느 날 돌연 기억력이 아주 망가져 돈을 은행에 맡겨둔 사실까지 잊어버릴는지 모른다. 내일쯤 아들이 낸 편의점 옆 은행으로 내려가 통장이며 입금액이 그대로 있는지 개인 금고를 확인해봐야겠다. "나 이외 누가 내 도장 가져오고 비밀 번호 맞게 대더라두 내 얼굴 보기 전에 돈 꺼내줘선 안 돼요. 설령 여기 옆에 25시 하고 있는 자식이 오더라두 말이오. 은행 다른 지점에서는 절대 내가 맡긴 돈을 찾아 쓰지 못하게 하구요." 나는 은행에 갈 때마다 객장 대리에게 다짐해 두었다. 자식들이야 그럴 리 없겠고, 진도가 지킨다지만 노인 혼자 사는 집이라 도둑이 들어 협박 끝에 도장과 비밀 번호를 알아내갈 수도 있었다. 비밀 번호는 나만이 알고 있는 1,000번으로, 고향 개천의 천자에서 따왔다. 한참 뒤, 씨름 선수같이 체격이 좋은 큰애 맏이가 제 처와 자식 둘을 차에 태워 온다. 어릴 적부터 영특하던 애였다. 준식인가, 명식인가, 큰애 맏이는 만화를 영화로 만들어 수출도 하는 직장에서 돈벌이를 아주 잘한다고 며늘애가 늘 자랑했다. 큰애는 젊은 한때 삐뚜로 나가 감

208

옥살이까지 하는 바람에 군대에도 안 갔지만 자식 셋은 잘 두어 출가한 남매는 좋은 대학을 나왔다. 큰애는 고등학교를 중퇴한 채 교도소에서 나와 갑년에 이르도록 내게 기대 살아왔지만 중학교밖에 안 나온 며늘애는 머리 있고 심덕 좋으니 누구 말처럼 자부야말로 굴러들어온 복덩어리다. 해가 산 위로 올라섰을 때 식당 전용 승합차편에 둘째 애네 식구가 무더기로 온다. "할아버지 생신을 진심으로 축하해요." 승합차를 운전하고 온 둘째 애의 맏이가 인사를 한다. "아버지, 자주 찾아뵙지 못해 죄송해요." "아버님, 주님의 가호 아래 여전히 건강하시네요. 건강하게 오래오래 사셔야죠." 둘째 애와 며늘애가 인사를 한다. 한 배에서 나온 자식인데도 제 형과는 성격이 판이해 어릴 적부터 샌님이던 둘째 애는 아들 셋에 딸 하나를 두어 맏이를 출가시켰다. 남자 못지않게 활달한 둘째 애 며늘애는 분가해 나가자 남대문시장 친정 경험을 살려 식당을 시작하더니 이제 소문난 함흥냉면집으로 성공했다. 함흥 가까운 증평 출신인 안사돈이 늙마까지 뒤를 봐준 덕분이다. 둘째는 평생을 전표 떼고 돈 받는 카운터에서만 죽치고 앉았으나 아비한테 하는 짓은 효자요, 마누라 덕에 자식을 잘 키웠다. 젊을 때부터 호박꽃처럼 푸짐했던 둘째 애 며늘애가 포대기에 싼 갓난애를 안고 차에서 내리고 둘째 애가 기저귀 가방을 들었는데 뒤따르는 갈색 머리 한 새파란 손자 며늘애는 대가리에 리본 달린 쬐그만 개를 안고 여왕 행차하듯 나실나실 걷는다. "할아버지, 저 왔어요." 차에서 내리며 환하게 웃는 둘째 애 셋째 녀석 손에 트렁크가 들렸다. 할아비 집에 나타날 때면 들고 오는 손풍금이 틀림없다. 저 녀석만 보면 머리가 지끈거린다. 오늘은 또 광수에 대해 뭘 물고 늘어질는지 알 수 없다. 열한 시를 넘겨서야 딸애네 식구가 승용차 두 대로 나누어 타고 나타난다. 허옇게 센 상고머리의 설 서방도 이젠 늙은이가 다 됐다. 희옥이네 자식 하나는 울산 공단에 살기에 못 오고 서울 사는 아들 둘이 어린 자식들을 달고 왔다. 옆집에 사는 곽가가 소문내어 그쪽 자식들도 한 무리씩 무언가 싸들고 개나리 울타리 사이로 넘어온다. 한 가족과 다를 바 없는 곽가 식구만도 예닐곱 명이다. 젊은 것들부터 조무래기들이 어울려 마당이 좁아라 인사 나누며 왁실대니 누가 누구 손인지 알 수 없다. 잔디밭에 휴대용 은박지 깔개를 여러 개 잇대어 펴고 교자상들을 줄맞춰 놓는다. 둘째 애가 식당서 가져온 가스판 여러 개를 펼쳐놓고 각자 집에서 준비해온 먹거리 재료를 볶고, 지지고, 끓이니, 음식 익는 냄새가 진동한다. 예전엔 돼지 고깃국 내음만 맡아도 군침이 돌았는데 식탐도 나이와 함께 가버려 그 냄새에 뱃속은 아무런 자극이 없다. "아버지, 아직 시장하시지 않죠? 조금만 기다리세요." 갈비찜을 만들며 희옥이가 말한다. 그 옆에는 곽가 큰애 며늘애가 제육을 썰고, 큰애 며늘애는 씻은 상추와 쑥갓을 소쿠리에 담는다. 둘째 애 처는 마당귀에 설치해둔 함실 달린 무쇠솥에 장작불 피워 생닭 여러 마리를 넣어 백숙을 만든다. 여름철이면 일꾼들과 함께 개 잡아 끓여 먹던 노천 솥인데, 쌀부대꼴로 퍼질고 앉은 며늘애는 식당 안주인답게 일솜씨가 난들이다. 둘째 애 큰애 며늘애만 일을 않고 제 자식과 강아지를 돌본다. 머리칼에 갈색 물을 섞어들인 젊은 녀석이 늦게 마당으로 들어선다. "명식이 넌 이런 가족 모임 싫어하잖아? 빠질 줄 알았는데 웬일이야?" 큰애 맏이가 막 도착한 젊은 애를 돌아보며 묻는다. 명식이라니, 둘째 애의 둘째다. "유전인자 검사 안 받겠담 일년에 한두 번쯤은 친자 확인을 해야지요." 녀석이 시퉁하게 말을 받곤 내 쪽으로 와서 성의 없이 꾸벅 목례를 한다.

나와 곽가는 느티나무 그늘 밑 의자에 앉아 부산하게 움직이는 식구를 구경하며 한담을 나눈다. 햇살은 눈이 부시게 환하고, 봄바람이 부드럽게 살랑거린다. 나는 식구 하나하나를 관찰한다. 내년 내 생일에는 다시 볼 수 없는 모습일는지 모른다. 얼굴, 말투, 특징을 잘 보아두어야만 저 세상에 들어 처와 부모님 만나면 웃음꽃 피우며 진해줄 수 있을 것이다. "만물이 광명하는 춘삼월이라더니, 형님은 좋은 절기에 태어났어요. 비가 안 와 탈이지 춥도 덥도 않구, 요즘 날씨가 얼마나 좋아요" 하고 곽가가 말한다. 하늘엔 솜털구름이 몇 점씩 떠 있을 뿐 쾌청하다. 벌과 나비가 맑은 공간을 누빈다. **"우리 만이 생일은 어찌 이리 날씨도 좋을까."** 내 생일날이면 엄마가 늘 말했다. 개천 지방은 3월에도 자주 눈이 내렸으나 4월에 들면 봄볕 따스한 날이 이어지고 중순을 넘기면 들과 산이 푸르름으로 넘치고 온갖 꽃이 다투어 피었다. 남한 사람들은 생일날 미역국을 먹지만 고향에서 내 생일 아침상에는 늘 꿩국이 올랐다. 개천 지방은 쇠고기나 돼지고기는 구하기 어려워도 꿩고기는 흔했다. 겨울이면 꿩이 많이 잡혀 냉면 육수도 꿩고기 삶은 국물에 동치미 국물을 섞어 썼다. 나는 갑자기 시원한 냉면이 먹고 싶다. 양력 4월 중순을 막 넘겼으니 여름은 아직 멀었고 7월은 되어야 며늘애가 냉면을 만들어줄 것이다. 냉면 육수조차 포장용이라 물만 부으면 되니 요즘 여편네들은 팔자가 늘어졌다. 세탁은 물론이고 큰애 아파트에 가면 그릇 닦는 기계까지 들여놓았다. 어머니는 겨울에도 개천강에 나가 얼음 깨고 손 시린 물에 빨래했는데 요즘 여자들이란 그저 자식 까는 기계다. 자식도 한둘에 그치고, 그것도 수술로 아기를 빼낸다니 누가 뭐래도 말세다. "참말 대식구네. 형님 내외분 남한에 내려와 이쯤 손을 뒀으면 자식 농사에는 성공했어요. 지난 설날 우리 집에 모인 식구를 세어보니 젖먹이 증손까지 합쳐 열둘입니다. 단신 월남한 나도 자손 농사는 성공한 셈이지요." 곽가가 말한다. 인천 피난민 수용소에서 처자식을 만나 청계천으로 데려오고 이듬해 전쟁이 멈추고 휴전선 철책이 가로막았으니, 고향 돌아갈 길이 까마득히 멀어져버렸다. 자식이나 많이 둬 고향 못 가는 설움을 풀자 했으나 당시엔 사는 형편이 어려워 또 굶어죽을 처지에 내몰리지나 않을까 싶어 남한에서는 자식을 더 두지 못했다. 잃은 자식 하나도 채우지 못해, 지금 생각하면 다른 무엇보다 그게 아쉽다. 남한에서 자식 서넛만 더 뒀어도 손이 지금 배로 늘어났을 것이다. 그 자식들 다 데리고 고향 가는 기차를 탄다면…… 평안도 정중앙에 위치해 사통팔달 교통 요충지였던 개천역에서 시도 때도 없이 들리던 기적 소리가 귓가에 메아리친다.

"아버지, 다 됐나봅니다. 이쪽으로 와 앉으세요. 장인어르신두 오시구요." 큰애가 손짓하며 말한다. 곽가와 나는 깔개 위에 한 줄로 놓인 교자상 상석에 앉는다. 상다리 부러지게 차린 음식이 상에 가득하다. 푸짐한 음식상을 보니 두 끼니마저 양껏 못 먹는다는 북쪽 동포가 떠올라 수저 들 마음이 없다. 둘째 애 맏이가 상 가운데 놓인 케이크에 꽂힌 촛대에 라이터 불을 댕긴다. 둘째 애가 잠시 식기도 드리자더니, 일흔아홉 해 생신을 맞은 아버지의 건강을 주님께서 지켜주시고 집안 식구들 모두 건강하게 생업과 학업에 열심하게 해주시니 감사드린다고 기원했다. 식기도가 끝나자 손자를 안고 있던 둘째 애 며늘애가 "애들아, 그렇게 뛰어다니지 말고 이리 와 얌전히 앉아. 점심밥 먹어야지" 하며 잔디밭에서 노는 애들을 부른다. 애들은 머리 색깔이 제가끔이다. 상 끄트머리에 앉은 젊은 여자애들도 머리를 염색했다. 머리칼까지 물을 들이다니, 요즘 세상은 어떻게 돌아가는지 도무지 알 수 없다. 한 시절엔 구찌베니만 빨갛게 칠해도 양색시라 놀림을 받았는데 머리칼을 노랗게, 붉게 칠하고 다니는 세상이 내 생전에 도래하리라곤 상상도 못했다. "우린 산에 올라가 전쟁놀이 할 테야. 아빠, 밥 먹으면 살찐다며?" 빨간 운동모 쓰고 장난감 총을 허리에 찬 예닐곱 살쯤 된 몸집 비대한 사내애가 아이스크림을 먹다 말한다. 큰애 맏손자 같은데 누구한테 하는 말인지 말버릇이 고약하다. 녀석이 조무래기 동생들을 뒤에 달고 대장처럼 앞장서서 묘터 쪽으로 줄행랑을 놓는다. 비만 아이가 하나 더 섞여 뒤뚱거리며 큰애를 따른다. "요즘 애들 큰일이야. 저렇게 아이스크림이며 햄버거만 먹어대니 뚱뚱이가 되는 게지." 설 서방이 뒤뚱거리는 사내애를 보고 말한다. "제 아비부터 다이어튼가 뭔가, 그걸 해야 해요. 못 먹어 환장 들린 시대도 아닌데." 큰애 며늘애가 말한다. "놔둬요. 쟤도 저렇게 모처럼 산을 타니 살이 조금은 내리겠죠." 애 아비가 백숙 다리를 집어 소금에 찍으며 한가롭게 말한다. 아닌게아니라 내가 봐도 아비며 자식 몸이 너무 굵다. 둘째 애 큰녀석이 "할아버지 일흔아홉 해 생신 축하곡 부릅시다" 하곤, 손뼉에 맞추어 '생일 축하합니다'를 시작한다. 일손 놓고 상 주위에 모여 앉은 식구가 나를 주목하더니 손뼉치며 합창한다. "경식아, 뭘 해? 아코디언 얻다 써먹으려 아껴?" 큰애 맏이가 닭다리를 먹으며 말한다. 그 말에 둘째 애 셋째 녀석이 트렁크에서 손풍금을 꺼내 가슴 앞에 메더니 노래에 반주를 맞춘다. '사랑하는 할아버지, 생일 축하합니다'로 노래가 끝나자, 아버지 만수무강 축배를 들자는 큰애 말에 각자 앞에 놓인 잔에 술이며 음료수를 채운다. 곽가 옆에 앉은 둘째 애가 내 잔과 곽가 잔에 백세를 사는 술이라며 술을 따르다 축배 슌서가 끝나자 모두 산에 차려진 푸짐한 갖가지 먹거리를 열심히 먹어대기 시작한다. 자리마다 재잘거리는 소리, 떠드는 소리, 웃음소리로 시끄럽다. 나는 닭죽을 먹는다. 수삼·대추·밤에 통마늘 흠뻑 넣고 끓인 백숙이다. "아버님, 한잔 받으시고 만수무강하세요." 곽가 큰애가 잔을 가져와 내게 술을 채우고 제 아비가 비운 잔에도 술을 채운다.

"형님, 중손골 늙은이들이 곗돈 헐어 제주도로 봄놀이 간대요. 우리도 거기 끼입시다. 살면 몇 년을 더 산다고, 거동 자유로울 때 나다녀야지요." "아버님 수발은 누가 해주고, 덜렁 집 나서?" "3, 4일은 제 며늘애한테 맡기면 돼요." 큰애 며늘애와 곽가 큰애 며늘애가 갈비찜 먹으며 나누는 말이다. "뭘 백화점까지 가요. 인터넷으로 주문내면 제까닥 배달되는데. 잔칫상도 컬러 화면 보고 골라잡아 찍으면 날짜, 시간 맞춰 택배해줘요. 온라인으로……." "홈쇼핑몰에 들어가면……." 젊은 여자애들이 하는 말인데 무슨 소린지 알아들을 수 없다. "은행에 넣어두지 말라니깐요. 물가 상승과 따지면 마이너스 아닙니까. 형님, 제 말대로 소형 아파트를 잡으세요. 보증금 받고 월세 받으면 은행에 넣어두는 것보다 낫다니깐요. 월세 금리는 최하가 일부 계산입니다." "우린 은행밖에 몰라. 이자 적으면 적은 대로 쓰지 뭘. 하나 장가보내면 끝인데 돈 쓸 데가 뭐가 있다구." 큰애 며늘애와 둘째 며늘애가 하는 말이다. "형님, 드세요. 오늘 같은 날은 취해야지요. 여기만 나와도 공기 좋아 숨쉴 만하네. 형은 이 산장 절대 처분 마세요. 서울 근교에 이런 별장 지대는 구하려 해도 못 구합니다. 뒤는 산이고 걸어가서 쇼핑할 수 있는 백화점까지 눈 아래 있잖아요." 곽가 맏이가 큰애에게 말한다. "세월만 가면 장인어른 산장이 네 차지다, 이 말 아냐?" 양 집안 자식들이 이웃해서 자랐다보니 친형제

와 다를 바 없다. "젊은 사돈이 보자하니 뭘 좀 알고 하는 소리네. 암, 뭐니 뭐니 해도 부동산이 확실한 재테크지." 설 서방이 문자를 쓴다. 둘째 애가 점포 낸 잡화점에 나가 소일한다는 설 서방은 함경도 또순이 자식답게 생활력이 강해 젊을 때부터 제 앞가림에 빈틈이 없었다. 내가 유산 삼아 자식 셋에게 얼마씩 나누어준 돈으로 설 서방이 소형 아파트 한 채를 잡았다는 말을 큰애 며늘애로부터 설핏 들은 것 같다. 어린 것들은 산으로 올라가 먹자판에는 빠졌다. "딸이면 어때요. 하나면 됐지. 요즘엔 결혼하고 금방 불임에 돌입하는 애들도 많아요." "형, 모네의 〈소풍〉이 따로 없네. 어린이날 터져나가는 대공원 갈 것 없이 애들 데리고 여기로 모이자고. 가족 친목 대회 겸해." "그래도 좋겠군. 우린 포카 한 판 치고." "경식이 너 작은할아버지에 관한 논문 잘돼가?" 큰애 맏이가 묻는다. "50여 년 동안 남북한이 준전시 상태로 대처한 냉전시대 상황이야 자료 조사만으로도 충분하니 대충 얼개를 짰지요. 그러나 양심범으로서 작은할아버지의 육성을 채록할 수 없으니, 그게 골치예요. 작년 북한으로 송환된 장기 복역수 수기에서 따와 재구성할 수밖에 없을 것 같아요." "명식이 넌 은옥인가 걔와 오피스텔 함께 쓴 지 일년 다 됐잖아? 어울리는 커플이던데 계약동거가 뭐니? 질질 끌지 말고 식 올려." "원맨으로 돌아가야 할 것 같아요. 혼자 사는 게 편하지 뭐예요. 간섭 안 받고 자유로우니. 윗세대들 우리 가족, 우리 가족 하는 소리 털 나고부터 들어와 귀에 딱지가 앉았어요. 처자식 딸려봐요? 새끼 치는 바퀴벌레가 연상돼 너무 썰렁해." 젊은 애들이 맥주를 마시며 떠들어댄다. 그중 사내녀석 하나는 고슴도치 머리를 노랑물 들였고 귀고리를 걸고 있다. 뒷동산 묘터 쪽에서는 놀이에 역중한 애들의 앙칼진 괴한 소리가 들린다. 늙은 것

손풍금 215

들에서 젊은 애들까지 하는 말들이 귀에 거슬렸으나 식구가 모여 이렇게 왁실거리니 나는 흐뭇하다. 알거지로 남한 내려와 이쯤 자손을 퍼뜨렸고 그들이 다 제 앞가림하며 살아가니 내 삶은 성공한 축에 끼일 만하다. 지금부터 유산은 천 원 한 장 더 물려줄 필요가 없다. 남은 돈 챙겨 부모님 산소라도 찾아가야 한다. 그때까진 눈감을 수 없다. **오마니, 여기 제 식구들 봐요. 이만함 이남 내래와 성공했잖소?** 내 말에 어머니는 대답이 없다. 생이별이 이렇게 길 줄은 몰랐다. 기차 타고 간다면 한나절이면 개천역에 당도할 수 있고, 역에서 한달음에 달려가 대장간으로 뛰어들면 아버지가 내리치던 메를 놓고, 이봐. 도수가 돌아왔어 하고 안채에 대고 고함칠 게고, 어머니가 맨발로 달려나와 나를 맞을 것 같다. 광수가 너 데리러 남조선에 내려갔는데, 그때 왜 안 올라오구 우리 양주 죽구 난 후 이제야 왔어? 어머니가 말한다. 형님 집에 불이 안 났담 월북했지요. 형님도 부모님 뵈러 저 따라 잠시 올라갔다 내래오겠다고 했구요. 광수가 말하곤, 손풍금 켜며 환영 노래를 부른다. 얼굴에 흉터가 없고 목청 좋았던 시절, 젊었을 때의 모습이다. 동네 사람들이 대장간집에 경사가 났다며 모여들고…… 그러나 감옥 생활 오래한 광수 탓인지, 방북 경쟁이 심한 탓인지 이산가족 상봉 신청은 지난번 4차에서도 낙방되었다.

"형님, 무슨 생각에 그리 골몰해요? 엔간히 먹었으니 우린 일어섭시다. 우리가 빠져줘야 젊은 애들이 담배질두 하며 마음놓구 놀 테지." 곽가가 일어선다. 멍청하니 환영에 사로잡혔던 나는 홀연히 현실로 돌아온다. 닭죽은 반 공기 정도 먹었으나 여기저기서 건네주는 술잔에 나도 어질머리를 느껴 곽가를 따라 일어난다. 볕이 너무 눈부셔 그늘을 찾고 싶다. "젊은 것들 보니 참 좋은 세월입니다. 그래도 우리야 늘마에 등 따시구 배부른 세월 누리다 죽는다지만 선대야말로 뼈빠지게 고생만 했지요. 일제 때 공출에 징병에다, 해방되자 좌우익 싸움에 전쟁 겪으며 자식 한둘은 잃구…… 그건 그렇고, 텔레비에 나오는 북한 사람들 보면 왜 그렇게 모두 홀쭉 말랐는지, 꼭 예전 부모님들 모습이라요. 북한은 어린애들과 노친네들이 한 해에도 수만 명씩 굶어죽는데요. 이쪽은 배 터지게 먹으니 살 뺀다고 난린데, 저쪽은 먹을 게 없어 굶어죽는다니, 같은 하늘 아래 사는데 어찌 형편이 그리도 다른지…… 평양 시민으로 살면 모를까, 저쪽 지방은 식량난이 대단하대요. 높은 놈들만 잘 먹구 잘 살면 뭘 해요. 우선 백성을 배불리 먹이구 봐야지. 굶다 못해 중국으로 탈출해 떠도는 탈북자 동포가 수만 명이 넘는답니다." 느티나무 밑 의자에 앉으며 곽가가 말한다. "북쪽 사정까지 따질 게 뭐 있어. 여기두 점심 굶는 아동이 많대. 쌀이 남아돌아간다는데 애들이 가장인 달동네엔 왜 풀어 못 멕여. 먹구 살 만한 층은 흥청망청 낭비하니 조만간 하늘의 벌이 내릴 게야. 암, 천벌받고말구." 내가 시퉁하게 대꾸한다. "허긴 그래요. 먹다 버리는 음식 찌꺼기만도 연간 몇조 원이랍니다. 그것만 모아 북한에 가져다줘두 그렇게까진 굶주리지 않구 살 겝니다. 형님, 기억하시죠? 미군부대 짬빵통에서 나온 찌꺼기로 꿀꿀이죽 먹던 시절 말입니다. 지금도 어떤 땐 그 맛이 혀에 붙어 며느리가 남은 음식 버리면 내가 불호령을 내리지요. 형님 집에 진도도 있는데 왜 버리냐구." "꿀꿀이죽? 기억나고말구. 청계천변 길바닥에 바소쿠리 벗어 옆에 두고 쭈그리구 앉아 자주 먹었지. 그땐 오늘 차린 진수성찬보다 더 꿀맛이었어." 내 눈에 열심히 먹어대며 떠드는 식구들 모습이 흐릿하게 지워진다. "형님은 어때요? 꿀꿀이죽두 못 먹는 이북 고향에 가서 살라 하면?" 곽가가 작은 소리로 묻는다. "이제 애들이야 여기서 자리잡구 걱정 없이 사니 나 같은 늙은이야 있으나마나 아닌가. 그러나 이젠 때가 너무 늦었어." 누가 수갑 채워 잡아갈 나이도 이미 넘었고, 곽가는 믿을 수 있어 마음에 둔 말을 했지만 그래도 뱉고 나니 찜찜하다. 고향 떠나 부모님 못 모신 빚 갚는 셈치고 은행에 맡겨둔 돈 몽땅 헐어 양곡 트럭으로 수십 차 사서 신구 가면 되지. 암, 거기서 남은 여생 살다 죽고 싶고말구. 나는 그 말을 입 속에 삼키고 만다.

나는 의자에서 일어나 뒷산으로 오르는 계단을 밟는다. "너들만 먹지 말구 진도한테두 뭘 좀 멕여. 인간 덜 된 사람보다 나은 영물이니." 곽가가 불편한 다리를 잘록거리며 내 뒤를 따르며 식구들에게 소리친다. 묘지 가까이 숨길 고르며 올라갔을 때, 갑자기 묘 뒤에서 애 머리가 불쑥 솟는다. 빨간 운동모 쓴 애가 장난감 총을 내게 겨누어 총 쏘는 시늉을 한다. "아얏, 내 총 받아라. 탕, 탕, 탕!" 나는 깜짝 놀라 옆에 선 소나무 등걸을 잡고 어깨숨을 몰아쉰다. 빨간 운동모가 묘 뒤로 숨는다. "노할아버지 정말 총에 맞았어" 하고 묻는 소리가 들린다. **"월남한 반동 가족은 쓸어버리구 떠난다나 어쩐다나, 그런 소문두 돌아. 또 줄초상 나갔구면."** 바깥에서 돌아온 아버지가 민청원한테 들었다며 말했다. 미군 비행기 폭격은 날로 심해지고 순천 내려가는 신작로 쪽에서 포소리가 들렸다. "전쟁 나기 전엔 좋았는데 세상이 점점 왜 이렇게 살벌해져요? 우린 피난 안 나가두 되나요?" 내 막내를 품에 안은 어머니가 아버지에게 물었다. "피난 간다면 만주 땅 아닌가. 엄동은 닥치는데 얼어죽거나 굶어죽겠다면 나설까 어디 원…… 우리 식군 집 밖에 한 발짝두 나가지 마." 우리 가족은 대장간 옆 고철 더미 쌓인 창고 바닥을 파서 방공호를 만들어두었다. 광수 식구까지 합쳐 우리는 당분간 방공호에 몸을 숨기기로 했다. 밤낮으로 폭격이 계속되더니 이틀 뒤, 국방군과 연합군이 탱크를 앞세워 개천 읍내로 밀고 들어왔다. 폭격으로 역사가 파괴된 역 광장에 서 있는 국방군 입성 환영 대회에 나가보니 철길변에는 아직도 치우지 않은 인민들 시체가 작은 동산을 이루고 있었다. 어느 쪽에서 작살냈는지 모를 그 현장을 목격하곤 나는 좌든 우든 악으로 덤비는 골수분자들은 믿지 않기로 했다. 광수가 나를 찾아 중손골로 왔을 때 나는, 전쟁은 원수라며 그 점을 분명히 못박았다. 내 말에 광수가 말했다. "전쟁은 멀쩡한 사람의 잠재의식 속에 숨은 광기를 불러냅니다. 내가 왜 이러냐를 반성할 수 없게, 사람을 한순간에 미치광이로 만들어버리지요. 어느 전쟁이든, 폭력의 속성으로 이해해야지요." 광수 말은 어려웠다. "이놈들, 노할아버지께 무슨 짓들이니. 다른 데 가서 놀지 못해!" 곽가가 아이들을 꾸짖자, "적군이 처들어왔다, 후퇴다, 후퇴" 하며 애들 댓이 산 쪽으로 달아난다. 애들이란 예나 지금이나 별 뜻 없이 끔찍한 장난질을 즐긴다. 텔레비전을 켜면 죄 총 쏘고 칼로 치는 짓거리다. 애들이 그걸 배운다. 곽가와 나는 의자에 앉는다. 아래쪽 마당에서는 왁자지껄한 웃음소리에 이어 박수 소리가 요란하다. 잠시 뒤 합창이 터지더니 손풍금 타는 소리가 어울러든다.

"어머님의 손을 놓고 돌아설 때에/부엉새도 울었다네 나도 울었소……." 낮술이 거나하게 오른 큰애가 악을 쓰며 울부짖는다. 손풍금 소리가 반주를 맞춘다. 곽가 큰애가 일어나더니 몸을 흔들고 손뼉치며 큰애 노래에 어울러든다. "가랑잎이 휘날리는 산마루턱에……." 청계천 시절부터 술 한잔 들어가면 곽가와 내가 줄기차게 불렀던 노래다. 꽈기는, '불러봐도 울어봐도 못 오실 어머님을/원통해 불러보고 땅을 치며 통곡해요'로 시작되는 〈불효자는 웁니다〉가 십팔번이었다. 곽가가 그 노래를 3절까지 부르면 절로 콧마루가 시큰해지고 눈물이 맺혔다. 노래 불러본 지가 까마득하다. 몇 년 전 큰애 생일날 저녁, 걔네 식구들과 외식하고 노래방이란 데 가서 손자녀석들이 하도 부추겨 한 곡조 부른 것 같기도 한데 무슨 노래였던지 기억이 없다. "저애는 장사 잘돼?" 내가 곽가 큰애를 두고 묻는다. "학교 앞 문방구란 게 그렇잖아요. 애들 공부시키구 겨우 밥이나 먹지요. 둘째 애 전기전파상이 오히려 나은 것 같습디다. 뭘 고치든 아파트 출장 나가면 재료비 말구 무조건 출장비만 원씩 따로 받잖아요." 곽가는 큰애 식구는 데리고 살고 둘째 애네 식구는 분당에 따로 산다. "생일 잔칫상 차려준다 하구선 저희들 들놀이판이군. 늙은이 우린 잘 빠져나왔지." 내가 말한다. "할멈은 뭘 한다구 눈총 받으며 거기 끼여 앉았어?" 곽가가 아래쪽을 내려다보며 제 처를 두고 구시렁거린다. 맏이가 고모부도 한 곡조 뽑으라고 부추겼던지, 설 서방이 노래를 시작한다. "눈보라가 휘날리는 바람찬 흥남부두에/목을 놓고 불러봤다 찾아를 봤다……." 설 서방은 갑년 나이인데도 목청이 좋다. "누가 출신지 안 물어볼까봐 저애는 또 흥남부두 타령이군." 곽가가 말한다. "전쟁 당시 나이 어렸어두 들은 말이 있으니 맺힌 한을 푸는 게지." 내가 대꾸한다. 노래판이 앉은 자리대로 돌아가며 이어진다. 흥이 나는지 여자들도 서슴없이 노래를 부른다. 큰애 맏이가 일어나더니 노래를 시작한다. "저 들에 푸르른 솔잎을 보라/들보는 사람도 하나 없는데/비바람 맞고 눈보라 쳐도……." 노랫소리가 차츰 귓가에서 멀어진다. 손풍금 소리가 가까워지더니 둘째 애 셋째 녀석이 혼자 언덕을 올라온다. 마당에서

220

놀지 않고 묘터로 올라오는 녀석을 보자 나는 바짝 긴장한다. 녀석이 틀림없이 또 광수 말을 꺼낼 것이다. "할아버지, 새로 배운 노래예요. 이 노래 들어보시면 예전 기억이 나실 거예요. 사돈할아버님도 이 노래 들으시면 함경도 영흥 살던 때가 떠오르실 겁니다. 그럼 시작합니다." 손자녀석이 손풍금 연주로 바람을 잡더니 노래를 부르기 시작한다.

"넘쳐 흘러가는 볼가 강 물 위에 스텐카라진/배 위에선 노랫소리 드높다. 페르샤의 영화의 꿈/다시 찾은 공주의 웃음 띠운 그 입술에 노랫소리 드높다……" 손자녀석은 고개를 갸웃거리고, 어깨를 가볍게 흔들며, 조금은 구슬픈 소리로 노래를 부른다. "그거 소련 노래 아닌가? 소련군 들어오구 그런 노래 많이 불렀지." 곽가가 말한다. "돈코사크 무리에서 일어나는 아우성/교만할손 공주로다/우리들은 주린다/다시 못 올 그 옛날의 볼가 강은 흐르고/꿈을 깨인 스텐카라진/외롭구나 그 얼굴……" 학예회 무대에 선 학동처럼 손자녀석이 한껏 재주를 뽐내는데, 광수 젊었을 때 목청에 비하면 어림없다. 손풍금 켜는 솜씨도 광수 따라잡으려면 몇 년은 더 걸리겠다. 광수의 풍금 타는 손가락 놀림은 어머니 채 써는 솜씨보다 재빨랐다. "광수 잰 창가와 악기 다루는 재주를 타고났어요. 노래 부르는 걸 저렇게 좋아하고 무슨 악기든 만졌다 하면 잘 다루잖아요. 시숙이 평양서 사다준 하모니카로 며칠 만에 아리랑을 멋지게 부릅디다." 어머니가 채를 썰며 말했다. "저러다 훈도 집어치우구 유랑각설이패 따라나설까 걱정이군. 임자도 걔를 너무 추어주지 마." 아버지가 말했다. "형, 나 착실히 월급 모아 평화시대가 오면 도쿄나 경성으로 나갈 테야. 전문학교에서 음악 공부를 더 하고 싶어." 광수가 내게 말했다. 태평양전쟁이 막바지에 올라 마구잡이 징병이 한창이던 때라 나도 처와 자식을 집에 남겨두고 개천 철광산에 징용 나갔다. 개천광산의 무연탄과 흑연이 많이 생산되었고 철광석은 이북서도 양질로 소문이 높았다. 철광에서 일곱 달 만에 몸을 다쳐 집으로 돌아와 아버지를 도와 대장간 일을 할 때였다. 광수는 훈도라 용케 징집을 면했고, 시국이 한창 어수선할 때라 읍사무소 옆에 점방 내고 있던 사법서사 홍 주사 딸과 서둘러 혼례를 올렸다. 광수가 손풍금을 구입해 취미를 붙이기가 장가들기 전후, 아마 그 즈음부터였을 것이다 그러나 아우의 유학 꿈은 좌절되었으니, 곧 8·15 민족 해방을 맞았다. 우리 집안은 출신 성분이 좋았다. 대장장이였던 아버지는 노동자 대표로 읍 인민위원회 대의원으로 뽑혔다. 광산근로자 출신인 나는 청년노동자동맹 분소 부부장이 되었다. 손자녀석이 손풍금 연주를 멈추고 말한다. "할아버지, 지금은 북한 노래 부른다고 잡아가지는 않아요. 텔레비전의 북한 소식 시간 보면 북한 애들이 꼬까옷 입고 재롱 떨며 김정일 장군님 찬가도 부르잖아요. 해방 후 공산 정권 들어서고 배웠던 노래 한번 불러보세요. 배운 지 얼마 안 되어 연주 솜씨는 서툴지만 엔간한 노래는 따라 맞출 수 있어요." 손자녀석이 손풍금 연주를 멈추고 말한다. 손자 말에 문득 〈기민(饑民) 투쟁가〉든가, 김일성 장군이 항일 무장 투쟁 시절 애창했다는 혁명 가요가 생각난다. "오직 한 길, 혁명에서 살길을 찾자/나리님도 하느님도 돕지 않는다/우리에겐 감옥밥만 차려지거니/제 힘으로 새사회를 어서 세우자……." 나는 광수가 교도소에 있을 때 폐지와 씨름하며 허덕거리다 주위에 듣는 귀가 없으면 이 노래를 흥얼거리기도 했다. 어느 누구도 나를 돕지 않으니 내 힘으로 뼛골 빠지게 일할 수밖에 더 있겠냐며 용기를 부추겼다. "몰라. 모른대두. 난 대장장이에 광부질해서 노래도 못 배웠어. 내려가자." 녀석이 광수 얘기를 물어올까봐 나는 잘라 말하곤 묘지 상석에서 일어선다. 식곤증인지 몇 잔 마신 술 탓인지 졸음이 몰려온다. 어젯밤에도 잠을 설쳤기에 방에 들어가서 눕고 싶다. 우리 셋은 묘터를 떠나 마당으로 내려온다. 젊은 애 하나가 귀 설은 노래를 부르고 있다. 오후 들고 바람이 조금 세어졌다. 훈훈한 봄바람인데도 내게는 그 바람이 얼굴에 닿자 서늘하게 느껴지고 한차례 오한이 스친다. "할아버지도 한 곡조 하세요." "내년 팔순 생신 때는 회관 홀 빌려 잔치 크게 열어드릴게요." "사둔어른두 앉으세요." "음식 많이 남았습니다. 더 드세요." 여러 말에 곽가는 노래 한 곡 부르고 싶은지 주저않는다. 이 나라 백성은 모였다 하면 술판 벌이고 술 취하면 반드시 노래를 부른다. 큰애와 둘째 애가 앉으라고 권했지만 나는 손을 저으며 마당을 질러간다. "아무래두 난 좀 쉬어야겠다." 내 팔을 잡는 큰애 며늘애 손을 뿌리치고 나는 현관으로 걷다, 문득 저 아래쪽 고층 아파트 단지 사이 정자가 있는 소공원에 눈길이 머문다. 예전 폐지 더미 쌓아두었던 그 땅 아래 이제 썩어 백골만 남았을 황점술 시신이 묻혀 있다. 갑자기 숨길이 가빠오자 나는 가슴에 손을 얹고 큰 숨쉬기로 뛰는 심장을 가라앉힌다. **"형님, 황씨를 그대로 뒀단……, 아무래두 수사기관에 찌를 것 같아요."** 광수가 말했다. 월남 직후 황가놈이 내 서울 거주증을 만들어주기는 했으나 나 역시 그 길밖에 다른 방도가 없겠다 싶었다. 일제 때부터 자유당 정권 때까지 황가놈이 저지른 행실이야말로 누구 손에 죽어도 마땅했다. 피신해야 할 떠돌이 신세라 그가 지상에서 사라져도 수소문할 사람이 없겠다 싶었다. 어느 날 오후, 집으로 찾아온 그에게 나는 목돈을 쥐여주고 술을 먹였다. 나는 어둠을 밟고 돌아가는 그의 뒤통수를 망치로 내리쳤다. 전쟁 났던 해, 편 갈라 집단으로 처지르듯 황가놈을 나 혼자 처치했고, 광수를 불러 시신을 폐지 더미 아래 묻었다.

나는 격앙되는 감정을 다스리며 거실로 들어오자 여럿 앉는 응접 의자에 몸을 눕힌다. 열어놓은 창을 통해 바깥에서는 노래가 이어진다. 손뼉 치는 소리가 들리고 어샤, 어샤 하는 응원에 이어 곽가가 나서는 모양이다. 〈불효자는 웁니다〉가 아닌 다른 노래다. "고향이 그리워도 못 가는 신세/저 하늘 저 산 아래 아득한 천 리/언제나 외로워라……" 곽가의 노래가 처음은 돼지 멱따는 소리로 치닫다, '저 하늘'부터 갑자기 목소리가 처지더니 울음 울듯 서러워진다. 노래와 손풍금 반주 소리가 귓가에서 멀어지고, 나는 한기를 느끼며 아슴아슴 잠에 빠진다. 사지가 녹작지근하게 풀어져 꼼짝하기 싫은데, 누가 이불이라도 덮어주었으면 싶다.

"아버님, 방에 들어가셔서 편히 주무세요." 눈을 뜨니 큰애 며늘애다. 해가 기울어 창으로 밀려든 햇살이 거실 벽을 황금색으로 물들였다. 누가 덮어주었는지 나는 응접 의자에서 홑이불을 덮고 잠을 잤다. 두세 시간쯤 잤을까, 정신이 맑다. 나는 부스스 몸을 일으킨다. "여기 앉아 있겠어. 식혜나 한잔 줘." 나는 꿈을 꾸다 부르는 소리에 눈을 뜬 참이다. 창문으로 들어오는 바람에 한기를 느껴 나는 이불을 둘러쓰자, 흐릿하게 떠오르는 꿈은 몹시 추운 겨울이었다. 밤이었고 사방은 들판이었다. 왜 들판에 있어야 했는지 나는 담요를 둘러쓰고 추위 속에 웅크려 앉아 있었다. 들녘의 억새를 쓸고 가는 바람이 드세었는데, 이제야 생각난다. 날카로운 바람 소리 속에 손풍금 타는 소리가 들렸다. 경쾌한 빠른 곡조였다. 어둠 속에 검은 그림자로 손풍금을 켜던 사람은 분명 광수였다. 그는 깨금발로 원을 그리며 신나게 손풍금을 탔고, 나는 그냥 우두커니 앉아 있었다. 우리는 말을 나누지 않았다. 꿈속에서도 그랬지만 광수의 흐릿한 그림자가 눈앞에서 사라진다. 창으로 바람이 밀려드는데 바깥의 손풍금 소리가 멎는다. 가족은 아직도 마당에서 줄기차게 노래 부르며 놀고 있다. "그 곡 제법 괜찮은데 한번 더 불러봐." 큰애 맏이 목소리다. "할아버지한테 들려주려 배웠지요. 그럼 다시 시작." 둘째 애 셋째 녀석이 손풍금 반주에 맞춰 노래를 부른다.

"저녁 종소리, 저녁 종소리!/얼마나 많은 생각을 불러일으키는지!/고향 땅에서 보낸 어린 시절/거기서 나는 사랑했고, 거기에 내 부모님의 집이 있었지……." 손풍금 반주가 차츰 빨라진다. 빠른 가락에 맞춰 손뼉 치는 소리가 어울러든다. 젊은 시절에 들어본 곡조 같기도 하다. 소련군이 들어온 이듬해던가, 열성자 대회 때 인민들은 발을 빠르게 구르는 경쾌한 소련 춤인 콜로미카, 카라린스카야를 배웠다. 남녀 인민들이 손에 손잡고 원무를 그리며 콜로미카를 출 때 광수는 가운데에서 홀로 손풍금을 연주하며 카라린스카야를 추었다. 공중뛰기를 하다 허리 낮추어 한쪽 발을 앞으로 바꾸어 내밀어가며 땅바닥을 팍팍 굴렸다. 광수는 손풍금 연주 솜씨도 대단했지만 날렵한 몸매로 소련 춤도 썩 잘 추었다. 우리는 모두 광수의 연주와 춤에 취해 입을 다물지 못했다. 땀 채인 얼굴로 모두 휘파람을 불고 탄성을 질렀다. "……고향과 영원히 이별할 때/거기서 들었네, 마지막 종소리/그리고 많은 날들이 지났지만 지금도 생생하네/그때는 참 즐거웠고 젊었었지!/저녁 종소리, 저녁 종소리/얼마나 많은 생각을 불러일으키는지……." 노랫말을 듣자 가슴이 메어온다. 노랫말처럼 그때 그 시절은 젊었고 즐거운 나날이었다. 손풍금을 켜며 노래 부르는 지금 손자녀석이 그 시절 내 나이였다. 광산 십장 하던 일본놈들, 그 아래 붙어먹던 간살쟁이 친일 도배, 역전 상가 경영권을 쥐고 인수놀이 하던 부르주아, 지주, 협잡질 일삼던 사기꾼도 자취를 감춘, 근면하고 정직했던 무산자 인민이 주인이던 세상이었다. 광수는 군당 선전대원들과 함께 집채 농장과 광산을 돌며 소련 노래와 항일혁명가를 부르며 손풍금을 켰다. 리별 집채 유희 시간에 춤가락에 맞춰 손에 손잡고 원무로 춤을 추면 노랫소리는 차츰 빨라지고, 그 동아리 가운데에 광수가 손풍금 타며 깨금발로 춤을 추었다. 전쟁이 터진 그해 7월 초, 나는 집에 들렀다 남조선 해방전쟁 출정식이 있다 해서 역 광장으로 나갔다. 전선으로 떠날 홍안의 소년 전사들과 이를 환송 나온 환영꾼들로 역 광장은 발 디딜 틈이 없었다. 나는 거기서 손풍금을 연주하던 광수를 보았다. 전선으로 떠나는 전사들과 연예대원들이 혁명투쟁가를 소리 높이 부르고 악대들이 연주를 했다. "전선으로 떠나는 나의 가슴엔/동무의 붉은 피가 흐르고 있네/시련에 찬 나날에 정성 다해준/혁명동지 그 사랑 잊지 않겠네……." 그리고 광수와 나의 젊은 시절은 끝났다. 7월 중순, 광수가 인민군에 소집당해 전선으로 떠났기 때문이었다. 광수와 나의 청춘은 해방과 전쟁 사이 우리 가족이 한 울타리 안에 살았던 한 시절이었고, 그 한때는 분명 한여름날 소나기 끝에 보게 되는 오색찬란한 무지개, 그렇게 영롱한 시간대였다. 아슴아슴 그 생각에 빠져드는 순간, 나는 내가 정말 노망에 들지 않았나 움찔 놀란다. 남한에서 살 동안, 죽기 전까지 생각이 그렇게 돌아서는 안 된다고 수없이 다짐했는데 팔순 나이에 이르자 돌아갈 수 없는 그 시절이 왜 안타깝게 떠오르는지 알 수 없다. 누구나 한번은 맞게 되는 죽음처럼, 누구에게나 젊은 한때는 오직 한차례, 조금 전 꿈처럼, 꿈결이듯 짧게 스쳐 가버리기 때문일까.

나는 나를 안다. ◇

제10회 〈이수문학상〉 수상작품집 《슬픈 시간의 기억》 중
(문학과 지성사, 2001)

1

    나 이래 봬도 왜정 시절에 농촌 계몽 나온 청년들이 운영하던 공민학교에서 셈 공부는 물론이고 천자문을 뗐고, 서양 과학에, 우리나라 역사며, 전염병과 세균이 어떠니 하는 신식 보건 위생도 배웠지요. 내 나이 열 살, 그때 공민학교 가교사에서 호롱불 밝혀놓고 세 해에 걸쳐 공부를 했어요. 농촌 계몽 나온 대학생 선생들도 그렇게 열심일 수 없게 가르쳤고요. 야학 공민학교에 처음 나간 지 두 달 만에 내가 조선글을 후딱 뗐지 뭐예요. 등사해서 나누어준 교본을 똑 떨어지게 읽어 내려가자, 이렇게 영특한 생도는 처음 봤다며 총각 선생님한테 칭찬도 받았고요. 그 시절만 해도 보통학교는 읍내에 하나밖에 없었고 읍내까지가 30리 길이라, 면소나 산촌에 틀어박혀 살던 가시나들은 아무리 똑똑해도 정식 학교에서 공부할 기회가 없었잖아요. 왜정 시절부터 선생질 했다니 윤 선생이 나보담 더 잘 알겠지만, 부모님들은 가시나들 공부시켜서 뭘 해, 부엌일에 바느질 솜씨나 익혀서 시집보내면, 서방 모시는 것과 애 낳아 키우는 건 저절로 알게 돼 있으니 잘할 테지 하며 무심했으니깐요. 그건 그렇고, 윤 선생, 10년 안으로는 120살까지 살 수 있다는 테레비 뉴스 봤어요? 암이고, 고혈압이고 노망이고 뭐고, 병이란 병은 앞으로 다 해결되는 세상이 온대요. 그러니 대충 살아도 일백 살까지는 누구나 살 수 있다는구려. 앞으로 50년 후면 의학이 더 발전되어 150살까지 사는 사람도 생긴다니, 그때까지 늘어지게 한번 살아봤으면 좋겠네. 그땐 어디 사람 수명뿐이겠어요, 과학이 엄청 발전해 이 세상이 요지경 천국과 다름없을 거예요. 초정댁이 화장대 앞에 앉아 머리를 빗질하며 남이 듣든 말든 재재거린다. 아침부터 초콜릿을 오물오물 씹고 있다. 미국에서 인간 무슨 지도라더라? 맞아, 개놈인가 개새끼인가, 그런 지도를 연구해서 성공했대요. 우선 개놈으로 만든 명약이 나올 때까지 10년만 무사히 버텨내본다? 그럼 내 나이 여든아홉이네. 아흔에서 한 살이 모자라. 그렇다고 우리가 120살까지 산다는 건 아무래도 무리겠지요? 그렇게 산 사람도 간혹 있긴 하다지만 120살이면 우리 막내아들 박정필 박사 낳은 그해, 피를 됫박이나 토한 끝에 숨을 덜컥 거둔 죽은 영감 나이으 몇 배를 살게 되나? 어디 한번 따져보자. 정필이가 올해 마흔다섯이라, 그해 내 나이가 서른셋이었고 영감 나이 나보다 두 살 위였으니 서른다섯? 초정댁이 수전증 있는 손가락을 하나씩 접으며 셈을 한다. 그래 맞아, 내가 일백 살까지 산다면 영감 나이 세 배쯤 살잖아. 허기사 서른다섯이라면 영감이 아니라 요즘으로 치면 혈기방장한 새파란 청년이지. 지금 세상이야 폐병이 어디 병이오. 양약이 하도 좋아 몸살 들린 정도지. 그러나 왜정 적과 해방 후 한 시절엔 젊은 애들이 폐병으로 오죽 많이 쓰러졌어요. 요즘으로 치면 암만큼 무서운 병이었잖아요. 초정댁은 서방이 눈감을 때 자기를 쏘아보던 마지막 눈길을 지금도 잊지 못한다. 내 비록 방구석에 들어앉아 사는 병든 맹추지만 임자가 한 짓은 알아. 차마 말을 못하고 죽어도 그쯤은 짐작한다고. 서방의 눈빛은 분명 그런 말을 하고 있었다. 평소의 멍청한 눈길이 그때만은 마치 자신의 가슴팍에 비수가 꽂히듯 했다. 병신 주제에 보긴 뭘 그렇게 뚫어지게 봐, 하고 입속말로 쫑알거리며 그네는 서방 눈길을 피해 돌아앉고 말았다. 까무러치게 우는 정필을 안고 젖을 물리며, 누가 우리 서방 저 눈 좀 감겨줘요, 하는 말은 차마 입 밖에 뱉지 못했다. 윤 선생, 우선 남이 다 그 정도 살게 된다는 백 살까지만 살기로 하고 다시 한번 따져봅시다. 초정댁이 머리칼 빗질을 마친다. 방바닥에 떨어진 몽그라진 염색 머리카락을 쓸어모아 휴지통에 버리곤 손을 털며 화장대 앞에서 윤 선생 쪽으로 돌아앉는다. 테두리에 자개 박힌 화장대는 한 여사로부터 물려받은, 고인이 아꼈던 유물이다. 아니, 한 여사가 죽기 전에 내 죽거든 이 경대는 당신이 가지라고 말한 바 없었고 조카란 사람도 챙겨가지 않았으니 자연스럽게 한방 쓰던 초정댁 차지가 된 셈이다. 풀 먹인 모시 적삼을 곱게 차려입은 윤 선생은 창가 흔들의자에 앉아 제자로부터 온 편지를 읽다. 무슨 말이냔 듯 돋보기안경 너머로 초정댁을 본다. 조금 전에 개놈이라 했나요, 개새끼라 했나요? 누굴 두고 하는 말이에요? 윤 선생이 돋보기 너머 눈을 치뜨고 묻는다. 윤 선생은 여태 내 말을 어느 귀로 들었나. 우리를 꼼짝없게 속여먹은 광대댁을 두고 한 말은 아니에요. 양갈보 출신 주제에 뭐라고, 귀부인? 귀부인 좋아

하네. 화장을 떡칠해선 자기가 무슨 대왕대비마마라고 품위가 어떱네, 교양이 어떱네 하고 주접떨던 그 속임수에 감쪽같이 속은 걸 생각하면 자다가도 이가 갈려. 어디 제 년만 잘났나? 교양 정도를 따져도 윤 선생과 내가 윗길이지. 말이 났으니 하는 말이지만 그렇잖아요? 초정댁이 죽은 한 여사를 두고 분김을 못 참아한다. 윤 선생은 그네로부터 하루에도 한두 차례씩은 듣는 한 여사에 관한 독설을 들어내기가 민망하다. 윤 선생은 읽은 편지를 봉투에 넣는다. 편지는, 부산에 살고 있는 동창 몇이 모인 자리에서 선생님 모시고 예전 봉화산에 소풍 가듯 이번 가을에 3박 4일 일정의 금강산 여행을 가면 어떻겠냐는 말이 돌았고, 날짜가 잡히면 다시 연락하겠다는 내용이었다. 편지 끝에는, 전화로 말씀드릴 수도 있으나 왠지 선생님께 예전처럼 편지를 쓰고 싶었습니다란 추신을 달았다. 선생님 모시고 금강산에 가자는 제자들은 '윤기모(윤영은 선생을 기리는 모임)' 회원들이다. 윤 선생은 사진첩을 펼친다. 당시 조선인으로서는, 더욱 여성으로선 입학하기가 하늘의 별 따기만큼 힘들다는 진주사범학교를 졸업하고 열아홉 살에 첫 교단에 선 뒤, 정년퇴직할 때까지 자신이 가르친 초등학교 졸업반 애들의 졸업사진들만 모아서 끼워 넣은 사진첩이다. 윤 선생, 무슨 명약인지 10년 안에 어떤 병도 고칠 수 있는 약이란 약은 다 나온다는데, 그렇게 되면 사람이 120살까지 살 수 있다잖아요. 어젯밤에 식당에서 아홉 시 뉴스 함께 보고선 딴전이네. 그러나 120살은 무리고 일백 살까지만 산다면 난 아직도 장장 스물한 해를 더 살 수 있다고요. 윤 선생은 일백 살까지 살자면 몇 년이나 남았어요? 초정댁을 건너다보며 윤 선생은 미소만 띨 뿐 대답을 않는다. 윤 선생은 손바닥만 한 색 바랜 흑백 사진을 들여다본다. 사진 아래에는 '昭和 十十年'이란 흰 글씨가 찍힌 것으로 보아 태평양전쟁이 한창 치열했던 전시였다. 제사 때나 쓰려 갈무리해둔 알토란 같은 양식과 집안에서 쓰는 놋숟가락까지 성전(聖戰)에 바친다고 거둬들였던 어려운 시절이었다. 지대 위 단층 목조 교사를 뒤에 두고 다섯 줄 계단에 열 명 남짓씩 얼굴 보이게 나란히 서서 찍은 초등학생들 졸업 사진이다. 당시 진영 읍내는 일본인 대지주 '하사마 농장'이 진영평야 2천여 정보 규모의 대농장을 소유하고 있었기에 농장을 관리하던 일본인 가족이 집단을 이루어 살았고, 읍사무소, 소방서, 금융조합, 전매소, 수리조합, 농지개량조합 등에 일본인 직원들이 들어와, 읍내에는 일본 아이들만 다니던 소학교, 조선 아이들이 다니던 보통학교가 따로 있었다. 그네는 진영대창보통학교 교사였다. 사진 속의 조선인 졸업생 수는 쉰 명 남짓이고 선생 뒷줄의 단발머리 여학생 수는 열 명이 채 안 된다. 아랫줄 의자에는 국민복 입고 뿔테 안경 낀 일본인 교장을 가운데 두고 선생들이 나란히 앉았다. 학교 선생은 서무직원까지 합쳐 모두 아홉 명인데 윤 선생은 왼쪽 끝 군모 쓰고 군복 차림에 칼을 찬 일본인 수신 선생 옆에 자리했다. 당시 선생은 학교에서 조선옷 치마 저고리를 입지 못하게 해서 그녀는 흰 블라우스에 무릎 덮인 치마 차림이다. 이듬해 추석 절기에 윤 선생은 수업 시간중, 추석 성묘에 대해 가르치며 조선인은 어디까지나 조선인이다란 요지의 말을 했는데, 그 말이 학생을 통해 학교 측에 고자질되어 해방이 되던 해까지 이태 동안 교직을 떠나야 했다. 윤 선생, 앞으로 스물한 해를 더 산다면, 그 세월이 얼마예요? 아무리 화살같이 빠른 세월이라지만 스물한 해는 강산이 두 번 변한다는 창창한 세월 아닙니까. 내 나이 스물한 살 그 무렵엔 이미 자식을 셋이나 뺐다오. 윤 선생, 안 그래요? 우리 새댁 시절엔 자식을 낳아도 반타작이 다반사였잖아요. 홍진은 고사하고 감기만 심해도 금방 폐렴이 되고, 웬놈으 애들 병은 그렇게 가짓수가 많았던지. 돌아보면 그 시절이 언제였나 싶게 까마득하군요. 열일곱에 시집가서, 열여덟에 보란 듯 첫아들 뽑아놓고, 연년생으로 딸을 낳았지. 그 약골이 계집애 둘은 첫돌도 되기 전에 차례로 죽었다오. 스물하나에 똘똘한 초성이를 낳고, 그러고도 서른셋에 막내아들 정필이를 낳기까지 딸 하나를 더 낳았지 뭐예요. 그 딸 역시 애석하게도 세 살을 채 못 넘겨 잃었으니, 딸 셋을 그렇게 어미 먼저 보내, 자식 농사는 정말 반타작을 했지요. 세상살이며 농사일엔 젬병이라도 영감이 해 빠지고 이불 펴면 구들목 농사 하나는, 요즘 애들 말로 끝내줬다오. 추수 7천 석 하던 부잣집에 시어머니가 딸만 내리 다섯을 낳다 여섯번째야 본, 집안 대를 이을 장자가 우리 영감이었으니 얼마나 애지중지 키웠겠어요. 응석덩이로 크다보니 낮이면 허구한 날 너른 집안에서 빈둥거리며 소일하다 밤이면 전혀 딴사람으로 돌변해 기운 센 수말이 되어 고구마 같은 그걸 앞세워 쳐들어왔으니깐. 어느 날이던가, 찰고구마 허겁지겁 먹다 목이 꽉 메듯…… 초정댁이 말을 더 잇지 못하고 킥킥거리며 웃는다. 그놈으 큰 연장이 목구멍을 꽉 메워 숨을 제대로 못 쉬어 실신할 뻔했던 적도 있었다란 말이 목구멍에서 복숭아씨처럼 걸리고 만다. 방앗간집 머슴 이씨의 연장이야말로 힘을 세울 땐 팔뚝만 한 고구마 같았고 황소처럼 기운이 좋았다. 초정댁은 이씨와 우씨만 떠올리면 살을 저미던 젊은 날의 미쳐버릴 것 같던 정욕과 거센 버들내 황토물살이 함께 떠올라 금방 마음이 달아오른다. 그 연상은 불안과 쾌감이 절묘하게 섞인 소마소마한 흥분의 진저리침이었다. 이 나이 되도록 살아올 동안 짧았던 이씨와의 관계를 떠올리면 격정, 투기, 살의(殺意) 따위가 마음에서 흙탕물로 뒤엉켜 소용돌이치고 살갗에 소름이 돋을 정도로 으스스해진다. 그러나 그 끔찍한 흥분은 신기하게도 그네의 긴 생애에 삶의 의욕을 고양시키는 촉진제 역할을 해왔다. 하여간 마실 나갈 줄도 모르고 술 담배도 안 한 영감인지라 죽는 날까지 밤낮으로 붙어 지냈는데, 서른다섯 나이에 폐병으로 죽기까지 나를 끔찍이도 아껴줬지요. 초정댁은 주름진 옴팍한 눈에 색정을 담뿍 담고 윤 선생을 본다. 윤 선생은 사진 속에서 편지를 보낸 까까머리 한 소년을 찾고 있다. 책보 메고 15리 산길을 등마루 넘고 개울물을 건너 등교했던, 소아마비로 한쪽 다리를 잘록거리던 아이였다. 머리가 영특해 전쟁 뒤 의과대학을 나와 내과 심장전문의가 된 허환이란 소년은 보통학교 졸업식 때 졸업생 대표로 군수상을 탔다. 이제 허군 나이도 일흔 초반에 들었을 터이다. 1942년 초등학교 졸업이라면 졸업생 중 많은 수가 이미 세상을 떠났을 터인데, 부산에 그중 몇이 살고 있으며 아직도 그들이 옛 스승을 잊지 않고 기린다는 게 대견하다. 윤 선생, 내 말 듣는 거요? 초정댁이 묻는다. 듣고말고요. 말씀 계속하세요. 다 듣고 있으니깐. 그런데 오늘은 집안 자랑은 안 하네요? 친정이 아주 잘살았다면서요? 친정집 자랑 좀 하라는 윤 선생 말에 초정댁은 기분이 좋다. 흠이 아닌 자랑이라면 골백번을 되풀이해도 아구창이 아플 리 없다. 출가외인이라고, 족두리 쓰면 그때부터 친정이란 아녀자들 남으 집 뒷간 가기보다 더 어렵잖아요. 내 말했죠? 우리 친정은 면소가 있던 장터목에서 도가를 크게 했다고. 사방 10리 안쪽은 모두 우리 집 도가 술을 썼지요. 자전거로 술독 나르는 장정 일꾼만도 넷이나 두었다오. 사철 집안이 술 익는 내로 들어차다보니 나도 처녀 적부터 부모 몰래 조롱박으로 술맛을 살짝 보곤 했지요. 춘궁기에 아랫것들은 조에 술지게미를 섞어 끼니를 때웠는데 나도 그 밥 먹어보곤 한동안 알딸딸하게 술에 취한 적도 있었다오. 게다가 너른 집안엔 장꾼들 재우는 곁채 큰 방이 세 개나 있었답니다. 그러니 도가에 달린 식구 말고 부엌일, 서답일에, 침모며, 행랑살이 두 가구에. 드난꾼도 많았지요. 사철 집 안팎이 대식구로 북적댔으니깐. 친정집이 그렇게 떵떵거리고 살았으니 매파가 추수 7천 석 하던 대갓집에다. 면소 장터목 도갓집에 몸 튼튼하고 머리 좋은 처녀가 있다고 중신을 섰죠. 초정댁은 한숨을 포옥 쉬곤 조금 시들한 목소리로 말을 잇는다. 내 배에서 자식 여섯을 낳았으나 셋을 어릴 적에 잃고, 지금 셋이 남았으니 내 명도 엔간히 긴가 보오. 내 윤 선생한테 말했지요? 아들 둘, 딸 하나가 얼마나 효자라고. 초정댁의 말이 그 대목에 이르자, 윤 선생은 사진첩에서 눈길을 거두고 창가에 내놓은 야생초 화분을 살핀다. 어제 저녁에 물을 흠뻑 주어 화분의 마사토가 촉촉이 젖어 있다. 꽃며느리밥풀이 붉은 꽃을 피웠다. 풍로초와 패랭이도 꽃망울을 촘촘히 달았다. 가을에 꽃이 피는 아기별풀과 과풀의 열린 잎도 아침 햇살을 달게 받는다. 꽃과 잎들은 저들끼리 도란도란 얘기를 나누거나 햇빛 아래 혼곤한 상태로 아침 졸음을 즐기는 것 같다. 여섯 자식 중에 세 자식을 제대로 키웠는데 큰아들 한필이는 경찰로 경정인가 경장인가, 하여간 간부 자리에 있다 계급 정년으로 은퇴했고, 딸 초정이는 밀양 근교에서 음식점을 하고 있지요. 쩨쩨한 분식점이나 국밥집이 아니고, 가든 아시죠? 숯불 생등심에 갈비와 냉면 파는 대형 음식점 말이에요. 그걸 운영하고 있지요. 주차장만도 3백 평이 넘으니 그 땅값이 얼마겠어요. 내 여기 들어오는데도 초정이가 두말 않고 3천만 원을 선뜻 내놓았죠. 내가 늘 자랑하는 부산 여기 사는 막내아들 정필이는 미국에서 박사 하위를 따온 대학 교수고요. 초등학교 때부터 서울대학교 졸업할 때까지 일등을 놓쳐본 적 없고 늘 장학금 타다보니 대학 학자금이 얼마나 비싼 지 그걸 모르고 공부시켰다니깐요. 막내 정필이야말로 앞으로 박씨 집안 을 크게 빛낼 인물이라요. 내가 그 자식 하나는 정말 잘 낳았지. 며칠 거 리로 들으니 수십 차례도 더 들은 초정댁의 자식 자랑이라 윤 선생은 그 러려니 한다. 윤 선생. 우리 작정해서 앞으로 10년만 여기서 더 버텨냅시 다. 여기에 낸 돈이 아까워서라도 이 악물고 버텨내봐요. 나처럼 심장병 예방과 원기 회복에 그만이라는 쪼코레또도 부지런히 먹어가며. 아스필 링을 하루 한 알씩 먹으면 코로 들어오려던 감기가 도망가고 두통은 물 론, 심장병과 혈압에도 좋은 만병통치약이래요. 상처가 났을 때는 다이 아진, 배 아플 때는 구아니딘, 오입질하다 걸린 성병에는 페니실린이 신 통하게 잘 듣죠. 이것도 다 예전에 외워둔 걸 아직까지 잘잘 외니 이 늙 은이 기억력이 보통이 아니죠? 초정댁이 킬킬거리며 초콜릿 남은 토막 을 입 속에 집어넣는다. 어금니는 없고 틀니로 해 넣은 송곳니조차 성치 못한 합죽한 입을 오물거리며 그네는 손에 남은 초콜릿 빈 포장지를 본 다. 쪼코레또 다섯 통이 다 떨어졌는데 이것들이 왜 면회를 안 와. 오늘 내가 정필이한테 전화 내봐야지. 교수들은 방학중엔 세미난가 재미난가, 자주 해외에 나간다던데 그 애가 없다면 며느리라도 내 용돈 챙겨 쪼코 레또 한 박스에 미제 아스필링 한 통 사오래야지 하더니, 초정댁이 윤 선 생을 본다. 윤 선생, 내가 어디까지 말했나요? 그렇지, 10년만 그럭저럭 버텨낸다면 새로운 약이 속속 나와 엔간한 병은 다 고쳐주고 일백 살까 지는 느끈히 살게 된다지 뭐예요. 운이 좋으면 120살까지 살 수도 있게 된대요. 오래 살다보니 정말 꿈같은 세상이 오잖아요. 아침부터 했던 말을 되풀이하는 초정댁의 사설이 끝없이 이어지자 윤 선생이 그쯤 해두라는 말 대신 자기 의견을 말한다. 저는 일백 살까지 살고 싶지 않아요. 사람이 이 세상에 와서 제 몫만큼 열심히 산 연후에 사회가, 당신은 이제할 일 다 했으니 뒷전으로 조용히 물러나라면 여지껏 살아온 세월이나정리하다 적당한 나이에 죽는 게 순리 아니겠어요? 우리나라 여성 평균수명이 일흔여섯이라는데 그 나이 넘겼거늘, 뭐가 부족해 일백 살까지살아요? 그 나이까지 살라면 전 하나도 즐겁지 않고 한 해, 한 달을 어떻게 보낼까 하는 걱정으로 머리가 어떻게 될 것 같아요. 나이만 자꾸 먹으며 오래 산다는 건 외롭고 슬프지 않아요? 한 해 다르게 몸은 차츰 말을안 듣고 생각마저 흐려지면 그런 외로움이나 슬픔도 잊게 되겠지만. 치매에 걸려 예수님마저 잊어버리면 그 고통이 오죽이겠어요. 본인은 아무런 고통을 느끼지 못한다 해도, 그런 생각만 해도 두려워요. 윤 선생 말에, 정말 걱정도 팔자시네 하던 초정댁이, 그런 걱정까지 떠안겠다면 하늘 무너질까봐 오늘 하룬들 걱정이 돼서 어떻게 살아 하고 빈정거린다. 치매? 노망 말이죠? 난 그런 것 안 걸릴 자신이 있어요. 움직이기 싫어하고 생각을 아주 놓아버린 멍청이 노친네나 노망에 걸리지. 하고 싶은소리 속에 담아두면 그게 곪고 썩잖아요. 그러니 마음에 재어둘 필요 없이 속사포로 쏟아버리면 스트라스 안 받죠. 살아온 세월을 낱낱이 기억하는 내가 왜 노망에 걸려요? 천만에 말씀. 나는 자식 셋 생일날은 물론이고 시부모, 서방 제삿날까지 지금도 다 외고 있어요. 초정댁이 의기양양하게 말한다. 알츠하이머 병은 그렇지 않아요. 많이 배운 사람, 덜 배운 사람, 적극적인 사람, 얌전한 사람, 구별이 없대요. 노년에 건강하고건강하지 않고도 별 상관이 없고요. 미국 전 대통령 레이건 보세요. 7분으 어떤 점이 모자라 그 병에 걸렸겠어요. 돌아가신 우리나라 첫 여성 판사였던 이태영 선생도 그렇고요. 치매란 인간으 노화 과정에서 어느 날 돌연 예고 없이 찾아온다지 않아요. 인간 두뇌으 그 신비스런 변화를 아직도 의학이 완전 해결할 수 없답니다. 초기에 발견하면 학습과 운동요법으로 어느 정도 지연시킬 수는 있다지만. 윤 선생 말을 초정댁이 반박하고 나선다. 윤 선생, 여태 내 말 어느 귀로 들었어요? 그러고 보니 정말 윤 선생이 노망들 징조를 보이네. 현대 의학이 바로 그 문제를 5년 안에 해결한다지 않아요. 윤 선생 입가에 계면쩍은 미소가 감돈다. 의학 발전도 좋지만 하나님이 정해놓으신 인간 수명을 무엇 때문에 억지로 늘이려는지 모르겠구려. 구약성경에는 믿음으 조상 아브라함이 일백칠십다섯 살까지 살았다지만, 그 나이까지 보통사람이야 살 수 없지 않아요? 윤 선생이 돋보기안경을 벗고 부채를 집어 바람을 낸다. 그 말에 초정댁이 화제가 궁한 말길을 잡았다는 듯 목소리가 생기를 띤다. 말씀 한번 잘하셨네. 맞아, 아부람이야. 두고 봐요. 앞으론 아부 그 사람 연세까지 사는 사람이 필경 나올 거예요. 성경책이 다가올 앞 세상을 내다보고 씌어졌다더니 그 말이 꼭 맞네요. 목사님이 성경을 예정서 아니, 예언서라 했잖아요. 그봐요, 성경이 거짓말을 안 했담 일백칠십다섯 살까지 느끈하게 사는 사람도 있었잖아요. 예전에 우리 친정 동네에도 사람을 보면 예언을 잘하던 마님이 있었지요. 관상과 말씨, 하는 짓을 보곤 그 사람 장래를 얼추 맞혀냈으니깐요. 그네는 도갓집 안방마님을 떠올린다. 금실아, 뭐가 좋다고 그렇게 큰소리로 깔깔거려. 여자 웃음이 담장 넘으면 집안에 망조가 들어. 누가 빵덕어미 자식 아니랄까봐, 애가 원 저렇게 설쳐대서야. 아는 체 뽐내며 촐랑대는 꼬락서니하고선. 남자처럼 걸걸한 목소리로 호통을 내리던 주인마님이었다. 초정댁이 입가를 손등으로 훔치자 입꼬리에 묻었던 초콜릿 액이 주름살에 배어 턱으로 번진다. 초정댁은 윤 선생 전도로 교회에 나가기 시작한 지 일년 남짓 되었다. 일요일 낮 예배에는 윤 선생을 비롯한 가동 다른 교인들과 함께 아파트촌 상가 건물 지하에 있는 교회로 나긴다. 그러나 그네는 교회당 문턱이나 넘나들 뿐 목사 설교에는 별 관심이 없고 세상 소문 듣기와 사람 사귀기를 좋아해 그동안 교회에서 또래 여럿을 사귀어 나들이 다니는 재미를 더 즐긴다. 밤 예배는 텔레비전 연속극을 빠뜨리지 않아야 했기에 나가지 않았다. 초정댁, 하나님이 아브라함을 선택하사 장수으 축복을 내렸다 해서 성경이 예언서는 아니에요. 성경 말씀은 구약 시대와 신약 시대로 나누어지는데…… 윤 선생이 미소 띠며 말을 시작하자, 초정댁이 얼른 그 말을 자르고 나선다. 어쨌든 예수님을 열심히 믿은 덕에 아부 선생이 그렇게 오래 살았다잖아요. 우리도 더 열심히 예수 믿어 그렇게 오래오래 살도록 합시다. 나야 교인 등록은 했지만 이제 걸음마 시작한 아기요 돌 예수꾼 아네요. 그러나 예수님 믿는 데는 나이며 순서가 없다니 늘그막에 예수님 만난 나 같은 늙은이에겐 꼭 맞는 종교예요. 이 세상에 태어나 죄 안 짓고 진짜로 깨끗이 살다 죽은 사람은 눈 닦고 찾아봐도 없다, 인간 종자는 하나같이 모두 죄인이다. 그러므로 예수 믿고 회개하면 누구나 천당에 갈 수 있다. 그렇게 선포한 예수님 말씀은 정말 마음에 쏙 들어요. 누가 들어도 혹할 그런 말씀은 예수님만이 할 수 있었으니 신자들이 예수님, 주님 하며 구름같이 모여들었잖았겠어요. 윤 선생이 초정댁 입가에 핏자국처럼 번진 초콜릿 액을 보고, 입 주위를 닦으라고 말한다. 초정댁이 돌아앉아 거울을 보더니, 생간 먹은 꼴이루규 하며 두루미리 휴지를 끊어 침을 뱉어선 입술 가장자리와 턱을 닦는다. 갓 잡은 소 생간을 참기름 소금에 찍어 소주 한잔 마셨으면 딱 좋겠네. 초정댁은 출가한 두 여식이 제 친정 아비를 맡지 않으려 해서, 밀양에 사는 초정이한테 억지로 떠넘긴 큰아들 한필이를 생각한다. 두 돌이 다 되도록 애가 걷지도 못하고 말을 제대로 못하니 그쪽 피를 받았는지도 모르지. 머리털이 거의 없고 피골이 상접한 맏손자를 보며 시아버지가 하던 말이었다. 그쪽이란 초정댁 시어머니 친정을 두고 한 말로, 그네의 시어머니는 손가락 셈조차 못하는 아둔한 사람이었고 판서가 난 명문세족이라지만 집안에 좋잖은 유전병이 있었던지 형제 중에도 사람 구실 제대로 못하는 반불출이 둘이나 있었다. 초정댁 시아버지 박광달은 면소에 출타했다 돌아오는 길이면 도수장에 들러 갓 잡은 소 생간과 지라를 구해와 대를 이을 병약한 어린 맏손자 한필이에게 먹이곤 했다. 초정댁은 집안의 솟대로 우뚝했던 헌걸찬 시아버지의 생전 모습을 떠올리자 목이 멘다. 세상 떠나가라 앵앵 울음 울고 이 세상에 태어나면 딱 한 번 살다 가는 게 사람 목숨 아녜요. 바보 천치에 제명이 짧아 요절하면 그만이지만 한세상 살다 보면, 세상 이치가 모두 그렇잖아요. 기회란 오직 한 번뿐이에요. 젊은것들으 사랑 타령도 꽃다운 나이 한 시절이고, 농사도 여름 한 철이요, 사업도 불같이 일어날 한 시절이지만, 집안을 일으켜 세우는 일만은 달라요. 우리 시아버님이야말로 인물 잘난 장부였지요. 말로 치자면 종마로, 빈한한 소작농 출신이었으나 데릴사위로 장가간 덕분에 처가쪽 논을 마흔 댓 마지기나 물려받았고, 그걸 토대로 계속 전답을 사들여 당대에 대지주가 되었으니 근동에서 박광달 주사 전답 안 밟곤 대실마을로 들어갈 수 없다고들 말했지요. 사람은 우선 근본이 똑똑하고 봐야 해요. 곡식 씨

앗도 그렇듯 인간도 근본이 좋은 종자는 따로 있다니깐요. 참, 자식 만들기도 그렇잖아요. 사내가 시도 때도 없이 아무리 자주 싸줘도 씨가 되는 경우는 오직 한 번이잖아요. 한꺼번에 싸지르는 수천만 마리 올챙이 새끼 중에서도 가장 힘센 한 마리만 태반으로 들어가 자식이 된다잖아요. 쌍둥이는 두 마리가 서로 박치기하며 태반에 함께 들어가 씨가 되겠지만 말이에요. 그러나 밭만 좋으면 뭘 해요. 종자가 좋아야지. 말을 하고 보니 자식 낳아보지 않았다는 윤 선생한테 내가 미안한 말을 하고 말았네. 자기 말의 재미에 취해 초정댁이 킥킥거리다 머리를 돌린다. 감쪽같게 흔들의자가 비었다. 윤 선생이 어느 사이 방에서 사라졌다. 그럼 내가 여태껏 허깨비를 보고 말했던가? 초정댁이 고개를 갸웃한다. 윤 선생이 어느새 밖으로 나가버렸는지 알 수 없다. 조금 전까지만도 분명 눈앞에서 사진첩 펼쳐놓고 들여다보며 자기 말을 들었는데, 종자 이야기 끝에 웃다보니 연기처럼 없어졌다. 나동 병자들에게 전도하러 갔나? 이 여편네는 나가면 나간다고 말을 해야지 꼭 유령처럼 사라진다니깐. 허긴 자식 낳아보지 않은 여편네라 자식 얘기가 나오면 듣기가 싫겠지. 자식 낳아보지 않은 여자는 여자가 아냐. 조물주가 왜 여자를 만들었겠으며, 여자가 없담 인간이 어떻게 번성할 수 있어. 산고 치르며 자식 낳아봐야 그 자식 귀한 줄 알고, 산고 끝에 낳은 자식 어미 눈앞에서 저승에 보내봐야 생살 찢는 고통이 어떤지를 알게 되지. 인간 덜 된 맹한 자식 키울 때는 또 얼마나 애간장이 녹아나고. 초정댁은 자기 명의로 남아 있는 버들내 논을 물려주겠다는 조건을 달아 초정이한테 얹혀둔 큰아들 한필이를 생각한다. 큰아들 한필이는 마누라를 두 번씩이나 얻었으나 몇 해를 못 살아, 첫째 며느리는 돈을 빼내 놈팡이와 눈 맞춰 도망가고, 둘째 며느리는 바보 서방과 안 살겠다고 집을 나가버린 통에 거기서 난 배다른 손녀딸 둘을 자신이 맡아 키워 시집보냈다. 양지가 있으면 응달이 있다고, 그런 게 다 인생살이 아니겠어. 윤 선생은 도대체 자식도 안 키워보고 그 나이 되도록 뭘 하고 살았는지 모르겠군. 윤 선생은 인생이 과연 어떤 건지, 그 절반도 경험하지 못한 여편네야. 하기사 공책에 무언가 빼곡히 적는 걸 보면 마음속에 든 말이야 만리장성을 이루겠지. 한 시절엔 몰래 남자 재미도 봤을 거야. 얌전 빼는 요조숙녀 치고 치마폭에 꼬리 안 감춘 여우 가 없다는데, 윤 선생을 두고 한 말일는지 몰라. 자기 말로는 애초에 결 혼은 뜻이 없었고 주 예수님 열심히 믿고 학동들 가르치는 낙으로 이날 이때껏 살아왔다지만, 그 말이야 평생 선생질 한 예수쟁이들으 체면 발 린 소리겠고, 어쩌면 남으 서방 그림자 밟으며 첩질하다 자식을 봤을 수 도 있잖아. 본처가 석녀라면 자기가 낳은 자식을 빼앗겼을 수도 있지. 한 세상 살아오며 세상살이에 요령 피울 줄 모르는 순해빠진 여자도 그동안 숱해 봐왔어. 돈 몇 푼에 씨받이를 자청하고선 애만 빼내 넘겨주고 선선 히 물러나는 쑥맥이 어디 한둘이었나. 첫 약속과 달리 날이 갈수록 낳은 자식이 눈에 밟혀 울고불고 해도 본처가 뺏은 자식을 보듬고 친엄마를 면회시켜주지 않으니 허구한 날 눈물로 세월 보내던 맹추들. 당차지 못 하고 꾀를 쓸 줄 몰라 등신처럼 그렇게 당한 게지. 나를 꿔다놓은 보릿자 루로 아느냐며 신문에 투서하고 청와대에 민원 내겠다고 공갈 쳐 평생 먹고 살 한재산 톡톡히 우려내야. 곡식이고 사람이고 좋은 씨 받아낼 때도 그래. 이녁 쪽 실속만 차리면 됐지 상대 형편 봐줘 뭘 해. 내 언젠가 윤 선생으 숨긴 내력을 반드시 밝혀낼 테야. 아무리 용의주도하다 해도 늘 차고 다니는 열쇠고리를 깜박 잊고 흘리는 날이 있겠지. 저도 나이가 얼만데 총기가 예전만 같을라고. 열쇠만 쥐면 화장함 열어 일기인지 뭔지, 그 공책을 들춰보고 말 테야. 내 그런 일쯤은 이력이 있잖아. 햇수로 벌써 46년 전 일을 초정댁은 어제 같게 선명히 떠올릴 수 있다. 우씨가 떠오르자 그네는 갑자기 명치가 결리고 등골에 송충이 기어들 듯 근질근질해진다. 평생을 한솥밥 먹고 살 팔자 아니라면 내가 신고를 잘했지. 우씨가 경찰에서 조사를 받던중 유치장에서 스스로 목을 매었다니 그 인생이야 불쌍치만 그것도 다 제 팔자요, 그 입은 그로써 영원히 봉해졌잖아. 초정댁은 혼잣말을 구시렁거린다. 우씨가 경찰서에 잡혀 들어간 사단으로 대실마을이 발칵 뒤집히고, 경찰서에서 조사를 받고 나온 구장 아들이 그런 말을 했다고 장터댁이 들었다. 우 선생이 남파된 간첩이라니. 생각이 우리 촌것들보다 훨씬 앞섰으나 간첩질 할 사람이 벽촌에 뭘 보고 들어왔으며, 어떻게 그토록 허술하게 처신할 수 있어? 간첩 잡는 실적 올리면 포상금 받고 영달된다니깐 조작한 게 분명해. 매 앞에 장사 없고 털어 먼지 안 나는 사람이 어딨어. 자살? 고문으로 죽었을는지도 몰라. 이런 말도 조심해야지. 조져대며 코에 걸어 코걸이라 우기면 코걸이가 되는 세상 아냐. 그렇게 말했다는 구장 아들까지 장터댁이 경찰서에 신고하지는 않았다. 우씨의 경우와 달랐고, 그럴 필요성이 없었다. 내가 미쳤다고 을씨년스런 그 시절을 떠올리며 빈 방을 우두커니 지켜, 하며 초정댁은 경대에 얹힌 태극선 무늬의 부채를 들고 일어선다. 아침부터 기온이 천천히 부풀어오르고 바깥은 매미 울음 소리가 시끄럽다. 올 여름은 유난히 매미 울음이 극성이다. 매미 울음은 수놈이 암놈 부르는 소리인 줄 아는데, 수놈은 해 빠지고 깜깜해져도 쉬지 않고 팔자 좋게, 내 여기 있다며 암놈을 불러댄다. 누가 나더러 매미라더니 매미 팔자가 오죽 좋아, 하며 초정댁은 마당이 내다보이는 북쪽 창밖을 본다. 나도 한때 암매미 같은 시절이 있었지. 앞섶 차고 오르던 큰 젖통과 덩실한 방뎅이 흔들고 걸으면 사내들이 내 몸매를 훑어보며 군침깨나 흘렸지. 눈만 한번 흘겨도 사족을 못 써 수매미처럼 울어댔으니깐. 우씨의 얼굴이 다시 설핏 눈앞에 스친다. 우씨는 처녀 시절 면소 공회당에서 본 악극단 배우나 가수처럼 용모가 준수했다. 징병되어 전방에 떨어진 서방이 전사하자 졸지에 전쟁 과부가 된 대실마을 새파란 것들이 우씨 앞에서 방뎅이 흔들며 사족을 못 썼으니깐. 그해 늦봄, 장터댁은 우씨와 한 달 남짓 정분을 나누었다. 통정으로 아랫도리 문을 열자 시도 때도 없이 가랑이 사이가 열불로 달아올랐다. 서른을 갓 넘겨 한창 물이 오른 나이인데 폐병 걸린 서방의 잠자리 농사가 영 시원치 않자 가지밭과 오이밭만 보아도 금방 아래가 축축해져 절로 거기에 손이 갔던, 울어대는 수매미 품이 그리웠던 시절이었다. 멀리 보이는 아까시나무 숲은 녹음만이 청청할 뿐 미동조차 않는다. 바람 한 점 없고 눈부신 햇살만 퍼부어 내린다. 낮이면 한증막 같게 더위가 찔 터이다. 소나기라도 한줄기 퍼부었으면 좋으련만 기상대 예보로는 늦장마에 태풍이 한두 차례 있을 거라는 통보뿐 밤에도 열대야가 계속되어, 말복 넘기기가 숨이 차다. 웬일로 오늘은 우씨 그 양반이 앉으나 서나 나타나. 우씨를 밀쳐내는 방법은 또 누구와 쉼 없이 지껄이는 것이다. 초정댁은 5호실에 가보기로 한다. 윤 선생이 차관마님 방에 있다면, 남의 말을 무시하고 고양이처럼 살그머니 빠져나갈 수 있냐고 한마디 쏘아줄 작정이다. 초정댁은 이 방 저 방을 기웃거리다 5호실 방안에서 들려오는 산파댁 목소리에 걸음을 멈춘다. 그네는 방안으로 들어가기 전 부채로 바람을 내며 빼꼼 열린 방문을 통해 산파댁 말부터 엿듣는다. 산파댁은 보름 전에 입소한 신참으로 전직이 조산원 출신이다. 가동에서는 나이가 젊은 축인 일흔넷으로, 출신답게 말솜씨가 야무지다. ……8·15해방되기 세 해 전인가, 만주 하르삔에서 말이에요. 그래서 밤중에 보초병에게, 마을에서 산고로 죽어가는 산모가 있다는 연락이 왔다며 가짜 외출증을 내보이고 그 지긋지긋한 지옥에서 빠져나왔죠. 벽돌 담장이 높다랗고 철조망까지 겹으로 쳐진 관동군 731부대는 만주에서도 악명이 높았죠. 그 부대 특설 감옥에 한번 잡혀 들어가면 살아서 나오는 자가 없었으니깐요. 실험 삼아 사람을 죽여선 큰 화덕에 처넣어 흔적 없이 화장해버린답니다. 지금도 일본 관동군으 죄악상을 보존한다고 그 감옥을 예전 그대로 남겨둔 걸 텔레비전에서 봤어요. 죄증 진열관을 화면으로 보는 순간, 예전 악몽이 되살아나서…… 산파댁이 괴기담을 들려주듯 긴장 띤 목소리로 소곤소곤 말하자, 차관마님이 깜짝 놀라, 뭐라고? 무슨 실험이라 했어? 하고 묻는다. 할머니, 마루타란 말 들어보셨어요? 통나무란 뜻이지요. 사람을 통나무 다루듯 생체 실험을 한답니다. 독립운동 한다고 잡아들인 멀쩡한 조선인과 중국인, 만주인을 실험 도구로 삼는 거예요. 페스트 같은 악성 세균을 주사로 체내에 삽입한 후 어떤 증상이 어떻게 나타나느냐, 그 전염병에 걸리면 사람이 얼마를 버티다 죽느냐, 하는 실험을 조선인 간호원으로서 날마다 내 눈으로 보아내야 한다는 게 얼마나 끔찍해요. 온몸이 꼬챙이처럼 마르거나 부종과 종기가 생겨 살이 짓물러 터져 마치 나병 말기 꼴로 신음하다 덜컥 숨을 끊는 처참한 장면을 차마 눈뜨고 볼 수 없었답니다. 저는 그 길로 무작정 도망쳐 얼음 언 강을 넘었고, 지녔던 패물이며 돈을 줘가며 중국인 집이나 조선인 집에 피신해선 밤마다 해 뜨는 동쪽으로 무작정 걸었죠. 마차를 얻어 타기도 했지만요. 코, 귀, 발가락에 동상이 박히고 발바닥엔 피멍이 맺혀 절름거리며 겨우 로스케 땅으로 들어갔지요. 배운 도둑질이라고 거기 로스케 군병원에서 다시 간호원 생활을 하다 일본이 망하고 조선 땅도 해방됐다는 소식을 듣고서야 두만강 넘어 환국했어요. 산파댁말에 차관마님이, 임자 고향이 어딘데? 하고 묻는다. 황해도 은율이라요. 산파댁 사설이 끝났음을 알자 초정댁이 방문을 활짝 열고 방안을 들여다본다. 윤 선생은 없고 차관마님이 곱사등이처럼 굽은 몸으로 눈을 깜박이며 산파댁을 보고 있다. 아들이 전직 차관 출신이라 붙여진 택호인 차관마님은 구순을 바라보는 고령이라 거동이 불편하고 정신조차 오락가락하지만 아직 듣는 귀는 밝다. 정신이 흐릴 때는 입 다물고 멍청하게 앉아 있으나 정신이 맑을 때는 아이처럼 뱅긋이 웃으며 누구의 말이든 관심 있게 잘 들어준다. 상대가 하는 말의 내용 중 태반은 이해하지 못하면서도 자기를 동무해주는 게 고맙다는 천진스런 표정으로, 뭐라고? 그래서? 하며 상대 말을 되묻거나, 그렇게 됐군, 그 말이 맞아, 하고 맞장구도 쳐준다. 초정댁은 자신이 끼어들 자리를 발견해 잘됐다 싶어 방으로 들어간다. 산파댁, 무슨 이야기를 그렇게 속닥속닥 재미나게 하세요? 어디 나도 한 자리 듭시다. 초정댁이 산파댁 옆에 앉는다. 초정댁 입 싸다는 소문을 들었는지 산파댁이 그네를 보더니 마뜩찮은 낯색으로 마지못해 말한다. 왜정 말기 만주에서 겪은 얘기라요. 하도 끔찍해서 평소엔 입에 잘 담지 않았는데 어쩌다 그런 말이 나오게 됐는지 모르겠네요. 그 시절을 돌이켜보면 나부터 열받으니 이 얘긴 다시 꺼내지 말아야지. 산파댁이 아예 입을 봉하겠다고 선언하곤 엉덩이를 뒤로 물린다. 그네는 해방 전 관동군 731부대에서 간호원으로 근무했던 경험담을 기로원 가동 누구한테든 발설하고 싶어 입이 근질근질했으나 함부로 내뱉기도 무엇하던 참에 말귀 잘 못 알아듣는 차관마님과 자리하게 되자 실컷 읊어대던 참이다. 그렇다고 입 다물고 얌전히 물러설 초정댁이 아니다. 그 시절 만주에서는 왜놈 군대가 독약 주사를 놓아 생사람을 통나무로 만들어 불에 태워버렸다며? 나아 왜정 말기 시골에 들어앉아 살았으니 공출이다, 징용이다며 왜놈들이 농사꾼 피고름 짜는 꼴은 봤지만 독립 운동꾼 잡아다 독약 주사 놓는다는 건 소문으로도 못 들었어요. 그러나 해방이 되자 세상이 난장판으로 변했잖아요. 반공청년단이다, 빨갱이다, 우다, 좌다 주장하며 끼리끼리 뭉쳐 꼭 피를 봐야 속 시원하다며 쌈질하는 통에 생사람 줄초상 나는 꼴을 숱해 봤잖았나요. 우린 올망졸망한 자식들 한창 키울 나이에 6·25전쟁을 겪었잖았소. 그 험한 세월을 산파댁도 겪었지요? 생사람 목숨이 하루살이처럼, 어느 날 저녁밥 잘 먹고 불려 나간 게 그 길로 소식 없이 영 사라진 남정네들이 어디 한둘이었어요. 무법천지 세상이었잖아요. 우리 시댁은 면내에서 내로라하던 땅부자에다 시아버님이 면내에선 알아주던 유지요, 반공청년단 지도위원을 지냈지요. 그래서 빨간 물 든 작인들이 시댁을 불구지원수로 여겨 그놈들 때문에 집안이 당한 피해가 적잖았답니다. 어휴, 그 시절은 생각만 해도 끔찍해. 뒷산에는 봉화불이 오르고, 강변에는 청년들이 죽창 들고 모여 으싸으싸 하며 무산자 해방이니, 붉은 피 바쳐 투쟁하자느니, 그런 노래를 목청껏 부르고, 횃불 들고 집집마다 돌며 죽일 놈과 살려둘 놈을 가른 후에 돈푼깨나 만지는 지주나 경찰 가족은 버들내로 끌고 나가…… 차관마님이 초정댁의 말을 자르고 묻는다. 버들네? 버들네는 나를 키워준 유모야. 우리 형제는 모두 버들네가 키워줬어. 양버들처럼 바람에 날려

갈까 겁나는 호리호리한 여자였지. 동학당인가, 그 난리판에 뛰어든 서방이 집 떠나 아주 소식이 없자 계집애 하나를 데리고 우리 집에 들어왔어. 어린 우리 형제를 암죽 잣죽 먹여주며 아장아장 걸을 때까지 아기업개 노릇을 했지. 동생들을 그렇게 키우는 걸 내가 봤거던. 셋째 동생 진철이 보통학교에 들어갈 때 무슨 병인가에 걸려 시름시름 앓다 죽었지. 차관마님이 회상에 잠겨 찌져그레 고인 눈곱을 닦는다. 차관마님, 버들내는 아녀자 택호가 아니에요. 내가 살던 대실마을에서 반 마장 나가면 있던 낙동강으로 빠지는 큰 개천 이름이에요. 버들처럼 휘어져 흐른다고 그런 이름이 붙여졌죠. 겨울철엔 깊은 데래야 무릎밖에 안 차지만 여름 장마철엔 물이 불어 사람 키가 넘게 콸콸 흘렀어요. 어느 핸가 살래다리가 강물에 떠내려가 친정인 면소 장터목으로 나가는 길이 두절되기도 했고요. 6·25전쟁 전후, 그 버들내에서 숱한 사람이 죽었지요. 군인이며 경찰이 산사람(빨치산)을 잡아와 버들내에서 총살시키거나 철사로 손발 묶어 수장시키고, 또 빨갱이 무리는 지주며 우익 끄나풀을 버들내로 끌고 가서 죽창으로 찔러 죽여 물에 떠내려 보냈지요. 초정댁은 한 떼의 장정이 횃불을 앞세워 죽창과 쇠스랑을 들고 시댁에 몰려와, 친일 매국노, 악덕 지주를 처단하자고 고래고래 악을 썼던 전쟁 전 어느 날 밤을 떠올린다. 마을 청장년을 대동아전쟁 총알받이로 내몰고, 처녀들을 정신대에 끌어넣은 박광달을 처단하자! 박광달은 소작인으 고혈을 빨고 고율으 장리 빚을 놓아 전답을 빼앗았다! 박광달은 애국 청장년을 빨갱이로 몰아 경찰에 밀고했다! 그들은 함성을 지르며 터진 봇물처럼 집안으로 밀려들었다. 대문 밖에서 그런 소란이 있을 때 초정댁 시아버지 박광달은 허겁지겁 뒷담을 넘어 용케 몸을 피했고, 집안 아래채 방에 장터댁 서방

박영대가 멍청히 앉아 있었으나 그들은 방문만 열어보았을 뿐 그를 보고도 모른 체했다. 영대는 불쌍한 동무 아냐. 그냥 두더라고. 수염 거칫한 포수 총을 든 사내가 그네의 서방을 두고 하던 말을 초정댁은 우사 옆 거름 더미 뒤에 숨어서 들었다. 아래채와 곳간이 불길에 휩싸였다. 그 당시 주동자들은 그 사단 이후 마을을 떠나 산으로 올라갔으나 남아 있던 몇은 전쟁이 나자 보도연맹 명부에 이름이 올라 있었기에 그 무덥던 여름 어느 날 치안대에 끌려 나간 뒤 영원히 고향에 돌아오지 못했다. 나중에 들은 말이지만 버들내로 끌고 가서 총살시키고 수장해버렸다 했다. 초정댁은 버들내에 걸린 살래다리가 떠오르자 악몽에서 깨어난 듯 그만 입을 닫고 만다. 그러나 닫은 입이 참을 수 없다는 듯 금방 열린다. 다 있을 수 있는 일 아니에요? 그 시절엔 내남없이 그랬으니깐. 사람을 살리고 죽이는 게 종이 한 장 차이, 맞잖아요? 그날 일진이 좋으면 살아남고 일진이 나쁘면 날벼락으로 죽임을 당한 시절이었지. 시어미한테 태방 맞으면 부엌 아궁이 앞에서 졸던 강아지 발길질하듯, 애꿎게 발길질당한 강아지가 무슨 죄가 있어요. 사람 죽이고 살리는 것도 그 이치와 하나 다를 바 없으니깐. 자기 한 몸 보신하자면 살인인들 대수인가요. 세상 이치가 그렇잖아요, 전쟁이 그렇듯. 우선 내가 살고, 다음은 내 식구부터 챙겨야 했으니까요. 남이야 애꿎게 총알을 맞든, 죽창에 찔려 죽든 무슨 상관이에요. 내 집에 불 안 나면 남으 집 불 구경이 오죽 재밌어요? 말이 났으니 하는 말이지만, 내 막내아들 박정필 박사는 징집 적령기가 되자 미국으로 유학 보내 군에서 뺐죠. 사람 죽이는 연습하는 거긴 뭣하러 보내 아까운 청춘을 3년씩이나 썩여요. 난세를 사는 방법에는 성현군자 말씀이 다 공염불이에요. 우리가 그런 한 시절을 살아왔잖아요. 머리 잘 돌아가는 영리한 사람은 시류를 잘 타고, 책상다리하고 앉아 서책 펴놓고 정치 경제가 어떠느니, 이 세상 꼴이 어떻게 돌아간다느니, 그렇게 공자 왈 맹자 왈 따지던 사람들 해방과 전쟁 와중에 좌와 우에 부대끼다 비명횡사했고, 요즘 세상엔 찬밥 신세 아니에요. 오늘날 세상 이치가 그렇잖아요. 언변 좋아 사기를 치더라도 이 세상은 권세 있고 돈 많은 자가 장땡이잖아요? 그래서 그런지 교회당에 앉았다보니, 내 남편 출세시키고, 가족 건강 지켜주고 돈 많이 벌게 해달라, 내 자식 입학시험에 합격시켜달라, 목사고 교인이고 그런 기도밖에 안 하데요. 초정댁이 빠르게 지껄이자, 속물이 따로 없군 하듯 산파댁이 힝, 하고 콧숨을 뿜곤 안면을 돌리고 만다. 그 말끝에 초정댁이 입을 닫자 산파댁은 침묵하고, 차관마님이 고개를 끄덕이며 맞장구를 친다. 그래, 그랬어. 맞아. 6·25 때 말이지? 참말로 어려운 시절이었어. 나중에 정승 지낸 내 아들이 그때 새파란 군청 직원이었잖나. 장정들 군에 보내는 가가리를 맞았는데 자식들 사지로 안 보내려 사방에서 와이로 쓰고 협박 또한 얼마나 심했던지, 내 아들이 죽을 고비도 몇 차례 넘겼어. 그네가 치를 떤다. 입가로 침이 흘러내린다. 차관마님의 말을 초정댁이 받고 나선다. 우리가 그런저런 험한 세월 다 넘기고 이날 입때까지 살았으니 명 하나는 하나님으로부터 오죽 축복을 받았어요. 아부람 연세까지는 뭣하고, 우리 모두 더도 말고 일백 살 채우고 죽읍시다. 차관마님이, 네 말 맞다며 머리를 끄덕인다. 암, 그래야지. 벽에 똥칠하더라도 오래 살고 볼 일이야. 미국 들어간 며느리년 돌아올 때까진 내 두 눈 부릅뜨고 살아야지. 제 년이 미국 들랑거리면서 봐둔 놈팡이가 있었는지 자식들 핑계대고 도망쳤으니, 착하디착한 내 아들이 무슨 죄가 있어. 어머니 편안한 데 모시겠다며, 여기로 보낼 때 어깨 들먹이며 운 자식인데. 그 자식이 박통령 때 정승 지냈잖나. 그런데 아부람이라? 그 사람이 누구니? 미국 사람이니? 차관마님 말에 초정댁이 주위를 둘러본다. 참, 여긴 윤 여사가 빠진 자리네. 산파댁, 아까 윤 선생과 현대 의학 얘기를 했어요 하곤, 초정댁이 텔레비전 뉴스시간에서 들은 게놈에 대해 산파댁에게 다시 장황한 설명을 늘어놓는다. 의학 발달이 우리를 그 나이까지 살게 해준다는데 억울하게 빨리 죽을 이유가 어딨어요. 참, 산파댁 만나면 내 이 말 꼭 하려 했어요. 산파댁은 우리보담 아직은 팔팔한 나이고 사회 경험 많으니 캄푸타 한번 배워봅시다. 산파댁이 먼저 배워 여기 식구들 가르쳐주면 돼요. 아파트촌에 가면 노인들에게 무료로 그걸 배워주는 데가 있대요. 대학생들이 여름 봉사 활동으로 노인들에게 캄푸타를 배워준답디다. 산파댁, 돈궤만 한 캄푸타란 기계 봤지요? 그게 바로 요술상자래요. 그 속에는 없는 게 없대요. 눈 나쁜 노친네들이야 배울 수도 없겠지만 나야 아직은 그런대로 시력이 괜찮아요. 난 화투장 끝만 쬐끔 봐도 금방 패를 읽어요. 2월 매조 쭉정이다, 새 세 마리 창공에 나르면 8월 열끗이다, 척척 맞혀내지요. 똥광은 돈이라 화투장 그림도 얼마나 멋져요. 첫 패에 똥광 들어오면 그날은 돈 따는 일진이에요. 노인네들은 화투 즐기면 기억력에도 좋고 노망에 안 걸린다잖아요. 초정댁의 말에 차관마님이 끼어든다. 화투 말이지? 화투 좋아하면 패가망신해. 내 셋째 아들이 그래서 재산 다 날리고 눈깔 뒤집혀서 주야장철 술독에 빠져 살더니 어미 앞서 마흔 나이에 객사하지 않았는가. 화투장만 눈에 띄면 난 보는 족족 아궁이에 처넣어. 화투 얘긴 내 앞에서 하지도 마. 내 말 들었지? 차관마님이 버럭 역정을 낸다. 초정댁은 가동 노인들과 어울려 동전내기 화투를 곧잘 치고 추렴한 돈으로 막걸리나 소주를 사다 마시기도 한다. 그네는, 나 이래 봬도 도갓집 딸이라 막걸리는 엔간히 마셔도 취하지 않는다오 하며 사발잔으로 막걸리를 넙죽넙죽 잘도 마셨다. 초정댁 사설에 끼어들까 말까 하던 산파댁이 입 닫곤 참을 수 없다는 듯, 차관마님 쪽을 보고 흰소리를 한다. 할머니, 생각 좀 해보세요. 지금 이 나이에 컴퓨터 배워 그걸 어따 써먹겠어요? 젊은 애들이나 홀랑 빠져 토닥거리는 기겐데. 컴퓨터 나오고 애들 눈이 아주 나빠졌다지 않아요. 날마다 퍼뜩이는 화면만 죽어라고 들여다보니 눈이 나빠질 수밖에요. 요즘 애들 열에 일곱은 모두 안경을 끼잖아요. 어디 우리 젊었을 적엔 노친네들이나 간혹 돋보기 꼈지 안경 낀 사람이 그리 흔했나요? 산파댁 말에 초정댁이 콧방귀를 뀌며 샐쭉해한다. 이제 보니 사회 활동 오래 한 산파댁이 나보다 더 구식 할멈이네. 에이로픽이나 게이터뽈을 우리가 여기 들어오기 전에는 어디 해본 적이 있었어요? 다 여기 들어와서 새로 사귄 친구들과 어울리다보니 배웠지. 산파댁은 남으 애는 쑥쑥 잘 받아냈을는지 모르지만 지금 세상이 어떻게 돌아가는지 뭘 모르네. 전선줄도 없이 천 리 밖까지 말이 건너가는 휴대폰 세상 아니냐고요. 캄푸타를 잘 다루게 되면 노망 안 걸리는 데 최고란 말도 못 들었나봐. 어제 저녁 테레비 보니깐 노인들이 모두들 캄푸타 배운다고 난리가 났습디다. 나도 화면을 자세히 봤지만 젊은 선생이 보탄을 톡톡 쳐서 한글로 '천지'란 글자를 만들어놓고 또 다른 보탄을 탁 치니깐 신기하게도 눈이 없는 기계가 한글을 어떻게 읽어냈는지 '天地'란 한자를 불쑥 만들어내데. 참말 신기해. 그걸 보니깐 캄푸타는 기계가 아니고 영물이란 생각이 듭디다. 사람 말을 알아듣는 똑똑한 장치가 돈궤 안에 다 들어 있나 봐요. '위장병'을 톡톡톡 치면 증상에 따른 약 이름이 줄줄이 나온다잖아요. 만덕동에 약국이 어디 있냐고 보탄을 치면 약국들 이름과 지도까지 나오고 집에 앉아 약사와 병 얘기를 나눌 수 있다니 캄푸타가 똑똑한 심부름꾼이 아니라 시키는 대로 꼬박꼬박 알아서 처리해주는 영물이 아니고 뭐예요. 캄푸타 선생이 실습을 해 보이자 그걸 들여다보던 노친네들이 그만 놀라서 입이 바소쿠리만큼 벌어지데. 또 뭐라더라? 이말이라던가, 뭐 그런 것도 배워 외국에 있는 자식들과도 돈 한 푼 안 내고 통화를 한대요. 손궤만 한 기계를 통해 바다 건너 멀고 먼 나라에 사는 한국 사람과 직접 말을 할 수 있다는 게 신기하지 않아요? 막내아들 박정필 박사 아래 손자가 둘 있는데 둘 다 미국에서 공부를 해요. 이 할멈이 그걸로 손자들과 통화한다면 개들이 기절초풍할 거예요. 이런 요지경 세상이니 신식 할머니도 세상 돌아가는 형편에 맞춰 그쯤은 알고 살아야 천덕꾸러기가 안 되지. 네 이놈들, 개놈새끼란 약을 먹었더니 내 나이 일백 세까지 느끈히 살고 너들과 이말로 전화하지 않냐고 말하면 개네들이 놀라 자빠질걸요. 초정댁이 침을 튀기며 말한다. 꿈도 야무지셔 하며, 산파댁이 시큰둥한 표정으로 세탁한 옷 꾸러미를 당긴다. 초정댁은 자기 말끝마다 우거지 상판으로 빈정대는 산파댁 말투에 기분이 상한다. 나이도 어린 신참이 시건방지기 짝이 없다. 이 여편네를 초장에 길들여놓지 않으면 앞으로 사사건건 자기 말길 앞질러 막으며 사람 찜 쪄 먹겠다고 덤빌 게 분명하다. 그네는 이참에 아주 싹수를 꺾어버려야 한다고 옹니를 앙다문다. 산파댁, 듣자 하니 6·25전쟁 때 군복 입고 간호병을 했다지요? 북에서 내려온 괴뢰군 편 간호병이었어요, 아님 대한민국 쪽 간호병이었나요? 가족을 빨갱이 땅에 남겨두고 6·25전쟁 때 홀몸으로 내려온 건 아니죠? 초정댁이 옴팡눈으로 산파댁을 쏘아보며, 세균 주사 얘기할 때 그네처럼 목소리 낮추어 음험하게 묻는다. 그 말에 산파댁 입술이 파르르 떨리더니 도끼눈으로 초정댁을 마주 본다. 아니, 대관절 누가 그럽디까? 전쟁 때 내가 간호병 했다고 누가 그래요? 듣자 하니, 이녁이 못 하는 소리가 없군. 대봐요, 누가 그런 말 했어요? 대보라니깐! 산파댁이 초정댁에게 삿대질까지 하며 따지고 든다. 왜들 이래? 제발 싸우지 마. 난 싸우는 꼴 못 봐. 며느리가 사사건건 아들한테 대들더니 자식들 있는 미국으로 들어가지 않았냐. 나까지 여기로 들어왔으니 집안이 풍비박산 됐지. 돈 재어두고 살면 뭘 해. 가정이 화목해야 돼. 정승까지 한 자식놈 도 환갑 넘긴 나이에 불쌍한 신세가 됐어. 파출부가 끼니며 빨래를 해결 해준다지만 어디 마누라만큼 살뜰하게 살펴줄까. 응절거리는 차관마님 머리가 벼이삭처럼 꺾어진다. 산파댁의 거센 항의에 초정댁이 찔끔해하 며, 누구에게 들었다기보다 가동에 그런 말이 돌데. 어디 나만 아는가. 다들 그렇게 쑥덕거리는 소문이 나돌기에 뚫린 귀가 있으니 나도 들었 지. 초정댁이 거짓말을 둘러댄다. 산파댁이 입소한 이튿날, 5호실 신참 은 어떤 분이에요? 하고 그네가 사무장 김씨에게 묻자 김씨 말이, 간호 사 출신인데 전쟁 통에 피난 나와 난민들이 많이 정착한 청학동에서 조 산원을 오래 한 모양이라 했다. 산파댁이 윗녘 말을 쓰고 고향이 이북이 라 하자 그 몇 가지 단서로 그네는 산파댁에게 넘겨짚기 유도 질문을 했 던 것이다. 서먹해진 분위기에 차관마님이 다른 말로 끼어든다. 아침상 에 나온 콩자반은 여물어서 못 먹겠더라. 노인들 밥상에 콩자반이 나오 다니. 새우젓으로 간한 계란 반숙은 좋았는데. 너들은 배 안 고파? 난 왜 이렇게 허기져. 그 말에 초정댁이 빠져나갈 구멍을 발견했다는 듯 차관 마님 쪽으로 돌아앉는다. 허기사 그래요. 요즘에는 주방이 찬에 너무 신경을 안 써. 수입 고기일망정 사흘 거리로 밥상에 갈비찜은 아니더라도 불고기 한 접시씩은 올려줘야 하잖아요. 늙은이에게는 육류가 좋잖고, 이가 시원찮아 고기를 못 씹으니 소화에도 지장이 있다는 게 말이나 돼. 늙은이라고 식충처럼 밥과 나물 반찬만 먹으라는 법이 어딨어요. 우리가 여기에 바친 돈이 얼만데. 그 돈이면 너른 집에서 식모 두고 편안히 살 수 있잖아요. 마님, 그렇잖아요? 초정댁의 말에 차관마님이, 그렇고말고 하며 맞장구를 친다. 분김을 삭인 산파댁이 또 심드렁히 초정댁 말을 받고 나서는데, 숫제 차관마님 쪽으로 틀어 앉아 말한다. 여기 들어오니 오늘은 무슨 반찬 만들어 먹을까, 그런 걱정 안 해서 좋습다. 밥도 적당히 질고 찬도 노인식 치곤 이정도면 상급이지요. 먹고 난 뒤 귀찮은 설거지 할 필요도 없구. 모든 게 너무 편리해 내가 말년에 호강을 하는구나 하는 생각이 들고, 호텔이 따로 없어요. 아침에 멸치 다시다 국물에 다진 마늘 푼 미역국은 좋습다. 쇠고기도 몇 점 떴던데요. 간도 입에 맞구. 할머니, 노인들에겐 미역국이 몸에 좋답니다. 산파댁 말에 차관마님은, 그렇고말고 하며 맞장구를 친다. 초정댁은, 누가 산파질 안 했달까봐 미역국 타령은, 하고 구시렁거리며 차관마님에게 잘 보이려 경쟁하듯 아양 섞인 목소리로 말한다. 마님, 아침 자신 지가 얼만데 벌써 배가 고파요? 배고프다는 말 자주 하면 노망들었다고 나동으로 쫓아버려요. 나동이 저승길 넘어서는 문턱이란 건 알고 계시지요? 여기처럼 제 쓰는 방이 따로 없고 병원같이 여럿이 함께 침대 생활을 해야 돼요. 거긴 하루 한 끼는 죽 한 공기씩 주니, 반찬 따져 뭘 하겠어요. 나동은 구청에서 운영하니깐 공무원 놈들이 주방과 짜고 운영비를 떼어먹는지, 노인들 목숨 겨우 연명할 정도로 먹이는 게지요. 그러나 가동은 반찬이 시원찮아도 식충 되라고 밥은 많이 주잖아요. 여기가 노친네들 걸신들리게 하는 데는 아니니 진득이 기다리세요. 점심 먹으러 오시라는 종소리가 들리면 식당으로 가면 됩니다. 그러고 보니 5호실은 주전부릿감도 눈에 안 띄네, 쪼코레또는 물론 없겠고, 입이 심심해 튀밥이라도 있음 좀 집어 먹으려 했더니. 초정댁이 부채를 흔들며 엉덩이를 일으킨다. 그네는 방을 나서며 세탁한 내의를 개고 있는 산파댁을 흘겨보더니 아직도 풀리지 않는 분이 남아 한마디 쏘아준다. 캄푸타 안 배우겠다면 할 수 없지 뭐. 턱밑에 바치는 진수성찬 밥상도 쳐다보지 않고 돌아앉으면 제만 손해지. 만물박사 사무장하고나 말을 나눠봐야지. 그 양반은 캄푸타에 대해서도 박살 거야. 나도 캄푸타 제법 다룰 줄 알게 되면 정필이한테 그거 한 대 사달래야지. 초정댁이 낭창한 걸음으로 5호실을 나선다. 이봐요! 하고 산파댁이 초정댁을 불렀으나, 그네는 못 들은 체 복도를 걷는다. 초정댁은 창을 통해 바깥을 내다본다. 마당이 텅 비었고 따가운 햇살 아래 더위가 자글자글 끓는다. 매미 울음 소리가 귀 따갑다. 이달 들고부터 남녀가 어울려 아침 저녁으로 하던 게이트볼도 날씨가 너무 더워 한 달을 쉬기로 했다. 내가 괴뢰군 간호병이었던 산파댁 신상을 반드시 캐내고 말 테야. 테레비에 나온 빨갱이 장기수 복역자들처럼 그 여편네도 감옥 생활을 수월찮게 겪었을걸. 감옥에서 풀려 나와선 간호원도 할 수 없게 되자 빈민촌에 파고 들어 조산원 간판도 못 내건 채 암암리에 병원에 갈 형편 못 되는 밑구멍 째지게 가난한 집 아기들이나 받아줬겠지. 초정댁은 3호실 자기 처소에 들러 화장대 앞에 앉는다. 식전에 세수 마치고 했던 화장발이 아직은 살아 있다. 얼굴과 목을 파운데이션으로 먹이고, 초승달 꼴로 눈썹 그리고, 볼에 핑크색 연지를 입힌다. 루주 바른 입술 모양은 그런 대로 선명하다.

루주를 겹으로 바르다간 손이 떨려 황칠하는 꼴이 될까봐 그만둔다. 그네는 화장대 서랍에서 샤넬 향수병을 꺼내어 목에 두 방울을 점찍는다. 향긋한 방향이 흠씬 코에 스민다. 한 여사가 쓰다 남긴 향수병이다. 그네는 핸드백에서 막내아들 명함을 꺼내어 모시적삼 주머니에 꽂곤 부채로 바람을 날리며 가동 입구에 있는 사무실로 간다. 창구를 들여다보니 다른 사무원은 보이지 않고 사무장 김씨만이 책상에 무슨 책인가 펼쳐놓고 턱에 손을 괴고 있다. 초정댁이 문을 살그머니 열고 사무실로 들어선다. 김씨 등 뒤에서 그네가, 사무장님 하고 애교 섞어 불렀으나 상대는 대답이 없다. 눈도 좋으셔, 무슨 책을 그렇게 정신 놓고 보고 있어요? 초정댁 말에 김씨가 고개를 번쩍 들고 돋보기 너머로 그네를 보며 눈을 끔뻑인다. 눈동자가 개개 풀렸다. 아니, 자다 깬 상판이네. 새신랑도 아니면서 어젯밤에 뭘 했기에 아침부터 그렇게 말뚝잠을 자요? 노친네들 모아놓고 밤새 푼돈 따먹자고 나이롱뽕 쳤나? 그네가 명랑하게 말하며 옆자리 곽씨 의자를 당겨 앉는다. 책 내용이 하도 딱딱해 내가 잠시 졸았나보군. 김씨가 펼쳐놓은 책장을 덮는다. 《노년기의 정신 관리》란 책이다. 핑계 없는 무덤이 없다더니, 누가 책벌레 아니랄까봐. 그 나이에 고등 고시 시험 준비해요? 초정댁은 부채로 바람을 내어 자기 체취가 김씨 쪽으로 건너가게 한다. 조금 전에 뿌린 향수 내음이 김씨 코에도 기분 좋게 스칠 터이다. 김씨가 목줄에 건 돋보기안경을 벗는다. 머리가 멍하군. 한밤에도 기온이 떨어질 줄 모르니 한증막 속에서 어디 잠을 제대로 잘 수가 있어야지. 모기향을 피웠는데 그놈들도 인이 박혔는지 죽어라고 덤벼들고. 그런데 이건 모기향내가 아니네? 이게 무슨 향기야. 아주 근사한 향긴데 그래. 별세한 한 여사 생각이 나는군. 김씨가 기지개를 켜곤 초정댁을 본다. 사무장 상판 보자 하니 내 이제 짐작이 가는군. 떡 치는 재미가 얼마나 좋은지 땀으로 먹을 감아도 날 새는 줄 모른다더니, 간밤에 젊은 애들처럼 그렇고 그런 테푸라도 빌려 본 게로군요. 신체 근사한 청춘 남녀가 짐승처럼 요상스레 거시기 하는 야한 테푸 말이오. 초정댁이 주름 잡힌 눈으로 눈웃음을 친다. 초정댁 말은 언제 들어도 조청 같아. 혈기방장한 청춘 남녀가 한여름밤에 떡을 친다? 오랜만에 들어보는 소리구면. 초정댁은 포르노 비디오를 보긴 봤소? 김씨가 땀이 진득이 밴 이마를 손수건으로 닦으며 묻는다. 우리 막내 정필이가 미국서 박사 공부할 때 며느리 해산 구완해주러 비행기 타고 그 대국에도 가봤지요. 양요리도 실컷 먹었고. 말은 못 알아들었지만 미국 테레빈 밤중엔 그런 영화도 자주 보여줍디다. 알몸에 큰 젖통 드러내고 거시기하는 장면도 자주 나오던데 그래요. 그네의 말에 김씨가, 낯간지러워 못 듣겠네 하며 계면쩍은 미소를 띤다. 김씨, 이런 삼복엔 시원한 물가에 모깃불 피워놓고 찬물 속에 들어앉아 서로 몸 씻어주고 어른다면 금상첨화겠지요? 그네의 낭창한 말에 김씨가, 늙으면 입에만 양기가 남는다더니 지금 제정신으로 하는 소리요? 하며 놀라 묻는다. 누가 학자 출신 아니랄까 봐 좀스럽긴. 청춘 남녀 못잖게 입으로라도 양기를 품푸질해야 스트라스 안 받고 건강에도 좋대요. 초정댁이 곱게 눈을 흘기곤 속달거리는 목소리로 은근짜를 떤다. 우리가 만약 스무 살만 젊었어도 말이에요. 강변에 솥 걸어놓고 황구목살에 넓적다리 푹 삶아 탁배기 안주 삼아 막장에 찍어 먹어가며 시원한 물가에서 서로 얼려 흥부 박 타듯 밀었다 당겼다 하면 천당이나 극락이 따로 없을걸요. 그네가 말을 뱉고 보니, 장맛비가 퍼붓던 밤 버들내 강변 빈 원두막 아래에서 가졌던 이씨와의 살섞음이 떠올라 제풀에 흠칫 놀란다. 김씨에게 무심코 뱉은 농말 밑바닥, 그 축축한 습지엔 아직도 그 시절의 욕정이 꾸물대고 있는지도 몰랐다. 젊었을 그 시절 빗속에서, 비에 흠뻑 젖은 채 치렀던 격렬한 정사였고, 이씨와의 그런 빽적지근함은 그것으로 마지막이었다. 초정댁은 그 격정이 다시 살아나 갑자기 심장이 뛰고 숨길이 가빠진다. 왜 그래요? 어디 불편한 데라도 있어요? 얼굴이 벌겋게 상기된 그네를 보고 김씨가 묻는다. 초정댁이 숨길을 가라앉히고 평상심을 회복한다. 말이 났으니 하는 말인데, 사무장한테 한마디 물어봅시다. 아닌 말로, 한 달에 한 번쯤이라도 새벽녘에 양물이 꼬챙이 될 때가 있긴 해요? 초정댁이 김씨 불두덩에 눈을 주며 묻는다. 그네는 부채로 가리어 고드러져 있을 거기를 불끈 쥐어보고 싶은 마음을 참는다. 문지방 넘을 힘만 남았어도 남자는 거시기가 된다는 말도 못 들었나요? 대성 공자께서 어떻게 태어났는지 아세요? 부친 숙량흘이 칠순 연세에 낳은 자식인데도 공자 키가 9척이 넘었다지 않소. 내 나이 숙량흘보다 몇 살 위긴 하지만. 미국 영화배우 앤서니 퀸 아시오? 그 배우가 내 나이에 자식을 봤다고 해외 토픽에 자식 안고 찍은 사진이 실렸습디다. 김씨 말에, 누가 만물박사님 아니랄까봐 갖다 붙이긴. 김씨 그게 가능한지 어떤지를 내 묻지 않소, 하며 초정댁이 눈을 흘긴다. 나이가 나인지라 연장을 써먹지 못했으니 아무와는 잘 안 되겠지요. 초정댁이 20년쯤 젊었다면 어찌 되는지 모를까. 그건 그렇고, 이녁으 햇볕 들지 않는 그 공구는 이제 잔뜩 녹이 슬어 조청을 찍어 발라도 힘들걸. 단내 맡고 개미나 몰려들까. 자기 육담이 너무 심했나 싶고 누가 듣는 사람이 없지, 하듯 김씨가 문께를 본다. 누가 할 말 누가 하네. 고드러진 연장이 구멍 팔 힘이나 남았겠어요. 구멍 찾는 덴 차라리 뱀장어나 미꾸라지를 쓰는 게가 낫겠지. 여자 조갑지는 처녀 적부터 주름이 잡혔으니 더 늙지도 않고 아무리 나이를 먹어도 생겨먹은 그대로지만, 남자 연장이란 애들이 빠는 하드 신세란 걸 아셔야지. 하드나 개는 그 속에 뼈나 있지, 남자 연장은 가는 세월 따라 녹아버리잖아요. 그런데 김씨, 솔직히 말해봐요. 마누라 별세한 지 세월이 제법 되는 줄 아는데 그후 거시기 세탁 제대로 해본 적이 있어요? 그렇담 언제, 몇 살짜리와 해봤소? 초정댁이 속달거리며 묻는다. 초정댁, 아침부터 왜 이러슈. 초정댁한테 그 말 발설했다간 가동에 금세 소문이 쫘악 퍼지게. 그래, 성능 좋은 신형 세탁기로 세탁해봤다면 이녁이 어쩌겠소? 김씨가 짐짓 빙그레 웃는다. 말솜씨 하나는 번드레하네. 손빨래도 힘들 텐데 그 연세에 어느 골 빈 여자가 세탁해주겠다고 자원봉사 나서겠어요. 티프도 듬뿍 주잖을 좀팽이 영감한테. 초정댁은 김씨 외 남자 원생들과도 허물없이 낄낄대며 농한 육담을 주고받았다. 전화벨이 울린다. 김씨가 전화를 받는다. 형준인가? 그래, 삼촌은 잘 있다. 책 읽고, 뭐 그렇게 보내지. 기로원도 별일 없고. 건설 사업 바쁠 텐데 뭘 그래. 문안 인사 안 와도 돼, 우린 독서로 맺어진 평생 동지 아닌가. 그래, 그래, 알았다. 건강에 조심하지만 그게 뜻대로 되겠어. 갑년 나이에 너도 너무 무리하지 마. 김씨가 전화를 끊는다. 한맥기로원 이사장인 모양이죠? 초정댁이 묻는다. 장조카가 자식 열보다 낫소. 자기도 사업에 바쁠 텐데 수시로 이렇게 삼촌한테 문안 전화를 내니. 김씨 말에 초정댁이, 효자로 따지자면 우리 막내아들 박정필 박사 정도는 되는 모양이구려 한다. 그건 그렇고, 궁금한 게 있어 사무장한테 묻겠는데, 최근에 입소한 5호실 산파댁 말이에요. 그 여편네 6·25전쟁 끝나고 감옥살이 오래 한 거 몰라요? 초정댁이 넘겨짚는다. 본인이 그런 말 합디까? 아니면 누구한테 들었어요? 김씨 표정이 뻣뻣해진다. 그는 손수건으로 목덜미의 땀을 훔치곤 바닥에 놓인 선풍기의 작동 단추를 누른다. 아침부터 병든 병아리처럼 꼬박꼬박 졸고 앉았으니 벽창호가 따로 없으시군요. 사무장 임무가 여기 들어와 사는 노친네들이 과거에 무얼 했나 하는 신분 파악과 가족 신상조사에 있잖아요? 광대댁이 양간보출신에 귀부인 행세한 것도 몰랐으니 대충 알쪼요. 광대댁이 화장을 떡칠해서 아파트 사는 노망들린 영감 만나러 어린이놀이터에 자주 행차할 때 진작 알아봤어야지. 산파댁이 해방 전 만주에서 독침 주사로 사람 잡는 악명 높은 일본군 부대에 간호병 했다는 말은 들었을 테죠? 초정댁이 부채로 바람을 내며 넌지시 묻는다. 일제 때 만주에서 처음 간호사 생활을 시작했다는 말은 신원 보증인으로 나선 청학동 어머니회 회장한테 들었어요. 입소할 때 신상카드를 기록하며 연고자란에는 자식들이나 친척이 아닌, 청학동 동장과 그 동네 어머니회 회장 이름을 기입했더군요. 그래서 평생 간호사와 조산원 하며 사고무친하게 살아왔다고만 짐작했지요. 그렇잖아도 궁금해서 기회가 있으면 지나가는 말로라도 이력을 물어보려 하긴 했지만. 그런데, 초정댁이 어떻게 그런 자세한 내막까지? 김씨가 초정댁을 빠끔히 바라본다. 그봐요. 전쟁 때 북에 가족을 두고 괴뢰군 간호병으로 내려왔다 체포되어 감옥살이하고 나와선 청학동으로 숨어들어 독수공방하며 산파 노릇 했으니 남한에 가족이 어딨겠어요. 나이 들어 애 받기도 힘들자 그동안 푼푼이 모았던 돈으로 여생 여기서 보내자고 입소한 게 뻔하잖아요. 초정댁의 말을 듣던 김씨의 경직된 표정이 그제야 풀어진다. 한 차례 너털웃음 끝에 김씨가 말한다. 역시 초정댁은 사람 보는 안목이 면도날 이상으로 날카로우셔. 민완 형사나 사설탐정 저리 가라 하누만. 사람을 보면 과거지사를 어떻게 그토록 점쟁이처럼 용하게 꿰뚫어요? 평생 제법 책을 읽는다고 읽어왔지만 난 최 여사를 두고 거기까지 생각은 못해봤는데 초정댁이 최 여사를 주인공으로 소설 한 편을 써도 되겠어요. 책으로 나오면 제법 잘 팔리겠는걸. 그러나 초정댁이 최 여사에 관해 너무 넘겨짚는 게 아닐까. 김씨가 한차례 초정댁을 치켜세우곤 머리를 흔든다. 해방이 되자 북지에서 고향 찾아 돌아왔다면 황해도 어디라든가, 이북 땅 거기서 병원 간호원 생활을 했을 테고, 전쟁이 터지자 괴뢰군 간호병으로 뽑히는 건 당연하잖아요. 내 말이 어디 사리에 안 맞나요? 전쟁 때 이쪽 편에 잡히지 않았다면 가족 있는 북으로 진작 넘어갔지 왜 사고무친으로 남한 땅에서 여태 살아왔겠어요. 초정댁 말에 김씨가 머리를 주억거리며, 내 한번 자세한 내막을 알아보겠다고 말한다. 다시 전화벨이 울린다. 김씨가 전화를 받는다. 가동 8호요? 따님 되시는군요. 예, 예, 현주아 할머님 말씀이시죠? 건강하게 잘 계십니다. 며느리가 효부라고 자랑도 자주 하시지요. 식사도 잘하십니다. 잠깐만 기다려주세요. 방에 계시는지 산책 나가셨는지 모르겠네요. 김씨가 교환용 전화기의 버튼을 눌러 8호실과 접속시키고, 저쪽에서 전화를 받자 송수화기를 내려놓는다. 한맥기로원을 개설한 다섯 해 전에는 호실마다 별도 전화를 가설해주었으나 입주자들이 밤낮없이 전화통에 붙어 가족들에게 전화질을 해대고 했던 말을 되풀이해가며 한번 통화에 평균 15분을 넘게 쓰자, 3개월 만에 전화를 교환용으로 바꿔버렸다. 달마다 호실로 날아드는 전화 요금 청구서를 한방 같이 쓰는 둘 혹은 셋이 분담하는 데도 잡음이 많았던 것이다. 사무장님, 내 막내아들 박정필 박사 면회 온 지 달포는 됐지요? 초정댁이 적삼 주머니에서 아들 명함을 꺼내며 묻는다. 박 교수 말씀이죠? 그러고 보니 요즘은 통 전화가 없었구면요. 김씨의 대답에, 오랜만에 전화 한번 내봐야지 하며 초정댁이 전화기를 당기더니 명함을 김씨에게 건네주며 자랑스럽게, 잔글씨가 당최 안 보여서, 학교 연구실 전화번호 좀 불러줘봐요 한다. 명함에는 동아시아경제연구소 소장, 경전대학교 경상학부 교수, 경제학 박사 박정필이란 직함이 박혀 있다. 한 회선은 통화중이지만 설치된 회선이 세 개라 김씨가 3번을 누르라고 말하자, 초정댁이 불러주는 숫자를 중얼거려가며 수전증 있는 손가락으로 버튼을 천천히 찍어 누른다. 학교 교환이 나오자 초정댁이 아들 이름을 댄다. 방학중엔 연구실에 안 나온다고요? 초정댁이 맥없이 전화기를 귀에서 떼더니, 심드렁한 목소리로 명함에 있는 아들집 전화번호를 불러달라고 김씨에게 말한다. 이번에는 통화가 된다. 나다. 양로원에 처박아둔 네 시어미야. 나 아직 죽지 않고 팔팔하게 살아 있어. 내가 왜 죽니? 유언장 다시 고쳐 쓸 때까지 맑은 정신으로 살아야지. 초정댁은 막내며느리한테 전화질 시작부터가 비아냥거림이다. 미국 애들은 잘 있냐? 방학이라 한국에 나왔다고? 그럼 이 할머니한테 면회는 왜 안 와? 그 새끼들은 내 핏줄 안 받았고, 여기가 어디 감옥손가, 아니면 소록도라도 돼? 다 늙어 빠진 할미는 안중에도 없다 이 말이지? 모처럼 귀국해 걔들도, 뭐라고? 스카이줄이 빡빡하다고? 바쁘다 이 말 아냐. 아무리 바빠도 그렇지, 첫 애는 내가 미국까지 들어가 석 달이나 키워주지 않았냐. 그런데 아비는 어찌 됐어? 학교에도 안 나온다더군. 또 외국에 나간 건 아니고? 자식들 왔다고 바빠서 면회 올 짬을 못 낸다? 알쪼다. 어미한테 전화 낼 시간도 없겠고. 어제 효자가 오늘 불효한다더니, 걔도 마음이 차츰 변하는구나. 너도 그렇지. 서방이 못 온담 너라도 한 달에 한 번씩은 시어미 찾아 들러야 하잖아. 용돈 떨어진 지 오래고, 쪼코레또며 미제 아스필링도 다 떨어졌어. 친정어미가 아니라 시어미는 여기 처박아뒀으니 죽었는지 살았는지 신경도 안 쓰인다 이 말 아냐? 뭐라고? 앵무샌가, 바쁘단 말은 입에 달았군. 나도 네만 한 나이엔 바빴어. 그러나 자식 여섯 낳아 세 자식 길길이 키웠다. 아무리 바쁘기로서니 한 달에 한 번 시어미 면회 올 짬도 없냐? 내하고 한방 쓰는 윤 선생 자식들은 생등심이며 양념갈비 재어갖고 일주일마다 찾아와 휴대용 가스판 정원 잔디밭에 펼쳐놓고, 건강하게 오래 사시라고 대접하고 간다. 어제도 그 자리에 끼여 고기 몇 점 얻어먹었다만, 생각할수록 요즘 너들 하는 행실이 마음에 안 들어. 뭐라고? 밀양 올케? 밀양보다야 너들이 가까이 살잖나. 차 가지고 오면 30분이면 될 텐데. 너 정말 그렇게 나오기야? 그런 것 따질 만큼 나잇살 처먹었으니 이제 자기 주장 세우겠다 이 말 아닌가. 오냐, 네 잘났다. 그래, 네 말은 다 맞는 소리고 시어미 말은 노망난 늙은이 잔소리단 말이지? 정필이가 내겐 어떤 자식인데. 누가 뭐래도 어느 자식보다 잘난 자식이 막내 정필이다. 자식 셋을 젖 뗄 때 다 잃고, 애지중지 그 자식 하나 보고 키워낸 이 어미 속을 넌 몰라. 정필이도 예전과는 달라졌고. 키울 때 자식이라더니, 너들도 자식 키워보라고. 시어미 여기다 처넣어놓고 잘 처먹고 잘 살아봐. 대실마을엔 아직도 내 명의로 금싸라기 같은 땅이 있는 줄 알지? 버들내 논이 농공단지로 수용된다는 소식을 초정이한테 들었어. 개도 이 어미 닮아 좀 똑똑하냐. 초정이가 몸져누운 제 오라비를 맡아 똥오줌 받아내고 있으니 내 마음이 그쪽으로 기울 수밖에. 물론 우리 집안 씨종자 될 덩실한 아들 둘 둔 네 공을 내 모르는 바 아니야. 그런데 너들 하는 꼴 보자니 요즘 내 마음이 조금씩 틀어져. 이 시어미 아직은 사리 분별력 있고 정신 상태가 또록해. 전화 끊어라. 너하곤 더 얘기할 필요가 없어. 초정이한테 보내준 용돈 잘 받았다는 인사라도 해야지. 시어미가 너한테 당한 억울한 사정도 하소연할 겸. 초정이 생일이 이번 달인데 안부도 물어야겠다. 걔 낳던 삼복더위 때 생각하면 지금도 이가 얼얼해. 여식애 셋 잃고 유일하게 구한 똑똑한 딸애 아냐. 요즘 세상에 딸이라고 유산 못 받으란 법이 어딨어. 제 오라비까지 맡아 수발하고 있는데. 뭐라고? 생활비를 대지 않느냐고? 꼴난 40만 원 매월 입금시킨다고 버들내 땅이 너들 차지라 생각하면 오산이야. 김칫국부터 마시지 마. 악담이 아니야. 그래, 그렇다. 이제 네가 바른말 하구먼. 섭섭하게 생각지 말라니? 너도 아침부터 기분 잡쳤겠지만 너들이 먼저 이 어미 기분 건드렸으니 나도 그렇게 나올 수밖에. 면회는커녕 전화질조차 뜸한 너들에게 내가 섭섭한 마음을 먹었달 뿐이야. 나는 하면 한다는 사람인 줄 알지? 보통 할머니로 보면 큰코다쳐. 내 말 알아들었지? 너들이 부모를 그렇게 대하면 너들이야말로 이다음에 그 잘난 자식들로부터 고려장 안 당하나 두고 보라고…… 초정댁의 잔소리가 쉼 없이 이어진다. 전화에 대고 짱짱한 목소리로 호통을 치는 그네의 전화질을 들으며, 참말 대단하시네, 시어머니 영을 톡톡히 세우누만 하며 감탄하던 김씨는 통화가 15분을 넘어서자 머리를 설레설레 흔든다. 그는 돋보기를 끼고 읽던 책을 펼쳐 다시 읽기 시작한다. 초정댁의 통화는 20분이 흘러서야 끝난다. 산파댁 그년한테 오지게 당해 오늘은 일진이 나쁘다 싶더니 며느리년까지 시어미 골을 질러. 우리 정필이는 공부밖에 모르고 천성이 착한데 여우 같은 며느리년이 아들 어미 사이 정 떼놓으려 농간질을 해. 두고 보라고. 누가 이기나. 초정댁이 분김을 못 참아 씩씩거리더니, 아이구 골이야, 아스필링도 떨어졌는데 머릿골이 지끈지끈 쑤시네 하며 이마를 짚는다. 아따, 대단하십니다. 여기 사는 여사님들 중에는 며느리 앞에 가장 영을 잘 세우는 데 초정댁이 둘째간다면 서럽겠구려. 내 전에도 말했지만 초정댁 앞에선 변호사도 밥줄 걱정하겠습니다. 김씨가 초정댁을 치사한 뒤, 어떻게 그 연세까지 자식들 앞으로 재산을 넘기지 않고 자기 앞으로 챙겨뒀어요? 상속세가 무섭지도 않나봐, 하며 놀란다. 나라가 상속세로 절반을 뜯어가면 어때요? 부모가 자식들 조르는 대로 있는 돈 없는 재산 깡그리 자식 앞으로 일찍 넘겨준 뒤 노년에 자식들로부터 거지처럼 냉대받는 꼴을 어디 한두 번 봤어요? 열에 열 지닌 돈과 재산을 죽기 전에 자식 위해 깡그리 쓴대도 난 그렇게 못해요. 6·25전쟁 전까지만도 버들내 천변에 시댁 땅 안 밟고 살래다리 건너다닌 사람이 없었으니간. 전쟁 전 토지개혁 때 많이 털렸지만 서방 대신 내가 나서서 전답을 따로 챙겨둘 만큼 챙겨뒀고, 그 땅 쪼개가며 세 자식 남부럽잖게 키웠다오. 남은 논마지기는 내 숨 꼴깍 넘어갈 때까지 어느 자식에게도 그 재산 네 앞으로 넘겨준다는 언질을 안 해요. 죽는 날까지 인감도장 뿔끈 쥐고 있어야지. 내게도 꿍심이 있거들랑요. 초정댁의 목소리가 자만심에 꽉 찼다. 도대체 초정댁 앞으로 된 논이 얼마나 돼요? 시세로 치자면? 김씨가 묻는다. 왜, 그 재산 탐나요? 내 명의로 된 버들내 논 2천 평은 진짜 금싸라기 땅이에요. 도시 근교 농공단지로 수용될 거라는 소문이 나돌아 값이 천정부지로 올랐다지 뭐예요. 토지공사에 수용이 되더라도 3, 4억 원은 느끈하게 쥘 거래요. 보자 하니 사무장 이 양반 잘못 사귀다간 그 땅 노려 손목도 잡기 전에 혼인신고부터 하자고 덤비겠네. 혼인신고 잉크 마르기 전에 사망신고할 나이에 말이오. 초정댁이 목젖 보이게 캴캴거리며 웃는다. 참말로 초정댁은 그 연세에 보통 여자가 아니셔. 혹시 부군이 살아생전 세무사 아니셨나요? 김씨 말에 초정댁이 부채로 바람을 내며 의자에서 일어선다. 김씨, 두고 봐요. 막내아들 박정필 박사가 며칠 안에 제 여편네 데리고 갈비 양념에 재어서 슬슬 기며 나타날 테니. 그날 우리 갈비찜 안주로 술 한잔 거나하게 합시다. 초정댁이 자리를 뜨자 김씨가, 여기서 쓴 전화비는? 하고 묻는다. 좀스럽긴, 꼴난 시내 통화 전화비 떼어먹을까봐, 하며 초정댁이 곱게 눈을 흘긴다.

2

장터댁을 반듯이 눕혀놓은 자세에서 시작하여, 옆으로 돌려서, 세운 두 다리를 어깨로 밀며, 계간으로 뒤쪽에서, 이씨는 힘 자랑하듯 무지막지하게 그네를 아주 녹초로 만들었다. 두 몸이 칡덩굴처럼 엉겨, 절정으로 치닫는 여자의 교성과 사내의 거친 숨소리가 장단을 맞추었다. 어둠 속, 뇌성을 동반한 장대비가 줄기차게 퍼부었다. 원두막 아래 맨땅은 알몸의 남녀가 뒹구느라 진흙밭이 되었다. 한 차례 교합을 끝내자 사내의 온몸에서 김이 피어났다. 이씨는 장터댁을 덜렁 들어 안고 개울로 들어가 물 가장자리 부드러운 모래톱에 그네를 내려놓았다. 버들내로 빠지는 지류였다. 열음(熱淫)으로 달아오른 남녀의 몸을 빗줄기와 가녈의 찰랑대는 물이 시원하게 식혀주었다. 남녀는 다시 한 몸으로 엉겼다. 깔린 장터댁이 두 다리로 사내의 아랫도리를 감고 팔을 목에 걸어 당겼다. 이씨가 열심히 방아질을 하자 그네가 목을 젖히고 숨넘어가는 소리로 감청을 내질렀다. 절정의 한고비를 넘기자 그제야 장터댁 몸이 널브러졌다. 이 서방, 이젠 됐어. 가져온 술이나 먹자고. 떡도 싸왔어. 난 이 길로 면소 친정에 내처 가버리면 될 테니깐. 시댁에도 그렇게 말을 하고 나왔어. 장터댁이 숨차하며 말했다. 친정으로 가다니? 그럼 약속이 틀리잖소. 이씨가 불퉁댔다. 어디 오늘만이 날인가. 내가 언제 오늘 꼭 뜨자고 약속했어? 너무 그렇게 성급한 마음 먹지 말라고. 부뚜막으 소금도 집어넣어야 간이 맞잖아. 안 그래, 이 서방? 장터댁이 물렁해진 사내의 연장을 손아귀에 잡고 어르며 코맹맹이 소리로 말했다. 그렇담 땅 문서와 패물을 챙겨 나오지 않았단 말이오? 그래도 좋소. 이 길로 줄행랑 놓읍시다. 맨몸으로 사지를 빠져나온 피난민들도 산꼭대기에 판잣집 엮어 안 굶고 산다잖소. 몸 튼튼한 우리라고 굶어 죽으란 법 없지. 지난달에 다녀간 수길이가 광복동 길거리에서 드럼통으로 풀빵장사를 한다든데, 고향 와서 집안 식구 죄다 고무신 한 켤레씩 안긴 걸 보면 벌이가 그럭저럭 되는 모양이라. 내 그동안 여투어두었던 쌈짓돈을 챙겨 나왔으니 대처로 나가면 살길이 트이겠지. 이씨가 그네의 귓불에 더운 김을 뿜으며 말했다. 비가 이렇게 퍼붓는데 종이문서를 어디다 숨겨서 나와? 주막 문은 지난달에 닫았고, 친정엄마가 오늘낼 하신다잖아. 오늘은 마 참아. 친정 다녀와서, 우리 다시 기회를 보자고. 한기 드네. 뭐라도 걸치고 접사리라도 덮어써야겠어. 장터댁이 물을 끼얹어 몸을 씻으며 말했다. 그네는 아직도 쾌락의 미진이 스멀거리는 질 안, 사내의 남은 정액을 손가락으로 씻어냈다. 한차례 뇌성이 치고 번개가 쪼개져 내렸다. 장터댁, 자꾸 그렇게 꽁무니 빼기요? 이젠 더 미룰 수 없소. 그러나 오늘은 내가 참지. 며칠 안으로 결정을 안 낸다면 동네방네 소문을 내고 말 거요. 장터댁이 면상에 똥칠

당하고 대실에서 쫓겨나든 말든 내 알 바 아니오. 내 말 허튼소리로 듣지 마시오. 물방앗간 뒤 보리밭에서 우 훈장과 붙어먹은 거 하며, 나하고 사통했다고 동네방네 나발 불고, 나 혼자서라도 대실을 떠나고 말 거요! 이씨가 내뱉었다. 이씨 협박에 장터댁은 조금 전 쾌락이 10리만큼 달아나고 심장이 덜컹 내려앉았다. 눈앞이 아찔했다. 밤낮으로 기침을 쏟던 서방이 피를 토하고부터는 기동조차 여의치가 않자, 갖은 약을 다 써도 효험이 없었다. 새벽에도 양물이 기운 세울 줄 모르는 사내한텐 빚 놓지 말라는 대로, 서방 연장도 한 해 전부터 가뭄에 고드러진 고추가 되었다. 스스로 색을 밝히는 체질이기도 했지만 잠자리에 들어 온몸이 불덩이처럼 달아오를 때 그네는 서방의 연장을 아무리 세우려 애써보아도 소용이 없었다. 그 즈음, 아래채 객방에 자리를 튼 이가 과객 우씨였다. 마흔 중반의 우씨를 두고 대실리 전쟁 과부들이, 우 훈장과 잠자리 한번 같이해봤으면 원이 없겠다는 우스개 말이 돌았다. 우씨는 이목구비가 훤했다. 용모만 빼어난 게 아니라 일본에서 대학까지 나왔고 동서고금 학문에 달통한 학식 많은 양반이란 소문이 자자했다. 시댁에 유전병이 있는지, 종자가 열성(劣性)인지, 첫아들 한필이는 제 아비를 닮아 다섯 살이 되어도 똥오줌 가릴 줄 모르고 머리가 아둔했다. 밤에 달을 보고 해가 밝다 말했고, 어른에게도 토씨 붙일 줄 모르고 하댓말을 썼다. 짐승은 물론 곡식조차 좋은 종자를 얻겠다고 박 터지는 싸움을 하는데, 인간이야말로 좋은 종자를 받아야 후손이 성공하지 하며, 그네는 우씨를 점찍었다. 남의 손 타기 전에 우씨를 먼저 따먹어 좋은 씨종자를 받기로 작심했다. 장터댁이 그런 음심을 품기는 종자 받기도 소원했지만 밤마다 끓어오르는 욕정을 더 참아낼 수 없어서였다. 병신 서방도 장가를 두 번 갔는데 나라고 샛서방 없으란 법 어딨어, 하며 그네는 집안 식구들의 눈을 피해 우씨에게 꼬리를 쳤다. 그의 옆을 스칠 때마다, 내일 닷새장날 맞아 면소에 나갈 참인데 필요한 물건이 없느냐, 서방한테 손짓으로 말 가르치는 데 얼마나 수고가 많으시냐, 혼자 주무시는 잠자리가 어떠시냐며, 밥 속에 생계란을 넣어주고 밥상 볼 때 찬에 신경을 쓰며 수작을 걸었다. 그러나 우씨는 눈치 없이 점잖게 응대하며 돌부처인 듯 그네를 대했다. 어디 보자. 열 번 찍어 안 넘어가는 나무가 있냐며 그네는 용심을 부렸다. 온 산의 진달래가 불붙듯 타오르던 이른 봄 어느 날 저녁, 구장댁 사랑방에서 마을 청장년들에게 글을 가르치고 돌아오는 우씨를 그네가 대문 앞에서 기다렸다. 타지에서 우 훈장을 찾아온 웬 젊은이가 방앗간 뒤에서 기다린다며 그네가 그를 꾀었다. 그날 밤, 어둠을 빌려 물방앗간 뒤 보리밭에서 그네는 스스로 치마와 고쟁이를 벗었다. 여자를 모른 채 오래 굶주려온 탓인지 우씨가 조루 증세를 보여 문전만 더럽힌 채 일이 순식간에 끝났으나, 장터댁은 오랜만에 사내의 체취를 맡을 수 있었다. 한번 물길을 트자 둘은 남의 눈 피해가며 물방앗간 뒤에서 자주 밀회를 가졌으나 생긴 꼴답잖게 우씨의 방중술은 몇 해 전 서방만도 못했고, 그는 의외로 그 방면에 숙맥인 데다 남녀 살 섞는 짓을 별로 즐기지 않았다. 우씨의 속마음을 그네는 알 수 없었고 그의 깊은 침묵이 차츰 두렵고 짜증스러웠다. 우씨는 이 세상 속세 사람과 생판 다른 인물로, 도학자가 아니면 신선의 화신일는지도 몰랐다. 그날도 보리밭에서 싱겁게 일을 끝내자 장터댁이 우씨에게 따졌다. 임자는 도대체 어디서 뭘 했던, 어떤 사람이오? 어디가 고향이고, 어떤 집안 출신이오? 이 촌구석 대실로 들어와 눌러앉은 꿍꿍이 속셈이 뭐예요? 어디 유식한 사람 말 좀 차근차근 들어봅시다.

장터댁의 속사포 같은 말에도 우씨는 대답 없이 곰방대에 담뱃불을 붙여 물었다. 벙어리가 아닌 다음에야 우리 같은 촌것과는 말이 안 통한다 이 말 아니오? 임자가 그렇게 유식해요? 좆힘도 없는 유식한 양반, 신식 학문 배운 잘났던 처와 나 같은 촌년 견주자면 생판 질이 다른 종자란 말이죠? 월동하고 떠난다던 사람이 왜 대실에 눌러앉아, 뭘 바라는 거요? 대처가 싫어 숨어 살고 싶다면 차라리 절을 찾지 왜 여기로 들어왔어요! 만족하지 못한 성적 욕망과 투기심이 끓어 장터댁이 소리쳤다. 우씨는 묵묵부답으로 푸르스름한 남색 공간에 담배 연기만 날렸다. 그때, 그네는 달빛에 설핏 물레방아 쪽에서 흰옷이 스쳐감을 보았다. 이튿날, 방앗간 머슴 이씨가 그네를 따로 불러내더니 남녀의 사통 현장을 보았노라고 협박해왔다. 살 맞대봐야 조갈증만 나는 우씨와의 관계는 어떻게 청산하더라도 그네는 이제 이씨 입 막을 일이 발등에 떨어진 불이었다. 어차피 엎지른 물이라 그네는 쉬운 방법을 택할 수밖에 없었고, 이씨에게도 하늘 보고 누워 가랑이를 벌렸다. 다행히 이씨는 우씨와 달리 연장이 튼실했고 대단한 정력꾼이었다. 자신과 음양의 조화가 딱 들어맞았으니, 제대로 걸려든 사내였다. ……이 서방, 우씨가 경찰서로 달려 들어간 지 벌써 달포가 다 됐잖아. 그렇게 잡혀가고 소식 묘연한 고자 이름은 왜 자꾸 입에 올려. 그 양반 생각만 해도 모골이 송연한데. 우씨를 집안에 식객으로 뒀다고 시아버님이 경찰서에 불려가 열흘 만에 풀려 나온 후 숫제 몸져누웠고, 이 서방이야 구장네 사랑에 출입을 안 했으니 무관하지만 거기서 글 배운다며 밤 마실 다닌 마을 청장년들도 혼쭐이 났잖아. 우씨 때문에 대실이 난리가 난 걸 이 서방 눈으로 보면서도 그래? 열사흘 전이었다. 장터댁은 형사 앞에 숨겨온 책을 내밀고 말했다. 우씨 그 양반이 대실마을에 들어온 게 동장군이 기승을 부리던 대보름 무렵이었으니 벌써 다섯 달이 넘었네요. 낡아빠진 고리짝 같은 트랑크를 새끼줄에 매어 등짐으로 지고 대실로 들어와 처음 찾은 집이 구장댁이었대요. 자신이 제법 배운 바 있으니 숙식만 해결해주면 마을 청장년들을 가르치며 월동을 했음 싶다고 말했대요. 그 말을 전해 듣고 시아버님이 집도 절도 없는 떠돌이 과객이라 우리 집 아래채 객방을 내줬지요. 제 서방이 반불출로 태어났기에 서방 독선생 삼아 삼시 세끼와 잠자리를 해결해줬던 겁니다. 그 정도만 알지 제가 외간 남자으 이력까지 어떻게 꼬치꼬치 알겠어요. 무슨 꿍꿍이 속셈이 있는지 일절 자기 신상 문제를 누구에게도 털어놓지 않는 인물이라, 마을 사람들도 그 양반 이력은 죄 몰라요. 북지에서 피란 나오다 미국 비행기 폭격에 가족을 잃었다는 정도만 알았을까. 일본서 대학을 다녔다는 걸 보아 공부는 꽤 했던 모양인데, 전쟁 때 가족 잃고 떠돌이 신세가 된 과객이라고 모두들 추측했지요. 우리 서방 독선생 노릇도 했지만 밤이면 구장댁 사랑방에서 마을 청장년들을 모아 엿가락처럼 사설도 늘어놓아 젊은이들은 우 선생이라 칭했지만, 동네 아낙네들은 그냥 우 훈장, 우씨라 불렀죠. 장터댁 말에 형사는 머리를 주억거리며 그네가 내놓은 낡은 책 책장을 펼쳤다. 마을 청장년 앞에서 그자가 했던 얘기가 어떤 내용이었대요? 이상한 말을 한다는 소린 못 들었나요? 이를테면 이승만 대통령을 비방한다든가, 자유주의나 사회민주주의가 어떻다거나? 그런 말 못 들었어요? 형사 말에 그네는 완강히 도리질했다. 집안에 들어앉은 아녀자가 그런 걸 어떻게 알겠어요. 그런 양반이 어디 낯선 동네 사람들 앞에서 흉중에 있는 말 다 까발리겠어요? 자기 말 귀 솔깃하게 들어주는 사람 만나 자기 편 만들었다고 판단이 서면 시국

272

이며 정치 얘기를 할는지 모르지만. 저 또한 그 양반한테 배운 바 없었으니 무슨 학문을 가르쳤는지 모를 수밖에요. 형사가, 고향이 이북이란 건 사실이오? 하고 장터댁에게 물었다. 장본인이 과거지사를 말하지 않으니 알 수야 없지만 말씨가 윗녘이라 마을 사람들은 다들 그렇게 짐작했지요. 전쟁 통에 북에서 피란 내려온 떠돌이가 어디 한둘이에요? 작년, 재작년, 우리 면소 장터목에서만도 그런 거렁뱅이 같은 피난민을 숱해 보아온걸요. 장거리에 거적집 엮고 남으 집에 일품 팔거나 비럭질로 연명하던 난민들 말이에요. 장터댁 말에 형사가, 서울을 비롯한 경기도 사람들도 윗녘 말을 쓰잖아요? 하고 반문했다. 글쎄, 우리야 우물 안 개구리라 그저 그런가 보다 여기지, 그런 사람들 이력이야 자세히 알 길이 없죠. 어쨌든 수상한 점이 많으니 제가 이렇게 신고하는 게 아니에요. 우씨를 조사해보면 알겠지만 수상한 인물인 점만은 틀림없어요. 장터댁이 가슴에 손을 얹고 된 숨을 내쉬었다. 수상한 점이라면? 형사가 날카로운 눈초리로 장터댁을 보았다. 여기 들어올 때부텀 가슴이 활랑거리고 숨이 찬데 뭘 그렇게 저한테 꼬치꼬치 캐물어요. 그 책이 분명 빨갱이 책 맞잖아요? 그 사람이 가진 낡아빠진 트랑크에 감춰져 있었으니깐요. 늘 열쇠로 잠가놓는 그 트랑크 열쇠를 어제 제가 몰래 빼냈죠. 제가 촌 여편네긴 하나 소싯적에 공민학교를 나와 글을 깨쳤기에 책을 훑어봤죠. 그 책엔 자본제 사회니, 공산 사회니, 그런 말이 여러 군데 나오던데요. 그런 말들은 빨갱이들이나 쓰는 말이잖아요. 트랑크에는 그 책 말고 책이 여러 권 있습디다. 미군 비행기 폭격에 가족이 죽었다는 말도 대국을 은연중에 비방하는 소리 아니에요? 형사님이 그 양반을 잡아들여 직접 추단해보시면 다 들통이 날 겁니다. 전 그만 가봐야겠어요. 막차 놓치면 면소 친정에서 자고 내일 아침에 대실로 들어가야 해요. 면소에서 대실까지가 15리 길인데. 아녀자가 첩첩한 산 넘어 어떻게 밤길을 걷겠어요. 의심 안 살려면 오늘 밤에 꼭 시댁으로 들어가야 돼요. 그리고 다시 한번 당부하겠는데, 내가 신고했다고 그 양반이나 시댁 집안 식구, 대실마을에 발설하면 안 돼요. 그 약속은 꼭 지켜줘야 해요. 신고한 애국시민 신상은 경찰이 잘 보호해주고, 그 비밀을 절대 보장해준다는 말을 듣고 신고하는 거니깐요. 내가 뭐 보상금을 탐내 신고한다면 오산이에요. 우리 시댁이 어떤 집안이란 건 형사님도 아시잖아요. 우리 집안이 빨갱이들한테 모질게 당했으니 대통령께서 늘 말씀하신 멸공정신 애국심에서 내가 신고하는 거고, 이 비밀은 절대 보장해주셔야 해요. 장터댁은 의자에서 일어났다. 잠시만, 하고 형사가 제지하자, 막차 차 시간이 바쁘다며 그네는 황망한 걸음으로 경찰서를 나섰다. ……제발 우씨와의 관계만은 소문내지 말아달라고 그 조건으로 애걸복걸해가며, 내가 이 서방한테 못해준 게 뭐가 있어? 해달라는 대로 다 해줬는데 그렇게 막 가는 소리 하면 돼? 너무 졸갑증 내지 마. 내게도 그만한 시간과 기회를 줘야지. 이 서방은 홀아비라 불알 두 쪽 차고 나서면 그만이지만 내겐 서방에다 달린 자식이 있잖아. 있는 정 없는 정 심어가며 살아온 세월이 얼만데. 연장도 못 쓰는 폐병쟁이 서방은 그렇다 치고, 내 배 가르고 나온 자식을 맵게 끊고 보따리 싸기가 그렇게 쉬운 일은 아냐. 장터댁이 애간장 녹게 통사정을 하곤 이를 앙다물었다. 장마 져 버들내 물이 불 때만 기다려온 결심을, 오늘이야말로 결판을 내기로 그네는 굳게 마음에 새겼다. 장터댁이 쏟아지는 비를 피해 원두막 밑으로 들어서자 기둥에 걸어둔 적삼과 고쟁이로 알몸을 가렸다. 늘 똑같은 소리야. 장터댁, 남으 눈 피해 젊은 홀아비와 재미나 실컷 보자 이거지? 우 훈장 연장이 고드러진 수세미니, 굵은 고구마 같은 내 연장 맛이 좋다 이거 아냐? 씨팔, 뱀장어처럼 정 이렇게 나오기야! 임자가 죽고 사는 건 내 말 한마디에 달렸어! 초정댁이 이씨의 땡고함에 놀라 눈을 뜬다. 한차례 온몸을 훑으며 소름이 스쳐간다. 근래에 없이 황홀하고, 한편으로 망측하고 으스스한 꿈이다. 얼굴이 땀으로 젖고 목덜미로 땀이 흘러내린다. 머리가 어찔거리고 마른 혀가 돌덩이처럼 굳은 듯 얼얼하다. 방안은 조명등이 희미하다. 바깥은 주룩주룩 내리는 빗소리만 들린다. 벌써 이틀째 내리는 늦가을 비다. 비 탓에 그해 여름 억수로 쏟아지던 장마철 그 을씨년스러운 꿈을 꾸었나? 아니면, 윤 선생이 옛 제자들과 함께 금강산 여행 나선 뒤라 방을 혼자 쓰니 그런 꿈을 꾸었을까? 하는 생각이 든다. 비록 꿈속이었지만 생시같이 생생하게, 그놈의 큰 연장이 힘차게 들랑거리느라 질 안도 오랜만에 단비를 맞은 듯 촉촉한 느낌이다. 몸을 일으키려 하자 무릎 관절과 허리에서 뚝, 하고 뼈마디 꺾이는 소리가 나더니 바늘로 찌르는 듯한 통증이 온다. 그네는 비명을 지르며 겨우 일어나 앉는다. 엉금엉금 기어가 문 옆 형광등 스위치를 올리고 벽시계를 본다. 새벽 두 시가 넘었다. 식당에서 텔레비전 연속극을 보고 돌아와 잠자리에 들었으니 그때가 밤 열한 시경이라, 세 시간 못 되게 잠을 잔 셈이다. 손가락 끝과 발가락 끝에 찌르르한 전기가 온다. 두통이 있고 손발이 저린 점으로 보아 혈관의 피 돌기가 시원찮은 느낌이다. 머리와 손발 끝에 퍼져 있는 실핏줄에 모래 같은 게 끼여 혈류를 방해하고 있음이 분명하다. 날마다 아스피린을 한 알씩 먹으면 혈관 막히는 뇌졸중에 좋다는데 그 약이 떨어졌다. 아스피린을 복용하지 않은 탓인지도 모른다. 막내아들과 며느리 소행이 괘씸하다. 가을 들고 아들이 면회를 한차례 왔으나 용돈과 내의, 초콜릿만 몇 통 가져왔을 뿐 깜박 잊었다며 약은 사오지 않았다. 며느리는 여름철에 다녀가고 전화조차 없었다. 방학이 끝나 미국으로 돌아가는 손자들 데려다주려 동행한다더니, 거기 아스피린과 보조 식품 영양제 사서 귀국했는지 어쨌는지 알 길이 없다. 너들이 먼저 전화 걸기 전에 어디 내가 전화질 먼저 하나 두고 봐, 하고 앙심을 먹은 게 결과적으로 자신만 손해를 보는 셈이다. 이럴 땐 한잔 술이 보약보다 낫다는 말을 초정댁은 누누이 들었고 체험적으로 알고 있다. 식당으로 가서 냉장고를 뒤져보기로 한다. 화투치며 먹다 남긴 막걸리통이나 소주병이 있을는지 모른다. 술이 들어가면 실핏줄이 길을 트고 편안한 잠이 올 것 같다. 초정댁은 벽을 짚고 화장실로 들어간다. 거울에 비친 자신의 모습을 설핏 본다. 물들인 검정 머리칼이 푸스스하고 겹진 이마 주름 아래 새알 집처럼 쪼글쪼글 홈을 파고 들어앉은 옴팍한 눈이 쥐 눈처럼 반들거린다. 제 어미 뺑덕어멈을 닮아 금실이 초롱한 눈은 독기가 넘쳐. 끓는 성정을 잘 다스려야지, 저애 눈을 보면 장차 큰일을 낼 팔자야. 그네가 시집가기 전 처녀 적에 안방마님이 그런 말을 했다. 초정댁은 마님의 그 말을 평생 동안 잊은 적이 없었다. 장터목만이 아니라 면내에서 알아주는 부자로 도갓집을 당대에 일으키기는 사람 좋은 모주꾼인 주인어른이 아니라 안방마님이라 했다. 안방마님은 집안에 들어앉았어도 세상 문리를 꿰뚫었고 특히 사람 보는 눈이 밝았다. 드난 식구까지 포함하여 많은 가솔을 위엄 있게 다스렸고 서방에게는, 거래는 이렇게 트고 외상 거래는 이런 방법을 써라, 그 사람 말은 너무 믿지 말고 일을 이렇게 처리하라는 따위를 낱낱이 일러주었다. 그네는 마님의 그 안목을 따라가보겠다고 무진 애를 썼으나 늘 역부족이었다. 인중에까지 겹주름이 져 마귀할멈처럼 폭삭 늙어버린 자신의 얼굴이 보기 싫어 초정댁은 잠옷과 팬티를 한꺼번에 까 내리고 변기에 앉는다. 아래로 손을 넣어 샅을 쓸어본다. 가시랭이 같은 터럭만 닿지, 흥분은 꿈속에서만 느꼈을 뿐 거기가 역시 메마르다. 한 시절엔 창호지를 뚫을 만큼 세찼던 오줌 줄기도 힘발 없이 변기에 쭈르르 떨어지고 뒤끝조차 개운히지 않다. 옷을 올리자 미진했던 몇 방울 오줌이 새삼스레 흘러나와 팬티를 적신다. 골이 파이는 어질증에 그네는 안전대를 잡는다. 방을 나선 초정댁은 조명등이 희미한 복도를 거쳐 식당 쪽으로 엉기듯 걷는다. 거쳐 가다 보니 웬일로 5호실 방문이 열려 있으나 그네는 방안을 들여다보기도 귀찮다. 초정댁은 닫힌 식당 문을 살그머니 민다. 어머머! 그네가 소스라쳐 놀라며 벽을 짚는다. 희미한 조명등 아래, 한밤중 그 시간, 식탁 앞에 사람이 앉아 있었던 것이다. 하얀 머리칼에 등이 굽게 웅크려 앉은 사람 모습이 무덤에서 나온 듯 섬뜩했는데, 다른 누가 아닌 차관마님이었다. 전기밥통을 앞에 두고 손으로 밥을 집어내어 먹던 차관마님도 놀란 눈길을 초정댁에게 보낸다. 하바두에 도두도 아이며 바, 바브 자시다이. 마니이, 어데 바에 저녀바브 자셔자여? 초정댁이 떠듬떠듬 말하곤 문 옆에 설치된 스위치를 누른다. 식당 안이 환해진다. 네 말이 왜 그래? 지금 무슨 말을 하고 있어? 차관마님이 입가에 붙은 밥알을 떼며 묻는다. 내마아 어더에서? 아무러지도 아으데? 초정댁이 고개를 갸우뚱한다. 그네는 차관마님이 실성을 했나 싶다. 멀쩡한 사람 하는 말을 알아들을 수 없다니. 사무장까지, 초정댁은 변호사 뺨치게 말을 잘한다 했는데, 자기 말을 알아들을 수 없다면 차관마님 귀가 이상해졌다고 볼 수밖에 없다. 너 왜 그래? 혀짜래기 소리를 하다니. 젖먹이 애들 하는 말도 아니고. 그건 그렇고, 내가 언제 밥 먹는 거 봤어? 며칠 전에 먹고 처음 먹는 밥이야. 여기 사람들이 밥 안 주고 날 굶겨 죽이려 작정했어. 그러니 내가 이렇게 손수 찾아 먹을 수밖에. 차관마님은 밥통 안의 밥을 손으로 한 움큼 떠내어 입 안으로 쑤셔 넣는다. 쪼그라진 입 주위에 밥풀이 붙는다. 초정댁은 차관마님이 제정신이 아니라고 판단한다. 내일 아침 사무장에게 말해 차관마님을 나동으로 옮기라는 귀띔을 하기로 한다. 저기 바소 고, 고드 배노기 마저이지 소이 데게서. 여기 수저 이 이자아. 자아 어으시 매, 매바으 무스 마스로, 소, 소으로 자수시다이. 초정댁은 대형 냉장고 문을 당긴다. 손아귀에 힘이 빠져 두 손으로 당기니 겨우 열린다. 도라지무침과 콩나물무침이 눈에 띄어 그네는 그 그릇을 식탁으로 옮긴다. 도라지무침을 담은 사기그릇이 바닥에 떨어져 깨진다. 무침이 흩어진다. 산파댁 너도 어린애가 다 됐군. 배고파 살짝 빠져나온 거 맞지? 예전에 고아를 데려와 부엌데기로 키웠는데 걔가 밤마다 부엌에 나가 밥을 훔쳐 먹어. 고아원에서 얼마나 굶었던지. 자, 나하고 같이 먹어. 오랜만에 밥 먹으니 밥맛이 꿀맛이야. 같이 먹자고. 차관마님이 수저통에서 숟가락을 뽑아 초정댁에게 넘겨준다. 저 배 아이 고바. 하도 자이 오지 아아서 머다 나므 수르 이나고. 초정댁이 힘들게 말하며 자기 말을 새겨듣자니 자신의 귀에도 그 말이 이상하게 들린다. 남의 목소리 같고 발음이 아퀴 지어 똑똑 떨어지지 않는다. 혀를 놀려본다. 혀가 동그랗게 말려 돌덩이처럼 굳은 느낌이다. 순간적으로 오래전에 죽은 서방이 눈앞에 스친다. 서방은 병약하고 모자라는 큰아들 한필이를 끔찍이 귀여워해 늘 옆에 두거나 안고 살았다. 임자, 한필이가 나처럼 안 되게 책임지고 잘 키워줘. 한필이를 안고 어르며 자기를 보던 서방의 순한 눈은 분명 그런 말을 하고 있었다. 내가 서방 귀신에 씌었나? 내가 왜 이래. 내가 말을 못하다니. 그렇게 잘 놀던 멀쩡한 내 혀가 왜 이 지경이 됐지? 초정댁은 눈앞이 캄캄하다. 마니, 내 마이 저어 이사하오? 초정댁이 냉장고 문을 열다 돌아보며 묻는다. 이상하다말다. 아기 말 배우듯, 말더듬이 같다니깐. 내가 어디 말 갑잖은 말 하는 거 봤는가. 당최 무슨 소린지 알아들을 수가 없어. 차관마님 말에 초정댁이 틀니로 혀를 잘근잘근 씹어본다. 분명 혀가 굳었고 잘 놀지 않는다. 날이 밝는 대로 소명종합병원의 기로원 전담 의사를 불러달라고 사무장한테 말해야겠다고 다짐한다. 냉장고에는 반쯤 마시다 남은 소주병이 눈에 띈다. 조금 전 도라지나물 그릇을 떨어뜨렸기에 그네가 이번에는 두 손으로 소주병부터 옮기고 다음으로 소주잔을 나른다. 잔을 쥔 손끝이 저릿하고 발가락 끝도 따끔거린다. 여자가 술은 왜 먹어. 먹으면 취하잖아? 밥은 먹어도 술은 먹지 마. 셋째 아들이 술 좋아하다 중독자 되어 제 목숨 제가 끊은 셈이지. 그 애가 하도 술을 좋아하기에 내가 집안에 술을 두지 않았어. 어들어들 떨며 젓가락으로 콩나물 무침을 힘들게 집어 올리는 차관마님 말에 초정댁은 대답 없이 근심에 싸인 얼굴로 남은 소주를 맥주잔에 붓는다. 손이 떨려 술이 쿨렁대며 잔에 떨어진다. 수전증 증세가 전보다 훨씬 심해졌다. 술이 들어가면 굳은 혀가 풀리는지 모른다. 그네는 쓴 소주를 탕약 먹듯 두 모금으로 나누어 잔을 비워낸다. 목구멍이 홧홧하고 머리로 술기운이 설핏 오른다. 도갓집에서 자라 처녀 적부터 술맛을 알았지만 그네는 여태껏 술을 맛으로 먹어본 적이 없다. 마시고 난 뒤 취기가 알딸딸하게 오르면 기분이 좋았고 그 기분으로 서방을 꼬드겨 방사를 하면 흥이 절로 났다. 다 자서며 가오. 모시다 드리게. 초정댁은 자신의 굳은 혀가 아직도 풀리지 않았음을 안다. 그네는 차관마님을 부축하여 식당을 나선다. 피리 불듯 방귀를 연방 빌빌거리며 차관마님은, 그렇게 굶어도 배가 안 고프냐고 그네에게 묻는다. 초정댁은 내가 이제 죽는 병에 걸린 게 아닌가 하는 낙담으로 대꾸할 기분이 아니다. 그네가 차관마님을 5호실로 데려다주니 산파댁의 얕게 코 고는 소리가 들린다. 초정댁은 방문 닫아주는 것도 잊고 허둥지둥 3호실 자기 거처로 돌아온다. 그네는 빨리 잠에 들 요량으로 잠자리에 파고든다. 얼큰한 취기가 곧 잠을 불러올 듯싶은데 따르는 빗소리만 귀를 팔 뿐 쉬 잠이 오지 않는다. 이 빗속에 무슨 놈으 금강산 구경이라니. 비 맞은 쥐새끼가 따로 없을걸. 초정댁은 윤 선생 일행의 방북 여행을 비웃으며 혀를 부드럽게 푸느라 연방 침을 발라 혀를 굴린다. 자고 나면 정상으로 회복되겠거니 하고 마음에 안심을 심기도 한다. 바깥의 가을비 듣는 소리가 줄기차게 귓전에 넘쳐오자 심사가 더욱 어지럽다. 버들내의 콸콸 쏟아 붓던 물이 자신을 덮칠 듯 감은 눈앞에 넘쳐온다. 방을 혼자 쓰다보니 마음이 싱숭생숭해져 버들내가 자꾸 눈앞에 어른거리고, 꿈속에서 너무 기분을 내다 혀까지 어둔해진 모양이라고, 그네는 자신을 탓한다. 차츰 어지러운 취기가 몰려온다. 천장이 빙그르르 맴을 돈다. 이러다 자는 잠에 송장이 되는 게 아닐까. 그렇게 죽을 수는 없어. 죽더라도 유언장은 작성해놓고 죽어야지. 아니야. 난 일백 살까지 살아야 해. 10년을 버텨내면 120살까지도 살 수 있다는데, 기껏 일흔아홉 살에 저승길 떠나다니. 예수님께 죄 많은 여종을 구원해달라고 회개했으니 나는 자동으로 천당에 가게 되겠지. 그러나 죽을 때도 안 됐는데 무슨 천당 타령까지. 천당 타령은 아직 멀었고, 난 절대 빨리 안 죽어. 아직은 죽을 수 없어. 자고 나면 혀가 멀쩡해질 거야. 그래, 잠을 자야지. 어서 자야 해.

그네가 속말로 바쁘게 고시랑거린다. 잠시 뒤 중얼거림조차 취기에 말려들고 그네는 혼곤한 잠에 빠진다. ……이 서방, 날 저 살래다리만 건네주고 돌아가요. 물이 너무 불어 다리가 떠내려갈까봐 겁나네. 장터댁이 접사리를 둘러쓰며 이씨에게 말했다. 이씨가 게트림을 하는 것으로 보아엔간히 취기가 동한 모양이라고 그네는 판단했다. 이씨가 건네주는 술에자신도 취했다. 비가 이렇게 쏘, 쏟아지는데 정말 면소로 나갈려고? 이씨의 혀가 말려 올라갔다. 처가 죽고 더욱 억병이 된 이씨에게 장터댁이갖은 아양을 떨어가며 전내기에 막소주 탄 술을 한 되 넘이 퍼먹였으니모주꾼이라도 안 취할 리 없었다. 친정엄마가 오늘내일 한다 했잖아. 오죽 급하면 대실 들어오는 우체부 편에 쪽지를 전했을까. 난 친정으로 가고 이 서방도 방앗간으로 돌아가야지. 이젠 여기를 뜨자고. 누가 훔쳐보는지 몰라. 이 서방, 들어가서 잠이나 자. 오늘 힘 너무 많이 썼잖아. 장터댁이 이씨를 일으켜 세웠다. 접사리를 쓴 장터댁과 삿갓 쓴 이씨는 두몸이 한 몸 되어 개울을 끼고 깜깜한 둑길을 따라 버들내로 걸었다. 조롱박 담은 빈 술주전자를 든 장터댁이 주위를 둘러보았다. 장대비 퍼붓는깜깜한 밤중에 호젓한 들녘에 사람 기척이 있을 리 없다. 설령 누가 본다해도 남녀가 접사리와 삿갓으로 얼굴을 가렸으니 누군지 알아볼 리 없었다. 보, 보름 장날 도정한 보릿가마 내려 면소 장에 나가는데 그날 떠날준비해서 자, 장으로 나와요. 부산으로 줄행랑 놓자고. 혀 꼬부라진 소리로 이씨가 말했다. 무슨 말인지 알았어. 그렇게 해보도록 할게. 오늘은그쯤 해두자고. 술 취한 개란 말도 있잖아. 술 취해 뭘 그렇게 따져. 그얘긴 맨정신에 다시 만나 의논해. 내 반드시 약속 지키겠다고 말했잖아.내 말을 믿어줘. 장터댁이 이씨를 구슬렸다. 물이 엄청나게 불어난 버들내는 가녘의 갈대 무성한 자갈밭까지 덮쳐 강폭이 40미터나 되게 폭을 넓혔다. 어둠 속에 희미하게 드러나는 살래다리가 거센 물결에 실려갈 듯 위태롭게 간동간동 버티고 있었다. 살래다리란 강물에 지겟다리 꼴의 나무기둥을 두 팔 간격으로 세워 연결한 뒤 그 위에 널판을 깔고 짚과 흙으로 덮어 바닥을 다진, 난간 없는 다리였다. 사람과 집짐승 내왕이나 가능할까 우마차가 지나가기에는 폭이 좁았고 받친 기둥이 장작개비 굵기밖에 되지 않았다. 다리 난간이 없다 보니 나란히 걷기에는 떨어질까 위태로워 이씨가 앞서고 장터댁이 뒤를 따랐다. 걸음이 갈지자로 온전치 못한데도 이씨는 용케 균형을 잡아 다리 위를 건들거리며 잘 걸었다. 다리 가운데쯤 오자 장터댁은 설핏 다리 아래를 내려다보았다. 어둠 속에 황톳물이 광폭하게 소용돌이치며 흘렀다. 뿌리째 뽑힌 나무가 떠내려오다 다리 기둥에 걸렸다. 지금이 맞춤한 지점으로, 일을 더 미룰 수 없다고 장터댁은 마음을 다잡았다. 그네는 목구멍까지 차오르는 숨길을 가누며 이 서방, 하고 사내를 불렀다. 콸콸대는 물소리에 이씨가 장터댁 말을 듣지 못한 채 어뜩비뜩 걸어갔다. 이 서방, 나 좀 봐! 하고 그네는 자신도 모르는 사이에 악을 썼다. 그 어떤 열기가 머리끝으로 치받치고 온몸이 폭발해버릴 듯 힘이 뻗쳤다. 주전자를 불끈 쥔 손이 떨리더니 눈앞에 불꽃이 튀었다. 뭐, 뭐라고? 하며 이씨가 비틀대며 돌아서는 순간, 장터댁은 손에 쥔 주전자로 사내의 가슴팍을 힘껏 밀었다. 아이쿠, 하는 비명이 이씨의 입에서 터지고 두 팔이 허공에서 버둥거려 몸이 균형을 잃었다. 그 순간을 놓치지 않고 그네는 그의 옆구리를 주전자째 다시 밀어 쳤다. 이씨의 자태가 주전자와 함께 다리 아래로 떨어졌다. 그네는 다리 끝에 털버덕 주저앉아 가쁜 어깨숨을 쉬며 이씨가 사라진 강물을 내려다보았다. 이씨의 손끝과 주전자가 소용돌이치는 흙탕물 위에 잠시 희미하게 나타났다 사라지곤, 사내의 모습은 간데없었다. 장터댁은 굽이치는 흙탕물을 내려다보며 쫑알거렸다. 내가 왜 너를 따라나서. 내가 미쳤다고 알거지 신세인 널 따라 대처로 나가? 어림없는 수작 말아. 내가 그렇게 골빈 여편네가 아냐! 실컷 재미 봤음 됐지, 내가 누군데 공갈까지 쳐! 널 살려뒀단 있는 말 없는 말 보태 평생 나를 뒤따라다니며 괴롭힐 게 아냐. 어림없지. 네 개수작에 호락호락 넘어갈 내가 아니라고! 너나 물고기 밥이 되어 대처 부잣집 밥상에 오르든 말든 내 알 바 아니야. 장터댁은 목구멍을 채우는 숨길을 가라앉히며 아무 일도 없었다는 듯 서둘러 다리를 건넜다. 그네는 그 길로 면소 장터목의 문을 닫은 친정집 주막으로 갔다. 장터댁이 친정엄마의 장례를 치르고 시댁으로 돌아오기는 그로부터 아흐레 뒤였다. 장마가 그쳐 물이 준 살래다리를 건너오며 그네는 강물을 내려다보았다. 아흐레 전과 달리 강폭은 예전대로 돌아가 강물은 아무 일도 없었다는 듯 조즐대며 맑게 흘렀고, 자신의 마음 또한 그러했다. 소용돌이를 이루던 황톳물이 언제였나 싶게 그치고 꼬리 흔들며 노니는 송사리떼가 얼비쳐 보이게 강물이 맑아졌듯, 그네의 마음에도 평화가 깃들었다. 한사코 치맛자락을 잡고 늘어지던 악귀 같은 사내를 떨쳐낸 홀가분함이었다. 이씨는 영원히 지상에서 사라져버렸다고 그네는 쾌재를 불렀다. 햇살 쨍쨍한 천변 아래쪽 징검다리 부근에는 물고기를 잡느라고 소쿠리를 든 아이들만이 물에 첨벙대며 카랑한 목소리로 외치고 있었다. 장터댁이 시댁으로 돌아오니 대실마을은 흘연히 사라져버린 이씨에 대한 뒷소문이 그네가 짐작한 그대로였다. 지겟짐을 지더라도 대처에 나가 살겠다더니 훌훌 떠난 모양이라고 대실 사람들이 쑤군거렸다. 버들내를 거쳐 낙동강 하류 구포다리 어름쯤에 불어터져 얼굴조차 뭉개진 이씨의 시체가 인양되었더라도 전쟁을 치르며 하고많은 시체를 보아왔기에 거기 사람들은 시신 임자를 수소문하지도 않았을 것이다. 주머니에서 나온 불어터진 쌈짓돈이나 챙겼을 터였다. 장터댁은 다시 버들내 살래다리를 찾았다. 그네는 다리 아래 강물을 내려다보고 쫑알거렸다. 살인을 했다고? 웃기고 자빠졌네. 난 아무 죄가 없어. 서방 있고 자식 둔 아녀자를 협박한 그 자식이 죽일 놈이지. 내가 왜 서방과 자식 버리고 백수건달을 따라나서. 애초부터 그럴 마음도 없었지만, 내가 만약 그놈 따라 대처로 도망질 갔다면 불쌍한 자식새끼 둘과 뱃속에 터 잡은 자식 또한 어떻게 되었겠어. 밤낮없이 배꼽 맞춰 절구질이야 물리도록 하겠지만 낯선 객지에서 내 신세는 또 어떻게 됐게. 장터댁이 다리 아래를 내려다보며 나직이 안도의 숨을 쉬는 순간, 갑자기 사내의 얼굴이 살래다리 물 아래서 불쑥 솟아올랐다. 에그머니나! 그네는 혼비백산해져 물에서 솟아오른 얼굴을 보니 이씨가 아니라, 방구석에 박혀 운신조차 힘든 해골 같은 모습의 서방 얼굴이었다. 천하에 몹쓸 악독한 년! 네년이 방앗간 이 서방 주둥이 봉하겠다고 술 처먹여 여기에서 밀어 쳐죽였지. 난 알아. 방구석에 들어앉았어도 다 알고말고. 천벌을 받을 년! 선량하고 과묵한 우 훈장을 후려내더니, 네 죄를 감출 요량으로 네년이 경찰서에 고자질해, 결국 그 선비를 죽게 만들었잖아. 그 일로 아버지와 마을 청년들이 경찰서로, 방첩대로 불려 다니며 얼마나 고초를 겪었어! 얼굴이 퉁퉁 불어터진 서방이 천둥 치듯 내질렀다. 순간, 그네는 경찰서에서 고초를 당하고 나와 다리를 절게 되고 위장병까지 얻어 바깥출입이 여의치 않았던 시아버지가 떠올랐다. 경찰서에서 풀려 나온 뒤 박광달은 시름시름 앓다 이태를 겨우 넘겨 숨을 거두었는데, 말년에는 첫돌 지난 지 다섯 달 된 손자 정필을 무릎에 앉혀, 아이가 수염 당기며 할비, 할비 하고 방글거리며 떠는 재롱을 끔찍이도 귀여워했다. 어느 날, 박광달은 며느리를 불러 앉히고 당부했다. 종손인 영대가 폐병으로 작년에 죽고⋯⋯, 설령 살았대도 제 자식 챙길 위인이 못 되었으니 며늘아기 네가 사람 구실 못하는 불쌍한 한필이를 잘 보살펴줘. 다행히도 정필이는 돌 넘기자 말을 트고 똑똑해 싹수가 보이니 집안 대 이을 훌륭한 남아 장부로 키워주고. 이제 이 집안으 재산과 후대는 네 손 하나에 달렸으니 종부로서 막중한 책임감을 한시도 잊지 말 것이며⋯⋯ 시아버지의 그 말이 유언이 되고 말았다. 초정댁이 깜짝 놀라 눈을 뜬다. 심장이 바늘로 찌르듯 아파 숨조차 제대로 쉴 수가 없다. 눈앞은 깜깜한 어둠만 들이찼는데, 무수한 별이 명멸한다. 정신이 몽롱하다. 사람이 죽을 때 이런 과정을 거쳐 숨이 끊어지겠거니 싶다. 숨이 막힌 괴로움에 버둥거리기 잠시, 콧숨부터 터지더니 겨우 숨길이 제 길을 찾는다. 죽음 직전에서 사는 쪽으로 한고비를 넘긴 듯 가슴 통증이 차츰 가라앉자 숨쉬기가 수월해진다. 아버님, 저는 아버님으 그 말씀을 좇아 이날 이때까지 박씨 집안 종부로서으 사명을 다했습니다. 죽어도 원이 없게, 아버님이 집안을 일으키셨듯 저는 시아버님 말씀대로 종부로서 제게 맡겨진 일을 마쳤습니다. 제가 겪어온 굽이굽이 인생길이 얼마나 슬픔으로 넘쳤는지 아버님은 모르실 거예요. 천치바보 한필이를 제가 어떻게 거두었으며, 한필이가 낳은 배다른 손녀딸 둘을 키워 출가시킨 것하며, 정필이를 미국 유학까지 보낸 구구절절한 사연은 나만 알지 아무도 몰라요. 그 긴 세월 동안 장마철 버들내 강물만큼 쏟아낸 눈물을 아버님은 모르실 거예요. 초정댁이 시아버지를 떠올리며 흐르는 눈물을 어들어들 떨며 닦는다. 병신 서방과 앞서 보낸 딸 셋과 썩은 고목이 된 한필의 모습이 눈앞에서 어룽진다. 이제 일어나야지 하고 초정댁이 안간힘을 썼으나 쥐가 내린 손발을 꼼짝할 수가 없고 몸은 부대처럼 널브러져 말을 듣지 않는다. 술기운은 완전히 달아났는데, 입 안이 소태처럼 쓰고 갈증이 심하다. 유 여어사, 나 무르 조 주오. 나르 어더게 조 이르거서느…… 초정댁이 모깃소리만큼 말을 낸다. 아구창이 삐꺽거리고 욱신대 그런 소리조차 더 내기가 힘들다. 자기 말에 방안에는 아무 반응이 없다. 그러고 보니 3호실엔 자신뿐임을 안다. 그네는 이럴 때 이용하라고 설치된 비상벨이 있다는 것조차 깜박 잊어버린다. 눈앞의 어둠속에 명멸하던 별들이 사라지자, 엉덩이가 축축함이 느껴진다. 오줌을 싸고 말았다. 요실금이 있어 시도 때도 없이 오줌을 지리긴 했으나 밑이 온통 축축한 걸 보아 이번은 질펀하게 싸버리고 만 것 같다. 일어나야지, 일어나 아랫도리부터 씻고 옷을 갈아입어야지. 마음은 뻔한데 몸이 영 말을 듣지 않는다. 이런 경우는 전례가 없었다. 초정댁은 내 몸에 마비 증세가 온 걸까 싶어 눈물 괸 눈부터 깜박거려본다. 저울추라도 얹힌 듯 눈두덩이 무겁다. 우선 일어나기 위해선 마음부터 안정시킬 필요가 있다. 심호흡을 한다. 뜨끔하게 무언가 가슴팍을 찌른다. 숨길을 낮추며 손가락과 발가락을 꼼지락거려본다. 겨우 움직인다. 손과 발에 쥐가 풀리기는 그로부터 10여 분이 지나서다. 손발을 만져보니 한겨울 한데에 내놓은 듯 차다. 그네는 겨우 몸을 일으킨다. 술을 먹은 탓인지 배가 살살 아프다. 엉금엉금 기어가 화장실로 들어가 타일 바닥에 퍼더버리고 앉는다. 속옷과 팬티를 벗는다. 오줌과 함께 물찌똥까지 싸버렸다. 냄새가 지독할 텐데 코가 어떻게 됐는지 그 냄새조차 맡을 수 없다. 잠결에 똥까지 싸는 늙은이가 되어버리다니. 초정댁은 절망감에 정신이 아득하다. 침대에 눕혀져 나동으로 실려가는 자신의 모습이 보인다. 난 안 가. 나동으로 갈 수 없어. 난 아직 노망들지 않았다고. 난 정신이 말짱해. 몸 닦고 빨래를 해야지. 그네가 입속말로 부르짖는다. 온몸에 진땀이 솟는다. 손아귀 힘이 빠져나갔는지 그네는 수도꼭지를 틀 수 없다. 바가지의 물을 몇 차례 엎질러가며 욕탕의 찬물을 대야에 퍼낸다. 초정댁은 아랫도리를 대충 씻는다. 그 일을 마치는 데도 중노동이나 한 듯 진땀이 나고 온몸이 파김치가 된다. 그네는 똥 싼 속옷을 빨아야 한다는 생각도 그새 깜빡 잊고 앉은걸음으로 화장실에서 나온다. 온몸에 한기가 든다. 옷장 열어 내의 찾아 입을 기력조차 없다. 그네는 요를 들치고 요 밑으로 파고든다. 방바닥은 따뜻한데 요가 축축하다. 딱딱한 방바닥에 뼈가 배긴다. 초정댁은 날이 샐 동안 잠을 청하기로 한다. 잠결에 똥오줌을 쌌으니 윤 선생이 방을 비웠기에 망정이지 그 깔끔한 여편네 앞에서 무슨 망신일까 싶다. 왜 똥오줌을 쌌을까? 빗소리가 물 흐르듯 베개 가로 파고든다. 꿈속 장면을 잊고 다시 잠을 청하려 무진 애를 썼으나 심장은 계속 콩콩대고 정신은 더욱 말똥해진다. 몸을 돌려 누워가며, 떠오르는 잡념을 끊으려 갖은 노력을 해보았으나 헛수고다. 초정댁은 애써 잠을 청해보았으나 한 시간을 넘겨도 잠에 들지 못한다. 비가 그쳤는지, 귀가 먹어버렸는지 빗소리가 들리지 않는다. 바깥이 희뿌염히 밝아올 동안 종내 잠에 들지 못한 그네는 이렇게 밍기적대고 있을 게 아니라 기동을 하기로 한다. 산송장처럼 누워서만 배겨낼 수 없으니 어떡하든 움직여야 살아남을 수 있다. 사무장에게 자신의 혀가 돌덩이가 되어 말을 잘할 수 없으니 병원으로 데려가든 의사를 불러달라고 말해야 한다. 김씨가 자기 말을 알아듣지 못한다면 필담이라도 해야 한다. 그러나 몸뚱이는 천근이고 머리까지 지끈지끈 쑤시는데, 도무지 몸을 움직일 수 없다.

3

늦가을 햇살이 따뜻하다. 바람이 소슬하게 불고 고추잠자리들이 맑은 공간에 맴을 돌며 노닌다. 기로원 정원 잔디밭도 금잔디가 되었다. 잔디밭 한편 비치파라솔 아래 야외용 간이 식탁을 둘러싸고 초정댁과 그네의 막내아들 박정필 교수, 며느리 하 여사, 사무장 김씨가 둘러앉았다. 식탁에 놓인 휴대용 가스판의 철판에는 양념한 불고기가 익고 있다. 하 여사가 나무젓가락으로 고기를 뒤집으며, 어머님, 상추쌈에 싸서 고기 드세요 하고 권한다. 두툼한 스웨터를 입고 휠체어에 앉아 있는 초정댁은 며느리 말을 못 들은 체 입을 다물고 있다. 그네는 코스모스꽃들이 한들거리는 울타리 너머 야산에 눈을 준다. 멀리 아까시나무 숲과 메타세쿼이아나무 숲은 낙엽이 져 벗은 가지가 앙상하다. 아까시나무 숲과 메타세쿼이아나무 숲이 임립한 한쪽은 토목공사가 한창이다. 나무는 베어졌고 불도저가 언덕을 까뭉개며 평지 작업을 하고 있다. 예쁘장한 전원주택한 채가 지어질 모양이다. 아까시나무 숲을 보자 초정댁은 한 여사가 떠오른다. 한밤중에 무엇이 씌어 양갈보 출신 광대댁이 저 아까시나무 숲까지 기어가 가랑이 사이에 손가락 박고 혼절을 했을까, 하는 생각이 든다. 내가 이씨나 우씨를 꿈속에서 보았듯, 광대댁도 이승에서 연을 맺었던 그런 악귀를 보았을까? 눈감기 전에는 잊으려야 잊을 수 없는 악귀

혼령이 광대댁을 불러냈을까? 어찌 됐든 광대댁은 그날 이후 치매 증세를 보였고 나동으로 옮겨가더니 끝내 송장이 되어 화장터로 떠났다. 사무장 김씨 말로는 광대댁이, 나 죽으면 화장을 해서 수몰된 고향 땅 저수지에 뼛가루를 뿌려달라는 유언을 남겼다고 말했다. 조카란 이가, 이모님 유언대로 그렇게 하겠다며 유골 상자를 가져갔다 했다. 초정댁은 체머리를 떤다. 누비 통치마 무릎에 얹힌 두 손도 잘게 떨린다. 어머니가 어떡하시다 이 지경이 되셨어요? 변호사란 소리를 들을 정도로 그렇게 말씀을 잘하시던 분이신데. 박 교수가 김씨에게 묻는다. 강단 있으신 여장부라 몸은 불편하셔도 정신은 지금도 멀쩡하다고 봐요. 내가 보기엔 말씀을 못하시는 게 아니라 안 하시는 거지요. 받침 없이 사용하는 말에다 떠듬거리기까지 하니 자기 말을 남이 잘 알아듣지 못한다는 걸 아시고 아예 입을 봉해버린 겁니다. 이렇게 거동이 불편한데도 한사코 나동엔 안 가시겠다고 고집을 부리잖아요. 그저껜가, 휠체어를 밀고 사무실에 와선 대뜸 책상 위으 볼펜을 집더니 메모지를 당겨선 손을 덜덜 떨며, 내 정신 안죽 말따. 나동에는 즐대로 안 간데이, 몬 간다! 라고 씁디다. 감탄부호까지 정확히 찍더니 볼펜을 놓으시더군요. 치매에 걸렸다면 그런 고집을 부릴 수 없죠. 가동과 나동이 어떻게 다른가 구별할 줄도 모르니깐요. 그런데 함께 방을 쓰는 자치회장 윤 선생이 초정댁 대소변 받아내느라 애를 먹지요. 나동에 가면 간병인에다 자원봉사자들이 도와줄 텐데, 윤 회장이 한방 함께 쓴 정리로 그 뒤치다꺼리를 자진해서 맡으시니 오죽 선한 이웃입니까. 그것도 다 어머님이 말년에 누릴 복을 타고나신 거지요. 조금 있다 시간이 나면 윤 회장님께 고맙다는 인사나 하고 가시오. 그런 칭찬 받기 원하는 분도 아니지만. 김씨 말에 초정댁이 속말로 맞장구를 친다. 그래, 김씨 말이 맞아. 나는 나동에 안 가. 젊은 의사 말이 조심만 하면 조만간 예전의 반만큼은 회복될 수 있대. 내가 왜 나동에 가. 이렇게 정신이 멀쩡한데. 그네가 뻣뻣하게 굳은 얼굴로 아들을 멀거니 건너다본다. 박 교수는 이마가 조금 벗겨졌고 콧날이 우뚝하다. 전체적으로 길동그란 준수한 용모다. 너야말로 이 세상 어느 자식보다 잘생기고 머리 좋잖아. 대학 졸업할 때까지 일등만 도맡았지. 미국으로 유학가 다섯 해 만에 박사 학위를 땄고. 초정댁 입가에 미소가 떠오른다. 아버지가 그러셨다더니, 어머니도 노년에야 아버지를 닮으시나. 박 교수가고개를 갸우뚱하며 혼잣말을 한다. 돌아가실 임시에 아버님이 통 말씀을안 하셨어요? 하 여사가 서방을 보고 묻는다. 그네는 시아버님이 서방돌 되기 전에 폐가 나빠 별세했다는 말을 서방과 시댁 식구로부터 들었다. 초정댁이 며느리를 보며 눈을 흘긴다. 죽을 때가 되면 말문을 닫는다고? 시어미 앞에서 한다는 말이 고작 그거냐. 대학 공부까지 했다는 년이 뚫린 구멍이라고 뱉어내는 소리하고는. 나는 아직 죽을 때가 안 됐어. 일백 살 생일상 받을 때까진 청청하게 살 거야. 두고 기다려봐, 내 말이어디 틀리는가. 그렇게 말해주고 싶지만, 그네는 며느리한테 대차게 그런 말을 할 수 없다. 김씨가 잘 짚었듯, 떠듬거리며 말하는 꼴을 자식과며느리 앞에서 보이기 싫다. 아버지가 돌아가시기 전 한동안은 실어증에걸리셨나봐. 나도 자라서 들은 말이지만. 박 교수가 처에게 어물쩍 대답한다. 그는 처에게 여태껏 아버지가 듣지도 말하지도 못한 중증 복합 장애인이었다는 말은 하지 않았다. 결혼 전 연애 시절부터 아버지가 청각과 언어 장애인이었다는 가문의 흉을 애써 밝힐 필요가 없었다. 자신이첫돌도 되기 전에 아버지가 별세하셨으니 그 생전 모습이 기억에 남아 있지 않고, 자신 역시 아버지가 귀먹보에 벙어리였다는 사실은 그게 사실일수록 잊고 싶었다. 그래, 네 아비는 벙어리였어. 두 살 적인가, 홍역을 된통 치러 애가 비실비실하자 네 할아버지가 무슨 보약인가 먹였는데, 그 탕약을 먹고 열이 다시 펄펄 끓어 이틀 동안 사경을 헤매다 겨우 살아났다지. 그때 귀가 아주 갔나봐. 조금만 멀리 떨어져도 사람을 못 알아보는 약시가 됐고. 당달봉사는 아니었으니 눈은 그렇다 치고, 그 귀에 소리란 소리는 아무것도 들리지 않는 절벽이라 자연 벙어리가 될 수밖에. 네 아빈 진짜 벙어리였어. 그러니 내가 네 아비와 의사소통을 하느라 요즘 텔레비전에도 나오는 수화인지 뭔지 그런 손놀림을 정식으로 배우진 않았다만, 둘이서만 통하는 손시늉을 정해 서로의 말뜻을 전했지. 그러나 그것도 신통치가 않았어. 씨종자가 나빴는지 네 아빈 태어날 때부터, 그런 아이를 정박아라든가, 하여간 사람이 한참 모자랐으니깐. 좋다는 보약도 다른 애들에겐 멀쩡한데 네 아빈 체질에 맞지 않았으니 그렇게 귀가 간 거겠지. 그런 네 아비와 얼굴 맞대고 살다보니 답답한 내 복장이 터져 나갈 수밖에. 처녀 적도 똑 소리나게 말 잘한다는 말을 들은 난데, 시집오고부터 이 어미가 더욱 수다쟁이가 될 수밖에. 내가 말 잘하는 변호사라도 되어야 네 아비 말할 몫까지 내가 나서서 챙겨줄 수 있잖았겠어. 초정댁이 자식에게 속엣말을 한다. 네 아비를 만난 것도 내 팔자라면 팔잔데, 귀와 입은 그렇다 치고 머리까지 그렇게 나쁠 줄이야 혼담이 오고 갈 적엔 몰랐어. 금실이는 봉창 뒤에 숨어 봉창구멍을 통해 안방에서 나누는 부모의 말을 엿들었다. ……글쎄 말이에요. 매파 말로는 말더듬이로 띄엄띄엄 말을 한다지만 장에 나온 대실 사람들 말을 들어보니 박광달 어른 외아들은 아주 벙어리래요. 엄마가 말했다. 그 사람, 다른 데는 이상이 없고? 침통한 목소리로 아버지가 물었다. 키도 헌칠한 데다 인물은 대실 총각들 중에 가장 잘났대요. 추수 7천 석 하는 부잣집 아들답게 용모만큼은 훤하답디다. 어지간한 말은 손짓으로 다 통하는 데다, 어릴 적에 독선생을 집안에 둬 글을 익혔는데 글씨를 써서 서로 의사를 소통한다잖아요. 그쯤이면 됐지, 말 잘한다고 어디 공짜로 재물이 생겨요? 그 정도 흠이라도 있으니 우리 집에 매파를 보낸 거지요. 사철 쌀밥 먹고 곳간에 양식 재어두고 사는 부잣집을 사돈으로 두면 금실이 덕에 우리 집도 그 그늘 아래 팔자 펼 게 아니에요. 더욱 영대란 그 청년이 딸만 다섯을 둔 박씨 집안에 외동이라니 장차 그 재산이 다 누구한테 가겠어요. 엄마 말에 아버지는 아무 말이 없었다. 재떨이에 곰방대 재 떠는 소리만 들렸다. 엄마가 말을 이었다. 대실 박부잣집이라면 대지주로 군내에서는 알아주고, 여기 면소에도 그 집안 땅 부쳐먹는 작인들이 여러 가구 있잖아요. 우리 처지에 감히 그런 집안을 어떻게 넘봐요. 보자 하니 들창코 조군이 금실이한테 수작을 거는 모양이던데 그 녀석은 쪽박 찰 만큼 집안이 없는 데다 기껏 막걸리통 배달꾼 아니에요. 그런 녀석한테 금실이 줬단 자식 싸질러놓아야 머슴살이나 부잣집 아기업개밖에 더 되겠어요? 엄마의 말에 아버지가 중얼거렸다. 달산 아래 밭 다섯 뙈기에, 버들내 천변 논 두 마지기라…… 엄마가 아버지의 중얼거림을 받았다. 박광달 그 어른이 우리 금실이를 먼발치로 봤고 면소에 와서 귀동냥도 한 결과 똑똑하고 반반한 색싯감이라고 아주 좋게 본 모양입디다. 내가 매파한테, 우리 금실이가 그만하면 용모도 빠지지 않고 공민학교를 우수한 성적으로 졸업해 한글에 한문까지 다 읽고 쓰는 똑 떨어지는 처녀란 말은 들었겠죠. 이런 일등 처녀를 벙어리와 짝지어주려면 논밭만 아니라

지참금도 얼마 내놓으셔야지 하고 말했지요. 엄마 말에 아버지가 헛웃음을 웃었다. 도갓집 행랑아범 처지에 딸 넘겨주며 지참금까지? 임자가 부뚜막에 먼저 오르는구먼. 그건 그렇고, 금실이가 그런 남자한테 시집가겠다고 선선히 나설까? 아버지의 말이 바닥에 떨어질세라 엄마가 날름 받았다. 이 양반이 무슨 소리를 해요. 박광달 어른도 참판댁에 데릴사위로 들어갔대요. 고명딸이 한참 모자라는 반편이라 참판어른이 소작 집안 출신으 똑똑한 사위를 봤다지 뭐예요. 그래서 헌걸찬 박광달 어른이 간택됐대요. 이번 혼사일은 나한테 일단 맡겨봐요. 내가 어떡하든 금실이 마음을 돌려세울 테니깐요. 지참금 얻어내면 우리도 도갓집 행랑살이 접고 장터목에다 주막이라도 냅시다. 당신은 타낸 논밭뙈기로 농사짓고, 술장사는 내가 소매 걷어붙이고 나서서 할 테니깐요. 내가 누구예요? 호가 난 뺑덕어멈이잖아요. 우리도 남 밑에서 행랑살이하며 쥐여만 살 게 아니라 이제 주인 행세하며 떵떵거리고 한번 살아봐야지요. 엄마의 말을 듣고 금실이는 활랑거리는 가슴을 한 손으로 누른 채 황망히 봉창 앞을 떠났다. 그때 엄마 말이 맞았어. 그런 좋은 혼처 자리가 나섰는데 내가 왜 불알 두 쪽만 찬 들창코 조가한테 시집을 가. 애걸복걸 매달리는 조가를 내가 딱 잘라 뿌리쳤지. 너랑 혼례 올리느니 차라리 버들내에 빠져 죽고 말겠다고. 곰보 째보면 어떻고 벙어리면 어때. 말 잘하는 서방 뒀다 소박맞는 것보다야 말 못하는 서방 핑계 대어 매사를 내 주장 하고 사는 게 얼마나 편해. 도갓집 마님처럼 집안 가솔을 호령하며 부리고, 시댁 재산 넉넉하니 줄줄이 자식 낳아 잘 먹이고 잘 키워 훗날 공부시킬 때 일본에 유학까지 보내야지. 그렇게 앙심 먹고 내가 엄마 말을 못 이긴 체 받아들여 대실 박씨 집안 병신 총각으 청혼을 승낙했지. 박부잣집 아들한테 시집가겠다고. 그래서 면소에서 15리 들어앉은 대실마을로 시집이라고 가보니 네 아비란 작자는 듣지도 말하지도 못하는 병신이야. 방문 열고 앉았었어도 대문간에 들어오는 사람을 잘 알아보지도 못하고. 할로 칼라라든가, 그 양색시 여편네보다야 조금 나은 병신인데, 그쯤이야 알고 갔으니 참고 살 수 있었지. 그런데 머리까지 아주 돌대가리였어. 남이 학교 갈 나이에 독선생을 서너 해 두어 따로 공부를 시켰다는 말은 맞는데, 아무리 가르쳐도 머리가 따라와주지 않으니 포기했겠지. 열일곱 살에 내가 시집이라고 가니 한글로 괴발개발 제 이름 석 자를 쓰는데, 박영대를 바어도라고 쓰잖아. 하도 기가 막혀 말이 안 나오더구나. 거기다 시집가서 알고 보니 너 아빈 초혼이 아니었어. 이태 전에 장가를 갔는데 신부가 보름 만에 보따리 싸 친정으로 아주 가버렸다더군. 대실 사람들한테 양식 풀어 쉬쉬하며 입을 막았으니 우리 부모만 아니라 면소 장터 사람들조차 감쪽같이 속았지. 첫날밤, 서방이 두 손 맞잡고 눈물 그렁한 눈으로 입을 꼼지락거리는데, 내 짐작키로 이런 말을 하는 것 같았어. 색시, 미안하오. 제발 나를 버리지 마오. 내 귀와 입과 눈이 되어 해로하며 살아주오. 그래서 내가 머리 끄덕여 그러마고 했지. 그렇게 박부잣집 재산 보고 막상 시집이라고 갔으나 서방 마주 보고 앉은 하루하루가 내게는 지옥 같을 수밖에. 알아듣든 못 알아듣든 난 네 아버지 앞에서 눈물 콧물을 한 대야씩 받아낼 정도로 울며 허구한 날 제비 새끼처럼 재재거렸지. 그렇게 떠들고 나면 슬픔으로 가득 찼던 내 마음이 웬만큼 풀어져. 그러니 복장 터져 죽고만 싶은 층층으 내 시집살이 시작이 어땠겠어. 거기에 바보 한필이를 낳고 연이어 두 여식을 잃고 다시 본 초정이가 다섯 살을 넘기자 얘는 명이 길겠구나 싶었지. 다행히도 다른 애들만큼 똑똑하자, 그때서야 내가 이를 앙다물었다. 줄줄이 나라비 선 시누나들 간섭 내치고 서방 몫 재산을 철저히 확보하자고. 틈만 나면, 애들 아비가 성치 못한 사람이니 유산을 몽땅 챙겨 받아야 한다고 근동 시댁어른 앞에서 눈물로 하소연했지. 강물처럼 넘쳐난 이 어미으 슬픈 세월을 너들은 몰라. 죽었다 깨어난대도 박복한 이 어미으 슬픔을 너들이 알 리 없지…… 초정댁의 쪼그락진 입이 곧 울음을 터뜨릴 듯 삐죽거린다. 날씨도 좋겠다. 그럼 식구끼리 오붓이 말씀 나누십시오. 박 교수님은 가실 때 사무실에 잠시 들러주시고. 계산할 게 좀 있으니깐요. 사무장 김씨가 자리를 뜬다. 박 교수가 김씨에게 그러겠다며 일어서서 배웅치레를 한다. 김씨가 자리를 비우자 하 여사가 서방과 시어머니 눈치를 살피며 조심스럽게 말을 꺼낸다. 밀양 형님이 그러시던데, 버들내 논 있잖습니까, 모시고 있는 시아주버님 몫이니 그 논은 넘보지 말라고…… 박 교수가 처의 말을 자르고 나선다. 여보, 지금 그런 말 하게 됐어? 어머니 총기는 아직도 여전하셔. 다른 건 몰라도 어머니 눈동자 좀 보라고. 초롱하시잖아. 우리가 여태껏 여기 생활비를 대고 있는 데다, 사리가 명석한 분이신데 어련히 알아서 판단하실까. 박 교수가 처를 나무란다. 제가 어디 안 할 소리 해요? 친정집도 도와준다는 게 한계가 있고 대학 교수 봉급으론 아이 둘 미국 학자금을 댈 수 없으니 어머니 가진 재산 보태달라는 게 뭐가 어때서요. 환율이 자꾸 떨어지니 매달 송금액이 우리 능력으로선 이제 한계에 도달했어요. 그러니 우리 몫은 어머님 살아생전에 확답을 받아 챙겨놔야지요. 딸애들은 출가시켰고 몸져누우신 시아주버님이 그 땅 차지해 어디다 쓰시겠어요? 밀양 형님은 또 어떤 분이세요. 세 내어 식당이라고 하신다지만 자기네 처지도 빠듯한데, 시아주버님 모시고 있는 속셈이 뻔하잖아요.

버들내 논 욕심 때문 아닙니까. 그러니 제 말이 변호사 불러 유언장 공증
서라도 만들어둬야 한다 이겁니다. 어머님이 그 논은 우리한테 넘겨준다
고 지난 여름 면회 때 분명하게 약속하셨담서요? 하 여사가 서방을 보고
조리 있게 따지고 든다. 초정댁이 풍기 있는 손을 내저으며 자, 자마 하
더니 김씨가 떠난 자리의 탁자 한 쪽을 손가락질한다. 박 교수가 깎아놓
은 사과를 포크로 찍어 어머니께 넘겨주자, 초정댁의 풍기로 떠는 손가
락이 술병을 가리킨다. 박 교수가 영문을 몰라하며 술병을 어머니께 넘
겨준다. 초정댁이 덜덜 떨며 빈 잔에 술을 친다. 말하지 않아도 알아. 버
들내 논 너들 달라는 거지? 반풍수로 육순 가까이 살다 이제 중풍까지
들어 도륙될 개집 옆 헛간방에 누워 죽을 날만 기다리는 한필이한테 그
논 물려주지 말고 너들 몫으로 챙기겠다는 소리 아냐. 초정이가 오갈 데
없는 병신 오라비 거둬주면 내가 버들내 논 너들 주겠다는 언질이야 넌
지시 했지. 그런 미끼 없이 초정이가 운신 못해 똥오줌까지 받아내야 하
는 병든 오라비를 맡겠어? 그런데 내가 왜 초정이한테 그 논을 넘겨. 갠
그래도 밀양 근교에서 개 사육하고 개장국집 내어 자식 키우고 그럭저럭
먹고는 살잖아. 내가 누군데 출가외인인 초정이 꿍심을 모르겠어. 지난
시절, 우씨를 보더라고. 우씨 학문이 아무리 하늘처럼 높다 해도 난 그
과묵한 사내으 불알 조물락거려 요리해냈잖아. 정작 벙어리도 아니데 꼭
쓸 말 외 입 꿰물고 사는, 깊은 소으 이무기 같은 사내, 그 사람 씨종자나
받으면 됐지 학식 많은 그 사내와 내가 배 맞추고 살 팔자는 아니었어.
내 판단은 정확했고, 그래서 그 양반 입 봉하게 내치는 방법을 내가 찾아
낸 게지. 우씨가 지금껏 살았더라도 난 그자에게 이실직고할 말이 없어.
정필이는 결단코 박씨 집안 씨앗이니깐. 그래서 오늘으 너들이 있지 않

느냐. 버들내 논? 그 논은 응당 너들 차지야. 미국에서 공부하는 손자들을 봐서라도 그 논 판 돈 주고말고. 내게는 정필이가 어떤 자식인데. 터밭이 나빠도 한참 나쁜 박씨 가문을 유일하게 살려낸 씨종자 아냐. 그 아래 종자들도 집안으 기둥뿌리가 되겠다고 미국에서 착실히 공부하고. 나야말로 변호사 불러 그 땅 정필이한테 주겠다는 유언장을 작성할 테야. 아직도 내게 그만한 총기는 남았어. 말을 못하면 글을 써서라도 그렇게 할 테야. 그러나 내 한마디 더 하자면, 너나 며느리나 이 점은 분명히 명심해둬. 내 눈감을 때까진 절대 버들내 논 너들 앞으로 넘기지 않아. 어림없다. 내 눈감을 날까진 싫으나 좋으나 너들이 여기 내 생활비 다달이 입금시킬 테고, 한 달이 멀다 하고 쪼코레또며 아스필링에 고깃근 사들고 여기로 찾아오게 하는 방법을 내가 알고 있으니깐. 초정댁이 어덜어덜 떨며 술잔을 든다. 어머니, 술 그렇게 자셔도 됩니까? 박 교수가 묻는다. 말 안 할 테야. 명색 변호사로 호가 난 난데 자식 앞에서 말 더듬는 꼴을 보여서야 어미로서 무슨 영이 서겠니. 술? 내 술 마시는 거 처음 봤냐. 한두 잔이야 약이지. 한두 잔 마신다고 숨넘어가진 않아. 초정댁은 유독 검은 동자가 반짝이는 아들의 눈과, 준수한 콧날과, 갸름한 턱을 보며 우씨를 떠올린다. 얼굴 중 그 부분은 누가 뭐래도 제 아비를 닮았고, 준수하다. 그러나 넌 절대 우가가 아냐. 어디까지나 박가라고. 세상 사람이 다 몰라도 나만은 그 비밀을 알아. 내가 누군지 내가 잘 아니깐. 한마디로, 나는 나를 안다.

임을 위한 진혼곡 ◆

제20회 〈민해문학상〉 수상작품집 《푸른 혼》 중

—한스러운 피, 흙 속에서 천년토록 푸르리라.
恨血千年土中碧
李賀(당나라 시인, 790~816)

1974년 11월

　제1심 공판에서는 초헌법적인 '긴급조치'의 위력을 국민들에게 실감시켜 본때를 보이겠다고 그랬더라도 설마 제2심에서까지야, 하던 일말의 기대가 물거품이 되었습니다. 제1심 재판이 시작되기 전까지 저로서는 당신이 우리 집 큰아이 가정교사로 입주해서 지냈던 여의남 군을 통해 민청학련 사건과 관련되어 학생들의 반정부 시위를 격려한 혐의려니

했다가 재판이 시작된 후 검사의 공소장을 통해서야 '인혁당재건위'라는 단체 이름을 처음 들었고, 당신과 친구분들은 민청학련사건의 주동자들과 달리 간첩 혐의까지 덤으로 쓰고 있음에 놀랐습니다. 아내도 모르게 당신이 간첩질을 했고, 제2심에서도 극형을 그대로 선고받아 사형이라니! 하늘에 맹세컨대 그럴 리가 없다고, 내 남편이 절대로 간첩이 아니니 그 혐의만은 벗겨달라고 누구를 잡고 하소연을 해야 될까요. 오호통재라, 하늘도 무심하게 당신을 묶은 죽음의 족쇄는 끝내 풀리지 않는군요. 10월 7일 육군본부 법정에서 제2심 공판이 시작된 이래, 11월 4일로 항소이유가 모두 기각되고 당신을 포함한 여덟 분은 제1심 공판 선고대로 사형이 확정되고 말았습니다. 공판이 시작되자 본적과 이름만 묻곤, 묻는 말에는 '예' '아니오' 외 일체 신상 발언을 묵살당한 채 구형, 선고, 기각만을 외쳐대는 일사천리의 진행 끝에 탕, 탕, 탕, 내려치는 재판관의 방망이 소리에 제 심장이 멎어버렸습니다. 손수건으로 입을 막아 쏟아지는 오열을 누르며 교도관에 이끌려 법정을 나서자 집총하여 늘어선 수십 명의 헌병이 눈에 들어오지 않았고, 샛노란 은행잎에 물든 듯 늦가을 푸른 하늘마저 노랗게 보였습니다. 몸을 가눌 수 없게 정신이 혼미하고 다리가 후들거려 주위의 부축을 받아야 했습니다. 극형을 선고받은 피고인 가족은 통곡 쏟을 경황도 없이 어떡하든 여덟 분들의 사형만은 면하게 해줘야 한다며 부랴부랴 변호인단과 상의한 끝에 가족 대표 여덟 명의 명의로 탄원서를 만들어 법원에 제출하기가 8일이었습니다.

이번 사건에 당신이 휘말려든 후, 지난 7개월은 그야말로 더할 수 없는 악몽의 나날이었습니다. 피눈물을 쏟으며 보낸 억장의 시간대였습니다. 바깥세상에서 자유롭게 활보하는 사람이 그럴진대 수족이 묶인 채 감옥에 갇혀 있는 분들의 억울 절통한 심정이야말로 오죽하겠습니까. 들리는 말로는 함께 수감된 민청학련사건 관련 학생들보다 인혁당재건위란 이름으로 묶인 관련자들은 없는 죄를 억지로 만들어 뒤집어씌우느라 무지막지한 폭행에 차마 입에 담을 수 없는 방법으로 고문을 당했다니, 당신은 육체적 고통도 그러려니와 날조하여 덮어씌운 죄로 정신적 고통 또한 얼마나 처절했으리오. 잠자리에 들어서도 그 생각만 하면 제 가슴이 갈가리 찢어져 누웠다가도 벌떡 일어나 헛소리를 지르곤 했습니다. 제2심 공판에서 당신은 이렇게 진술했더랬지요. 이틀을 눈도 못 붙이게 닥달질하며 엄청스레 고문을 한 후에 수사관이, 무조건 아는 사람 이름을 스무 명만 대라 카이 머리가 핑핑 돌아 정신없이 횡설수설했는데, 수사관이 내가 한 헛소리를 받아 적더니 진술서 내용은 보이주지도 않고 강제로 제 손을 잡아채서 지장을 찍게 했습니다. 그 결과, 내가 정신없이 불러준 대로 아무 죄 없는 사람들을 잡아들이가꼬 고문을 해서 없는 죄를 억지로 만들어 구속시켜선 법정에서 15년, 20년 형을 때렸습니다. 그러이 헛소리로 이름을 말한 기 너무나도 괴로버서 잠도 못 자고 미칠 지경입니더. 당신의 그 말을 듣는 순간 제 입에서 절로 비탄이 터져 나왔습니다. 오, 당신이 겪는 그 고통이라니, 양심의 그 절규가 저에게 전이되어 혀라도 깨물어 죽고 싶은 순간이었습니다. 당할 만큼 모질게 당했으니 이젠 풀어주지, 그 정도로서 끝났다면 또 모를까, 기어코 숨통마저 끊어놓고 말겠다는 당국의 심보를 아무리 헤아려보아도 저는 도무지 이해할 수가 없습니다. 펄떡이는 심장을 지그시 누르고 칠흑의 어둠 속을 미친년같이 헤맨 지난날들을 이제 외서 뒤돌아보건대, 그 시작이 언제부터였습니까?

'대한민국 정부 전복과 공산화를 목표로 암약한 간첩단 인민혁명당 (인혁당)은 1964년 그 지하조직 실체가 관계 당국에 적발되어 일망타진 된 바, 47명 중 26명이 국가보안법 위반 혐의로 기소되었으나 당시 공소 유지 불가능을 이유로 한 명만 3년 실형 선고를 받았을 뿐 나머지 기소 자들은 이런저런 사유로 석방된 바 있었다. 풀려난 일당은 대구를 중심 으로 그 재건을 획책하며 꾸준히 지하활동을 해오던 중, 작년 말 유신헌 법 철폐와 정부 전복을 목적으로 운동권 대학생들이 전국 규모로 조직한 반국가단체인 전국민주청년학생총연맹(민청학련)의 배후 세력으로 10 년 만에 다시 등장한 바, '인민혁명당재건위원회(인혁당재건위)'는 정부 전복과 공산주의 국가 건설을 목표로……'

1974년 4월, 이런 기사가 신문마다 일면 머리기사로 대문짝만 하게 실 리고 연일 방송을 통해 인혁당재건위가 '극악무도한 공산당 도배들'로 회자되자, 그 주동자 중 한 명으로 하시완이란 이름과 사진이 만천하에 공개되니, 당신은 한순간에 간첩 아무개, 빨갱이 아무개로 낙인찍히게 되었습니다. 당신은 주택수리와 매매업의 바깥일로 동분서주하던 중 과 로로 폐병을 얻자 그 사업을 손놓고 집에서 쉬며 메추리 사육에 손대었 으나 사료 파동과 폐의 농양 재발로 요양중이었는데, 목욕탕에 다녀오겠 다며 세면도구 챙겨들고 식전 동이 틀 때 나간 그 길로 수사기관에 연행 당해 집으로 돌아오지 않았으니, 단란했던 가정은 하루아침에 풍비박산 을 맞았지요. 우리 집안은 권력에 줄을 대어 세도를 누린 바 없고, 음성 적인 축재로 재물을 쌓은 적 없고, 남에게 손가락질 받을 만한 짓을 한 적도 없습니다. 시댁 어르신은 사육신 하위지의 후손임을 늘 자랑스럽게 여겼고 선대 유업인 농업에 종사하며 선산을 지켜온 온후한 분이십니다.

경남 창녕에서 대구로 분가해 나왔으나 시댁 어르신 도움 아래 우리 식구는 이날까지 그런대로 남부럽지 않은 행복한 가정을 일구어왔습니다. 남 보기는 하찮은 사업일망정 무슨 일이든 한번 손대었다 하면 성심성의를 바쳐 성실했던 애들 아빠는 집에서는 자상하고 다감한 가장으로, 자식들에게는 모범적인 아버지였고, 남편으로서 한 가정의 튼튼한 울타리였습니다.

그런 당신이 어느 날 하루아침에 간첩이라니! 당신이 절대로 빨갱이일 리는 없다고 확신했던 저로서는 갠 날에 만난 날벼락이었습니다. 간첩이니 빨갱이라면 보통 인간이 아닌 흉악무도한 폭도요 상상 속의 횡포한 괴물로 인식되는 세상이라, 이웃들은 우리 집을 마치 시한폭탄 저장고나 전염병 환자의 주거처럼 취급했습니다. 집안 동태를 감시하던 사복형사가 이웃에게, 당신네들은 동네 한가운데 간첩을 이웃해서 살았다며 소문을 낸 탓이었습니다. 동네 사람들이 멀찌감치 모여 서서 저 집이 빨갱이 아무개네 집이라며 우리 집을 지목하곤, 우리는 그런 줄을 감쪽같이 모르고 이웃하여 살았다고 쑤군거렸습니다. 이웃은 시한폭탄이 터질까, 병원균이라도 옮길까보아 두려워했고 어떤 이는 입에 담지 못할 독설을 퍼부었습니다. 만든 음식을 돌려 먹으며 사이좋게 지냈던 이웃들이 어느 날 하루부터 갑자기 우리 집 출입은커녕 우리 집 앞에선 고개 돌린 채 잰걸음으로 지나쳤고 우리 집을 피해서 다른 길로 둘러가는 사람도 있었습니다. 저는 하루아침에 간첩 마누라로, 빨갱이 여편네로 둔갑되었습니다. 옛이야기에 나오는 치마 속에 꼬리를 감춘 여우 보듯 이웃은 우리 집 식구를 경원시했습니다. 경찰서 정보계 형사가 셰퍼드를 끌고 와서 우리 집 주위를 돌며 감시했고, 나중에 안 일이지만 방물장수로 변장하여 집안 사정을 염탐해가기도 했습니다. 식구의 동태와 출입자는 물론이고 제가 만나는 사람과의 대화 내용까지 체크하고, 시장에 가서 가게에 오래 머물면 형사가 가게주인한테 무슨 대화를 나누었는지 일일이 물어봤다니, 다음엔 시장에 들러도 소문이 나서 장사꾼들이 겁을 먹고 저를 피했습니다. 한창 뛰어놀며 자랄 나이인 중학생 큰아이부터 네 살 난 막내아이까지 다섯 자식들마저 행동의 자유를 잃었으니, 우리 가족은 일거수일투족 감시의 대상이 되었습니다.

혹시나 있을지 모를 당신 면회를 기대하며, 변호사를 접견하랴, 구속자 가족들이 서울에서 벌인 항의 집회와 기도 모임에 참석하랴, 대구 지역 구속자 가족들과 대책을 상의하러 서울에 여관방을 얻어놓고 저 역시 상주하다시피 하니 연로하신 친정 어머니가 저희 집에 머물며 다섯 아이들 뒷바라지를 맡았습니다. 제가 머리띠 싸매고 '인혁당은 당국의 조작이다!'란 어깨띠 두르고 거리로 나서서 주먹 휘두르며 당신의 무죄함을 두고 외치게 될 줄은 당신이 예전에 미처 상상도 못했을 겁니다. 인혁당 재건위에 연루된 분들의 가족이 그렇게 구명운동을 위해 시위며 집회에 나서다보니 극형을 받은 분들 부인이 당국의 눈에는 박힌 가시 같았을 겁니다. 도둑질한 자가 발 뻗고 못 잔다는 속담대로 그들은 구속자 가족을 협박하다 못해, 제발 좀 잠자코 있으라고 통사정도 합디다. 대구 집에 자주 들락거리던 형사에게 당신 소식을 물으면, 호텔에다 모셔놓고 정중히 대접하며 조사중이라 편안하게 잘 있으니깐 걱정 말라고 태연하게 말하기도 했습니다. 처음 한동안 저는 저들의 그 말을 고지식하게 믿은 바보였습니다. 그러던 어느 날, 서울에서 대구 집으로 돌아와 있는데 이웃 할머니가 바깥에 나가보라고 해서 무슨 일인가 싶어 놀라 뛰어나갔더니,

동네 꼬마들이 이제 걸음마 정도나 제대로 떼던 네 살 난 막내아들 목에 새끼줄을 매어 끌고 다니며 때리다 못해 나무에 묶어놓고, 빨갱이 자식이니 총살시킨다며 끔찍한 놀이를 하고 있지 뭐예요. 철없는 아이들이 그런 짓궂은 장난을 벌이는데도 동네 아주머니들은 말리기는커녕 팔짱 끼고 구경하며 웃고 있더라고요. 우리 집을 감시하던 사복형사까지 그 작태를 다 보았으니깐요. 그때 이 어미 심정이 어떠했겠어요. 그 며칠 뒤, 초등학교 2학년 둘째 딸아이가 학교 소풍을 가서 점심밥을 먹는데, 너희 아버지 간첩 맞제? 하며 도시락에다 개미를 집어넣고 돌팔매질을 하자 마침 자식 소풍에 따라왔던 학부모가 말려, 딸아이는 나무 뒤에 숨어서 떨고 울며 도시락을 먹었다고 합니다. 당신과 함께 극형을 선고받은 어떤 분 자제의 선생은 수업중에, 빨갱이 새끼가 이 교실에 있는지도 모른다는 말까지 서슴없이 뱉었고, 그 집 아이들과 어울리면 같은 빨갱이로 몰아 순경이 너희들도 잡아간다는 이웃 어른들의 당부까지 곁귀로 들으며 지내야 했습니다. 그러니 지난 몇 달 동안 아이들이 당한 마음의 상처를 어찌 글로 다 표현할 수 있겠어요. 그 천진한 아이들까지 무슨 죄가 있다고 사회가 그렇게 냉대하는지, 하루하루가 어미 가슴에 대못을 박는 나날이었고, 차라리 제가 죽어 아이들 아버지의 누명을 벗길 수 있다면 백주 한길에서 할복이라도 하고 싶은 심정이었습니다. 아버지는 빨갱이가 아니고 나라를 망칠 나쁜 짓을 한 사람도 아니야. 그러니 아이들에게 따돌림을 당하더라도 늠름하고 꿋꿋해야지, 하며 저는 말귀를 알아듣는 머리 큰 아이들에게 이르고 아래로 어린아이들에게는, 아버지가 집으로 돌아오시면 못된 동네 애들을 혼내주실 거라며 그 설움을 다독거렸습니다. 가슴 미어지는 슬픔 속에서도 제가 한 그 말은 빈말이 아니라 저 역시 그렇게 믿었고, 낙심하여 수없이 넘어졌다간 아침이면 이래선 안된다며 다시 몸을 추슬러 이빨 악물고 일어나곤 했습니다.

저로서는 당신이 북괴와 접선한 간첩으로 지하 암약하지 않았다는 확신은 있었으나 당신 죄명이 '대통령 긴급조치 위반'이라, 처음 한동안은 당신의 현명치 못한 처신을 두고 원망할 수밖에 없었습니다. 박 대통령이 영구집권할 속셈으로 1972년 10월 유신헌법을 제정하자 정의와 양심의 이름으로 그 부당성을 성토하던 재야 원로인사들과 청년 학생들은 유신헌법에 반대하는 개헌운동에 적극적으로 대처했고, 권력의 독재에 취해 있던 박 대통령은 급기야 서슬 푸른 긴급조치를 발동하지 않았습니까. 재야인사들은 전직 대통령을 비롯하여 그 이름만 들어도 누구나 다 아는 전국적으로 명성이 알려진 분들이요 그들은 모두 서울에 거주했고, 민청학련사건에 연루된 학생들은 그 길이 정의라고 확신해 물불 안 가리고 나선 젊은 혈기로 전국적인 반유신 시위를 모의했다 하더라도, 당신은 저명한 재야인사가 아니오 피 끓는 청년 역시 아니었잖습니까. 무슨 직업을 가지든 가족을 부양하고 자식들을 남만큼 공부시키려던 당신이 메추리 사육 붐을 타고 양계업을 시작했으나 사료 파동으로 폐업했고 나이도 인생의 절반을 넘게 산 마흔두 살로, 지방에 거주하는 그저 평범한 보통시민이 아니었습니까. 이제 인생의 절반을 넘긴 나이에다 사회활동조차 마음대로 할 수 없을 정도로 중병에 든 몸이라면 사업 관계나 개인적인 일은 몰라도 시국문제만은 한번 더 심사숙고해 냉정하게 사리를 분별했어야 할 텐데 그 무시무시한 긴급조치 위반에 걸릴 짓을 했다니, 당신 밑에 올망졸망 달린 다섯 자식의 장래를 생각한다면 내가 이런 일에 나서도 되는가 하고 한번 더 자신의 위치를 돌아보아야 했고, 설령 현 시국이 못마땅해 의분이 치솟더라도 세상이 웬만큼 좋아질 훗날에다 희망을 걸고 마음 느긋이 자제해야 함이 옳았습니다. 당신이 불의를 참지 못하는 강직한 성격인 줄은 알고 있었지만 중학교 때 한 번, 4·19 나고 한 번, 그렇게 두 차례나 시국문제에 관련되어 경을 쳤다면 다시는 그런 일에 앞장서서는 안 되는 줄 스스로가 잘 알 텐데, 결국 긴급조치 형량 중 가장 무거운 사형이란 올가미를 쓰게 되었군요. 그것도 제1심 재판에서는 한동안 일곱번째로 당신 이름이 불려졌는데, 어느 때부터인가 인혁당 재건위 관련자 중 대구에 거주하는 네 분에 끼여 세번째로 격상되어 이름이 불려지게 되었으니…….

말수가 적은 당신인지라 바깥에서 친구들 만나 나누는 대화 내용이나 과거지사를 두고 집안에서 시시콜콜 말하지 않았으나, 당신이 큰 비밀이나 털어놓듯 언젠가 제게 그런 말을 했지요. 1948년 대구공업중학교 2학년 적인 열여섯 살 때 상급생의 권유로 '민주애국학생동맹' 회원으로 가입했다가 대구지방소년원에서 군정청 포고령 위반으로 석 달 동안 교화처분을 받은 일로 중학교마저 중퇴하고 낙향했다. 1950년 6월에 전쟁이 나자 7월에 창녕경찰서에 한 달 간 예비검속되어 있던 중 검속된 대부분의 청장년들을 좌익 전력자로 인정해 처형했으나 아버지가 관계기관에 백방으로 뛰어다닌 끝에 겨우 무혐의 처분을 받아 석방되어, 예비검속자들 중에서 유일하게 목숨을 건졌다고. 그렇게 살아나 고향 모교에서 이태 남짓 교사 생활을 하다 당신이 군에 자원입대하기가 스무 살 때로, 중부전선의 치열한 전투에서 하루에도 수백 명씩 전사자가 생기던 1952년 가을이라 했지요. 애젊었던 시절에 이미 죽을 고비를 여러 차례 넘나들었다면 이를 마음에 새겨 매사에 살얼음 밟듯 조신했어야 하는데, 지피지기(知彼知己)란 고사숙어가 있듯 적을 알고 나를 살핀다며 이북 방송을 청취하고 이를 몇 쪽의 기록으로 남긴 결과 그 쪽지가 꼬투리가 되어 이 비상시국에 다시 극형을 받게 되다니…… 그러나 당신을 미련한 사람이라고 원망하며 눈물만 흘리고 들어앉아 있을 수 없었기에 저는 당신과 인혁당재건위 관련자들의 구명운동에 발벗고 나설 수밖에 없었습니다. 그렇게 바깥에서 동분서주하다보니 집안에서 살림만 살아온 아녀자가 비로소 바깥 현실에 눈을 떴고 당면한 시국을 정시하게 되었습니다. 8·15해방과 더불어 나라가 두 동강 난 분단현실의 원인이며, 휴전선 철책을 무너뜨리고 남과 북이 평화적인 통일을 성취하자면 어떤 방식을 채택해야 할 것이며, 독재 정권을 영구화하려는 목적으로 제정된 유신헌법의 부당성을, 대구 출신 청계천 피복노동자가 몇 년 전 노동법 책자를 가슴에 안고 왜 분신자살하지 않을 수 없었는가를 어렴풋하게나마 깨닫게 되자, 저는 차츰 당신과 친구 분들이 고뇌했던 충정을 이해하게 되었습니다. 개인적인 삶을 넘어서서 분단된 이 나라의 평화적 통일을 위해 무언가 보람된 일을 하려 했던 당신을 더이상 원망해서는 안 된다는 심경의 변화를 저 역시 절절하게 체험했습니다.

제1심, 제2심을 받을 때 가족 중 오직 한 명만 방청이 허락되어 저는 방청석에서 제대로 앉기조차 힘들어하는 당신 뒷모습이나마 보게 되었지요. 몸수색을 하여 방청객은 오직 손수건 한 장만 지참하게 했고, 피고인은 일체 방청석 쪽으로 돌아볼 수조차 없는 삼엄한 법정이 하늘 아래 어느 나라에 있는 재판 풍경입니까. 그러나 군사 법정에 선 당신을 비롯한 인혁당재건위 관련자들이 몸은 비록 묶인 채 수갑을 찼고 고문에 따른 후유증으로 운신하기가 힘들어 보였으나, 재판정을 바라보는 태도는 비굴하지 않았고 오히려 당당했습니다. 여덟 분들이 소신에 찬 진술로 자신의 무죄함을 주장할 때는 제 눈에 뜨거운 눈물이 솟구쳤습니다. 그 눈물은 어처구니없는 비극 앞에서 흘리는 패배자의 슬픔이 아니었고 독재 권력과 맞선 당찬 여러분들에게 보내는 존경과 성원의 감복이었습니다. 당신은 최후진술에서 공소사실 32개 항목 중 26개 항목은 인정하지 않고 6개 항목만을 시인했었지요.

여의남 군은 4년 전 우리 집 가정교사로 초등학교 4학년생인 큰아이 공부를 가르쳤다는 사실뿐이다. 6·3한일수교 반대는 굴욕적인 외교이므로 그 당시 나 역시 반대했다. 3선개헌은 국민 다수가 반대한 것으로 안다. 나도 그중 한 사람이었으나, 3선개헌이 통과된 지금에 와서 당시를 새삼 문제 삼아 시시비비를 따질 바는 없다고 본다. 허나 여 군이 민청학련사건에 깊숙이 관여했으리라 짐작했다 하더라도 자식의 가정교사였던 그를 인정상 어떻게 고지할 수 있었겠느냐. 유신은 군사 독재의 연장으로 한 사람의 장기집권 요소가 있기 때문에 철폐함이 온당하며, 나도 이를 극구 반대했다. 손자병법에도 적을 알려면 적 속에 뛰어 들어가보라는 말이 있듯이 나도 북측의 통치 방법을 보다 더 자세히 알고 싶다는 생각에서 군복무중 특무대 대공사찰 업무가 그랬듯이 민간인이 된 후에도 더러 이북방송을 청취한 바 있다. 그 점이 실정법 위반인 줄은 알지만, 이북방송을 들었다는 사실만으로 긴급조치를 걸어 사형시킨다니 이런 무시무시한 형법을 세계 어느 나라가 시행하고 있는지, 어처구니가 없다. 인혁당은 실재하지 않으며 당국의 철저한 조작으로 만들어진 허구의 당명이다. 정관과 정책도 없는 당은 있을 수 없으며, 몇 사람이 맨주먹으로 어떻게 정부를 전복 타도할 모의를 할 수 있는가. 현 정부가 그렇게 허약한가? 특히 우스운 점은 서울 중심가의 다방에서나 무교동 번화가 술집에서 몇이 모여 정부 전복 모의했다 하니 삼척동자가 들어도 웃을 일이다. 그리고 마지막으로 당신은, 중앙정보부의 과잉 충성으로 내가 공산주의자로 몰리게 됨을 유감으로 생각한다며 진술을 마쳤지요.

저는 당신의 당당한 그 말에서, 정말 당신은 간첩이나 공산주의자가 아니므로 당신을 구해낼 수 있다는 확신감이 제게 큰 용기를 주었습니다. 당신의 최후 진술을 듣고 나자, 민청학련사건과 연결고리가 된 여의남 군이 4년 전 왜 하필 우리 집 큰아이의 가정교사로 들어왔던가 하는 악연과, 육군 특무대 대공사찰요원으로 근무할 적에도 지피지기 백전백승(知彼知己 百戰百勝)의 정신으로 일했다더니 왜 민간인이 된 후에도 나라가 금하는 이북 방송을 청취하고 이를 노트로 만들어 친구분들과 돌려보았느냐를 되풀이 따져본들, 이제 와서는 쏟아버린 물처럼 아무 소용이 없음을 알았습니다. 중앙정보부장이 발표하기를, 당신을 비롯한 대구 친구분 넷이 경북대학교 졸업생인 여의남 군을 포섭해서 민청학련과 접선토록 하여 그들의 폭동을 배후 조종했고, 당신이 1972년 2월부터 3월 중순까지 북괴 노동당 제5차 당대회 강령 내용을 듣고 메모해둔 노트 조각을 북괴 지령에 따른 남파 간첩과 접선용이라고 우기는 데야, 북측 현실정치를 정확히 알고 싶어 메모했다는 당신의 주장이 그들에게는 마이동풍 격인 한갓 변명으로 통했겠지요. 그러나 사정이야 어떻게 됐든, 당신을 사지에서 건져내야 한다는 화급함만이 이 아녀자의 발걸음을 바쁘게 했습니다. 비록 지금은 중죄인의 혐의를 쓰고 갇힌 몸이지만 당신은 반드시 그 모든 고난을 이겨내고 무사히 석방되어 가족 품으로 돌아올 것이란 굳은 믿음만은 변치 않았습니다.

제2심 공판이 있고 난 다음, 당신이 막내아이가 무척 보고 싶다며 감옥으로 막내아이 사진이라도 한 장 넣어달라는 말을 변호사로부터 전해 듣고 우리 식구는 모처럼 사진관으로 나가 가족사진을 찍었지요. 큰아들과 큰딸을 뒤에 세우고 어린아이들 셋을 친정 어머니와 제 옆에 두고 찍은 가족사진 말이에요. 아버지가 경찰에 잡혀가고 집안이 풍비박산이 됐는데 우리 식구가 기념사진을 찍다니 웬일로 이러는지 모르겠다며, 아이들은 영문도 모른 채 사진기 앞에 나란히 섰지요. 아버지가 너희들을 보고 싶어해. 그런데 면회가 안 되니 사진이라도 찍어 아버지께 보내려고. 사진 찍을 때 슬픈 표정을 지어서는 안 돼. 이 사진을 아버지가 보실 때 장한 내 자식들이라며 미소 짓게 의젓한 모습을 보여야 해. 차마 이런 말을 아이들 앞에 할 수가 없어, 저야말로 도무지 억지 미소라도 짓기가 민망해 속울음만 울었지요. 그 엄청난 폭행과 잔혹한 고문 끝에 오장육부가 터지고 찢어진 데다 탈장까지 되어 감방에서 늘어져 신음하고 있을 당신 환영이 줄곧 눈앞에 어른거렸으니까요. 그동안 면회신청을 해도 단 한 차례 면회조차 허가하지 않았기에 서대문구치소 면회실에 영치금을 넣어주며 당신이 빠진 가족사진을 전해주었더니 다음 영치금을 넣어줄 때 교도관이, 사진을 피고인에게 잘 보여주었다며 가족사진을 되돌려주더군요. 이 세상 어느 땅에 생사람 천륜조차 끊어야 할 악법이 있는지 몰라도 아내가 남편의 얼굴 한번 못 보고 말 한마디 나누지 못하게 하고, 심지어 갇힌 분이 가족사진조차 간직하지 못하게 하다니! 이 나라 권력자들이 당신을 피도 눈물도 없는 빨갱이라 여겼는지 모르지만, 정말 사람의 탈을 썼을망정 피도 눈물도 없는 짐승은 바로 그 자들이었습니다. 돌려받은 가족사진 위에 비를 뿌리듯 저는 울고 또 울었습니다. 웬 눈물이 그렇게나 흔해졌는지, 참고 참으려 해도 그동안 눈물을 비추지 않은 날이 하루도 없었답니다.

　당신을 처음 만났을 때가 제 나이 스물세 살이었고, 저보다 두 살 위였던 당신은 특무부대에 근무하던 육군 중사로 현역 군인이었습니다. 경남 창녕군의 문벌 있는 진양 하씨 집안의 3남으로 신실한 청년이란 친척의 중매로 우리는 그해 대구 시내 다방에서 맞선을 보았지요. 반고수머리에 이목구비가 반듯하고 남자다운 기백이 넘쳤던 당신의 인상에 호감이 갔고 양가 어른의 뜻도 맞아, 우리는 그해 혼례식을 올렸지요. 당신은 이듬해 5년간의 군복무를 마치고 만기제대하자 시가가 향리에서 경영하던 양조장 출납일을 맡아보게 되었지요. 시댁은 선대에 사육신을 낳은 충절의 집안이요, 향리 일백여 가구는 집성촌을 이루어 전래의 풍습대로 상부상조하며 살고 있었습니다. 대가족 시집살이였으나 시댁 살림이 쪼들리는 처지가 아니라 우리 신혼생활은 행복했습니다. 집안의 3남이라 우리 식구가 분가하여 대구로 나오기가 첫아이 돌을 앞두었을 때였잖아요. 1960년 그해, 경북고등학교가 대통령 부정선거 획책을 규탄하며 2·28의 거에 나서고, 3·18부정선거 후 여러 학교들도 이를 규탄하며 거리로 뛰쳐나오자, 향리에서 대구로 유학 나와 중, 고등학교에 다니며 자취생활을 하던 시댁 조카애들도 그 시위에 나섰다지 않았어요. 그러자 당신은 조카들에게 장한 일을 했다며 고깃국 끓여먹으라고 돈을 주었잖아요. 그 당시만도 일반 가정집이 한 달에 한 번 기름 동동 뜨는 고깃국 먹기가 힘들 때였으니 그 애들이 좋아라 어깨춤을 추며 대문을 나서던 게 지금도 눈에 훤합니다. 4·19가 터지자 대구 시내 대학생들과 고등학생까지 거리로 나와서 시위하니, 의협심 강했던 당신은 제가 둘째아이 해산할 때

쓰려 장롱에 간직했던 비상금을 털어 시위하던 학생들에게, 나라 위해 수고가 많으니 허기나 달래라며 나누어주었다 했습니다. 장롱을 뒤져보니 해산바라지에 쓸 돈이 없어졌고, '이 돈을 내가 써버려 미안하오'라고 당신이 적어둔 쪽지를 보곤 실소를 짓고 말았지요.

　오늘 이 최악의 사태를 맞기까지 빌미가 되기는 분명 그때 4·19였고, 당신이 이념적으로 뜻이 맞는 친구 분들과 교유를 시작하기가 바로 그 시절부터였습니다. 부정선거로 영구 집권을 획책했던 이승만 정권이 학생들의 의거로 무너지자, 북진통일만을 외쳤던 반공정권의 무력통일론도 빛이 바래졌지요. 당시 '민주주의의 봄'을 맞아 그 어느 시절보다 정치적 입장이 자유로워, 남과 북이 휴전선에서 서로 만나 평화적인 통일을 논의하자는 주장이 거세게 일어났고, 야당 도시로 알려졌던 대구도 자못 그 열기가 뜨거웠습니다. 저야 집안에 들어앉아 살림이나 살다보니 당신이 바깥에서 하는 일을 뭘 그리 꼬치꼬치 알았겠습니까만 당신은 집안에서도, 바야흐로 좋은 세상을 만났다며 활기가 넘쳐 아침 밥상 물리기가 바쁘게 선걸음으로 대문을 나섰던 모습을 기억합니다. 그 당시 당신이 혁신계 정치조직이었던 민주자주통일협의회(민자통) 경북협의회 부위원장직을 맡아 뛰어다녔다는 건 제가 집안에 들어앉아 아이들이나 키우다보니 5·16군사쿠데타가 발발한 뒤에야 알았습니다. 박정희 대통령이 이승만보다 더한 강력한 철권 반공정치를 표방하여 혁신계 정당은 물론 갓 조직된 교원노조를 해산시키고 그 간부들을 구속하자, 당신은 이에 크게 낙담하여 정치 활동을 접고 1962년에 가족을 이끌고 서둘러 낙향한 것은 잘한 일이었습니다. 바깥으로 나다닌 당신이 늦은 밤에 귀가하여 대문을 흔들 때까지 늘 조마조마하던 마음이 그제야 한시름을 놓게 되었으니깐요. 그 결과, 당신이 고향에서 양조장을 위탁 경영하며 생업에 몰두했으니 1964년 인혁당사건이 터졌을 때 대구에서 같이 정치활동을 했던 혁신계 친구분들이 검거되어 수사기관에서 갖은 고초를 당했으나 당신은 그 사건에서 이름이 빠져 무사했잖아요. 그해 봄, 한일 굴욕외교를 반대하는 청년 학생들의 시위가 전국 대학가를 휩쓸고 그들이 거리로 뛰쳐나오던 끝에 급기야 학교 휴교령에 이어 비상계엄령이 선포되고, 그 거센 학생들의 반정부 시위를 무마하기 위한 방책으로 인혁당사건을 발표하자 당신은 집에서 신문을 보며, 한일 굴욕외교는 분명 잘못된 처사이고 인민혁명당이란 들어본 적도 없는 명칭이라 수사기관에서 조작한 모양이라며 비분강개했더랬지요.

시국문제에 일절 간여하지 않고 고향에 계속 눌러앉아 살았다면 그럴 일이 없었을 텐데 당신은 강직한 기질을 선대로부터 물려받았던지 대구로 출타가 잦더니, 줄줄이 태어난 아이들 교육문제를 내세워 낙향 여섯 해 만에 고향에서의 은둔생활을 접었지요. 1968년 솔가해 대구 남구 대봉동으로 이사와서 당신이 처음 손댄 사업이 출판업이었습니다. 해방 시기의 혼란 탓에 배움을 중단할 수밖에 없었던 지난 일을 두고 당신이 늘 아쉬워했고 그래서 평소에도 손에 책을 놓지 않았는데, 공부와 책에 한이 맺혔던지 출판사를 내었지요. 그러나 예나 지금이나 문화사업은 서울에 집중되어 지방에 영세한 출판사가 적자만 누적되자 시댁에 자꾸 손을 내밀기도 미안해져 당신은 출판사를 정리하고 말았잖아요. 봉건적 유가 집안에선 남편이 바깥에서 하는 일에 아녀자가 나서서 이래라저래라 할 수가 없었는데, 집안 살림도 쪼들리던 참이라 그때서야 제가 당신에게, 출판사 일은 잘 그만두셨다고 말했죠. 친구 권유로 주택 수리와 매매업을 시작하여 바빴던 1970년의 대통령 선거 때, 당신은 민주수호국민협의회에 활동하며 야당 김대중 후보를 지지하는 한편, 부정선거를 방지해야 한다며 다시 정치활동에 뛰어들었잖았습니까. 박 대통령이 이 지방 출신이라 군사정권의 수혜를 톡톡히 누리던 여당의 아성 대구에서 호남 출신 대통령 후보를 지원한다는 게 얼마나 힘들었겠어요. 주위에서 아무리 말려도, 출신 지역이 뭐가 그리 중요하냐, 군사정권을 청산하고 민주주의 회복만이 이 나라를 구하는 길이라며 외로운 길을 선택했지요. 당신은 늘 그렇게 남이 걷지 않는 힘든 가시밭길만 골라 걸었으니, 그때의 과로가 원인이 되어 폐병에 걸렸지 않았습니까. 그로부터 4년 후, 당신은 끝내 영어의 몸이 되어 군사법정에서 제1심과 제2심 모두 극형을 선고받고 말았으니 오호통재라. 이제 와서 누구며 무엇을 원망하리오. 민간인들로 구성된 대법원에서나 여덟 분의 극형만은 면하게 해달라고 마지막 기대를 걸며 탄원서를 제출하기에 이르렀으니…….

1975년 4월

이 일을 어찌할꼬! 하늘이 무너지고 땅이 꺼지듯 눈앞이 캄캄한 순간이 끝내 닥치다니! 저는 민주주의 국가의 최고 법정에서 과연 이런 일이 현실적으로 가능한지, 당신이 정말 마땅히 죽어야만 할 그런 불구대천지수(不俱戴天之讎)의 죄를 지었는지, 어디에다 누구에게 물어봐야 되는지 알 수 없습니다. 4월 8일 아침 열 시, 열세 명의 대법관들은 피고인과 변호사를 한 명도 출석시키지 않은 가운데, 특별허가를 받아 입장한 70

명 가량의 피고 가족들과 친지들, 외국인 기자는 사건을 왜곡 보도할 소지가 있다며 방청을 허락하지 않은 채, 한국인 기자들만 입회시켜 재판을 시작했습니다. 재판관은 마치 유령을 불러내듯 스물세 명의 인혁당재건위 피고인 이름만 차례대로 부르더니 무엇에 쫓기듯 준비한 판결문을 빠르게 읽어나갔습니다. 아홉 가지의 상고 이유를 두고 재판관은 부분적인 회답밖에 하지 않은 채, 10분 만에 아홉 가지 모두 상고 이유가 없다는 최종 판결을 내렸습니다. 대통령 긴급조치의 위헌성, 고문에 의해 조작된 피의자 심문조서와 진술조서의 허위성, 사실을 판단하는 심리 없이 피고인의 진술권과 변호인의 변호권 박탈의 불법성, 비공개적인 군사재판에 회부되어 법적 권리를 부인당한 인권 문제, 지나치게 무거운 양형(量刑)의 부당성 등을 두고, 아무런 법적 하자가 없다는 말로 뻔뻔스러운 판결을 내렸습니다. 법적 하자가 분명한데도 법적 하자가 없다는 판결은 도대체 무슨 법을 적용했다는 말입니까? 법이 법다운 권위를 세우지 못한 한갓 말장난임을 천하에 공개한 법정이었습니다.

여기저기서 피고인 가족들이 재판석을 삿대질하며 절박한 심정으로 항의하기 시작했습니다. '인혁당은 1964년에도 날조되었고, 지금도 날조되었다!' '피고인도 변호사도 없는 이 자리가 공개재판이냐? 공개재판을 못하는 이유가 무엇이냐?' '남편은 어디에 있으며 남편 변호사들은 어디 있느냐?' '모두가 거짓말이다. 완전히 날조한 거짓말일 뿐이야!' '재판기록은 위조다! 40일간이나 고문을 당하면 당신네들이라도 거짓자백에 서명하게 될 거다!' 판결문을 읽는 재판관을 두고 극형을 선고받은 피고 가족들의 격앙된 항의가 점점 거세어져 폭력 사태라도 일어날 듯 법정 분위기가 술렁거리자, 재판관은 뻔뻔스럽게도, '당 법정은 피고인들의 정당성을 의심한 것 외의 다른 증거에 기초하여, 피고들은 유죄라는 사실을 믿는다'고 일갈했습니다. 다른 증거에 기초하다니? 대체 무슨 말인지를 따져 물을 사이도 없이 대법원장을 포함한 열세 명의 재판관들은 허둥지둥 법정을 빠져나가버렸습니다. 후안무치한 그들을 사법부 최고 의결기관인 명색 대법관 자리에 앉혀놓고 대접하는 사회가 원망스러웠습니다. 사형 여덟 명, 무기징역 일곱 명, 징역 20년 네 명, 징역 15년 네 명, 하나같이 중형 선고라니, 과연 그분들이 그런 형을 받아야 마땅한 대역죄인들인지 이제 누구를 붙잡고 하소연해야 할까요? 그 순간, 제 눈앞에 아무것도 보이지 않았습니다. 감옥 안에 갇힌 분들도, 감옥 바깥에서 구명운동을 하던 가족들도 일년 동안 무던히 고통스러운 시간을 견뎌내었으니 이 고역도 이제 끝이겠거니 했던 기대감이 한순간에 물거품이 되고 말았습니다.

저는 작년 12월에 제출한 당신의 피맺힌 상고이유서의 마지막 대목이 떠올랐습니다. '존경하옵시는 대법원장님…… 어린 소년 시 남같이 배우지 못한 것을 뼈저리게 느끼고 살아왔으므로 제 자식들은 힘이 닿는 데까지 남과 같이 가르쳐보겠다는 일념으로 노력해왔으며 그것이 동기가 되어 상 피고인 여의남을 가정교사로 채용하게 되었던 것입니다. 불행히도 그 가정교사인 여의남이 민청학련에 관계하게 되었고 피고인과 또한 관계가 되어 국가와 사회를 혼란하게 하였을 뿐, 일곱 식구의 단란한 일 가정도 파탄 직전에 놓이게 한 그 책임을 통감하고 깊이 반성하는 심정으로 교화생활을 하고 있습니다. 피고인은 현재 극형을 선고받은 위에 지병인 폐병이 악화되어가고 탈홍증, 탈장으로 소화기능을 완전히 상실하여 정상적인 식사를 못하고 죽식으로 연명하고 있습니다. 존경하옵시는 대법원장님…… 단 한 번의 갱생의 길을 열어주신다면 남은 여생을 어린 5남매의 장래와 한 가정의 행복을 위해 충실할 것이며……' 어쨌든 극형만은 면해 목숨을 건져야 했기에 당신이 올린 마지막 읍참마속(泣斬馬謖)마저 끝내 휴지가 되고 말았으니, 감옥에서 이 소식을 전해 들었을 당신이야말로 그 절통함과 절망감이 어떠하겠습니까. 고문이 얼마나 극악했던지 탈홍증과 탈장으로 죽음 직전에 있는 당신을 두고 검찰 측은 피고인 진술서마저 조작하여, 피고인들은 모두 자유로운 분위기에서 조사를 받았으며 조사 당시 검찰관이 담배를 피우라고 건네주고 밥도 같이 먹었다고 태연스럽게 날조하다니! 제2심 공판 때 당신이 법정에서 한 말을 저는 똑똑히 들었습니다. 고문을 하고 난 후 강제로 손을 끌어다 피의자 신문조서에 날인하게 했다고 진술하자, 참여한 검사가, 너 아직 고문 덜 받았군? 나중에 더 때려주지! 하고 윽박질렀다지 않았습니까. 섞김에 불쑥 뱉은 검사의 그 말이 바로 고문을 했다는 증거가 아니고 무엇이겠습니까.

상고이유서에서 당신은 이렇게 썼지요. '5월 29일부터 6월 8일까지 연일 혹독한 고문과 협박 등으로 중앙정보부에서 사전에 작성된 공소 사실 32항과 똑같은 복사된 각본대로, 취조관은 읽고 피고인은 그대로 받아쓰지 않으면 살아날 수 없는 상황 아래서, 자필진술서에 기재된 32항과 똑같이 내용의 조서에 의하여 중앙정보부 간부실에서 6월 9일 작성된 것이 마지막 검찰관 심문조서이다. 나는 4월 28일 혹독한 고문으로 탈장이 되었으며 폐종양증이 생겨 생명의 위협을 느낀 가운데 취조를 받았다.' 당신 말의 증인자로 인혁당재건위 관련 무기징역을 선고를 받은 김일청 선생은 정보부 지하실에서 당신이 전기고문을 받으며 비명을 지르는 장면을 직접 목격한 바 있다 했고, 민청학련사건에 연루된 김지하 시인도 석방 후 옥중수기를 신문에 발표하며, '인혁당 사람들이 고문을 받았다는 것이 나의 확신이다' 라고 분명하게 증언했습니다. 시인이 서대문교도소 4동에서 갇혀 당신과 아래 위층 감방에 있을 때 통방을 통해, 인혁당이 진짜냐고 묻자, 당신이 인혁당은 가짜라 대답했고, 그럼 왜 갇혀 있냐고 시인이 다시 물으니, 고문 때문이며 창자가 항문으로 빠져 나올 정도로 몸이 엉망진창이라고 말하곤, 저그들도 정치 문제니께로 쬐금만 참아달라고 합디더라고, 시인이 신문에 사실 그대로 증언하지 않았습니까. 인혁당재건위는 실재하지 않은 정당인데 당국이 이를 조작하여 덮어씌우느라 엄청난 고문을 당했다는 사실을 김지하 시인이 당신과의 대화 내용을 인용하여 진실을 밝혔지요. 그런데도 검사와 피고인의 문답을 기록한 대법원 판결문은 철저한 조작으로 일관했습니다. 당신의 공판조서 제380쪽에서, 검사가, 그러면 검찰이 고문 등 강압적으로 진술케 했단 말인가? 하고 묻자 당신은, 아닙니다. 검찰에서는 자유스러운 분위기 속에서 진술하였습니다고 대답했다는군요. 법무부장관이란 자는 거기에 한 술 더 떠서, '조사해본 결과 고문이 행해지지 않은 것으로 안다. 고문이 없었다는 사실이 논리적으로 심증이 가며, 또 논리적으로 추측된다' 고 했으니, 권력에 아부한 뻔뻔스러운 그 거짓 발언이 가증스러울 뿐이었습니다. 권력 하수인들이 한통속이 되어 그렇게 사건을 떡 주무르듯 조작하여 대법원에서까지 사형을 그대로 인정하다니, '사법살인' 을 모의하여 이를 실천한 자들 역시 사람 목숨이란 영원하지 않기에 언젠가는 죽게 되겠지만 저승에 갈 그날, 부당한 권력의 하수인으로 충복했던 죄로 하늘의 벌을 받아야 마땅할 것입니다. 원수나 네가 미워하는 자까지 사랑하여 용서하라고 종교인들이 가르쳤으나 자비심 부족한 죄인이란 욕을 듣게 되더라도 저는 그 자들까지 그 죄를 관용하여 사랑의 감정으로 품을 수는 없습니다.

재판관들이 퇴장해버리자 피고 가족들은 망연자실한 채 가슴이 찢어지는 고통으로 몸부림쳤고 분노가 활화산처럼 폭발해, 우리들이 울부짖는 절규가 법정 안을 가득 채웠습니다. 나는 물론이고 당신처럼 극형을 받은 분의 부인들은 의자에 쓰러져 혼절한 분도 있었습니다. 지난 2월 15일 148명에 이르는 민청학련사건 관련자들은 형량과 상관없이 줄줄이 석방시켜주면서, 철저히 사전 조작된 인혁당재건위 피고인들은 이름이 알려진 저명인사가 아닌 지방 출신 무지렁이들이라 여론의 동정을 피할 수 있다고, 피라미 같은 너희들 정도는 동네 개 잡듯이 마음대로 죽일 권리가 있다고, 정부 전복 음모를 꾀한 간첩으로 몰아서 죽여버리면 국제적 지탄은 받지 않을 거라고, 독재자 박 대통령이 당신을 비롯한 일곱 분을 속죄양의 본보기 삼아 희생시키려 하다니, 우리 피고인 가족들은 부당한 판결을 내린 사법살인의 현장인 치욕스러운 그 법정에서 떠날 수 없었습니다. 부당한 판결을 지켜본 최후의 증언자로서 불의의 법정을 사수해야 했습니다. 피고인 가족들이 상고 기각이란 판결은 무효라고 외치며 농성에 들어갔지요. 법정 서기들이 들어와 재판의 부당성을 두고 외치며 울부짖는 아녀자들을 몰아낼 수가 없게 되자 방청객으로 참관한 외국인 시노트 신부에게, 여기는 신성한 법정이니 부인들을 진정시켜달라고 말했던지, 내 귀에도 벽안의 신부님이 소리친 말이 똑똑하게 들렸습니다. '신성한 법정이라구? 여긴 그저 오물이 쌓여 있는 곳이라구!' 정말 오물로 들어찬 냄새 나는 법정이었습니다. 우리가 법정에서 두 시간쯤 버텼을까, 구수회의 끝에 이대로 두어선 안 되겠다고 의견을 맞추었던지 사복형사들이 떼 지어 들이닥쳤습니다. 그들은 아녀자가 대부분인 피고 가족을 무차별 끌어내기 시작하더군요. 우리들은 전원 법원 마당에 대기한 버스에 강제로 실려졌고, 버스 안은 비탄과 절망의 비명이 낭자했습니다. 발길질로 버스 유리창을 깨뜨려, 법정 출입을 제한받아 법정 바깥에 있던 우인들에게 요식 행위 재판과정과 남편의 무죄함을 들으라고 목이 멘 채 큰소리로 호소했습니다. 아니, 하늘이라도 우리들의 하소연을 들어달라고 그 부당함을 울부짖으며 외쳤습니다. 버스는 우리를 싣고 법원을 나서서 대로를 질주하더니 서대문경찰서 앞에다 짐짝처럼 부려놓았습니다.

이렇게 목놓아 울부짖는다고 해서 문제가 해결되지 않을 것임을 안 사형수 가족들은 그제야 정신을 수습했습니다. 하늘이 무너져도 살아날 피난처를 찾아야겠기에, 우리들은 여기저기 정보를 수집하기에 바빴습니다. 교도관들도 그렇게 울부짖지만 말고 빨리 탄원서부터 만들라고 채근했습니다. 국제사면위원회(엠네스티)에서 이번 사건을 취재하러온 영국인 변호사가 재판소 당국으로부터 전해 들었다는 말에 귀가 번쩍 띄었습니다. 국내법에 따르면 탄원 내지 재심신청이라는 방법을 취하면 형집행정지가 돼서 목숨은 건질 수 있다고. 한편, 내일 아침 서대문구치소로 가면 사형수 부인의 경우에는 면회를 할 수 있을 거라는 법정 서기의 말도 있었습니다. 시간은 이미 오후 다섯 시, 극형을 선고받은 분 부인들은 담당 변호사와 그동안 인혁당재건위사건의 부당성을 당국에 항의하며 우리 가족들을 돕던 신부님들을 만나 재심신청 문제를 상의했습니다. 형사들에 의해 자택에서 금족령을 당했다 풀려난 변호인단은, 군법회의법에 따르면 사형 집행은 사형언도가 확정된 경우 국방부장관이 6개월 안에 사형집행 명령을 내리고 그 명령이 있은 지 5일 안에 집행하도록 되어 있으니 아직도 시간적인 여유가 있다며, 그분들이 설령 국가보안법 위반으로 형이 확정되었다 하더라도 금방 집행할 이유는 없으니 낙심하지 말고 용기를 가지자고 우리들을 위로했습니다. 저녁때는 극형을 선고받은 여덟 분을 위해 천주교 정의구현전국사제단 주관으로 명동성당에서 기도회를 연다고 하기에 거기로 갔습니다. 많은 신자들과 청년학생들, 민청학련사건 관련자들과 그 가족, 민주회복을 기원하는 분들이 기도회에 참석하여 예배실 안은 발 디딜 틈이 없었습니다. 이렇게 많은 분들이 여덟 분의 생명을 건져주기 위해 모였다는 데 우리 아녀자들은 큰 위로를 받았습니다. 한편, 그날 오후 고려대학교에서는 그 어느 때보다 격렬한 반유신 시위가 벌어졌는데, 학생들의 주장은 민주화와 인권, 유신헌법 철폐를 넘어서서 박정권 퇴진까지 외치며 박통 모의인형 화형식을 거행했습니다. 학생들은 시위 진압 경찰과 맞서서 각목을 들고 돌멩이를 던지며 가두로 진출하는 과정에서 폭력 사태가 빚어졌습니다. 오후 다섯 시, 박통은 긴급조치 7호를 선포하여 고려대학을 폐쇄했을 뿐 아니라 학교에 군대를 진주시켰습니다. 이런 위급한 국내 정세가 사형이 확정된 여덟 분에게 어떤 영향이라도 미치지 않을까 심히 저어되었습니다. 김수환 추기경이 극형을 선고받은 여덟 분에게 마지막 자비를 베풀라는 뜻을 중개자를 통해 박 대통령께 전했으나 박통은, 인혁당 피고인들뿐만 아니라 자기를 반대하는 모든 사람을 일러, '그들을 바짝 움츠리게 해야 한다'고 역정을 내었다는 저간의 추기경 말씀이 왠지 섬뜩하게 가슴을 쳤습니다.

한편, 지난 1월에 서울에서 내려와 대구 집에 머물 때 낯익은 형사가 찾아와, 남편 문제를 의논하자며 동사무소로 가서 호적 초본을 떼어야 한다기에 반가운 마음에서 입은 옷 그대로 슬리퍼를 신고 따라나섰던 일이 떠올랐습니다. 한길로 나서자 난데없이 건장한 남자 둘이 다가와 양쪽에서 우격다짐으로 제 팔을 끼더니 저를 지프차에 태웠습니다. 그길로 차는 고속도로로 들어서서 서울로 달려, 도착한 곳이 중앙정보부 남산분실이었습니다. 수사관들은 밤잠을 재우지 않고, 남편이 공산주의자임을 시인하라고 협박했습니다. 그렇다면 남편을 불러달라, 그분 말을 들어봐야 시인할 수 있다며 저는 죽을 각오로 버텼지요. 그러자, 당신 남편은 조금만 더 있으면 석방될 텐데 왜 구명운동에 적극 나서느냐. 조용히 지내겠다는 각서를 써라. 정치적인 사건이니 조금만 참아달라고 회유책을 내기도 했습니다. 이틀 밤을 지내고 대구로 내려왔는데, 물에 빠진 자가 지푸라기라도 잡으려는 심정으로 그때 수사관이 말했던, '정치적 사건이니 조금만 참아달라'는 그 언질이 거짓말이 아닌 진실이기를 바랐습니다. 당신이 석방되는 일반수를 시켜 '정치적 사건이므로 돈은 절대 쓰지 말고 남의 말에 귀 기울이지 말라'고 했기에, 저는 그동안 누구한테 어떻게 뭘 좀 알아봐달라고 식사 한 끼 대접을 한 적 없이 버텨낸 것도 '정치적 사건'임을 철저히 믿었기 때문입니다.

극형을 선고받은 분들 부인들은, '설마 죽이랴' '인혁당을 민청학련사건과 철저히 분리한 것이 불안하다' '저들도 정치적인 문제라 별일 없을 거라고 했잖았냐' '이제 무슨 일을 못하겠어요. 다시 한번 힘을 냅시다' 하며, 일말의 불안감을 떨쳐내지 못한 채 서로를 위로했습니다. 그날 밤, 사형수 가족들은 서대문구치소 부근의 여관방에서, 제발 여덟 분 피고인들의 목숨만은 살려달라고 머리 맞대어 혈서를 쓰듯 탄원서를 만들었습니다. '우리들은 살고 싶습니다! 평화롭게 살고 싶습니다! 저희들은 10년 전에도 없었고 현재에도 이 지구상에 존재하지 않은 조작된 인혁당에 묶여 사형선고를 받은 피고인들의 아내입니다. 존재하지도 않은 인혁당을 조작하여 북괴에 이롭게 하는 것은 무슨 법, 무슨 죄에 해당되는지 만천하에 묻고 싶습니다. 여러분, 부디 저희들의 남편을 정치 제물로 이용하는 일이 없도록 하여주시기 바랍니다. 이름 없고 힘없는 보잘것없는 단 한 사람의 생명이라도 정치 제물로 삼는다면⋯⋯. 죽이고 난 다음에는 살릴 수가 없습니다. 그 누구도 살릴 수가 없습니다. 이 절절한 호소에 귀를 막지 말고⋯⋯.'

간밤을 거의 뜬눈으로 밝히고 9일 아침 일찍 여관을 나선 사형수 부인들은 서둘러 서대문구치소로 갔습니다. 구속 후 일년 동안 한 차례도 면회를 시켜주지 않았기에 설마 면회가 되랴 의심했고, 면회가 정 안 된다면 영치금이나 사식이라도 넣어주려 했던 것입니다. 그런데 구치소 정문 입구에는 내부 사정으로 면회를 사절한다는 방이 나붙어 있었고, 닭장차(버스)가 다섯 대나 정문 안 인도 옆에 대기해 있었습니다. 면회를 사절한다는 방에서도 의혹을 느꼈지만 곤봉 차고 방패를 든 수십 명의 군장한 기동대원들이 삼엄하게 도열해 있는 게 왠지 으스스하더군요. 법정 서기들도 오늘은 면회가 될 거라고 했는데 왜 면회가 안 되느냐며, 그날 따라 숫자가 부쩍 불어난 교도관들을 상대로 우리는 옥신각신 삿대질하며 말싸움을 벌였습니다. 교도관들이 대답을 못하고 주뼛거리기만 할 뿐 우리들과 눈을 맞추지 못한 채 피하려고만 했던 이유는 조금 뒤에 알게 되었으나, 그때 심정으로는 무언가 불길한 예감으로 공포에 질려 어찌할

바를 몰랐습니다. 저는 다급한 마음에 무슨 소식이라도 들을까 하고 공중전화 박스로 달려가서 김일청 선생 부인에게 전화를 걸었습니다. 부인이 울먹이면서 하는 말이, 조금 전 라디오에 뉴스로 나왔는데……

그 말을 듣는 순간, 자신도 모르는 사이에 손에 힘이 풀려 저는 송수화기를 떨어뜨리고 말았습니다. 눈앞이 캄캄하고 뭇 별이 스쳐갔습니다. 재판이 끝난 지 채 하루도 안 되는 열여덟 시간 만에 여덟 명 전원을 처형해버리다니! 이럴 법이 하늘 아래 있을 수 있단 말인가. 그래서 정문 수위들은 여덟 분이 교수형으로 이미 집행되었음을 알고 있으면서도 저들 입으로 그 소식을 차마 알리기가 무엇하여 방송 뉴스를 통해 자연스럽게 전달되도록 우리를 피하며 속인 것입니다. 아녀자들은 정문 앞에 퍼질고 앉아 땅을 치며, 쓰러져 입에 거품을 물고, 길길이 뛰며, 미친 사람처럼 통곡을 쏟았습니다. 라디오 뉴스를 들었던지 구속자 가족들과 신부님들이 속속 구치소 정문 앞에 모여들었습니다. '신부님들이 안 죽을 거라고, 절대로 그런 일은 없을 거라더니 이렇게 죽었지 않아요. 죽게 되지는 않을 테니 안심하라더니 내 남편이 이렇게 죽었지 않아요!' 멍청해진 제 귀에 처형된 분 부인인 누군가의 절규가 먼 바람처럼 스쳐갔습니다. 그 순간 제 눈앞에 올망졸망한 어린 다섯 남매의 눈동자가 떠올랐습니다. 그 어린 자식들에게 아버지의 죽음을 무슨 말로 설명해야 하며 어떻게 위로한단 말인가. 눈물이 앞을 가려 아무것도 보이지 않았고 머릿속은 텅 빈 채 돌개바람만 사납게 후려쳤습니다. 그때 제 눈에 황사 탓만이 아닌데 대로를 달리는 자동차들이 흐릿하게 보였습니다. 순간적으로 저는 판단력을 잃었습니다. 남편 따라 죽는 길밖에 없다고 생각하자, 달리는 차를 향해 차도로 뛰어들었습니다. 브레이크에 급제동을 거는 날카로운 마찰음이 가물가물한 머릿속을 스쳐갔습니다.

2004년 4월

4월에 들어서자 대지를 촉촉이 적시며 한차례 봄비가 내렸습니다. 땅 표면은 부드럽게 풀어졌으나 굳어 있을 속살까지 녹이려 이틀 동안 하염없이 비가 왔습니다. 춥지도 덥지도 않은 이런 절기, 창을 열어놓은 베란다 밖의 부슬부슬 내리는 빗발을 하염없이 바라보다간 비에 갇혀 심심해 하던 누구인가 찾아와 초인종을 누를 것만 같아 잠긴 현관문에 눈을 주곤 했습니다. 처녀 시절, 시골에 살 적에 이렇게 비가 오면 바깥일을 할 수 없다보니 남정네들은 담배쌈지 챙겨 곰방대 들고, 아녀자들은 바느질감 챙겨 들고, 처녀들은 수틀 치고 앉아, 끼리끼리 모여 농사일이며 봄소식을 두고 재담을 떨곤 했지요. 하염없이 비는 내리고 늙은이 혼자 사는 집은 아침부터 저녁까지 전화 한 통 없이 적막한데, 저는 바깥 나들이도 않고 이틀을 집안에 박혀 침침한 눈으로 손에 잡히는 대로 책을 읽었습니다. 아이들이 모두 출가해 내 곁을 떠난 후, 당신이 그랬듯 저도 책읽기가 유일한 낙이 되었지요. 다섯 자식을 길길이 키워 출가시켰건만 이런 어미의 고적함을 알기나 하랴, 그런 섭섭한 마음도 들었습니다. 어둠이 그치면 밝음이 도래하듯, 비가 그치자 언제 그랬냐는 듯 하늘이 푸르게 개고 날씨가 화창해졌습니다. 맑고 따뜻한 날이 계속되자 올해도 어김없이 온 누리가 연두색으로 파릇파릇 채색되는군요. 옛 글귀에도 그런 구절이 있듯 찾아올 손님은 인기척이 아니고 겨우내 옴츠렸던 마음이 소생하는 푸나무와 꽃을 맞으려 봄소식을 기다렸구나 하고 저 역시 깨닫게 되는군요. 겨우내 칙칙했던 수묵색을 가리며 산천이 화사한 새옷으로 치장하는 절기입니다. 꽃들이 다투어 꽃봉오리를 맺고 꽃잎을 펼칩니다. 그러나 저는 남들이 버선발로 나서서 봄을 맞듯, 그렇게 자연이 화려하게 치장한 풍경을 반갑게 받아들일 수가 없군요. 어언 스물아홉 해가 흐른 지금까지 해마다 그런 느낌이 변하지 않는 게, 이런 병은 죽을 때까지 저를 떠나지 않을 것 같습니다. 봄은 늘 왜 이렇게 신부처럼 곱게 단장하고 찾아와 제 심사를 들볶는지 모르겠습니다. 봄이 오면 다른 나무들이 다 움을 터뜨려 잎과 꽃을 피우지만 저는 여전히 봄을 모른 채 앙상한 나무로 새삼 가슴앓이를 한답니다. 당신 무덤에도 시든 잔디들이 파랗게 촉수를 내밀었겠지요. 설날에 식구들과 함께 당신 묘소를 찾았고 그 후 제가 두 차례 다녀왔는데, 지난 비에 봉분 유실은 없었는지 모르겠어요. 기일 전에 어서 한번 나가봐야겠다고 작심하는데 올봄엔 도무지 힘을 쓸 수 없습니다.

어제는 무엇을 해야 할지 일손이 잡히지 않아 아침부터 넋빠져 앉았다가 오후에는 당신과 나란히 묻힌 도운종 선생 사모님께 연락해 하시완 선생 사모와 함께 꽃다발 들고 묘소에 나가보기로 작정하던 참에, 가까이에 사는 막내딸이 외손자를 데리고 집에 들렀더랬습니다. 너네 식구와 함께 공원묘지에 가려고 별렀는데 요즘은 왜 전화 한 통 없었느냐는 내 말에 딸애는 어미 눈치를 살피더니, 시어머니의 골다공증이 도져 병원 출입이 잦은 통에 좀 바빴다며, 그렇잖아도 애아빠가 기일 전 이번 토요일에 묘소를 한번 둘러보자 했다고 어물어물 대답합니다. 사돈댁이 편찮다며 왜 연락하지 않았느냐고 내가 말하자 딸애가 대답을 않아요. 해마다 4월에 들면 자식들이 어미 심사를 헤아려 조신하고 말을 아낀다는 걸 새삼 깨닫게 되니 이제는 제 정신마저 깜박깜박 하는군요. 어느 해던가, 한 맺힌 4월에 들면 가슴앓이로 파김치가 되는 어미 기분을 바꾸어주겠답시고 자식 다섯이 작당해서 가족 봄놀이 삼아 제주도 여행을 제안한 적이 있었답니다. 내가 벌컥 화를 내며, 지금이 어느 달인데 너희들이 제 정신 가지고 이 어미한테 그런 말을 하느냐고 호통을 친 적이 있었습니다. 그후부터 자식들은 4월이면 부쩍 더 어미 눈치를 보게 되었지요. 걔네들 속마음을 저라고 왜 모르겠습니까만, 눈에 흙 들어가기 전에는 그런 호사는 얼토당토않지요. 딸애가 입맛 없을 때 드시라며 손수 약밥을 해왔군요. 잣, 밤, 대추에 곶감까지 넣어 만든 약밥을 보자 당신 생각에 또 울컥 목이 메었어요. 이런 별식을 당신과 아이들 함께 먹어본 게 언제였나 싶어, 잠시 옛 생각에 잠겼더랬습니다.

오후에는 딸애가 바람이나 쐬자 하기에 몸을 추슬러 어린 손자 손에 끌려 아파트를 나섰습니다. 아파트 뜰에 핀 목련나무도 꽃을 활짝 피웠습니다. 송이송이 꽃망울을 터뜨린 흰 꽃이 너무 순결하게 아름다워 그 방향이 뜰에 가득 넘쳤습니다. 아파트 마당에 주차된 차들 지붕에도 서둘러 봄을 하직한 꽃잎이 떨어져 있더군요. 그 꽃들이 육영수 여사가 좋아했다는 꽃이 아닌, 그해 봄에 진 여덟 분의 넋이 환생한 것 같다는 생각이 들었습니다. 4월이면 피어나는 저 순백의 백목련을 두고 어느 해 '4·9추모제'에서 누군가 읽은 추모사가 생각납니다. 그해에 죽은 여덟 분의 순결한 마음이 백목련으로 피어났다 했고, 자목련을 두고는 여덟 분의 단심(丹心)이라고 했습니다. '단심가'로 유명한 포은 선생 어머니는 자식이 어릴 적부터 겉옷 안감은 반드시 붉은 천으로 썼다는 옛 얘기가 떠오릅니다. 그러나 저는 붉은색이라면 가슴부터 뛰어 그 색을 바로 볼 수가 없어요. 월드컵 경기 때 운동장 관중석을 뒤덮은 붉은 셔츠나 서울 시청광장을 메운 붉은색이 섬짓해 텔레비전 화면을 꺼버리곤 했으니깐요. 어릴 적 명절에는 진자주색 치마를 입기도 했으나 당신이 잡혀 들어간 뒤 '빨갱이 가족'이란 딱지가 붙자 그때부터 자주색은 절개를 상징하기 이전 당신의 억울한 죽음부터 떠올라, 마치 그 색이 당신 죽음의 원인이 된 듯 공포의 두려운 색이 되고 말았습니다.

내가 사는 아파트 단지를 빠져 나와 어린 손자 손잡고 쉬엄쉬엄 걸어 가까이 흐르는 금호강변 동촌으로 나갔습니다. 동산의 산책로를 걷다 다리쉼 삼아 벤치에 앉아선 흐르는 강물을 내려다보았습니다. 지나온 굽이 굽이 세월이 무겁게 흐르는 강물에 실려 내려가는 것 같았습니다. 강물은 흘러 흘러 낙동강 본류와 합쳐져 당신이 태어난 시댁 어귀 창녕땅을 거쳐 가겠지요. 강물은 어디서 시작해 여기까지 흘러왔나 하고 무심히 중얼거리니, 맑은 물로 바위를 치며 힘차게 소용돌이 쳤던 첫 기억을 잊고 이제 폐수로 찌들어 느리게 흐르는 탁한 강물이 무심하게 흐르는 세월을 보듯 했습니다. 유원지로 소풍 나온 유치원생들의 재잘거림이 햇살 아래 반짝이는 물살 위로 화르르 번졌습니다. 손자 녀석이 나무 사이 꽃 더미에 묻힌 채 동산 비탈길로 뛰어갔습니다. 넘어질까 위태로워 조마조마한 할머니 심사와는 아랑곳없다는 듯 내닫는 걸음새가 거침이 없었습니다. 제 엄마가 애 이름을 부르며 뒤쫓아가는 걸 물끄러미 보며, 그 당시 어렸던 탓에 제 아비 모습조차 아슴아슴 기억된다는 막내딸의 눈물 흔했던 어릴 적이 생각나 눈앞이 뿌옇게 흐려졌습니다. 엄마, 아부지 은제 오신다캤제 하고 막내가 멀리 여행 떠났다는 아버지를 기다리다 철없이 물어올 때마다 나는 새까맣게 썩은 속을 눈물로 달래야 했습니다. 공부하실 끼 많아 돌아오시기가 멀었나보제. 니가 크면 돌아오실 끼다. 내이 빈말도 어린것은 한 해가 지나자 제 오빠들로부터 귀띔을 받았는지 더 묻지를 않더군요. 세월은 흐르고 태어난 아이들은 무럭무럭 자라도 한번 떠난 사람은 영영 돌아올 줄 모르는군요. 이별은 간단없이 찾아오고 우리가 간절하게 사랑했던 사람도 언젠가는 내 곁을 떠나는 게 인간의 숙명이지만, 당신과의 이별은 세상사 그런 질서에 해당되지 않기에 저는 당신을 두고 '이별'이란 말을 쓰고 싶지 않습니다.

강가에서 아이들이 연놀이를 하는지 강바람을 타고 방패연, 가오리연이 하늘로 날아오릅니다. 센바람 탓인지 우쭐우쭐, 기웃기웃 춤을 추는 모양이 마치 피가 통하는 산목숨 같습니다. 연들을 보자 남민전 깃발이 생각나군요. 1979년 10월에 내무부장관이 특별 기자회견을 통하여 세 차례에 걸쳐 발표해 세간을 깜짝 놀라게 한 '남민전(남조선민족해방전선)사건'이 있었답니다. 분단 후 그 규모가 가장 큰, 사회주의 국가 건설을 목표로 한 반국가조직체 전위대 74명을 검거했다고 발표했지요. 당신 친구인 이진문 선생이 중앙위원회 위원장인 총책으로 지목되었습니다. 그 사건으로 인혁당재건위사건이란 이름으로 사형당한 여덟 분의 유가족이 또 한번 고통을 치렀답니다. 남민전사건이 발표되기 직전 10월 초순인가, 사복한 형사 두 사람이 집으로 찾아와, 조사할게 있으니 경찰서로 잠시 가야겠다기에 나는 두근거리는 마음으로 따라나섰지요. 당신이 이 세상을 뜬 지도 네 해나 흘렀는데 당신 혼령이라도 불러내어 여죄를 추궁한 끝에 또 무슨 트집거리라도 잡아냈나 의아해했지요. 저는 그 길로 경찰차에 태워져 원대동에 있는 경북도경공안분실로 끌려가니 서상

원 선생 부인께서 먼저 잡혀와 있더군요. 거기서 남민전기(南民戰旗, 일명 전선기) 제작과정을 어리칠 정도로 추궁받으며 수사관으로부터 손찌검도 무수히 당했습니다. 남민전 깃발이라니? 사실 나는 남민전 깃발 제작과정은 금시초문이었습니다. 다름이 아니라 인혁당재건위사건으로 여덟 분이 처형당한 후 한참 뒤, 어떤 새댁이 집으로 찾아와서 이정재 씨의 처라며, 당신이 입던 속옷이 남아 있으면 달라고 말하길래, 그걸 무엇에 쓰려 하느냐고 제가 물었지요. 여덟 분 열사의 죽음을 흩되이 하지 않기 위해 자기네들이 고난의 시대 증거물로 고이 보관하겠다고 합디다. 이정재 씨는 인혁당재건위사건 때 이진문 선생과 더불어 용케 검거를 피했다는 말을 들은 바 있어, 아직도 무사하냐고 내가 물었죠. 새댁이 잘 피신해 있다기에, 얼마나 다행한 일이냐며 서로 손을 잡고 울고 난 후, 이 세상에 그런 생각을 고안해낸 분도 있구나 하고 기특하게 여겨 저는 장롱을 뒤져 당신이 입었던 낡은 내의를 꺼내주었지요. 당신 유품은 대부분 불에 태워졌지만 내의는 크는 아이들이 입을 수 있겠다 싶어 간직했더랬습니다. 이정재 씨 부인이, 사형당한 다른 일곱 분 내복도 모아주었으면 좋겠다기에 내가 그 일을 주선했지요. 우리 유가족들은 자주 연락을 취하고 만나 공통의 아픔을 서로 위로하던 처지였으니깐요. 나중에 안 일이지만 그렇게 모아진 여덟 분의 내의가 남민전에서 활동하던 이정재 씨 손에 의해 색깔별로 염색되었고 조각난 감을 재봉틀로 엮어 혁명, 통일, 평화를 상징하는 남민전 깃발 하나를 만들었다더군요. 나는 그런 사실을 까맣게 몰랐기에 정보부 남산분실까지 다시 끌려가 또 한번 경을 치렀습니다. 닷새 만에 정보부에서 풀려나 대구 본가로 돌아왔지만, 참으로 어처구니없는 슬픈 토막극이었답니다. 경북 의성 출신으로 당신보다 세 살

아래로 붕어빵 사들고 우리 집에도 자주 놀러와 애들 어깨를 다독거리며, 열심히 공부하라고 격려했던 이진문 선생은 인혁당재건위사건에서는 몸을 피해 목숨을 건졌으나 남민전사건으로 사형선고를 받았고, 수감 생활을 시작한 지 일년 만에 고문 후유증으로 옥중에서 별세하셨지요. 이진문 선생 말이 났으니, 인혁당재건위사건으로 구속되어 1975년 그해 10월 옥중에서 역시 고문 후유증에 따른 고혈압 악화로 돌아가신, 당신이 형님이라 호칭했던 장성구 선생도 생각나는군요. 그러고 보니 대구에 거주했던 진보적 생각을 가졌던 분들은 다 그렇게 한결같이 형극의 길을 걸은 끝에 극우 반공주의자의 손에 의해 쓰러졌습니다.

동산에는 진달래꽃이 지천으로 피었습디다. 바람에 가벼이 떠는 꽃잎을 보노라니 겨울을 이겨낸 생명력의 애잔함에 잠시 숙연해졌습니다. 꽃을 유난히 좋아했던 당신인지라 당신이 마치 꽃으로 피어난 듯, 저는 잠시 착각에 빠졌습니다. 저 꽃처럼 젊디젊었던 당신에 비해 저는 이제 조금만 걸어도 숨길이 가쁜 힘없는 늙은이가 되고 말았습니다. 제 어릴 적에 시집간 막내고모가 젖먹이 딸애를 업고 친정걸음을 했던 어느 해 봄이 생각났습니다. 출가 전에도 몸이 약했던 고모는 첫아이 출산 후더침인지 그 즈음부터 폐를 앓았던 모양입니다. 지금의 저처럼 늘 기운이 없어 뵈던 젊디젊은 고모가 툇마루에 해바라기하고 앉아 아기에게 젖을 물리던 자태가 떠올랐습니다. 해방 직후인 당시만 해도 폐병은 사망률 높은 무서운 병이었고 봄이면 그 병이 더친다 해서 '봄병'이라들 하지 않았던가요. 핼쑥한 안색에 미열로 뺨만이 선홍으로 붉었던 고모는 마당에 노는 샛노란 병아리 떼를 보고 있었습니다. 인자야, 엄마 뒤따르미 저 쫑쫑대는 뼝아리들 바라. 참말로 새첩기도 하제. 고모가 말끝에 기침을 콜

록였습니다. 이태 뒤던가, 고모가 둘째아이를 낳는데 난산으로 하루 내내 진통을 겪고 있다는 전갈이 와서 엄마가 준비해뒀던 미역 다발을 들고 황망한 걸음으로 재 넘어 사돈댁에 간 후, 하루 만에 눈이 퉁퉁 부어 돌아왔습니다. 태어난 아기는 끝내 울음을 터뜨리지 못했고 혼절한 고모 역시 영영 깨어나지 않았다 했습니다. 문득, 처녀 적 막내고모의 고왔던 모습이 진달래꽃과 당신 얼굴에 겹쳐지군요. 당신이 과로로 건강을 다쳐 폐병에 걸렸을 때 아닌 말로 그 병으로 타계했더라면 아니, 나도 고모처럼 둘째아이를 낳다 당신 먼저 이 세상을 하직했더라면, 차라리 이 고통을 당하지 않았을 텐데…… 끔찍한 생각이지만 부질없는 그런 상념에 젖어본 적도 있었답니다.

4월은 우리 식구 여섯을 이 세상에 떨어뜨려놓고 당신이 사복한 형사들에게 끌려간 지 꼭 서른 해 전 바로 그달이요, 그로부터 일년이 지나 당신이 홀연히 이 세상을 아주 떠난 지 스물아홉 해 되는 달입니다. 당신이 살아 있다면 일흔네 살로, 이제야 우리나라 남자 평균 수명에 이른 연세이군요. 일흔네 살의 당신 모습이 어떨까요, 스물아홉 해의 세월이 당신 얼굴을 어떤 모습으로 바꾸어놓았을까요? 아무리 곰곰이 떠올려보아도 막내고모가 살아 있다면 지금의 모습을 떠올릴 수 없듯, 당신 모습이 눈앞에 잘 그려지지가 않군요. 문갑 위에 놓인 사진틀 두 개가 오늘도 얌전히 제자리를 지키고 있습니다. 아래 두 아이가 아직 태어나지 않았을 때 둘째 딸 돌을 맞아 포대기에 싸인 그 애를 내 품에 안고 당신은 내 옆에, 나머지 두 아이는 앞에 세우고 찍은 가족사진이지요. 저는 지금도 날마다 서른 몇 해 전에 찍은 그 사진과, 당신이 감옥에 있을 때 막내아이가 보고 싶다 해서 친정 어머니 모시고 찍은 가족사진을 문갑 위에 얹어

두고 날마다 인사하듯 눈길을 보내지요. 다섯 아이의 또록한 눈망울과 티 없이 맑은 단정한 모습이 얼마나 의젓한지. 이런 알밤 같은 자식들을 남겨두고 교수대 의자에 앉았을 때 당신 심정이 어떠했겠어요. 사진 속의 서른두 해 전 군살 없던 내 모습과 거울 속 지금의 내 모습이 덕지덕지 앉은 풍상으로 아주 다른 여편네로 변해버렸듯이, 당신도 이제는 저승에서 그렇게 변해버렸을까요? 만약 거기에도 육신이 있다면 별 주름살 없던 장년의 당신 얼굴이 스물아홉 해를 보낼 동안 일흔 중반 노인이 그렇듯 주름도 각인되고 검버섯이 거뭇거뭇 피어 있겠지요. 그런 자연스러운 노화 현상만으로 당신의 지금 모습을 떠올려보아도 그 얼굴이 눈앞에 새겨지지 않습니다. 우리 식구가 한솥밥 먹었을 적의 당신 모습만이 또렷하게 떠오를 뿐입니다. 당신이 떠난 후, 왜 이렇게 세월이 더디가냐고 읊어왔음에도 살아남은 자의 시간은 살같이 빨라 이제 제 나이도 일흔 살이라 눈이 침침해지고 걷기에도 굼뜬 파파할멈이 되었습니다.

  사람 내왕이 번다한 동성로쯤 나섰다 만약 당신이 저만큼에서 마주 보고 걸어온다면 당신은 저를 알아보지 못할 겁니다. 저 역시 당신을 알아보지 못한 채, 우리는 그렇게 남남처럼 무심히 스쳐 지나가게 되겠지요. 만약, 순간적으로 그 어떤 예감에 전율하여 서로 지나친 뒤 혹시나 싶어 돌아보는 경우도 있을 테지요. 실은, 당신이 이 세상을 등진 후 지난 세월 동안 제게는 길을 걷다 그렇게 뒤돌아본 경험이 수십 번도 넘는답니다. 대체로 눈앞에 신기루처럼 스쳐가는 환영이겠지만, 적당한 키와 몸매가 비슷하여, 활달한 걸음걸이가 닮아서, 입은 옷차림이 당신 옷과 같아서, 저는 홀린 듯 걸음을 멈추고 뒤돌아보곤 했으니깐요. 당신이 이 세상에서 살아 숨쉬며 자유로이 걸어 다닐 수 있는 사람이 아닌 줄 알면서도 이 지상 어디엔가 꼭꼭 숨어 있을 것만 같아, 모진 사람들이 당신을 어디엔가 가두어 숨겨두고 있을 것만 같아서, 저는 결코 내가 살아 있는 동안은 만날 수 없는 분인 줄 알면서도 스물아홉 해 동안 당신을 찾아 헤매고 다녔답니다. 대명천지에 그럴 수가 있다니. 생매장 당하듯 당신 육신이 그렇게 홀연히 땅속으로 사라져버리다니. 인간이 한번 태어났다 한번은 죽는다지만 그렇게 허무하게 죽으란 법이 어디 있단 말인가. 저는 그런 말을 뇌이며 당신의 혼이나마 상봉하려 학수고대한 그 많은 날들, 그 환영을 좇으며 산 세월이라니…….

　팔공산에서 양봉을 했던 송영진 선생 아들이 하굣길에, 인혁당사건 관련자 여덟 명의 형집행 소식을 저녁 뉴스로 듣고 놀라서 집으로 뛰어와 작은삼촌에게 그게 맞냐고 사실을 확인하니, 지금 정부가 국가적인 체면도 있고 해서 국민에게는 사형을 집행한다 해놓고 비밀리에 석방해준다니 형님 맞으러 터미널로 나갈 참이라고 둘러댔다지 않아요. 그렇게만 되었다면 얼마나 다행이었을까요. 황태성 씨라고, 당신도 그 이름을 들은 적이 있지요? 박 대통령 고향인 경북 구미와 가까운 김천 사람인데 해방 직후 좌익운동 하던 박 대통령의 형 상희 씨 친구로 김천, 구미 지방 10·1사건을 진두지휘했다 전쟁 때 월북한 사람 말이에요. 황씨는 박통이 쿠데타로 정권을 잡자 1962년 김일성의 특파 자격을 띠고 남파되어, 전쟁 전 한 시절 군부 내 좌익 조직에 몸담은 적 있던 박통의 정치적 성향을 떠보려 했지요. 진정 남북통일 의지가 있는가 해서. 그런데 황씨가 자신은 북측 정부에서 파견한 밀사 자격이라고 주장했지만 반공주의자로 돌아선 박통은 형님 옛 친구요 고향 선배를 간첩으로 인지해 처형했지 않았습니까. 언론에는 서울 교외에서 처형 직전 마지막 담배 한 모금을 빨던 황씨 모습이 사진으로 실려 있었으나, 사실인즉 박통은 황씨에게 인간적 연민을 느껴 그를 처형하지 않고 북으로 몰래 돌려보내졌다는, '믿거나 말거나' 한 소문이 돌았지요. 요즘 금강산 유람길도 트여 너나없이 남측 사람들의 북한 방문이 심심찮은 세월이 되자, 평양을 다녀온 어떤 이가 호호백발이 된 황씨가 대동강에서 낚시질로 소일하는 모습을 보았다는, 역시 믿거나 말거나한 소문이 나돈답니다. 고문 흔적으로 군데군데 살이 꺼멓게 변한 당신 시신을 제 눈으로 똑똑히 확인했음에도, 서대문구치소에서 처형당해 지금 현대공원묘지에 묻혀 있는 사람은 당신을 닮은 그 누구이고 진짜 당신은 어디엔가 살아서 아이들 노래처럼 꼭꼭 숨어 있을 거라는 헛된 생각까지 할 적이 있으니, 제가 미쳐버리지 않고 여지껏 살아온 게 신기하게 여겨질 때도 있습니다. 어무이, 아부지를 더 찾지 마이소. 아부지는 인자 우리 맘속에 살아 있심더. 철이 든 큰애의 말에 망념에서 홀연히 정신을 차리기도 여러 차례였습니다.

우리 부부는 꿈에서 자주 만나곤 했지요. 이제는 꿈자리에도 당신이 자주 찾아오지 않지만 지난 한시절엔 꿈에 자주 나타나던 당신을 만나면 왜 그렇게 정신이 어리치고 눈물만 쏟아지던지, 늘 얼굴이 부을 정도로 더운 눈물에 젖곤 했습니다. 잠은 생시의 기억들 중에 보관할 기억과 지워버릴 기억을 정리하여 그 정보를 관리하는 역할을 하며, 꿈은 그런 정보를 재편(再編)하는 과정에서 실현된다는, 꿈을 분석한 글을 어느 책에서 읽은 적이 있습니다. 당신이 처형당한 직후 제 경우는 잠 속에서 기억의 재편이 그렇게도 힘들었든지 잠에 들면 반드시 꿈부터 꾸게 되고 꿈마다 푸른 수의 입은 당신 모습이 나타났습니다. 당신을 꿈속에서 보고나 후 한밤중에 눈을 뜨면 당신이 옆에 있기라도 하듯 당신을 부르며 흐

느꼈지요. 자는 아이들이 깰까보아 이불깃으로 입을 막고 그렇게 울다보면 어느 사이 양쪽으로 거느리고 자던 아이들이 깨어 어둠 속에서 엄마, 울지 마, 엄마가 울면 무서워, 하며 저들이 울음을 터뜨려 서로 끌어안고 날이 밝을 때까지 함께 통곡한 적도 많았습니다. 당신이 이 세상을 떠난 그해는 제발 당신 모습이 꿈에 나타나지 않았으면 하고 소원했던 적도 있었지요. 당신 대하기가 무서운 만큼, 제 마음 또한 골육이 난도질당하듯 저몄으니깐요. 왜 그렇게 흉측한 꿈만 꾸게 되는지 꿈자리가 사나와 진저리쳤습니다. 온몸이 피멍으로 얼룩진 데다 깡마른 얼굴에 핏발 선 눈, 여윈 목울대가 헐떡거림으로 들먹이고, 이빨이 죄 빠진 벌어진 입 안에서 쿨럭쿨럭 토해내던 피를 보고 아무리 그게 꿈이라지만 혼절하지 않거나 통곡하지 않을 아내가 어디 있겠습니까. 목에 올가미 걸고 교수대 위 의자에 꼿꼿이 앉았거나 밧줄에 대롱대롱 매달린 푸른 수의 입은 푸른 모습으로 당신이 꿈에 자주 보였습니다. 밧줄을 목에 건 채 흰 주머니에 가리운 얼굴 없는 당신 모습이라니! 그런 사형 집행 장면을 어쩌다 텔레비전에서 볼 때도 채널을 돌려버렸는데, 그 장면이 현실이요 장본인이 당신이라니! 당신이 아니야, 내가 저 주머니를 벗기고 올가미를 풀 테야, 하고 제가 형장으로 달려가다 무엇에 걸려 넘어져 눈을 뜨기도 했습니다. 당신이 통분을 삭이지 못해 차가운 쇠창살을 잡고 흔들며 무죄를 절규하는 꿈을 꾸고 난 날은, 왜 당신이 아무 능력 없는 이 여편네를 꿈길 타고 찾아오냐며, 당신의 안쓰러운 모습을 지우려 애쓰기도 했습니다. 저승에서도 편히 눈감지 못하는 망자의 한 맺힌 소원을 아무 힘없는 제가 어떻게 풀어주어야 하느냐란 절통함으로 하루 종일 일손이 잡히지 않아 넋이 빠져 지냈습니다.

당신이 떠난 후 스물아홉 해를 살아올 동안 정의를 무소불능 행하는 거룩한 자가 있다면 지아비의 원한을, 살아 있어도 산목숨이 아닌 이 아녀자의 눈물을 거두어달라며 매달렸습니다. 책갈피 속에서만 당당한 '불의는 패배하고 정의는 반드시 승리한다'는 진리를 빈깡통이 내는 소리라 원망하기도 했습니다. 조롱박같이 달린 자식들만 없었다면 저는 미련 없이 당신 뒤를 따라갔을 것입니다. 당신을 사랑했던 만큼 당신이 없는 이 세상을 하루하루 살아낸다는 게 치욕이요 고역이었습니다. 당신을 비롯한 일곱 분의 죽음과 살아남은 그 가족의 눈물에 무정하고 냉담한 세상이 미웠고, 마치 아무 일도 없었다는 듯 무심히 흐르는 밤과 낮이 언클 중 나서 저는 지겨운 삶을 더 잇고 싶은 마음이 없었습니다. 그러는 사이 세월이 약이란 말대로 허구한 날 당신만 그리며 세상을 원망하고 살 게 아니라는 자각이 설핏 들었고, 다섯 자식을 보란 듯 길길이 키워내야 할 책임감을 제가 주저리주저리 등짐으로 졌음을 알았습니다. 혼미한 정신을 수습하자 앞으로 살아갈 길이 막막했습니다. 그 길은 뙤약볕 아래 먼지 자욱한 무인지경의 황톳길로 제 앞에 펼쳐져 있었습니다. 아이들을 이 세상에서 가장 불행한 지아비가 남긴 고아라는 말을 듣게 할 수 없었기에, 차마 저는 자살도 할 수 없었습니다. 그렇게 악몽 같은 굽이굽이 세월을 피눈물 뿌려가며 넘어와 오늘까지 구차한 목숨을 잇고 있습니다. 제2심 재판정에서 자식들 얼굴이라도 한 번만 대면하게 해달라고 당신이 애원했듯, 제 죽어 당신을 만나는 그날, 아비 없이 자랐을망정 그 자식들 훌륭하게 잘 키웠다는 말이라도 당당히 해야겠기에 저는 이를 악물었습니다. '혼자 아이들 키우고 가르치느라 임자 고생이 얼마나 많았겠소.' 아닌 말로 내 죽어 저승에서 당신을 만났을 때 당신이 내 거친 손잡고 들려줄 그 말 한마디 듣겠다고 억척스레 살아온 세월이었습니다. 이 세상 사람들 아무도 까맣게 탄 제 속을 들여다보지 못해도 당신만이 제 마음을 알아준다면 그만이라며, 당신만 마음에 품고 여지껏 살아온 세월이었습니다.

어언 무정한 세월이 스물아홉 해나 흘렀습니다. 당신이 남겨놓은 얼마간의 재산과 주위의 도움으로 아이들은 학업을 계속할 수 있었습니다. 시집오기 전까지 바깥세상 일 모른 채 온실 속에서 자랐고 시집온 후로는 집안 살림 살며 자식들 뒷바라지로 살아온 아녀자가 졸지에 가장을 잃자 자식 다섯을 남만큼 가르치려니 저도 생활전선으로 나서야 했습니다. 몇 푼이라도 벌어 가사에 보태려 이일 저일 닥치는 대로 험한 일 마다하지 않았지요. 그러나 당신이 당한 그 끔찍했던 수난에 비한다면야 제 고생은 고생이 아니었지요. 저는 제가 하는 일을 힘들다 여겨본 적 없었고, 바쁘게 살다보니 지난 시절의 아픔을 때때로 잊을 수 있었습니다. 이제야 '어느덧'이라고밖에 말할 수 없는, 긴 시간이 흘렀습니다. 그동안 2남 3녀 다섯 남매는 꿋꿋하게 성장하여 모두 성례를 마쳤고 안정된 가정을 이루어 어린 시절의 간난을 보답이라도 하듯 행복하게 살고 있습니다. 사회의 냉담함과 눈총을 견디다 못해 사춘기 적에는 삐뚠 길로 빠질 법도 하건만 아이들은 모두 성실하게 제 앞가림 해온 행실이야말로 당신이 저승에서 그것 한 가지 염원했던 게 이심전심 전해진 덕분이겠지요.

자식들이 성장하여 이성적으로 세상을 판단할 나이가 되자, 일찍이 타계하신 아버지를 두고 냉전체제를 깨부수며 통일운동에 신명을 바친 선각자요 의인이라 흠모하게 되고, 당신이 생전에 만난 적이 없고 당신이 세상 떠난 뒤 태어난 많은 후학들이 여덟 분의 고귀한 뜻을 뒤따르고 있음을 볼 때 저승에서 당신도 언젠가는 이 땅에도 그런 날이 필연적으로 올 줄 알았다며 반분은 푸셨겠구려. 이제 통일민주열사 집안이란 명예로운 호칭을 얻게 되었으니 저 역시 마음의 상처가 얼마만큼은 아물었습니다. 강산이 변한다는 세월이 세 차례나 흘러 그동안 세상도 변하여 이제 많은 남쪽 사람이 북쪽 땅을 밟게 되었고, 북한 동포를 한 핏줄로 껴안아 남북이 자주적 역량으로 평화적 통일을 성취해야 한다는 열기가 그 어느 때보다 고조되고 있습니다. 29년이 흐른 오늘에 와서 돌이켜보건대, 당신과 생각을 함께 했던 분들은 요즘 말하는 개혁적 진보주의자요, 평화통일을 주장한 자주국방 옹호자요, 분배의 평등을 주장한 복지형 사회주의자에 해당되겠지요. 21세기 전환기 시대를 맞아 보수와 진보, 우파와 좌파, 자주파와 동맹파가 갈등을 빚고 있긴 하지만 각자 제 목소리를 내는 자체가 이 나라에도 이제는 그만큼 사상과 표현의 자유가 보장되어 있다는 증거 아니겠어요. 당신이 살아생전 정치적으로는 사회민주주의적인 신념을 가졌더라도, 여지껏 거리에서 투쟁하던 민주노동당이 4월 15일 국회의원 선거에서는 반드시 의회 진출에 성공해 제도권에 편입된다는 여론조사가 파다한 지금의 시간대에선 누가 당신을 빨갱이로 몰 것이며 그런 생각을 가졌다는 이유만으로 극형으로 처단하겠습니까.

따지고 보면 당신이 마지막 산 그 시대야말로 민주주의의 암흑기였습니다. 그런 뜻에서 보자면 인혁당 관련인사들은 30, 40년 전에 이미 이 땅에 오늘의 세상이 올 줄을 미리 내다본 선각자들이었습니다. 당신이 상고이유서를 쓰면서 뒷장에 낙서 삼아 쓴 당신이 남긴 마지막 필적이요 당신의 올곧은 심경이 담긴 메모를 우연히 입수해서 저는 지금도 당신의 결백을 증거 삼아 고이 간직하고 있습니다. '그날의 강대국들 수뇌들이 저희끼리 제멋대로 38선을 긋지만 않았어도 우리 국토, 우리 겨레는 오늘의 불행을 겪지 않았다. 지금쯤 오붓한 살림의 자족을 누린다.' 맞아요. 당신의 그 생각은, 일제 식민지가 되어 우리나라가 존재조차 없던 태평양전쟁 말기인, 현대사의 가장 불행한 시절에 강대국들이 내린 결정으로 국토의 허리가 동강나 오늘에 이르렀다 했지 않습니까. 그러고 보니 생각나는군요. 1972년 '7·4남북공동성명' 라디오 방송을 집에서 듣던 당신은 기분이 얼마나 좋았던지 잘 마시지도 못하는 술을 사오라고 하더니 몇 잔에 취해 아이들과 함께 덩실덩실 어깨춤까지 추지 않았습니까. 그 성명조차 곧이어 남북 공히 독재장기집권을 위한 구실로 이용되었음을 알자, 양쪽 독재자 놈들의 농간에 국민만 속았다며 비분강개하던 당신 모습이 눈에 선합니다. 당신이 살았던 당시는 노동조합을 좌파의 투쟁 집단이라 여겨 결성할 수조차 없던 시대였으나 이제는 그 벽을 넘은 지도 오래라, 저는 이런 민주주의가 활짝 꽃핀 사회에서 살고 있는데 이 세월을 못 보고 그 못된 유신시대에 여덟 분이 희생되다니, 다시는 그런 시대로 후퇴하는 세월은 오지 않겠지요.

지난 군부독재 시절 민주화운동에 헌신하다 희생당한 분들의 유족들로 구성된 유가족협회 회원들과 함께 대구에 거주하는 인혁당사건 유족 세 분도 참가해, 의문사 진상 규명과 민주화운동 관련자 명예회복 특별법 제정을 요구하며 국회의사당 앞에서 천막농성을 시작해, 422일 동안 저 역시 그 농성에 참가했더랬습니다. 그 결과, 2002년 9월 의문사진상규명위원회가 '인혁당사건 관련자들의 신문조서와 진술조차 위조되는 등, 당시 중앙정보부에 의해 조작되었다'고 발표한 후, 12월에 인혁당사건 유족들이 그렇게 고대하던 재심청구를 법원에 제출하기에 이르렀습니다. 유족들은 여덟 분이 부당한 사법 절차에 의해 당한 조작을 낱낱이 밝히고, 현실적으로 사법적 명예와 그분들의 신원을 원상복귀 시켜주어야 한다고 눈물로 청원했습니다. 유족들은 1970년대 중반 독재 군사정권 시대에 평화적인 남북통일과 민주화운동에 앞장서다 여덟 분이 불의에 의해 희생당했으므로 마땅히 그 명예 회복되어야 한다는 일념과, 당시의 진실은 반드시 규명되어야 한다는 사명감을 29년 동안 간직해왔으니깐요. 그러나 아직도 법은 정의의 심판을 유보하고 있습니다만 진실에 입각한 판결문을 받아낼 그날까지, 그 판결문을 여덟 분의 영령 앞에 바칠 그날까지 저는 눈을 감을 수가 없습니다. 희생자 유족들은 여덟 분의 신원을 원상 복귀시키는 일을 넘어서서, 우리 대가 안 되면 자식 대에서는 평화적인 남북통일을 이루어야만 그분들의 소망이 마지막으로 성취된다고 믿고 있습니다. 그러나 지난날 그분들에게 없는 죄를 만들어 고문하고 극형을 집행한 가해자들의 처벌은 새삼 원하지 않습니다. 29년의 세월이 흐른 지금까지 증오를 증오로 갚겠다는 복수의 일념이 무슨 소용이 있겠습니까. 그들을 용서해야만 이 땅에서 그런 악순환이 되풀이되지 않겠지요. 그들 역시 때가 늦었더라도 참회로써 과거의 허물을 반성해야만 인간이기에 할 수 있는 윤리적 도리일 것입니다. 며칠 뒤 4월 9일, 29제 추모일이면 우리 식구가 다 제 아파트에 모여서 팔공산 자락 가산산성 아래 경북 칠곡 현대공원묘소로 당신의 혼령을 만나러 갈 겁니다. 당신과 제 피붙이로 손자 손녀가 일곱이나 태어났으니, 당신이 저승에서나마 그렇게 한자리한 대가족을 그려본다면 자못 흐뭇해하실 테지요. 당시 한날에 한꺼번에 사형당한 여덟 분 중 네 분의 묘소가 한곳에 모여 있으니,

그동안 한 많게 살아온 그 가족들과, 그 사건으로 고통당한 연루자 분들과, 여덟 분의 뜻을 뒤따르는 많은 후학들도 만나게 되겠지요. 기일 저녁이면 명동성당에서 여덟 분을 위한 추모예배가 있으므로 오후에는 큰딸이 사는 서울로 올라가려 합니다.

'유세차 모년 모월 모일에, 미망인 모씨는……'으로 시작되는 연안 김씨(의유당)의《의유당 일기》중 한 편인 〈조침문(弔針文)〉이란 수필이 큰아이 고등학교 때 국어 교과서에 실린 걸 읽은 적이 있습니다. 조선조 후기 시삼촌이 사절단 일원으로 중국 북경을 다녀올 때 가져온 바늘쌈 중에 그 한 개를 선물로 받아 이를 자식처럼 애지중지하며 쓰던 중 27년 만에 그 바늘이 두 동강나버리자 이를 애도하며 쓴 글말입니다. 그 마지막 구절이 이러했습니다.

'희미한 등잔 아래서 관대(冠帶)에 깃을 달다가 무심중간에 자끈동 부러지니 깜짝 놀라와라. 아야 아야 바늘이여, 두 동강이 났구나. 정신이 아득하고 혼백이 산란하여, 마음을 빻아내는 듯, 두골을 깨쳐내는 듯, 이윽토록 기색혼절(氣塞昏絶)하였다가 겨우 정신을 차려, 만져보고 이어본들 속절없고 하릴없다. 편작의 신술(神術)로도 장생불사(長生不死) 못하였네. 동네 장인에게 때이런들 어찌 능히 때일손가. 한 팔을 베어낸 듯, 한 다리를 베어낸 듯, 아깝다, 바늘이여. 옷섶을 만져보니, 꽂혔던 자리 없네. 오호통재라. 내 삼가지 못한 탓이로다. 무죄한 너를 마치니 백인(伯仁)이 유아이사(由我而死, 사람이 나로 인하여 죽음)라, 누를 한(恨)하며 누를 원(怨)하리오. 능란한 성품과 공교한 재질을 나의 힘으로 어찌 다시 바라리오. 절묘한 의형(儀形)은 눈 속에 삼삼하고, 특별한 품재(裁才)는 심회가 삭막하다. 네 비록 물건이나 무심하지 아니하면, 후세에 다시 만나 평생 동거지정(同居之情)을 다시 이어, 백년고락(百年苦樂)과 일시생사(一時生死)를 한가지로 하기를 바라노라. 오호 애재(哀哉)라 바늘이여.'

당시 조선은 정교한 침선(針線)을 만들 재주가 없어 박래품에 섞여 들어오던 바늘은 신분 높은 집안의 규방에서나 더러 구경할 수 있는 바느질에 소용 닿는 귀한 도구였는데, 바늘이 그 명을 다하자 이를 애통히 여긴 아녀자가 섭섭하고 애통한 심회를 제문으로 남겼지요. 당시 바늘 하나 구하기가 아무리 힘들다고 한들 그것은 생명체가 아닌 한갓 물건인데도 이를 두고 슬퍼하며 그런 글까지 남겼다지 않습니까. 하물며 사람 목숨은 바늘보다 천 배 만 배 귀중한데, 죄 없는 사람을 고문하다 못해 목매달아 죽이다니, 기색혼절한 이 아녀자가 무슨 말로 당신의 무주고혼을 위로하리요. 오직 후세에서 당신을 만나면 평생 동거지정을 이어 백년고락과 일시생사를 한가지로 하기를 소원합니다. 그 재회를 기다리며, 그동안 안녕히 계십시오.

깊은 곳으로 길을 여는 문학

정 호 웅(문학평론가)

1. 아버지의 목소리 ―「환멸을 찾아서」

「어둠의 혼」「노을」등이 대표하는 김원일의 분단소설은 '아버지' 탐구이다. 그 아버지는 해방에서 한국전쟁 종전까지(1945~1953)의 약 10년간, 격동의 시대를 낙원 건설의 이데올로기에 들려 살다가 사라졌다. 죽거나 행방불명되거나 사회주의 체제를 택해 삼팔선을 넘었던 것이다.

그 사라져 부재하는 아버지는 자식에게 1)간절한 그리움의 대상이면서 동시에 2)자식의 마음속에 끊임없이 두려움과 증오를 키우는 기피와 부정의 대상이다. 그 부재하는 아버지와 아버지에 대한 기억을 향해 다가가고자 하는 마음 움직임과 나란히 그 아버지를 부정하고 그 아버지와 아버지의 기억으로부터 멀어지고자 하는 마음 움직임이 뒤엉켜, 자식의 내면은 지옥과도 같다. 이들 작품의 한복판에 자리잡고 있는 '어둠' '핏빛 노을' 등의 이미지는 그들의 그 같은 내면을 담아내는 상징이다.

이들 작품에서 그 아버지는 자식의 눈으로 관찰되고 해석된 아버지이다. 작품 구성의 초점이 아버지가 아니라 관찰자이고 해석자인 자식에게 놓임으로써 아버지로 인해 자식이 겪는 고통, 혼란 등이 전면에 부각되었다.

당연하게도 그 아버지는 작품의 중심에 놓인 자식의 그 같은 고통과 혼란에 가리고 떠밀려 제대로 드러나지 못하였다. 이는 반공 이데올로기의 제약 때문에 반공 이데올로기가 '악'으로 규정한 그 아버지를 작품 구성의 중심에 놓을 수 없었던 시대의 증언이다.

「환멸을 찾아서」에서 작가는 그 아버지를 어둠 속에서 불러내어 작품의 전면에 놓았다. 한국사회의 근본적 재구성(파괴와 창조)을 꿈꾸며 혁명적 정치운동에 나섰다가 마침내는 월북하는, 양반 지주 집안에서 태어나 일본 유학까지 한 박중렬이라는 상층 지식인이다. 병마에 덜미 잡혀 살날이 얼마 남지 않은 그가 써서 바다에 띄워 보낸, 자신의 지난 평생을 정리한 것이니 자서전이라 할 수 있고, 자신의 삶에 대한 회오를 중심에 두었으니 참회록이라고 할 수 있는 글을 통해 그를 작품의 전면에 내세운 것이다.

많은 내용을 담고 있지만 그가 남긴 글의 핵심은 세 가지이다. 1)비정한 현실과 역사에 의해 자신의 이상이 좌절당한 데서 생겨난 회한. 그는 "휴전이 되고 북조선에 정착한 후, 햇수가 흐를수록 내 신념의 실현은 현실 앞에 한갓 신기루가 되고 말았다"(31쪽)고 적어 그 같은 회한을 드러내었다. 그는 휴전 후 북한에서 벌어진 남로당 숙청의 회오리바람에 휩쓸려 탄광 노동자로 떠밀리면서 스탈린 시대 '숙청극의 망령'을 보고 '리상과 현실의 괴리'(47쪽)를 뼈저리게 느꼈다고 하였는데, 이 또한 회한의 드러냄이다. 2)그 같은 회한에도 불구하고 자신의 삶은 실패한 것이 아니라고 거듭 힘주어 스스로 확인하고 자신을 설득하고자 하는 마음. 자신의 지난 삶에 대한 회한과 등을 맞대고 서서 한사코 그 회한의 물결에 휩쓸리지 않으려 애쓰는 자기 확인과 자기 설득의 노력일 터이다. "조선 현대사의 격동기를 거치며 이상의 실천에 투쟁하다 뜻을 이루지 못한 자가 어디 내 한 사람뿐이리오"라는 말 속에 그 같은 마음이 뚜렷하여 안쓰럽다. 3)마지막 하나는 두고 온 가족(고향)에 대한 죄의식과 그들을 향한 애절한 그리움이다. 그의 글 곳곳에 그 같은 죄의식과 그리움이 직접 드러나 있거니와, "이 공책은 경상북도 영덕군 병곡면 거무역동 영해 박씨 문중, 나의 세 자식이나, 그 손자들, 아직 살아 있을지 모를 아내에게 전달되기를 바란다"(26쪽)라는 첫머리 내용에서 이미 이 점 분명하다.

박중렬은 6 · 25가 끝난 뒤 숙청당해 제거되거나 주변부로 밀려났던 남로당계의 운명을 압축해 보여주는 전형적 인물이다. 이 점에서 그는 실재했던 한 집단의 역사성을 재현하는 데 중요한 역할을 수행하는 매개 인물이다.

그러나 이에 그치지 않는다. 실패했음에도 불구하고 실패를 자인하지 않으며, 두고 온 가족(고향)에 대한 죄의식에 괴로워하고 그들을 그리워하는 그는 현실과 역사 전개의 비정성에 치여 좌절한 모든 이상주의자를 대변하는 전형이다. 이상주의자는 그 속성상 가족(고향)을 떠나야 하는 운명을 지닌 자이다. 이상주의자의 이상은 거의 언제나 실패하게 되어 있지만 이상주의자는 실패에도 불구하고 실패를 인정하지 않는다. 실패를 인정하는 순간 그는 이미 이상주의자가 아니기 때문이다.

「환멸을 찾아서」는 분단 현실을 문제삼는 데 머물지 않고, 이처럼 보편성의 차원으로 높이 나아간 작품이다. 한갓 사회역사적 반영론으로 이 작품을 제대로 읽어낼 수는 없는 것이다.

한편 이 작품에는 흥미로운 삽화 하나가 나온다. 배신의 죄업과 죄의식에 대한 것이다.

멀어지는 차 꽁무니를 따라 이장이 느린 걸음을 옮겼다. 그는 그제야 편안한 숨을 내쉬었다. 박중렬 그 사람이 드디어 사망했다는 소식은 묵은 체증이 내려가듯 그의 마음을 후련하게 했다. 그가 박씨댁 머슴 살던 시절이었던 전쟁 터진 이듬해, 박중렬씨가 마지막으로 집에 들렀던 그날 밤, 그는 10리 밖 영해지서로 달려가 자기 신분을 숨기고 입산 공비 고수 박중렬의 출현을 밀고했던 것이다. 그는 거무역에서 아무도 모르는 그 비밀을 여지껏 마음 한 귀퉁이에 간직한 채 살아왔다. 미성년자라고 자기에게만은 한 마지기 농토도 떼어주지 않았던 앙갚음으로 주인을 밀고한 걸 지나온 세월 동안 그는 두고두고 후회했다. 박중렬씨가 간첩으로 내려와 반드시 복수할 것이란 불안으로 다리 뻗고 잠자지 못하는 긴 세월을 그는 살아왔다. 그 기억이 터지지 않은 지뢰로 가슴에 묻혀 있었는데, 박중렬씨가 이제야 유명을 달리했다는 소식을 접했던 것이다.(140쪽~141쪽)

더이상의 추구가 없어 아쉬운데, 배신의 죄업과 죄의식은 김원일 문학의 중요한 주제 가운데 하나이다. 배신의 죄업과 죄의식 때문에 평생을 개돼지처럼 살겠노라 맹세하고 그렇게 살다 죽는 인물과, 말과 사람들과의 관계를 버리고 평생을 고독 속에 살다 죽는 인물을 그린 장편 「바람과

강」, 「전갈」 등에서 김원일은 이를 깊이 다루었는데, 위 인용의 주인공이 그 원형이었던 것이다.

2. 청춘 찬가―「손풍금」

「손풍금」은 40년이 넘는 긴 세월 붓을 곧추세우고 문학 일로를 걸어온 큰 작가 김원일의 무르익은 붓길이 어느 수준에 이르렀는가를 잘 보여주는 빼어난 작품이다. 주인공의 80 평생을 서사의 중심축으로 하고, 그것과 함께 전개된 한국 현대사와 4대에 걸친 가문사를 그 위에 포개놓은 복잡한 구조임에도 소설을 이루는 요소 가운데 어느 하나 외돌지 않는 빈틈없는 한 세계를 이루었는데 아무나 가 닿을 수 없는 높은 수준이다.

이 작품의 깊은 곳에 숨어 있는 주제는 '청춘의 의미'이다.

광수와 나의 청춘은 해방과 전쟁 사이 우리 가족이 한 울타리 안에 살았던 한 시절이었고, 그 한때는 분명 한여름날 소나기 끝에 보게 되는 오색찬란한 무지개, 그렇게 영롱한 시간대였다. 아슴아슴 그 생각에 빠져드는 순간, 나는 내가 정말 노망에 들지 않았나 움찔 놀란다. 남한에서 살 동안, 죽기 전까지 생각이 그렇게 돌아서는 안 된다고 수없이 다짐했는데 팔순 나이에 이르자 돌아갈 수 없는 그 시절이 왜 안타깝게 떠오르는지 알 수 없다. 누구나 한번은 맞게 되는 죽음처럼, 누구에게나 젊은 한때는 오직 한차례, 조금 전 꿈처럼, 꿈결이듯 짧게 스쳐 가버리기 때문일까.(226쪽)

동생 광수의 손풍금 연주에 맞춰 사람들과 함께 춤추며 노래 부르던 기억은 주인공이 고향에서 경험했던 해방이며, 토지개혁이며, 이데올로기며 정치체제며 등등의 여러 역사적 사실과 연관된 것이니 사회역사적 의미를 더불고 있다. 그러나 보다 중요한 것은 그 같은 사회역사적 의미 이전의 것이다. 함께 어울려 춤추고 노래 부르던 기억 속에 담긴 핵심 의미는 그때가 마치 소나기 끝의 무지개처럼 영롱한, 그들의 청춘 시절이었다는 것, 꿈결처럼 짧게 스쳐 지나가고 마는 것이기에 더욱 더 안타깝게 그립다는 것이다.

「손풍금」은 이처럼 청춘의 의미를 깊이 파고든 아름다운 작품이다. 한 갓 과거 재현에 머문 작품들과 구별되는 격조를 확보했다는 평가가 이에 가능한 것이다.

3. 여자의 일생―「나는 나를 안다」

「나는 나를 안다」는 '여자의 일생' 형 작품이다. 한 여자가 걷는 인생 여로를 구성의 축으로 삼는 이 구조의 작품은 우리 소설사의 곳간에 무더기로 쌓여 있다. 근대소설의 서막을 연 작품이라고 말해지는 이인직의 「혈의 누」를 필두로, 이광수의 「무정」 채만식의 「탁류」 윤흥길의 「에미」 등 소설사의 중요 작품들이 줄이어 '여자의 일생'을 구성축으로 삼았다. 박경리의 「토지」와 최명희의 「혼불」 등 장강대하 긴 소설들도 이 계보에 속한다.

우리 소설사에 우뚝한 이들 작품들은, 중심인물인 여성 주인공의 여로에 국한하여 살필 때 대체로, 감당하기 어려운 수난의 연속에도 쓰러지지 않고 앞길을 열어 어기차게 나아가는 그 여성의 강인함을 부각시켰다. 끊임없이 이어지는 그들의 수난사는 그들이 살았던 시대 현실의 무정함과 비정함을 증언한다. 예컨대, 「탁류」의 여주인공 초봉이 걸어가는 여지없는 전락의 인생 여로는 '당랑거철(螳螂拒轍)'로 비유되는 당대 현실의 경제질서가 지닌 비정성을 드러낸다. 그들의 강인함은 그들이 지키고 실현하는 특정의 이데올로기나 자존의식, 가치관과 결부되어 있다. 예를 들어, 「혈의 누」와 「무정」의 여주인공인 옥련과 영채의 굴강하는 정신은 서구적 근대를 배워 한국 사회의 근대화를 도모하고자 하는 근대화 이데올로기와 한몸이며, 「혼불」의 여주인공 청암부인의 요지부동 꺾이지 않는 강인함은 종가의 안주인으로서 그녀가 지켜야 하는 유가적 법도와 깊이 관련된 것이고, 「토지」의 여주인공 최서희가 이 악물고 파란만장의 험로를 견디는 것은 악당에게 질 수 없다는 그녀의 자존의식 때문이다.

무정하고 비정한 폭력 아래 놓여 고통받으면서도 굴복하지 않고 이 같은 이데올로기, 가치관, 자의식 등을 지키고 실현하고자 혼신의 힘을 다하는 이들 강인한 여성 인물들은 비범하고 고귀하다. 비범성과 고귀성이 강조될 때 그 인물을 이루는 다른 요소들, 예컨대 이기적 욕망이며 타자 위에 군림하고 싶은 지배의 욕망 등 음습한 곳에 서식하는 어두운 욕망들은 간과되기 싶다. 한편 그들의 비범성과 고귀성은 정신의 영역에 속하는 것이니, 이것이 지나치게 강조될 때 육체는 관심 밖으로 밀려날 가능성이 높다.

김원일의 「나는 나를 안다」는 여성 주인공의 수난사라는 점, 그 여성의 굴강하는 정신이 서사를 이끌고 있다는 점 등에서 이들 작품들에 이어져 있다. 그러나 그녀의 강인함이 특정의 이데올로기, 가치관, 자의식 등과 무관하다는 점, 그녀가 비범하고 고귀한 존재로 미화되지 않고 있다는 점 등에서 전혀 다른 자리에 선 작품이다.

「나는 나를 안다」의 주인공은 '한맥기로원'이라는 이름의 노인수용복지시설(양로원)에서 만년을 보내고 있는 일흔아홉 살 안 노인이다. 그녀의 회상과 말을 통해 드러나는 그녀의 평생은 겉보기와는 다르게 남루하고 기구하다. 가난한 집 자식으로 태어난 죄로, 듣지도 말하지도 못하는 병신인 데다 정신능력이 천치나 다름없는 부잣집 아들과 결혼해야 했고, 여러 자식을 어려 잃어야 했고, 병신 자식을 낳아 길러야 했고, 살기 위해 두 번의 살인(간접살인과 직접살인)도 저질러야 했다. 남루하고 기구한 평생이라 하겠는데, 그것은 그녀가 처했던 상황의 무정함과 비정함을 드러내는 안쓰러운 증거이다.

그렇게 박부잣집 재산 보고 막상 시집이라고 갔으나 서방 마주 보고 앉은 하루하루가 내게는 지옥 같을 수밖에. 알아듣든 못 알아듣든 난 네 아버지 앞에서 눈물 콧물을 한 대야씩 받아낼 정도로 울며 허구한 날 제비 새끼처럼 재재거렸지. 그렇게 떠들고 나면 슬픔으로 가득 찼던 내 마음이 웬만큼 풀어져. 그러니 복장 터져 죽고만 싶은 층층으 내 시집살이 시작이 어땠겠어.(중략) 강물처럼 넘쳐난 이 어미으 슬픈 세월을 너들은 몰라. 죽었다 깨어난대도 박복한 이 어미으 슬픔을 너들이 알 리 없지……(294쪽~295쪽)

그녀의 평생은 그 같은 무정과 비정의 상황과 맞선 필사의 싸움이었다.

진다면 그 아래 짓눌려 압사하고 말 터이니 필사적일 수밖에 없었다. 그녀 또한 그 상황을 닮아 무정하고 비정한 존재가 되었다.

물론 상황 때문만은 아니다. 리얼리즘 작가들은 자칫 모든 것을 상황과 관련짓는 상황결정론 또는 상황환원론에 빠지기 쉬운데 일류가 아니기 때문이다. 일급 작가 김원일은 당연히 그들과 다르니 이런 단서를 마련해 두었다.

> 제 어미 뺑덕어멈을 닮아 금실이 초롱한 눈은 독기가 넘쳐. 끓는 성정을 잘 다스려야지. 저애 눈을 보면 장차 큰일을 낼 팔자야.(276쪽)

그녀는 어려서부터 '독기가 넘'치는 눈을 지닌, '끓는 성정'을 타고난 인물이다. 그 독기, 그 성정은 기구하고 남루한 인생 역정과 함께 더욱 커지고 뚜렷해졌을 것이다.

타고난 남다른 성정과 처절한 고통의 삶 때문에 그녀는 독특한 개성의 인물이 되었다. 무엇보다도 이기적이다. 타인과의 관계를 지배하는 것은 그녀의 이기적 욕망이다. 자식과의 관계도 이에서 벗어나지 않을 정도로 철저하여 일종의 법칙이라 해도 무방할 정도이다. 그녀가 "내 언젠가 윤 선생으 숨긴 내력을 반드시 밝혀낼 테야"(242쪽), "내가 괴뢰군 간호병이었던 산파댁 신상을 반드시 캐내고 말 테야"(256쪽) 다짐하며, 다른 사람의 약점을 들추는 일에 집요한 것도 자신의 이기적 욕망을 위한 것이다. 약점을 쥠으로써 두 사람의 관계를 강자/약자의 권력관계로 바꿀 수 있게 되며, 그 관계를 강자인 자신의 이기적 욕망 충족에 이용할 수 있기 때문이다.

내가 미쳤다고 알거지 신세인 널 따라 대처로 나가? 어림없는 수작 말아. 내가 그렇게 골빈 여편네가 아냐! 실컷 재미 봤음 됐지, 내가 누군데 공갈까지 쳐! 널 살려뒀단 있는 말 없는 말 보태 평생 나를 뒤따라다니며 괴롭힐 게 아냐. 어림없지. 네 개수작에 호락호락 넘어갈 내가 아니라고! 너나 물고기 밥이 되어 대처 부잣집 밥상에 오르든 말든 내 알 바 아니야.(283쪽)

그녀의 성욕을 채워주던 사내를 다리 위에서 밀어 물속 귀신이 되게 한 뒤 '굽이치는 흙탕물을 내려다보며 좋알거' 린 그녀의 혼잣말이다. "너나 물고기 밥이 되어 대처 부잣집 밥상에 오르든 말든 내 알 바 아니야." 그녀는 자기의 이익을 위해서는 이처럼 비정하다. 섬뜩하다.

자신의 이기적 욕망을 위해 살인조차 서슴지 않는 그녀는 거대한 악이다. 그녀와 관계된 타자들은 거의 예외 없이 그녀의 악성(惡性)에 베여 깊이 상처 입는다. 악이지만 철저하지는 않다. 그 악을 악이라 인식하는 내부의 도덕률까지 완전히 억누르지는 못하기 때문이다. 그녀가 저지른 죄의 기억들이 수시로 떠올라 그녀를 괴롭힌다. 그 기억들을 다스려야만 그 같은 괴로움에서 벗어날 수 있다. 생애의 마지막 지점에 다다른 그녀에겐 과거 기억과의 싸움이 가장 중요한 과제이다.

초정댁은 유독 검은 동자가 반짝이는 아들의 눈과, 준수한 콧날과, 갸름한 턱을 보며 우씨를 떠올린다. 얼굴 중 그 부분은 누가 뭐래도 제 아비를 닮았고, 준수하다. 그러나 넌 절대 우가가 아냐. 어디까지나 박가라고. 세상 사람이 다 몰라도 나만은 그 비밀을 알아. 내가 누군지 내가 잘 아니깐.

한마디로, 나는 나를 안다.(297쪽)

젊어 한때 그녀는 지식인 우씨와 통정, 외로운 몸을 달랬다. 그의 씨를
받아 새생명이 몸속에 깃들기까지 했으니 깊고 소중한 인연이다. 그럼에
도 그녀는 그를 경찰에 좌익분자라 밀고하여 비명에 죽게 하였다. 그녀
안쪽에 도사린 이기의 마음이 그녀를 살인자가 되게 떠밀었던 것이다.

수시로 떠올라 그녀를 괴롭히는 그 죄의 기억은 억눌러 의식계 아래 깊
이 파묻든가, 다른 내용의 것으로 바꾸어야만 한다. 그래야만 괴로움의
구덩이에서 벗어날 수 있기 때문이다. 그러나 그 같은 억누르기와 내용
바꾸기는 쉬운 일이 아니다. 그녀는 그 과거 기억과 맞서 피투성이 싸움
을 벌이지 않으면 안 된다. 위 인용은 그녀가 벌이는 그 같은 피투성이 싸
움의 실상을 잘 보여준다. 그녀는 자기 자신조차 속임으로써 그 과거 기
억의 굴레에서 벗어나고자 몸부림치는 것이다.

「나는 나를 안다」는 과거 기억과의 싸움이라는 낯선 주제를 깊이 다룸
으로써 우리 소설에서는 새로운 영역을 개척한 문제작이다.

4. 슬프고도 아름다운─「임을 위한 진혼곡」

1975년 4월 8일 인혁당재건위(인민혁명당 재건위원회) 사건 판결이 있
었고, 다음날 새벽 여덟 명의 죄 없는 사람들이 원통한 죽음을 맞았다. 법
에 의한 '사법살인'이었고, 타락한 권력이 저지른 추악하기 이루 말할 수
없는 '정치살인'이었다. 2002년 대통령 직속의 의문사진상조사위원회에

서 인혁당 사건이 조작된 것임을 밝혔고, 2005년 12월 재심이 결정되었으며, 마침내 2007년 1월 23일 재심재판에서 여덟 명 모두에게 무죄 판결이 내려졌다. 2007년 8월 21일 서울중앙지방법원에서 사형당한 여덟 명의 억울한 죽음에 대해 국가가 배상해야 한다는 판결이 있었다. 32년의 세월이 흘러서야, 완전한 명예 회복이 법적으로 이루어지게 된 것이다.

국가를 상대로 호소하고 싸우며 30년 넘는 긴 세월을 처절한 외로움 속에서 견뎌온 유가족들을 비롯한 많은 사람들의 노력과 한국 사회의 민주화가 이를 가능하게 하였음은 새삼 말할 필요도 없다. 그 노력 가운데 하나가 작가 김원일의 연작소설집 『푸른 혼』(이룸, 2005)이다. 2003년과 2004년 두 해에 걸쳐 발표된 6편의 중단편(「팔공산」, 「두 동무」, 「여의남 평전」, 「청맹과니」, 「투명한 푸른 얼굴」, 「임을 위한 진혼곡」)을 싣고 있는 이 작품집은 만해문학상을 수상함으로써 인간의 존엄성을 지키고 사회를 개선하는 문학의 중요 의무를 새삼 확인시킨 바 있다.

「임을 위한 진혼곡」은 사형당한 하시완(실제 인물은 하재완)의 아내가 죽은 남편에게 보내는 편지(또는 祭文)로 볼 수도 있고, 남편에게 건네는 혼잣말이라고도 볼 수 있는 형식의 작품이다. 화자는 땅이 내려앉고 하늘이 무너지는 그날 새벽의 참사에 이르기까지 일의 전개 과정과 그날 이후 가족들이 걸어온 슬픔과 고통의 세월을 저승의 남편에게 들려주고 있다.

하물며 사람 목숨은 바늘보다 천 배 만 배 귀중한데, 죄 없는 사람을 고문하다 못해 목매달아 죽이다니, 기색혼절한 이 아녀자가 무슨 말로 당신의 무주고혼을 위로하리요. 오직 후세에서 당신을 만나면 평생 동거지정을 이어 백년고락과 일시생사를 한가지로 하기를 소원합니다. 그 재회를 기다

리며, 그동안 안녕히 계십시오.(345쪽)

　문학은 때로, 할 말은 차고 넘치지만 이것저것에 가로막혀 말할 수 없는 사람들을 대신하여 말하는 대언(代言)의 역할을 수행한다. 그 대언은 억울하고 원통한 사연을 드러내어 진실 규명을 호소하는 것일 수도 있고, 어떤 일로 상처 입은 이들의 깊은 한을 위무하는 것일 수도 있다. 「임을 위한 진혼곡」은 이 모두에 다 해당하는 것이니, 진실을 향해 나아가는 곧은 정신의 굳센 발걸음과 억울하고 원통한 사람들의 한을 위무하는 따뜻한 연민의 마음이 어우러져 슬프고도 아름다운 한 세계를 이루었다.